Tea Loewe wurde 1985 in der Messe- und Bücherstadt Leipzig geboren. Heute lebt sie dort mit ihrem Mann und ihren zwei Kindern. Wenn sie nicht ihrem Hauptberuf als Psychologin nachgeht, taucht sie in fremde Welten ein und erschafft Kurzgeschichten und Romane am liebsten in den Genres Fantasy und Sciencefiction. Sie ist Teil der Leipziger Autor:innen-Gruppe #LeiLiQ und der Autor:innen-Vereinigung #Chronistenturm.

TEA LOEWE

IM SCHATTEN DER SHATERRA

KAMPF DER UNTERDRÜCKTEN

Überarbeitete Neuausgabe September 2024

Copyright © 2024 dp Verlag, ein Imprint der
dp DIGITAL PUBLISHERS GmbH
Made in Stuttgart with ♥
Alle Rechte vorbehalten

Im Schatten der Shaterra

ISBN 978-3-98998-422-6
E-Book-ISBN 978-3-98998-416-5
Hörbuch-ISBN: 978-3-98998-488-2

Copyright © 2022, dp Verlag
Dies ist eine überarbeitete Neuausgabe des bereits 2022 bei
dp Verlag erschienenen Titels
Die Macht des Avain (ISBN: 978-3-98637-924-7).

Covergestaltung: ArtC.ore Design / Wildly & Slow Photography
Umschlaggestaltung: ARTC.ore Design
Unter Verwendung von Abbildungen von
shutterstock.com: © Manuel Breva Colmeiro, © Dima Zel,
© K.M. Robinson, © freestyle images, © Apirak boonthongto
Lektorat: Manuela Tengler
Satz: dp DIGITAL PUBLISHERS GmbH
Druck und Bindung: Books on Demand GmbH, Norderstedt

Vorwort

Liebe Leserinnen und Leser,

einer besonderen Protagonistin gebührt ein besonderes Buch, deshalb lesen Sie die Neuauflage des Romans »Die Macht des Avain«.
Sciencefictionliteratur war für einige Jahre mit sinkender Präsenz in Buchhandlungen und auf Messen vertreten. Die entsprechenden Abteilungen in Geschäften wurden kleiner, was ich stets für meine persönlichen Lese- und Schreibinteressen sehr schade fand.
Doch seit einiger Zeit nimmt die Sciencefiction wieder Fahrt auf und wird vermehrt angefragt. In diesem Prozess haben der Verlag und ich gemeinsam festgestellt, dass wir den Roman »Die Macht des Avain« noch gezielter in den digitalen Sciencefictionregalen verorten und präsentieren möchten, damit er die Leser- und Hörerschaft findet, die der Roman verdient.
Jüs spannendes und gefährliches Abenteuer erhält daher den neuen Titel: »Im Schatten der Shaterra – Kampf der Unterdrückten« und erscheint in frischem Design. Ich wünsche viel Vergnügen beim Abtauchen in den Weiten des Alls.

Ihre Tea Loewe

Datentransfer QA25HG

Die Bits schossen durch das Netzwerk und bahnten sich einen verschlüsselten Weg bis in den Secret-Room der führenden Shaterra-Einheit. Ein steter Datenstrom, den die Einheit analysierte und nach ihren Chancen auswertete.

Das neue Abbaugebiet auf PK32990 in Quadrant QQ347812 der Galaxie MS229741 versprach eine Ressourcenerhöhung um 3 %. Die Dauer der Förderung lag bei vierzig Sonnenumdrehungen im System.

Die Einheit prüfte die Daten über die den Planeten bewohnende Spezies. Sie zeigte einen Entwicklungsfortschritt von 320 % gegenüber umliegenden Minen-Kolonien. Die Spezies selbst als Arbeitskraft zu nutzen, reduzierte die Wahrscheinlichkeit für einen erfolgreichen Abbau um 90 %. Die Wahrscheinlichkeit für Behinderung der Arbeiten lag bei 97 %.

Befehle flossen durch den Datenstrom zurück zu allen einzubeziehenden Einheiten.

--- PK32990 einnehmen. Tötung aller organischen Materie. ---

Kapitel 1

Jü betrachtete die vorbeirauschende Landschaft, während das Einsatz-Shuttle über die Oberfläche des Planeten Turva jagte – hoffentlich zum letzten Mal mit ihr.

Dank der Gleichgewichts- und G-Force-Puffer war es, als säße sie in ihrem Wohnzimmer. Einzig die Landschaft außerhalb war in Bewegung. In der hochstehenden Sonne glänzte das Grün der oxidierten Kupferadern. Die Einlagerungen durchzogen die Landschaft wie Rinnsale und verliehen dem Planeten Turva seine typische Farbe.

Jü wandte den Blick ab. So schön die Aussicht war, brachte der ruhige Sitz gepaart mit den vorbeirauschenden Hügelketten ihren Magen an seine Grenzen. Einige Männer des Einsatzteams hatten eine ähnlich blasse Nasenspitze wie sie selbst. Dabei war es mitnichten das seltsame Fahrgefühl, weshalb sie auf ein Ende dieser Einsätze hoffte.

Der führende Leutnant war wie ein Fels in der Brandung. Er warf ihr einen zweifelnden Blick zu. »Kotzen Sie mir bloß nicht wieder den Boden voll, van Oak.«

Jü presste die Zähne aufeinander. »Keine Sorge, Croger. Ich halte schon durch.«

»Sie sind für so einen Außeneinsatz nicht geschaffen.«

»Sagt wer?«

»Ich – wie jedes Mal.« Leutnant Croger festigte den Griff um seine Laserkanone.

»Das sieht der General offensichtlich anders.« Jü fixierte den Leutnant bewusst mit einem höflichen Lächeln. Sollte der Mann doch denken, was er wollte. Er war mit seinen vierzig Jahren nicht viel älter als sie selbst. Es hatte seinen Grund, dass sie hier war. Sie war trainiert, einsatzerprobt und sie durfte möglichst nichts mehr anbrennen lassen, nicht so kurz vor Ablauf ihrer Immunität. Erfahrungsgemäß fiel ihr das schwer.

Prompt stellte Croger die passende Frage. »Wieso sollte Mox das anders sehen?«

In einem Anflug von Kühnheit löste Jü ihren Blick und betrachtete wieder die vorbeirauschende Landschaft. Es kostete sie einiges an Selbstbeherrschung, ihren Magen zu beruhigen. Die Wut half dabei. »Vermutlich, weil er der Ansicht ist, dass ich als zivile Mittlerin mit meinem Erfahrungsschatz bei einem uns unbekannten, abgestürzten Raumschiff durchaus hilfreich sein kann.«

»Ich wäre ja dankbar, unbekanntes Terrain ohne einen Klotz am Bein auskundschaften zu dürfen.«

Das reichte Jü. »Bei allem Respekt Croger, aber kommen Sie wieder runter!« Der Ärger presste die Worte mit Nachdruck aus ihr heraus und sie war sicher, dass der Leutnant sie nun noch weniger leiden konnte.

Jü hasste diese Militärstruktur. Schon immer. Die letzten fünfzehn Jahre zwangsweise in eine integriert gewesen zu sein, machte es nicht besser. Aber es war auch egal. Sie musste nur noch drei Wochen durchhalten. Drei. Dann standen ihr Wahlmöglichkeiten zur Verfügung, und sie würde davon Gebrauch machen.

Croger ließ sich nichts anmerken. Stattdessen erhob er sich aus seinem Sitz, schob das Visier vors Gesicht und marschierte zwischen den Frauen und Männern entlang. »Bereithalten! Wir erreichen das Ziel in fünf Minuten. Der Eigenschutz geht bei dieser Mission vor. Unser Auftrag lautet, die Lage zu sondieren, auf mögliche Gefahren zu prüfen und nach Überlebenden zu suchen.«

Ein junger Mann, der ein paar Sitze links von Jü saß, meldete sich zu Wort. »Was ist, wenn wir auf Shaterra treffen?«

Unmöglich, schoss es Jü durch den Kopf, während sie ihr eigenes Visier ebenfalls vor die Augen schob. Die haben sich noch nie nach Turva verirrt. Weshalb auch immer. Obgleich genügend Sonnensysteme dieses Galaxie-Arms bereits von ihnen besiedelt waren.

»Unwahrscheinlich«, bestätigte der Leutnant ihre Theorie. »Aber halten Sie die Augen offen. Falls Sie angegriffen werden, leisten Sie Gegenwehr.«

»Verstanden.«

Die grün-braun melierte Landschaft außerhalb der Fenster kam zum Stehen. Drei Stunden bis zum Einbruch der Dunkelheit. Das musste reichen.

Jü prüfte den Sitz ihrer Handschuhe und Stiefel. Die elektronische Anzeige auf der Helmscheibe vor ihren Augen blinkte auf. ›Isolierung des Anzugs erfolgreich. Sauerstofffilter funktionsbereit. Notfallreserve ausreichend für vier Stunden.‹

Wie praktisch, dass die Atmosphäre auf Turva nicht zu weit weg von atembar lag. Der unverträgliche Gasanteil wurde mittels chemischer Filter einfach entfernt und in die Atmosphäre zurückgeleitet. Schon war einem Spaziergang auf der Oberfläche nichts entgegenzusetzen. Zumindest mit der klimatisierten Schutzausrüstung für den Körper.

»Ausschwärmen!«, befahl der Leutnant.

Die Männer des Einsatzteams verließen geordnet das Shuttle. In den isolierenden Anzügen wirkten ihre Bewegungen schwerfälliger als bei den Trainingseinheiten in der Basisstation, an denen auch Jü routinemäßig teilnahm. Ob ihre eigenen Schritte auch so klobig wirkten?

Croger wandte sich ihr zu. »Bleiben Sie dicht hinter mir!«

»Ich hatte nichts anderes vor, Leutnant«, entgegnete sie und bedeutete ihm mit einem Fingerzeig vorzugehen. Elender Wichtigtuer.

Mit gebührendem Abstand zu den anderen verließ auch Jü das Shuttle. Sie war ähnlich groß wie die meisten Soldatinnen, aber trotz des Trainings nicht die geeignete Frau für Waffengebrauch. Geröll knirschte unter ihren Stiefeln und der Wind zog an ihrem Anzug.

Vor ihr lag ein Metallriese, die Schnauze im Dreck vergraben, offensichtlich irreparabel lädiert. Genau wie Teile des Rumpfes. Als hätte sich etwas durch die Hülle fressen wollen. Die Legierung des Korpus sah nach keinem ihr bekannten Metall aus. Sie wirkte nahezu schwarz, war glatt poliert und wies keine unmittelbare Fensterfront auf.

Das Einsatzteam hatte das Ungetüm bereits einmal umrundet und kam nun an der Seite, die Jü zugewandt lag, zum Stehen. Dort zeichneten sich die Umrisse einer Einstiegsluke ab. Quadratisch, praktisch, aber von außen offenbar nicht zu aktivieren.

Crogers Worte knisterten in Jüs Ohrsteckern. »Können wir das aufschweißen?«

Einer seiner Männer antwortete über Funk. »Negativ, Sir. Nicht ohne zu riskieren, dass im Inneren die Atmosphäre den Bach runtergeht und wir nur noch tote Materie bergen können.«

Es wirkte gespenstisch, in diesen voluminösen Raumanzügen vor einem unbekannten Absturzgut mitten in der turvanischen Pampa zu stehen. Es war nicht das erste Mal, aber den Respekt vor solchen Situationen hatte Jü nie ablegen können.

Plötzlich zischte es, und Jü trat erschrocken einen Schritt zurück. Die Männer stoben auseinander. Noch während sie die Waffen auf Anschlag hoben, bildete sich ein leuchtender Rahmen um das Quadrat. Die Luke surrte und öffnete sich zum Boden hin. Im Inneren erblickte Jü ein humanoides Wesen, das beim Anblick der Feuergeschosse die Hände hob. Das Gesicht lag hinter einer Maske, die sich nahtlos an einen grauen Stoff anschloss, der Kopf und Körper schützte. Es hatte nichts von der Klobigkeit der Raumanzüge, die Jü und das Einsatzteam trugen. Es war vielmehr filigran und sprach für hohe Fortschrittlichkeit, was die Fertigung von Kleidung anging.

»Kel!«, rief das Wesen und hob abwehrend die Hände. »Kel!«

Es war vom Körperbau her eindeutig humanoid, wenngleich größer und massiger. Die Haut wirkte seltsam blass und das Wesen war aufgrund der Brustwölbungen wahrscheinlich weiblich. Eine blutähnliche Flüssigkeit sickerte aus einer Wunde an der Schläfe und in den Augen der Frau lag Angst.

Leutnant Croger und sein Team hielten noch immer die Waffen auf sie gerichtet. Unschlüssigkeit lag in der Luft.

Jü hielt den Atem an. Nach Sekunden des Verharrens machte sie einen zaghaften Schritt nach vorn und hob die Hände ebenfalls. »Wir wollen helfen«, sagte sie und gab sich Mühe, besonders weich und warmherzig zu klingen.

»Kel!«, rief die Weibliche noch einmal. »Kol ta Sha-Tarra!« Sie zeigte zum Himmel hinauf.

»Was soll das heißen?«, knurrte Croger in den Funk.

»Keine Ahnung«, entgegnete Jü, »aber es klingt wie Shaterra.«

»Dann säbeln wir sie lieber um!«

»Nein«, hielt Jü dagegen. »Sehen Sie sich doch ihr Gesicht an. Über ihrer Schläfe rinnt eine dicke Blutspur. Das hat mit Shaterra nichts zu tun. Vielleicht wurden sie von denen angegriffen und mussten notlanden?«

Croger stieß einen Fluch aus. »Das wäre nicht gut. Dann hätten wir Shaterra-Raumschiffe nahe des Planeten.«

»Wäre nicht das erste Mal, aber eine ernst zu nehmende Bedrohung hätte uns die Zentrale mitgeteilt.«

Näher als auf Umlaufbahn waren die Shaterra noch nie herangekommen. Weshalb auch immer. Die machten üblicherweise vor keinem Planeten halt. Außer vor Turva.

Jü trat noch einen Schritt auf die Fremde zu. »Wir können helfen.«

Das weibliche Wesen streckte den Arm nach Jü aus. Ein flehender Ausdruck trat in ihre Augen. »Kel!«

»Was soll das heißen?«, meldete sich Croger mit einem Anflug von Frust.

Jü suchte den Blick des Leutnants, doch der starrte stur auf die Luke. »Ich will mich nicht festlegen«, sagte sie, »aber vermutlich so etwas wie ›Hilfe‹.« Noch ein paar Schritte, dann stand sie vor dem fremden Wesen mitten in der Einstiegsluke.

»Was soll das, van Oak?«, brüllte Croger.

Jü ignorierte ihn und die Anspannung, die außerhalb des Raumfahrzeugs nun herrschte. Sie wusste, dass nicht nur das gesamte Einsatzteam, sondern auch General Mox in der Basis über den Langstreckenfunk mithörte. Entschlossen streckte sie der Fremden die Hand entgegen. »Kel.«

Ein Lächeln huschte über deren Gesicht.

Schon stand Croger neben ihr. »Was an ›Bleiben Sie hinter mir!‹ haben Sie nicht verstanden, van Oak?« Kaum hatte er die Worte ausgesprochen, fuhr die Luke in ihrem Rücken wieder hoch und sperrte sie gemeinsam mit der Fremden im Raumschiff-Zustieg ein. »Was zum ...?« Sofort zielte er mit der Waffe auf den vermeintlichen Feind.

»Sind Sie bescheuert?« Jü legte ihre Hand auf Crogers Waffenlauf und stellte sich schützend vor das Wesen. »Sie will uns etwas zeigen.«

»Was macht Sie da so sicher?« Crogers Gesicht wirkte wie ein einziger Krampf. Er war als Militär darauf trainiert, überall das Böse zu vermuten, vor dem seine Truppen beschützt werden mussten.

Jü fixierte seine Augen. »Ihre Körperhaltung ist kein bisschen bedrohlich. Sie ist verletzt und vermutlich nicht die Einzige auf diesem Schiff, der es so geht.«

Sein Grummeln ging in einem Zischen des Raumschiffes unter. In der Digitalanzeige des Visiers konnte Jü den Atmosphärenausgleich verfolgen. Was am Ende dastand, ließ sie erstaunt die Augen aufreißen. Im Inneren des Raumschiffes herrschte eine Luft, die für Menschen verträglich war. Nicht optimal, aber auch nicht schädlich.

»Croger, bitte kommen!«, knirschte Jüs Ohrstöpsel.

Der Leutnant wirkte ähnlich überrascht wie sie, als er sich das Visier hochschob und vorsichtig die Luft einsog. »Stellung halten«, wies er an. »Uns geht es gut. Sind jetzt im Inneren und sondieren die Lage.«

»Verstanden.«

Jü wischte sich eine Strähne ihres roten Ponys aus der Stirn, während sie Croger und dem Wesen durch das Raumschiff folgte.

Ein Wimmern, dem sie sich stetig annäherten, hallte durch die Gänge. Die Lichtstreifen an den Wänden flackerten, als wäre die Elektronik gestört – oder aber kurz davor, den Geist aufzugeben. *Hoffentlich nicht.* Wer wusste schon, welche lebenswichtigen Systeme dann ausfallen würden? Dunkelfarbiges Metall verkleidete das Innere des Raumschiffes, ebenso poliert wie außen. In regelmäßigen Abständen passierten sie Lüftungsschächte und Türen. Vor einer davon kamen sie schließlich zum Halt.

Als das Metall zur Seite fuhr, blickte Jü in einen Raum voll menschenähnlicher Wesen. Schluchzen und Klagen schlug ihr entgegen. Etliche Außerirdische saßen oder lagen auf dem Boden, stöhnten und hielten sich blutende Wunden. Diejenigen, die den Absturz bei halbwegs akzeptabler Gesundheit überstanden hatten, versorgten die Schwachen. Doch ohne medizinische Hilfe wären die meisten dem Tod geweiht.

Gesichter wandten sich ihnen zu. Darin standen Angst, Trauer und so etwas wie Hoffnung.

»Kel«, flehte ihre Begleiterin noch einmal.

Jü war sich mittlerweile sicher, dass das einem Hilferuf gleichkam. »General Mox, bitte kommen«, sprach sie in ihr Funkgerät.

Croger musterte sie aus schmalen Augen. Einmal mehr hatte sie die Rangorder untergraben.

»Mox hier«, antwortete Mox' sonore Stimme, von der Jü wusste, dass sie bestens Befehle verteilen konnte. »Was haben Sie?«

Croger drückte den Funkknopf, bevor Jü eine Chance erhielt. »General, das Schiff ist voll von … nennen wir es Menschenwesen. Zumindest sieht ihre Physiologie unserer sehr ähnlich. Um die fünfzig Individuen, der Großteil von ihnen ist verletzt. Die Hälfte davon so sehr, dass sie dringend medizinisch versorgt werden müssten.«

»Fünfzig?«, knirschte Mox

Stimme. »Gibt es Shaterra-Spuren?«

»Nein, Sir. Unsere Detektoren melden keinerlei Auffälligkeiten. Aber die Außenhülle spricht für Feindkontakt vor dem Eintritt in unsere Atmosphäre.«

»Wir können keine fünfzig aufnehmen. Die Notkapazitäten der Basis wären dadurch ausgereizt.«

Jü traute ihren Ohren kaum. Meinte Mox das ernst?

Leutnant Crogers Blick flog durch den Raum. »Verstehe, Sir. Was schlagen Sie vor?«

»Retten Sie nur diejenigen, die eine gute Überlebenschance haben. Wir können maximal dreißig aufnehmen.«

Was? Jü stockte der Atem. Als Croger zu einer Antwort ansetzte, grätschte sie dazwischen und drückte ihrerseits den Funkknopf. »General Mox, Jü van Oak hier. Es kann unmöglich Ihr Ernst sein, so viele zu opfern.«

»Frau van Oak, Sie kennen die Bestimmungen der Basis.« Mox' Antwort klang scharf in ihrem Ohr.

»Das tue ich«, blaffte sie durch das Funkgerät zurück.

Die Anwesenden im Raum verfielen in angespannte Stille. Mit Sicherheit verstanden sie kein Wort, aber dass es hier um etwas Schwerwiegendes ging, war auch so spürbar. »Wenn Sie entscheiden können, wer am Leben bleiben darf und wer nicht, bitte schön. Aber dann kommen Sie persönlich her und sortieren Sie eigenhändig aus.«

Crogers Blicke wirkten wie Kanonenschüsse und bestimmt stand auch Mox die Zornesröte im Gesicht. »Van Oak, was fällt Ihnen ein?« Seine Stimme peitschte regelrecht durch den Äther.

»Viel, um ehrlich zu sein.« Sie ignorierte die bohrenden Blicke und holte tief Luft. »Bei allem Respekt, General, aber wir sind keine Shaterra, denen das Leben anderer egal ist. Außerdem handelt es sich hier um eine hoch entwickelte Spezies. Im Gegensatz zu uns greifen sie nämlich nicht auf Shaterra-Technologie zurück, um durch das All zu reisen. Sie haben ein eigenes Raumschiff, dessen Technik weiter entwickelt aussieht als alles, was ich bislang gesehen habe. Ich bin kein Experte auf dem Gebiet, aber sie wirken wie äußerst hilfreiche Verbündete. Ich frage mich allerdings, wie sie auf uns zu sprechen sein werden, wenn sie mitbekommen, dass wir einen Teil ihrer Leute einfach zum Tode verurteilt haben, obgleich es sehr wohl Möglichkeiten gäbe, sie zu retten.«

Jü war sich darüber im Klaren, dass das komplette Einsatzteam vor den Toren des Schiffes mitgehört hatte. Ebenso der Generalstab von Turva. Die Veränderung ihrer eigenen Situation, die sie in wenigen Wochen anschieben wollte, drohte von ihrer sicheren Basis zu rutschen. Sie konnte sich ein Zerwürfnis mit Mox im Grunde nicht leisten. Doch was wog schwerer? Ihre inneren Wünsche oder die Leben dieser fünfzig Individuen? Die Antwort war klar, aber es brachte sie selbst in eine riskante Lage. Sie hatte schon zu oft Respektgrenzen überschritten. Für ihr anstehendes Gespräch mit Mox war das definitiv ein Problem.

Eine kurze, aber heftige Rückkopplung ließ Jü zusammenzucken, bevor sie den General lautstark einatmen hören konnte. »Van Oak, ich habe maximal dreißig gesagt. Wenn Sie Probleme damit haben, lassen Sie Leutnant Croger die Auswahl treffen.«

Der Soldat an ihrer Seite trat sofort einen Schritt vor, als ein lautes Zischen einsetzte. Die Überlebenden rissen die Augen auf. Sie rückten zusammen und hielten sich aneinander fest.

Jü ahnte, was das zu bedeuten hatte.

Croger schob sein Visier wieder herunter und blickte sich hastig um. »Sir, das Schiff hat ein Leck. Für eine Selektion reicht die Zeit nicht mehr. Entweder wir verfolgen van Oaks Plan oder es gehen alle Überlebenden drauf.«

Auch Jü riss ihr Visier herunter. Die Anzeige auf dem Kunststoff zeigte bedrohlich die atmosphärischen Änderungen im Raumschiff auf. »Wir könnten einen Teil im Shuttle unterbringen, bis Verstärkung eintrifft!«, rief sie und sah sich um.

Die Fremde, die sie auf das Schiff gelassen hatte, eilte zu einer weiteren Tür und zeigte ins Innere. Jü ignorierte die Warnung ihrer Digitalanzeige, die sich orange-blinkend aufzudrängen versuchte, und rannte hinzu. In dem Raum lagen ein Dutzend Helme, wie sie auch die Fremde trug.

Sofort griff Jü danach und verteilte sie zuerst an die Verletzten. Wenngleich ihr klar war, dass die offenen Fleischwunden die tödliche Atmosphäre nicht abhalten würden.

Noch immer warteten sie auf Mox' Erlaubnis. Was überlegten die denn in der Basis so lange? Zorn brandete in ihr auf, weil die Entscheidung nicht bei ihr lag. Wieso war es verflucht noch mal so schwer, sich für das Leben und gegen einen grausamen Tod Dutzender eventuell neuer Verbündeter zu entscheiden?

Die Digitalanzeige wechselte zu Hellrot.

»General Mox!«, rief sie durch den Funk, doch Crogers erhobene Hand ließ sie innehalten.

Er griff seinerseits zum Sprechknopf. »Wir brauchen dringend Verstärkung. Erbitte Erlaubnis, Verletzte bis zum Eintreffen ins Shuttle zu evakuieren. Uns bleiben maximal zehn Minuten, bis hier allen die Luft ausgeht.«

Ein Warnton piepte in Jüs Helm auf, die Anzeige färbte sich dunkelrot. Erschrocken fuhr sie zusammen. Hoffentlich hatte Croger mit seiner Einschätzung recht und ihnen blieb wirklich noch so lange Zeit. Sie riss die nächsten Helme von den Halterungen und verteilte sie.

Jedes der fremden Individuen, das bereits einen Helm aufhatte und gesund genug war, um auf zwei Beinen zu stehen, tat es ihr gleich, während Croger mit gerunzelter Stirn dazwischen stand. Er schien hin und her gerissen. Sie untergrub mit ihrer Mithilfe indirekt jede militärische Hierarchie.

Endlich knisterte es in der Leitung. »Leutnant Croger, erteile Erlaubnis, alle Überlebenden zur Basis zu evakuieren.«

Jü fiel ein Stein vom Herzen. Sie atmete hörbar aus und schenkte den Fremden ein aufmunterndes Lächeln. »Kel«, sagte sie und hörte Croger Anweisungen zur Rettung über Funk verteilen.

»Shuttle andocken!«, brüllte er. »Planengang muss in einer Minute stehen!«

Sie half einem Wesen in den Stand, dass ihr gerade mal bis zum Bauchnabel reichte. Tränenspuren standen in dem kindhaft wirkenden Gesicht. Sie schenkte ihm ein aufmunterndes Lächeln und schob es in Richtung Tür.

»Alle Verletzten ins Shuttle«, kommandierte Croger. »Van Oak, Sie bleiben mit den Gesunden hier. Ich schicke Ihnen gleich ein paar Männer rein. Versuchen Sie herauszufinden, wie lange deren Helme sie mit atembarer Luft versorgen. Ich schicke Ihnen zusätzlichen Sauerstoff.«

»Zu Befehl!« Jü nickte erleichtert. Spätestens in einer halben Stunde wären zwei weitere Shuttles hier und würden die Menschen von Bord des havarierten Raumschiffes holen. So lange mussten sie durchhalten. Danach konnte sie sich für das Gespräch mit Mox wappnen. Ihr energischer Alleingang von eben war nicht die beste Basis, aber er hatte ihrer Bitte stattgegeben. Das und ihr Einsatz in den letzten Jahren waren alles, worauf sie bauen konnte. Es musste einfach reichen.

***

Jü drückte den Umschlag in ihrer Hosentasche fester, als sich der Fahrstuhl vor ihrer Nase öffnete.

Das sterile Licht des Vorzimmers erhöhte ihren Respekt zusätzlich. Aber sie würde sich nicht aus dem Konzept bringen lassen. Sie holte tief Luft und trat nach außen hin entspannt aus dem Fahrstuhl heraus in die zwanzigste Etage des Central Towers von Turva.

»Frau Jü van Oak!« Die Vorzimmerdame sprang auf und eilte ihr entgegen. Mit ihrer Lyocell-Bluse und dem Rock aus intelligentem Polymerstoff wirkte sie wie ein Ausstellungsstück. »Da sind Sie ja endlich.«

»Ich habe einen Termin beim General.«

»Das haben Sie! Und zwar seit zehn Minuten.« Der Vorwurf war nicht zu überhören.

Jü strich ihre Haare nach hinten, zog ihr Shirt zurecht und setzte ein Lächeln auf. »Nun bin ich ja da.«

»Das wird auch Zeit. Den General lässt man nicht warten.« Die Vorzimmerdame legte ihre unterkühlten Hände von hinten auf Jüs Schultern und schob sie in Richtung der Tür des Central Office.

Jü war selbst erst einmal hier oben gewesen. Vor fünfzehn Jahren. Ein bedeutsamer Moment. Genau wie der jetzige. Sonst fanden Treffen oder Unterredungen ein paar Etagen tiefer statt, doch heute ging es um mehr, viel mehr. Es war kein Auftrag, keine Dienstbesprechung, kein Small Talk. Es ging um ihre Freiheit.

Sie verfolgte mit steigender Aufregung, wie Madame Ungeduld die Tür öffnete und ihren Kopf ins Innere des Büros schob. »General Mox, Frau van Oak ist hier.«

»Schicken Sie sie herein«, antwortete die Stimme, mit der Jü vor zwei Wochen über Funk diskutiert hatte.

Jü warf der Vorzimmerdame ein Grinsen zu und schob sich an ihr vorbei ins Büro des Generals.

Mox blickte von seinem Schreibtisch auf und wies auf einen Stuhl ihm gegenüber. Mit einem Seufzer auf den Lippen konstatierte er: »Wenigstens dieses eine Mal hätten Sie pünktlich sein können.«

»General, Sie wissen, dass das nicht meine Stärke ist«, entgegnete Jü und setzte sich auf den freien Stuhl.

»Ja, allerdings glaube ich weniger, dass es sich dabei um eine mangelnde Fähigkeit handelt, sondern eher um Ihre ureigene Form der Aufmüpfigkeit.« General Mox schüttelte seinen grau behaarten Kopf und sah sie eindringlich an. »Damit werden Sie auf Dauer nicht durchkommen. Mit Ihren eigenmächtigen Entscheidungen bringen Sie nicht nur mich wiederholt in grenzwertige Situationen.«

»Wollen Sie mir vorwerfen, dass ich meine Meinung ausspreche, wenn ich es für sinnvoll halte?« Jü verschränkte die Arme vor der Brust und musterte den General, der wie ein Pascha in seinem Bürostuhl hockte.

»Ich werfe Ihnen vor, dass Sie Aktionen starten, bevor ich überhaupt eine Entscheidung treffen kann!« Sein Zorn schwappte ihr entgegen, prallte aber vor ihrer Brust ab.

Jü musterte die beleibte Gestalt ihres Gegenübers. »Ich dachte immer, Turva bedeutet Sicherheit.«

»Das tut es auch. Gerade Sie sollten das wissen!«

Die Worte trafen Jü direkt in den Magen. Natürlich wusste sie das. Sicherheit. Sie senkte den Blick, sodass ihre langen Haare über die Schultern nach vorn fielen, und krallte die Finger in die Oberschenkel. »Ich habe mir meine Vergangenheit nicht ausgesucht, General. Machen Sie mich nicht dafür verantwortlich.« Sie hob den Kopf wieder und fixierte entschlossen seine braunen Augen. »Allerdings ist es genau der Grund, weshalb ich hier bin.«

Mox nickte. »Ihre Immunität endet kommende Woche. Wir werden sie um weitere fünf Jahre verlängern.«

Jü schüttelte heftig den Kopf, was den General die Stirn in Falten ziehen ließ. Ihre Worte würden ihm nicht gefallen, trotzdem sprach sie ihren Wunsch aus. »Ich möchte nicht verlängern. Ich will zur Erde zurück.«

»Sie wollen *was*? Sind Sie sich darüber im Klaren, dass es auf der Erde von Shaterra nur so wimmelt?«

»Das bin ich.«

»Und dass Sie dort zehn Jahre Ihrer Kindheit in völliger Überwachung verbracht haben?«

»Ja.«

Mox' Oberkörper bebte. »Und dass ich Sie nicht hier aufgenommen habe, um hinterher dabei zuzusehen, wie Sie in Ihr Unheil rennen?«

»Herrgott! Meine Flucht ist fünfzehn Jahre her. Fünfzehn! Die werden schon nicht gleich kommen und mich wieder einsperren. Wie nachtragend sollen die denn sein?«

»Nicht nachtragend, sondern berechnend«, entgegnete Mox und beugte den Oberkörper nach vorn. »Wenn es ihren Zwecken dient, machen die vor nichts Halt. Da helfen auch Ihre strahlend blauen Augen nichts. Wir wissen bis heute nicht, was genau die Shaterra damals von Ihnen wollten.«

Ich habe auch nicht alles erzählt.

Jü biss sich auf die Lippen, damit sie ihre Gedanken nicht laut äußerte. Ihr war das Risiko bewusst, aber es wurde mit jedem Jahr auf Turva unbedeutender. Das abgestürzte Raumschiff der Voolaner, wie sich die Spezies an Bord wohl selbst nannte, hatte ihren Entschluss gefestigt. Wer wusste schon, wann sie ihre eigene Familie je wiedersehen würde, geschweige denn wie lange die Erde unter dem Joch der Shaterra noch durchhielt. Sie wollte zurück! »Hören Sie, General Mox, ich weiß Ihre Mithilfe zu schätzen. Nur dank Ihnen lebe ich vermutlich überhaupt noch, aber ich möchte zurück zur Erde.«

»Turva ist eine sichere Zone. Die Raumschiffe der Shaterra haben schon vor Jahrzehnten aufgegeben, in den hiesigen Luftraum einzudringen. Wir konnten zwar noch nicht herausfinden, woran das liegt, aber wir nehmen diesen Vorteil dankend an. Dieser Planet ist ein Geschenk. Auch für Sie.«

Jüs Entrüstung äußerte sich in einem Schnauben. »Für *Sie* ist es ein Geschenk, für mich ist es ein Gefängnis.« Diese Militärstrukturen fesselten sie förmlich. Sie fühlte sich darin genauso kontrolliert und fremdbestimmt wie in ihrer Kindheit. Bis zu ihrem achtzehnten Lebensjahr hatten die Shaterra sie nicht eine Minute aus den Augen gelassen. Erst als sie volljährig war, gelang ihr mithilfe von Mox' Spionen die Flucht nach Turva. Und nun lebte sie hier in einer Immunität, die sie mehr geißelte, als ihr half. Worin also lag der Unterschied? Ihre Hand wanderte zu dem Umschlag in ihrer Hosentasche. »Ich kann nicht sagen, wohin genau dieser Weg mich bringen wird, aber meine Familie soll ein Teil davon sein.« Sie zog das Kuvert heraus. Das Foto beließ sie darin, doch den Datenstick schob sie in einen Port am Tischrand.

Mox vergrößerte das Dokument auf der Tischoberfläche, musterte mit gepressten Lippen die Signatur und schüttelte den Kopf. »Leider kann ich Ihrem Antrag nicht zustimmen, van Oak. Zumindest noch nicht.«

»Wie bitte?« Jü glaubte, sich verhört zu haben.

Mox räusperte sich. »Fräulein van Oak, ich habe einen letzten Auftrag für Sie, bevor ich diesem Antrag stattgeben kann.«

Jü lehnte sich in ihrem Stuhl zurück und verschränkte erneut die Arme vor der Brust. »Und der wäre?«

»Ich brauche Sie bei den Verhandlungen mit den Voo-lanern.«

»Wieso? Sie haben doch fähige Diplomaten.«

»Die kommen aber nicht weiter. Ich brauche jeman-den, der psychologisches Know-how hat und etwas ris-kiert. Jemanden, der andere mit Worten so glaubhaft und leidenschaftlich überzeugen kann wie mich.«

»Was wäre, wenn ich das ablehne?«

»Wieso sollten Sie?«

»Weil ich den Eindruck habe, hier auf eine Erpres-sung zuzusteuern. Das behagt mir nicht.«

Mox' Pupillen fixierten sie. »Genau das meine ich, Frau van Oak. Das ist das Gespür, das wir in den Ver-handlungen brauchen. Sie sind mit Abstand die Beste auf diesem Gebiet. Wissen Sie, was es für mich bedeu-tet, Ihrem Antrag stattzugeben und Sie gehen zu las-sen?« Er holte tief Luft und neigte sich in seinem Stuhl nach hinten. »Wenn Sie in dieser Sache nicht kooperie-ren, wird Ihr Formular wohl noch eine Weile hier lie-gen.«

Jü lehnte sich abrupt nach vorn. »Das können Sie nicht machen!«

»Natürlich kann ich das.« Der General schloss den An-trag, indem er über die Tischfläche wischte und ent-koppelte den Datenträger. »Durch die Aufnahme der Voolaner in unsere Basisstation verbrauchen wir lang-fristig mehr Ressourcen, als wir uns leisten können. Doch sie sind ein ... stures Volk. Verdammt stur. Dage-gen sind Sie mit Ihren ethischen Ansichten ein Zucker-schlecken. Die Voolaner halten uns für hochgradig pri-mitiv und ihr Oberhaupt verweigert jegliche Kooperation. Dabei könnten wir von ihnen umfassend profitieren.« Sein Finger richtete sich auf Jüs Nasenspitze. »Sie wollten, dass wir alle Voolaner aufnehmen. Nun sorgen Sie dafür, dass sich dieser Schritt gelohnt hat.«

Jüs Herz raste, während sie sich mit Mox förmlich eine Schlacht der Blicke lieferte. Wie zwei Kinder, die darüber wetteiferten, wer zuerst zwinkerte. Das Schweigen fühlte sich wie eine Ewigkeit an und die Anspannung brachte die Luft zum Knistern. Unsichtbare Funken sprangen über den Tisch. Jüs Mund war trocken und ihre Finger kribbelten, als sie sich erhob. Hinter ihrem Stuhl blieb sie stehen und schenkte Mox einen vernichtenden Blick. Wenigstens hatte er ihr mit diesem Gespräch den entscheidenden Schub gegeben, ihre Rückversetzung auf Gedeih und Verderb durchzusetzen.

»Das wird mein letzter Auftrag, Sir. Danach möchte ich, dass Sie dem Antrag stattgeben und sich um meine Rückreise kümmern. Sollten Sie das nicht tun, erwarten Sie kein weiteres Entgegenkommen von mir. Sperren Sie mich ein, wenn es Ihnen beliebt, oder setzen Sie mich auf der Oberfläche von Turva aus. Das ändert an meiner Situation nämlich nicht viel. Einen schönen Tag noch.«

Erst nachdem die Tür hinter ihr einrastete, atmete sie die Anspannung aus. Den verdatterten Blick der Vorzimmerdame überging sie und stapfte zum Fahrstuhl. Wenn Mox dachte, er könnte sie unter Druck setzen, hatte er sich getäuscht. Der Absturz des Voolaner-Raumschiffes hatte ihre Entscheidung, zurück zur Erde zu gehen, gefestigt.

Nach allen Erkenntnissen waren es die Shaterra gewesen, die deren Planeten überrannt und in den Abgrund gestürzt hatten. Sie hatten sich die Technik der Voolaner einverleibt und die gesamte Bevölkerung niedergemetzelt. Das einzige Schiff, das die Flucht in die Weiten des Alls überlebt hatte, war hier auf Turva notgelandet. Wieder einmal hatten die Shaterra eine Spezies nahezu ausgerottet.

Hatte sie allein deshalb nicht das gute Recht, zu ihrer Familie zurückzukehren, bevor es auch mit der Erde zu Ende ging? Das hatte sie in jedem Fall! Nur musste sie dafür zuerst die Verhandlungen in trockene Tücher bringen.

***

»Ich will auch mit!« In allerletzter Sekunde schoben sich Jüs Finger zwischen die Flügel der Fahrstuhltür.

Das Metall glitt wieder auf und offenbarte Jü den Blick auf einen schlaksigen Diplomaten, dessen Gesichtsausdruck sofort in sich zusammen fiel. »Was machen Sie denn hier?«

Jü war von Vorkas Anwesenheit ebenso wenig begeistert. Von allen Diplomaten dieses Stützpunktes ausgerechnet er. Kein Wunder, dass die Verhandlungen stockten. Sie betrat die Kabine und stellte sich neben ihn. »General Mox schickt mich.«

»Sind Sie sich da sicher?« Seine Augenbrauen waren kurz davor sich zu berühren und die Wut funkelte in seinen blauen Augen. »Er sagte, ich bekomme fähige Unterstützung und nicht ... *Sie*.« Das letzte Wort spie er förmlich aus.

Jü hielt die Augen starr auf Vorka gerichtet. Sie würde sich nicht verunsichern lassen. Dafür stand zu viel auf dem Spiel. »Bei dem Gespräch geht es um mögliche Verbündete für Turva«, erwiderte sie. »Dieser Planet kann es sich nicht leisten, ein technisch so versiertes Volk gegen sich zu haben.«

Und ich kann es mir nicht leisten, diese Verhandlung gegen die Wand fahren zu lassen.

Der Diplomat zog die Stirn kraus. »Das ist mir durchaus bewusst. Mit dem technischen Know-how der Voolaner wären wir in der Lage, die Station effektiver auszubauen. Aber das ist meine Angelegenheit. *Sie* hingegen gehören in die Zuschauerkabine, van Oak, nicht auf die Bühne.«

»Ich glaube, da irren Sie sich.« Sie schenkte Vorka ein aufreizendes Lächeln und klopfte ihm auf die Schulter. »Aber ich weiß ja, dass Sie das nicht so ernst meinen und äußerst gern mit mir zusammenarbeiten. Oder sind Sie am Ende immer noch sauer wegen der Sache zwischen mir und Ihrem Bruder?«

»Ganz bestimmt nicht! Im Gegenteil, ich verstehe bis heute nicht, was er an Ihnen gefunden hat.«

Mit einem Pling stoppte der Fahrstuhl in Etage zehn des Central Towers.

»Jetzt lächeln Sie mal, Vorka. Wir schaffen das schon.«

»Van Oak«, zischte er, »das ist mein Auftrag. Verschwinden Sie!« Die Tür öffnete sich und Vorka bemühte sich um einen freundlichen Gesichtsausdruck. Dafür, dass er Diplomat war, gelang ihm das nur bedingt.

Jü bedeutete ihm mit einer Hand vorzugehen. Schließlich wollte sie ihn nicht öffentlich demütigen. Aber wenn er für die Gestaltung des Bündnisses allein zuständig war, konnte nicht viel dabei herumkommen. Außerdem ging es nicht nur um Turva und seine Bewohner, sondern auch um sie selbst. Sie hasste Mox für die Erpressertour, aber ohne seine Mithilfe konnte sie diesen Planeten nicht verlassen. Galaktische Wurmlöcher – die einzige Transportmöglichkeit von hier zurück zur Erde – öffneten sich nur auf seinen Befehl hin.

Sie heftete sich an Vorkas Fersen und folgte ihm durch eine Tür.

Im dahinter befindlichen Konferenzsaal stand ein ovaler Tisch, an dessen fernem Ende die drei Vertreter der Voolaner bereits Platz genommen hatten. Sie wirkten ebenso angespannt wie Vorka. Dass sie überhaupt hergekommen waren, ließ sich als positives Zeichen werten. Vielleicht war auch ihnen bewusst, dass ihr aller Überleben voneinander abhing. Das schien sie aber nicht davon abzuhalten, sich querzustellen.

Der restliche Raum war leer. Einzig die versteckte Kamera in der Deckenlampe zeichnete auf, was hier passierte. Jü war sich sicher, dass der vierköpfige Generalstab von Turva zusah, vermutlich außerdem ein Vertreter oder eine Vertreterin der *Vereinten Föderation der Menschheit*: das Regierungsüberbleibsel aus der Zeit vor dem Eintreffen der Shaterra. Der letzte Rest menschlicher Regierungsfähigkeit, der aus der Ferne zusehen musste, wie der eigene Planet unterging. Sicherlich war auch Mox im Überwachungsraum anwesend, der jedes ihrer Worte aufmerksam verfolgen würde. Sollte er ruhig. Jü war vorbereitet. Auf ihre ganz eigene Weise.

Sie setzte eine selbstbewusste Miene auf und näherte sich hinter Vorka den drei Abgesandten der Voolaner, unter ihnen der höchste Pada'ar, wie sie ihren Anführer nannten. Sein grau meliertes Haar war streng nach hinten frisiert, die Augen des Voolaners wirkten hart und unerbittlich. Wenn Jü Gedanken lesen könnte, würde ihr vermutlich eine geballte Ladung Unverständnis entgegenfliegen. Es war deutlich spürbar, wie demütigend er es fand, mit so einer niederentwickelten Spezies einen Deal eingehen zu müssen.

Vorka ging auf die Voolaner zu und verbeugte sich tief. »Vel Tak.« Er führte drei Finger an die Stirn und war sichtlich erleichtert, als der Anführer die Geste erwiderte.

Physiologisch sahen die Voolaner den Menschen sehr ähnlich. Die einzigen äußerlich erkennbaren Unterschiede waren der massigere und muskulösere Körperbau und die dezent bläuliche Haut. Im Sitzen war der Pada'ar genau so groß wie sie, dabei war Jü mit ihren 1,73 m mitnichten klein.

Jü verbeugte sich ebenfalls, allerdings zuerst an die beiden Begleiter gerichtet. »*Vel Tak, to ma'al. Kil Jü van Oak*«, sagte sie und war überrascht, in der Frau links des Pada'ar diejenige wiederzuerkennen, die das Raumschiff für das Einsatzteam geöffnet hatte.

Ihre freundlichen Grußworte entlockten den Begleitern Erstaunen. Kurz darauf huschte ein Lächeln über ihre Gesichter und die Frau schenkte ihr ein bedächtiges Kopfnicken.

Sehr gut, schon einmal zwei Eisblöcke weniger.

Als Nächstes wandte sie sich an den Anführer. Sie wählte eine förmlichere Ansprache. »*Veltaar Tak, to Pada'ar.*«

»Sie sprechen Voolan?«, fragte der Pada'ar, blieb aber sitzen. Offenbar war sie für eine Begrüßung im Stehen nicht würdig genug.

Jü hatte damit gerechnet. Sie entschied sich für eine ehrliche Antwort. Dafür setzte sie ihr Lächeln des Vertrauens auf und sagte: »Nur wenige Höflichkeitsformulierungen. Die vergangenen Jahre und meine Rolle als galaktische Mittlerin haben mich deren besondere Bedeutung gelehrt. Leider reicht mein Wissen nicht annähernd für den Wortschatz, den Sie bezüglich meiner Sprache in so kurzer Zeit erlernt haben.«

Der Pada'ar durchbohrte sie und Vorka mit seinen Blicken. »Eines der vielen Dinge, in denen wir Ihrer Spezies überlegen sind.«

»Deshalb sind wir heute noch einmal hier«, übernahm Vorka den Staffelstab. Er wählte einen Stuhl, der ihm respektvollen Abstand gewährte. Jü ließ sich gegenüber von ihm auf die sterilen Polster sinken. Eine Sitzfläche mit Memory-Effekt. Wenigstens etwas. Bequemer konnte ihr Hinterteil ein wichtiges Gespräch nicht verbringen.

Vorka bedachte sie keines weiteren Blickes. Sie entschied sich für ein entspanntes Anlehnen und folgte der Gesprächsrunde aufmerksam.

Vorka räusperte sich. »Ich danke Ihnen für diese erneute Zusammenkunft. Ich ... oder besser gesagt wir ...« Er deutete auf Jü und sich selbst. »... sind Gesandte der Menschen. Nach wie vor möchten wir Ihnen ein Angebot unterbreiten. Wir können den Voolanern Schutz vor den Shaterra hier bei uns auf dem Planeten Turva anbieten. Sie verstehen sicherlich, dass das auch für uns ein Risiko bedeutet. Sie kennen den Stand unserer Ressourcen. Wir müssen eine Basis für gegenseitiges Vertrauen schaffen. Daher möchten wir mit Ihnen verhandeln, was ...«

»Sie verlangen noch immer eine Gegenleistung von uns?«, unterbrach der Pada'ar den Diplomaten.

»Nun«, fuhr Vorka lächelnd fort. »Sie verfügen über ein hoch entwickeltes technologisches Wissen, von dem wir gern profitieren würden.«

»Wieso?« Die Gegenfrage des Pada'ar zerschnitt die Luft wie ein Nanolaser Metall.

»Es könnte uns gegen die Shaterra schützen und uns dabei helfen, diese Galaxie wieder zu unserer zu machen.«

»Diese Galaxie? Zu Ihrer? Ihnen gehört nicht einmal dieser Planet hier.«

Vorkas Blick streifte hilfesuchend durch den Raum, drehte aber kurz vor Jü ab, als hätte er es sich anders überlegt, und wanderte zurück zum Pada'ar. »Nun, genau genommen waren wir zuerst hier.«

Jü schüttelte innerlich den Kopf. Was für ein taktloses und unsinniges Argument.

Der Pada'ar schien das ähnlich zu sehen. Er zog die Augenbrauen zusammen und faltete die Hände ineinander. Eine Antwort sparte er sich jedoch aus.

Jü beschloss, die Initiative zu ergreifen. Jetzt oder nie. Sie beugte sich nach vorn und zog dadurch die Aufmerksamkeit auf sich. »Was mein geschätzter Kollege sagen wollte, ist, dass diese Galaxie wieder uns allen gehören sollte. Er bezog Sie in diese Aufzählung mit ein.

Die Shaterra sind ein Gegner, gegen den uns bis jetzt die Mittel fehlen. Ihnen ebenfalls. Sonst wäre Ihr Planet noch bewohnbar und Sie nicht mit letzter Kraft hier auf Turva notgelandet.«

Der Pada'ar warf ihr einen durchstechenden Blick zu, ließ aber nicht erkennen, wie er ihre Worte auffasste.

Vorka räusperte sich. Schon wieder. Jü unterdrückte ein Grinsen. Als wäre das ein Ritual der Menschen, bevor sie zu sprechen begannen, wenn es wichtig war. »Werter Pada'ar«, sagte er, »Wir sind überzeugt, eine beiderseits gewinnbringende Vereinbarung treffen zu können.«

»Voolaner verhandeln ihr fortschrittliches Wissen nicht mit einer Spezies wie Ihrer. Vermutlich war es ein Fehler, überhaupt herzukommen.«

Das klang nicht gut. Zu Recht standen Vorka Schweißtropfen auf der Stirn. »Ich bitte Sie, uns noch ein paar Minuten Zeit zu geben.«

»Wieso sollte ich? Sie sind eine primitive Spezies. Wir haben den Fehler schon einmal begangen, einer wenig entwickelten Gesellschaft Geheimnisse zu verraten. Am Ende zerstörte sie sich selbst. Das wird nicht noch einmal passieren.« Die Gesandten der Voolaner erhoben sich synchron und verließen den Raum.

Jü saß kerzengerade in ihrem Stuhl.

Nein! Das durfte nicht wahr sein!

Wenn sie die drei Voolaner nicht binnen Sekunden zurück an den Tisch bekam, war ihre Zukunft dahin.

Sie kramte in ihrer Erinnerung nach der passenden Phrase und entschied sich für das volle Risiko. Das Kratzen von Stuhlbeinen begleitete ihren Weg zur Tür, während Vorka mit unbeweglicher Miene auf seinem Sitz festgewachsen schien.

Sie eilte der Delegation hinterher und rief mit Nachdruck über den Flur: »*Wak tao!*«

Ich habe etwas Wichtiges zu sagen. So wichtig, dass es in jedem Fall gehört werden muss.

Mit klopfendem Herzen harrte sie aus, betete, dass sie die Worte richtig ausgesprochen hatte, und beobachtete die Reaktion.

Die Voolaner stoppten tatsächlich und warfen sich unschlüssige Blicke zu. Die dunklen Augen des Pada'ar musterten sie mit einer Intensität, die Jüs Herz schneller klopfen ließ. Zu ihrer unendlichen Erleichterung kamen die drei tatsächlich zurück und nahmen wieder am Oval im Konferenzraum Platz.

Jü stieß die Luft aus. Das war knapp gewesen. Doch nur, weil die drei Abgesandten wieder saßen, war sie noch lange nicht am Ziel. Sie hatten lediglich deren Aufmerksamkeit zurückgewonnen.

Während Jü ihren Platz wieder einnahm, fraß sich Vorkas Blick in sie hinein. Er schien die Rückkehr an den Verhandlungstisch als Aufforderung zum Sprechen zu sehen, denn er wandte sich an die Delegation. »Danke ...«

Der Pada'ar donnerte seine Faust auf den Tisch. »Schweigen Sie! Ihre Begleitung hat die bedeutsamen Worte gesprochen, nicht Sie. Ihr werden wir zuhören.«

Der Druck lastete nun auf Jü. Sie war sich sicher, dass in der Beobachtungskammer gerade alle Verantwortlichen den Atem anhielten. Nun gut. Genau dafür hatte Mox sie einbezogen. Sie nahm ihren Mut zusammen. Nach allem, was sie in Erfahrung bringen konnte, trat man dem Pada'ar mit Ehrlichkeit und Direktheit gegenüber. Doch das würde kein leichter Weg werden.

Sie nahm einen tiefen Atemzug und sprach: »Sie werfen uns vor, rückständig zu sein. Doch unsere Spezies entwickelt sich auf ausgesprochen verschiedenen Ebenen. Technik ist nur eine davon. Es gibt andere Bereiche, in denen wir Sie als ebenso *primitiv*, wie Sie es nennen, bezeichnen könnten.« Die Gesichtsfarbe des Pada'ar wurde eine Spur grünlicher, woraufhin Jü unverzüglich weiterredete. Dabei behielt sie seine Körpersprache im Blick. »Man lehrte mich einst, dass zwischen geistiger und seelischer Entwicklung ein Unterschied liegt. Man kann das eine haben, muss das andere aber noch erlangen.«

»Werfen Sie uns Rückständigkeit in der Steuerung unserer Gefühle vor? Dieses Vorurteil soll der wichtige Punkt sein, den Sie uns erklären wollten?«

»Nicht ganz. Ich agiere im Moment lediglich auf die gleiche Weise wie Sie.«

Die Hand des Pada'ar krachte auf den Tisch. »Wie bitte?«

»Ich agiere mit Vorurteilen und unterstelle Ihnen, dass Sie es genauso tun.«

»Das tun wir nicht!« Der Pada'ar beugte sich in einer bedrohlichen Geste näher, während seine beiden Begleiter sich mit großen Augen Blicke zuwarfen.

Der heikelste Punkt stand bevor, doch Jü spürte, dass sie die Verhandlungen in die richtige Richtung kippen konnte. Diese Art des Schlagabtauschs war genau ihr Spielfeld.

»Sind Sie sich da sicher?«, entgegnete sie und fügte hinzu: »*Mel nor rak, bata kor el nog – In der Vernunft liegt das Wissen, doch im Herzen der Weg.* Das ist ein Spruch, den Sie bereits Ihren Kindern beibringen, richtig?«

Die Gesichtszüge des Pada'ar hellten sich eine Nuance auf und der Blick des Voolaners wurde nachdenklich. Seine Schultern sanken kaum merklich nach unten und seine Atmung vertiefte sich wieder.

Jü nutzte die Veränderung und sprach weiter. »Gleichzeitig postulieren Sie die Annahme, jeder einzelne Mensch sei unterentwickelt, und prognostizieren für uns wie selbstverständlich eine Entwicklung, die auf Ihren Erfahrungen mit einer gänzlich anderen Spezies beruhen. Aber weder kennen Sie jeden einzelnen Menschen, noch differenzieren Sie uns nach unseren individuellen Entwicklungsstufen, zumal Ihnen selbige durchaus geläufig sind.«

Der Pada'ar lehnte sich in seinem Stuhl zurück und verschränkte die Arme vor der Brust. Das war ein gutes Zeichen.

Sofort fiel die Anspannung von Jü. Jetzt erst merkte sie, dass sie ihre Hände unbewusst ineinander verkrampft hatte. Sie lockerte den Griff und setzte eine selbstbewusste Miene auf.

Ein rascher Seitenblick auf Vorka ließ sie beinahe auflachen. Der Diplomat wirkte wie eine frisch gekalkte Wand. Mit unbewegter Miene wartete er auf eine Reaktion der Abgesandten.

Zu Jüs Erleichterung schmunzelten auch die beiden Begleiter der Voolaner. Der Pada'ar hingegen hatte die Handflächen offen auf den Tisch gelegt. Er musterte Jü eine lange Zeit, dann antwortete er: »Sie haben gut gesprochen, Jü van Oak. So viel Aufrichtigkeit habe ich nicht erwartet. Ebenso wenig solche Kenntnis über unsere Umgangsformen, auch wenn ich die Diskussion zu einem späteren Zeitpunkt gern fortführen möchte, denn ich kann nicht in jedem Punkt zustimmen. Aber ich bin bereit, mit Ihrem obersten Generalstab über ein Abkommen zu sprechen, und danke den Menschen für das Asyl, das wir auf Turva erhalten.«

Die Anspannung fiel in einem erleichterten Ausatmen von Jü ab. »Vielen Dank. Es ist uns eine Ehre.« Hoffentlich sah man ihren Augen nicht allzu sehr an, wie wild ihr Innerstes über diesen Erfolg hin und her hüpfte. Es war ihr Verdienst und wenn Mox nun sein Wort nicht hielt, würde sie persönlich über den Tisch springen.

Ein paar Verabschiedungsfloskeln später schüttelte der Pada'ar ihr die Hand. »Ich habe mir sagen lassen, dass dies eine typisch menschliche Geste ist.« Erstmals bildete sich ein Lächeln in seinen Mundwinkeln. »Zudem weiß ich, welchen Dienst Sie meinem Volk an der Absturzstelle erwiesen haben. *Rala mek nir.*«

Jü war sich nicht sicher, ob sie das richtig verstanden hatte, aber sie würde auch nicht extra nachfragen. In ihrer Erinnerung hieß das so viel wie: *Du hast etwas gut bei mir.*

»Danke, ich weiß das zu schätzen«, antwortete sie. Wer wusste schon, wofür das gut war. Immerhin gab es ja den Spruch ›Man sieht sich immer zweimal im Leben‹. Wenn da etwas Wahres dran war, könnte sich der heutige Tag in der Zukunft noch als wertvoll erweisen.

Jü verfolgte, wie die Abgesandten gemeinsam den Konferenzraum verließen.

Vorka, der zu einem blassen Nichts mutiert war, fand seine Stimme erst wieder, als von den Voolanern nichts mehr zu sehen war. »Wenn das schief gegangen wäre«, zischte er, »hätte Mox Ihren Kopf rollen lassen, van Oak.«

»Hätte er. Ist es aber nicht.« Dass ihr Kopf so oder so gerollt wäre, musste sie Vorka ja nicht auf die Nase binden. Stattdessen fügte sie hinzu: »Außerdem hätte Sie das vermutlich gefreut. Seien Sie lieber dankbar, dass wir das so gut hinbekommen haben.«

Seiner Mimik nach zu urteilen, besänftigte das den Diplomaten nur geringfügig. »Woher haben Sie Ihr Wissen über die Voolaner überhaupt? Mehr als eine allgemeine Grußformel konnte ich nicht eruieren.«

Jü klopfte ihm auf die Schulter. »Sie sollten Ihre Hausaufgaben besser machen. Manchmal ist der Bürostuhl dafür nicht der geeignete Ort.« Mit seinem verdatterten Gesichtsausdruck vor Augen drehte sie sich um und ließ ihn im Konferenzraum zurück.

Auf dem Weg zum Fahrstuhl entdeckte Jü den versammelten Generalstab am Ende des Ganges. Mox schenkte ihr ein Kopfnicken.

Sie ging geradewegs auf ihn zu. Die irritierten Gesichter der Umstehenden ignorierte sie. »General Mox, Auftrag erledigt. Ich gehe davon aus, dass meiner Rückreise zur Erde wie vereinbart nichts mehr im Weg steht.« Absichtlich formulierte sie es nicht als Frage, sondern als Fakt.

Seine malmenden Kiefer zusammen mit den an den Schläfen hervortretenden Adern zeigten ihr, wie er das fand. Aber das war ihr egal. Er hatte den Kampf auf diese Weise begonnen. Nun hatte sie ihm im Gegenzug die Pistole auf die Brust gesetzt. In aller Öffentlichkeit und kurz nach einem triumphalen Wortgefecht.

Ihr Plan ging auf. Mox mied die neugierigen Blicke seiner Stabskollegen und nickte. »Wie vereinbart. Die Details für die Rückreise lasse ich Ihnen morgen zukommen.«

Ein offenes Zugeständnis. Mehr brauchte sie nicht.

Sie quälte sich ein höfliches »Danke« heraus, um den Regeln des Respekts nachzukommen, verabschiedete sich mit einem Händedruck auch von den anderen und begab sich zurück ins Erdgeschoss.

Die geräumige Triniumglas-Halle unterhalb des Central Towers, die das unwirtliche Klima Turvas außerhalb hielt, war heute voll. Neben zahlreichen Menschen hatten sich auch die animalisch wirkenden Flaxen mit ihren scharfen Eckzähnen und dem lang gezogenen Kopf versammelt, genau wie die Grapinger, deren hängende Ohren im Vierfüßlerstand fast bis zum Boden reichten. Nicht viele Spezies vertrugen das Klima der Basis und konnten hier auf Turva Schutz suchen. Doch diejenigen, denen es möglich war, wollten verständlicherweise einen Blick auf die Voolaner werfen, denn sie waren eine Spezies, die ihr Schicksal teilte.

Die Halle war das Herzstück der Basisstation. Mehrere Stockwerke hoch fungierte sie als zentraler Sammelort für Kundgebungen oder Geselligkeitsanlässe. Von hier aus erreichte man jede Etage und konnte auch den Flur einsehen, der die Notunterkünfte enthielt. Dort standen Voolaner an Geländern und starrten ebenso neugierig abwechselnd auf die Bewohner der Station hinab und nach draußen auf den Planeten. Die grüngeaderte Steinwüste war eindrucksvoll und stieg in fünfhundert Metern Entfernung zu einem imposanten Massiv an. Die Basisstation lag auf der wettergeschützten Seite. Außerhalb schlossen sich zahlreiche Produktionsstätten und Wasserfiltrationsanlagen an.

Jü entdeckte zwischen den Voolanern auch welche im Kindesalter. Darunter einige bekannte Gesichter, die unter ihrer Aufsicht in den vergangenen Tagen gemeinsam mit den Menschenkindern spielen durften. Sie winkte ihnen zu und schenkte ihnen ein dankbares Lachen. Immerhin hatten die intelligenten Rabauken ihr wirklich viel beigebracht. Außerdem erinnerte es sie an ihre eigene Kindheit, an die wenigen unbeschwerten Momente, die sie bei ihrem Bruder, seiner Frau und deren Sohn verbringen durfte. Wie oft hatte sie ihrem Neffen aus dem gleichen zerfledderten Buch die Geschichte von Lurry, dem Weltraumlurch vorgelesen, ihn mit Kyra gemeinsam durchgekitzelt und an Blekks Schulter gelehnt in die Sterne geschaut. Sie vermisste all das aus tiefstem Herzen, und ihre Rückkehr war lange überfällig. Dass die Shaterra eine Bedrohung waren, blendete sie aus. Ihr Herz sehnte sich nach ihrer Heimat. So sehr, dass sie bereit war, das Risiko einzugehen.

Datentransfer QB71HF

Die Bits schossen durch das Netzwerk und bahnten sich einen verschlüsselten Weg bis in den Secret-Room der führenden Shaterra-Einheit auf dem Planeten PQ334189. Ein riesiges Netzwerk, das in zahllosen autonomen Untereinheiten agierte. Eine jede ausgestattet mit ihren ureigenen Funktionen und Befehlen.

So wie der Commander, dessen zu Fingern geformte Einheiten über die Schaltpultoberfläche fuhren, um die Informationen zu scannen.

--- Commander. ---

Rangordnung. Eine Hierarchie half immer. Das Netzwerk stellte sie nicht infrage. Die Einheiten befolgten Befehle. Agierten keinesfalls eigenmächtig. Es gab abgesteckte Einsatzbereiche. Funktionen und Einstellungen für alle Belange.

--- Erstatten Sie Bericht, Einheit ID309PL23. ---

Im Zentrum lief alles zusammen. Eine weitere Hierarchieeinheit, die den Obersten in der Heimatgalaxie Bericht erstattete. So funktionierte die Herrschaft. So funktionierte der Feldzug.

--- Neues Abbaugebiet vereinnahmt. Null Überlebende auf dem Planeten. Transportschiff der Fliehenden irreparabel geschädigt. Kontakt zur Verfolgungseinheit kurz nach Systemausfall des Schiffes verloren in der Nähe des Planeten ZZ000000. ---

Planet ZZ000000. Die einzige unüberwindbare Barriere innerhalb dieser Galaxie. Schon vor Jahrhunderten ein Hinweis darauf, dass sie dem Avain – der Schlüssel zur Macht – innerhalb dieses Sonnensystem-Verbundes nahegekommen waren, und der wichtigste Grund für die umfangreiche Ausbreitung auf den hiesigen Planeten.

--- Einflussmöglichkeit auf die Situation: aktuell 0 %. Verlagern der Ressourcen auf das neue Abbaugebiet. Ausschlachten bis auf den Planetenkern. ---

Neue Befehle flogen durch den Datenstrom und verteilten sich an die Bestimmungseinheiten.

--- Berichten Sie weiter, ID309PL23. ---

--- Planet PQ334189 verzeichnet erneut Ressourcenabfall. Mehr Zwangsumsiedlungen von den Minenplaneten als die Versorgung zulässt. ---

Eine Negativprognose. Planet PQ334189 – in den Worten der hier lebenden, primitiven Spezies: die Erde. Ein ganz besonderes Objekt. Von zentraler Bedeutung. Schnell nachwachsende biologische Arbeitskraft. Perfekt für die Minenarbeit auf Minta sowie den anderen nahe gelegenen Planeten innerhalb derselben Galaxie. Leider auch ebenso anfällig für physiologischen Verschleiß. Ein regelmäßiger Austausch als einzige Möglichkeit. Doch in letzter Zeit erfolgte der Verschleiß schneller als die Neugewinnung. Den Verschleißobjekten wiederum musste für die Moral aller anderen eine Zukunft in Aussicht gestellt werden.

--- Wie hoch ist die Last? ---

--- Verzeichnen am Tag durchschnittlich sieben Umsiedler zur Erde. Einer zu viel. ---

Nicht unbedingt. Die führende Einheit berechnete die notwendigen Parameter und kam zu dem Schluss, dass einer akzeptabel war – oder besser: verzichtbar. Zu viele Verluste würden die Arbeitsmoral um 23 % senken. Wenige hingegen Furcht schüren und den Respekt um 9 % heben. Die Erde war wichtig. Äußerst wichtig. Es war die Heimat des Avain. Die Wahrscheinlichkeit dafür lag bei über 99 %. Der Hauptgrund, weshalb dieser Planet und seine Ressourcen noch am Leben waren. Kein blanker Feldzug, sondern eine gezielte Suche. Sie mussten ihn finden.

--- Säuberung auf allen drei Minenplaneten wird nacheinander initiiert. Für jeweils zwei Wochen täglich jede dritte Person, die dauerhaft auf PQ334189 zurückkehren will, eliminieren. Beginnen Sie auf dem Planeten PZ228501. ---

PZ228501 – ein mineralisch äußerst ressourcenreicher Planet, den Erdlingen besser bekannt unter dem Namen Minta.

Kapitel 2

»Ich reise über Minta zurück?«, fragte Jü erstaunt, während das Oberflächenshuttle zur Transportstation fuhr. »Wieso gibt es kein Wurmloch, das direkt zur Erde führt?«

»Reine Sicherheitsvorkehrungen.« Croger saß ihr gegenüber, offensichtlich erfreut, sie kurz vor ihrem Abtritt noch einmal aus der Fassung bringen zu dürfen.

Jü griff nach dem Umschlag, der wieder in ihrer Oberschenkeltasche lag. Das Foto und der Brief darin waren die einzigen Dinge von emotionalem Wert, die sie besaß. Ein Zeichen dafür, dass sie auf Turva nie wirklich angekommen war, sich stets außen vor gehalten hatte. Vermutlich wollte ein Teil von ihr schon seit Jahren zurück zur Erde.

Sie musterte die geschwärzten Scheiben hinter Croger. Dank der ausgefuchsten Technologie dieser fahrbaren Maschinen konnte sie nicht einmal sagen, ob sie momentan überhaupt fuhren. Und falls ja, oberirdisch oder unterirdisch. Dafür blickte ihr das Spiegelbild von der verdunkelten Glasfront entgegen. Unter ihrem rothaarigen Pony lagen müde Augen, weil sie vor lauter Aufregung nicht hatte schlafen können. Dennoch stand ein Lächeln in ihren Mundwinkeln.

»Wissen Sie, was ich mich all die Jahre stets gefragt habe, Croger?«

»Will ich das wissen?«

Jü strich ihren Pony zurück. »Wie ist die Menschheit überhaupt nach Turva gekommen? Interplanetare Reisen wurden uns erst dank der Shaterra möglich. Und das nicht mal mit Raumschiffen, sondern mit Wurmlöchern, die der Feind persönlich eingeführt hat. Nur gibt es hier auf Turva keine Shaterra. Finden Sie das nicht seltsam?«

»Nein«, antwortete Croger und starrte weiter an ihr vorbei auf die dunkle Scheibe. »Vielleicht hat es hier früher welche gegeben.«

»Und wohin sind sie dann verschwunden? Der Planet ist noch weitestgehend intakt, der Boden durchsäht von Metallen. Auf so etwas stehen die Biester doch. In den Archiven war dazu leider nichts zu finden.«

Croger warf ihr nun doch einen flüchtigen Blick zu. »Sie denken zu viel nach, van Oak.«

»Wo liegt der Transportring eigentlich?«

»Und Sie fragen zu viel. Besonders nach Dingen, die Sie nichts angehen.«

Jü biss sich auf die Unterlippe. Das Kribbeln in ihrer Magengegend war ein unangenehmer Gegner, der ihre Selbstbeherrschung wackeln ließ. Hoffentlich hatte sie die richtige Entscheidung getroffen.

Wieder dachte sie an das Foto in ihrer Hosentasche. Die Ablichtung ihres Bruders, seiner Frau und deren Sohn. Gemeinsam mit ihr, kurz vor ihrem achtzehnten Geburtstag. Einer der wenigen Momente, in denen sie den Shaterra-Komplex hatte verlassen dürfen für Marshmallow-Würfel, Sonnenschein und einen Nachmittags voller Witze über die Shaterra. Einer der schönsten Tage in ihrer Erinnerung. Bis …

Sie bremste sich, bevor sie in unangenehmen Erinnerungen versank. Es würde großartig werden, die drei endlich wiederzusehen. Nach fünfzehn Jahren. Vermutlich hatte sich einiges verändert. Lænn war mittlerweile erwachsen. Ob er sich überhaupt an seine Tante erinnern konnte? Und ob Blekk und Kyra ein weiteres Kind bekommen hatten? Die Euphorie, ihre Familie wiedersehen zu können, brannte ihr im Blut. Sie musste sich zwingen, nicht aufgeregt durch das Shuttle zu laufen. Stattdessen löcherte sie Croger mit Fragen. Das war auch nicht besser.

Reiß dich zusammen, Jü!

Zu ihren Füßen stand der Rucksack mit dem Komprimierungsfach im Inneren. Wirklich praktisch. Ein Berg voll Klamotten, geschrumpft auf transportable Größe. Wenn man bedachte, dass die Menschheit vor gut hundert Jahren noch mit überdimensionalen Koffern durch die Gegend reisen musste.

Leutnant Croger holte ein Etui aus seiner Einsatzweste. »Das soll ich Ihnen geben.« Er reichte ihr das schwarze Kästchen. Sein Tonfall machte deutlich, dass er nichts davon hielt, Abreisende mit Geschenken zu versorgen.

Jü nahm es entgegen und öffnete es. Darin lagen Kontaktlinsen.

Ihr fragendes Stirnrunzeln quittierte Croger mit einem genervten Augenrollen. »Das ist ein neues CLP, van Oak.«

»Ein CLP?« Was verschaffte ihr diese Ehre?

Croger rollte erneut mit den Augen. »Ein Contact Lense Phone.«

Jü verzog empört das Gesicht. »Ich weiß, was ein CLP ist, Croger. Ich hatte nur nicht erwartet, eins zu erhalten. Mehr als Wrist Phones habe ich mir nie leisten können.«

»Auf der Erde sind Wrist Phones seit fünf Jahren nahezu vollständig aus der Mode. Sie müssen sich von Ihrem alten Modell trennen. General Mox war der Ansicht, dass Sie womöglich lieber ein von uns gefertigtes CLP benutzen möchten als eines, das Sie auf der Erde erstehen können. Sie werden die Special Features mögen, besonders die eingebaute Erkennungssoftware für Shaterra.«

Jü pfiff anerkennend und starrte auf die Kontaktlinsen in der Schatulle. Mit dem Finger glitt sie in die Einsatzvorrichtung und hob eine davon aus ihrer Halterung. Die überraschend transparente Linse wirkte völlig unauffällig und war kaum mehr als eine hauchzarte Membran.

»Gehen Sie vorsichtig damit um.« Crogers Zeigefinger deutete auf das CLP. »Sie haben sechs Ersatzlinsen dabei, die in der Regel bis an Ihr Lebensende genügen müssten. Wenn Sie aber ...«

»Schon gut«, unterbrach Jü ihn. »Entspannen Sie sich. Ich mache das schon.« Sie schob die Linse auf ihre linke Hornhaut und zwinkerte sie zurecht. Sofort aktivierte sich das Gerät über die elektrische Leitfähigkeit ihres Augapfels und synchronisierte sich mit Jüs neuronaler Aktivität. Kurz darauf erschien eine Digitalanzeige vor ihrem Auge, die nach einem Netzwerk suchte und sich blinkend darüber beschwerte, keines zu finden. Das könnte nervig werden. Sie wusste, weshalb sie einfache Wrist Phones lieber mochte.

»Die Software wird sich automatisch in das Netz der Erde einwählen, sobald Sie diese erreichen. Mox meinte, es sei wichtig, dass Sie die Linse ständig tragen. Sie sollen auch in das andere Auge eine einsetzen.«

»Wieso das?«

»Es schützt Sie vor Shaterra-Retina-Scans«, entgegnete Croger und fügte hinzu: »Wenn Sie mich fragen, ist das zu viel des Guten.«

»Zum Glück fragt Sie keiner«, konterte Jü, die dankbar für dieses Geschenk war und umgehend den Rat des Generals befolgte. Zwar hatte sich ihr Aussehen in den vergangenen Jahren extrem verändert, aber dank ihrer Pupillen würde jeder Scan sie schneller zuordnen können, als ihr lieb war.

Croger reichte ihr eine neue ID-Karte. »Ich habe keine Ahnung, wieso ausgerechnet Sie so eine Sonderbehandlung erhalten.«

Jü überging den Kommentar und betrachtete stattdessen den Ausweis. Darauf prangte ein Foto von ihr. Dasselbe wie in ihrer Akte. Es war ein halbes Jahr alt. Orange-rote Haare wellten sich über ihre Schulter, das Gesicht schaute starr geradeaus, zeigte aber weiche Züge, denen man gern Vertrauen schenkte. Die Daten neben ihrer Pupillen-Scanmarke wiesen sie als 1,72 m große Frau mit blauen Augen aus. Darunter stand eine falsche Identität: Cadin Flikk.

Als Letztes reichte Croger ihr einen nicht mal fingernagelgroßen Datenträger. »Darauf finden Sie alle Informationen, die für den weiteren Weg notwendig sind. Lesen Sie die Dokumente zeitnah. Wenn Sie am Ende angekommen sind, wird sich der Datenträger selbst bereinigen. Verbrennen Sie ihn trotzdem vorsorglich.«

Jü verstaute ihn zusammen mit der ID-Karte in einem versteckten Fach ihres Rucksacks. »Gibt es noch etwas, das ich beachten muss?«

»Auf der Karte sind laut Mox Ihre Sparrücklagen gespeichert. Die werden Sie problemlos durch die ersten Monate bringen. Außerdem ist dort Ihr Ticket für die Rückreise hinterlegt.«

Die Tür des Shuttles öffnete sich ohne Vorwarnung und gewährte Jü den Blick in einen langen, sterilen Tunnelgang. Den Lichtern nach zu urteilen, die sich an der Decke entlangzogen, lag er unterirdisch. Keine Glasfassade, keine Fenster, blanker Beton, der sich nach oben hin röhrenartig wölbte. Als Croger keine Anstalten machte, aufzustehen, fragte Jü: »Sie kommen nicht mit?«

»Immer geradeaus, van Oak. Das schaffen sogar Sie.«

»Witzbold. Keine Verabschiedung? Ein paar letzte Worte?« Sie musterte den Leutnant, der ihr mit seiner gesamten Körperhaltung eindeutig zu verstehen gab, wie froh er war, seinen Auftrag endlich ausgeführt zu haben und zurück zur Basis fahren zu dürfen.

»Lassen Sie sich hier nicht mehr blicken.« Seine stoische Miene ließ nicht erkennen, ob er das wirklich ernst meinte.

»Das ist mein Plan«, versicherte ihm Jü. »Turva ist streng geheim. Es gibt keinen Weg zurück. Absolutes Stillschweigen. Ich weiß schon. Mox hat mich umfassend aufgeklärt.«

Croger nickte. »Gute Reise, van Oak.«

Das war das absolute Maximum, das sie von ihm erwarten durfte. Ein Lächeln stahl sich auf ihre Lippen. Fehlte nur noch ein ›Passen Sie auf sich auf.‹ Aber das wünschte er vermutlich nur seinen engsten Freunden. Dieser Mann war eine routinierte Eiswand voller spitzer Zapfen, die jeden stachen, der ihm auch nur ein paar Zentimeter zu nahe kam.

»Ich danke Ihnen«, entgegnete Jü, schulterte ihren Rucksack und verließ das Shuttle.

Es war schon komisch. Im Grunde fühlte sie sich auf Turva sicher und war drauf und dran, in eine Welt zurückzukehren, die das Wort Sicherheit nur dem Schein nach kannte. Dennoch folgte sie voller Vorfreude dem Tunnelgang in den Transportraum, denn Turva hatte auch seine anstrengenden Seiten. Es war Zeit für eine Veränderung. Was ihr Bruder dazu sagen würde? Blekk war eigensinnig. Schon immer gewesen. Sie konnte nur hoffen, dass das geschwisterliche Band zwischen ihnen auch die letzten fünfzehn Jahre überstanden hatte. Dass er überhaupt noch lebte und sie ihn dort fand, wo er vor fünfzehn Jahren bereits gewesen war. Wenn sie ihn richtig einschätzte, wohnte er noch immer am selben Ort, aber sicher war sie nicht. Was würde sie tun, wenn er nicht mehr dort war und sie keinen Hinweis fand, wo sie nach ihm suchen sollte?

Jü atmete tief durch. Dann würde sich ein anderer Weg finden. Ganz bestimmt. Es gab schließlich immer einen. Sie würde Turva hinter sich lassen. Mox' Ansage zum Stillschweigen hallte ihr durch den Kopf. Er hatte regelrecht so getan, als müsste er an ihrer Loyalität zweifeln. Ein weiterer Punkt, der ihr zeigte, dass es höchste Zeit war zu gehen.

Sie folgte der spärlichen Beleuchtung bis zu einem Abzweig. Dort erwartete man sie bereits und führte sie in den Transportraum. Fünfzehn Jahre war es her, seit sie das letzte Mal durch ein galaktisches Wurmloch gegangen war. Es war wie auch damals bereits aktiviert, und das diesseitige Ende hing wie ein Wackelpudding in seiner kreisförmigen Einfassung. Die Oberfläche war optisch nicht greifbar. Als wäre sie da und doch wieder nicht.

»Frau van Oak, bitte beeilen Sie sich. Wir mussten die kosmischen Energiespitzen ausnutzen und bereits aktivieren. Unser Zeitfenster beträgt nur noch eine Minute.«

Jü fühlte sich unweigerlich unter Druck gesetzt. Sie schluckte die Schwere in ihrer Kehle weg und ging auf das kreisrunde Portal zu. Nur noch wenige Schritte, und es gäbe keinen Weg mehr zurück. Sie schalt sich für ihre zittrigen Knie.

Vor dem Ring blieb sie noch einmal stehen, schaute in die erwartungsvollen Gesichter des turvanischen Teams.

»Noch 40 Sekunden bis zur Abschaltung. Gehen Sie.«

Ein tiefer Atemzug. Ein Schritt, noch einer und Jü passierte die Oberfläche des Wurmlochs, als würde sie in Gelee hineinlaufen.

***

Der Sog der galaktischen Kräfte riss sie mit sich. Die Reise glich einem Drogentrip auf Halluzinogenen in einer Achterbahn. Wilde Lichtstreifen glitten an ihr vorbei und bevor sie wirklich begreifen konnte, was da mit ihr passierte, spuckte der galaktische Kanal sie am anderen Ende aus und erlosch. Unsanft landete sie auf ihren Knien, als auch schon jemand an ihre Seite geeilt kam, um ihr aufzuhelfen.

»Willkommen auf dem Minenplaneten Minta, Cadin Flikk«, sagte eine weibliche Stimme. Sie gehörte einer Soldatin, die vom CLP in Jüs Augen in ein dezentes Grün gehüllt wurde. »Kommen Sie, wir haben nicht viel Zeit.«

Cadin Flikk. Der Deckname klang seltsam in ihren Ohren. Sie sollte sich besser schnell daran gewöhnen. Ebenso an die vielen Informationen, die das CLP ihr vor die Augen warf. ›Temperatur 21,3 °C, Raumfeuchte 43 %, Sauerstoffsättigung akzeptabel, Uhrzeit nicht abrufbar, Netzwerk nicht verfügbar. Weitersuchen?‹

Nein!, dachte Jü. Bloß kein Aufsehen erregen und Daten durch die Welt schicken. Allerdings, wenn es hier kein Shaterra-Netzwerk gab oder es nicht bis hier reichte: Wo genau war sie?

Ihr blieb kaum Zeit für eine eingehendere Betrachtung ihrer neuen Umgebung. Der Sprungraum auf Minta war unverkennbar ein Provisorium. Als hätte man ihn direkt in den Berg gezimmert. Das galaktische Tor war gerade mal so hoch wie sie selbst und wurde bereits in eine Hülle aus Gummi gepackt. Ein Hohlraum – kaum groß genug – öffnete sich und der Ring verschwand darin.

Als Jü hinter der Soldatin den Sprungraum verließ, schaute sie noch einmal zurück. Gerade schloss sich das Verdeck und übrig blieb eine solide Wand aus Gestein. Als gäbe es hier nichts von Bedeutung. Nur ein alter Schacht. Stillgelegt und verlassen.

Sie folgte der Soldatin eine gefühlte Ewigkeit durch einen Gang, dessen spärliche Beleuchtung kontinuierlich Schattenmuster über die Wand schob. Ihrem CLP zufolge waren sie seit gut dreißig Minuten unterwegs. Der Weg stieg minimal an und plötzlich endete die Linie aus Lichtern entlang der Wände. Vor ihr tat sich ein schwarzer Schlund auf, der ihr Gänsehaut auf die Arme trieb.

»Wie weit müssen wir denn noch?« In der Unheimlichkeit des dunkler werdenden Schachtes hatte sie ihre Frage nur geflüstert. Dieser Weg jagte ihr Respekt ein, auch wenn hier nicht unbedingt Gefahr lag.

Die Soldatin stand neben ihr, als gäbe es keinerlei Anlass zur Sorge. Trotzdem kroch Jü Schauer um Schauer den Rücken hinab.

Die Frau, dessen Namen sie nicht kannte und vermutlich auch nie erfahren würde, hielt neben dem letzten verbliebenen Licht an. »Zwölf Kilometer bis zum Ziel.«

Bitte? Jü wagte kaum, die nächste Frage anzuhängen. »Und wie viel haben wir schon weg?«

»Zwei Kilometer.« Ein Schmunzeln kroch auf die Lippen ihres Gegenübers. »Man hat Ihnen nicht viel verraten, was? Minta ist von Minenschächten durchzogen, die allesamt etwa drei Kilometer tief unter der Erde liegen. Wir befinden uns in einem Teil, der schon vor vielen Jahren aufgegeben wurde. In dieser Gesteinssektion befinden sich keinerlei nennenswerte Ressourcen mehr, keine Metalle, nichts, was für die Shaterra von Interesse wäre. Seien Sie froh, dass die Entfernung zum heutigen Minenkern nur zehn Kilometer beträgt und nicht hundert.«

»Wenn Sie es so ausdrücken, sollte ich mich wohl freuen.«

»Nicht unbedingt. Ab jetzt müssen wir nämlich ohne Licht weiter. Nutzen Sie die Nachtsichtfunktion Ihres CLPs.«

Jü trat einen Schritt vor und wollte schon fragen, wie sie das machen sollte. Sie hatte so ein Ding doch noch nie benutzt. Da sprang das CLP von allein zu Hilfe. ›Lichtstärke fällt unter 5 %, Nachtsicht aktivieren?‹

Ja!

Sofort versank der Fels um Jü in einem monochromen Grüngrau-Geflecht, das an Turva erinnerte. Die Soldatin vor ihr trug immer noch den dezent grünen Schimmer um sich, der sie laut Digitalanzeige als menschlich auswies.

Für weitere zweieinhalb Stunden sah Jü nichts als Fels um sich. Die kargen Wände hatten einst zu tiefen Stollen geführt, die aber allesamt eingestürzt waren. Je weiter sie gingen, desto sicherer war Jü, dass man diesen Gang wieder freigegraben hatte. Vielleicht lehnten sich die Menschen auf ihre Weise stärker gegen die Shaterra auf, als es in Jüs Vergangenheit den Anschein erweckt hatte.

Ihre Füße protestierten stetig stärker gegen den ungewohnten Marsch auf dem grobkantigen Fußboden. Da tauchte eine Biegung vor ihr auf. Endlich Abwechslung. Ihr Hirn fühlte sich schon ganz breiig vom stundenlangen geradeaus Gehen.

Eine Abzweigung wechselte sich mit der nächsten ab. Unscheinbare Umrisse wiesen eine Handvoll Türrahmen auf, die sie passierten. Vermutlich geheime Zugänge in das Minenlabyrinth von Minta.

Kurz darauf steuerten sie auf ein Gangende zu. Ein Rahmen wies den Durchgang in den dahinter befindlichen Raum aus. Daneben ein zartbeleuchtetes Schaltpanel, vor dem die Soldatin stehen blieb.

»Wo genau sind wir jetzt?«, fragte Jü und sah sich neugierig um, doch der Felsengang ließ nichts erkennen.

»Im Kernkomplex der Minenbehausungen unweit der galaktischen Transportstation«, sagte die Soldatin, »aber noch nicht auf Shaterra-Boden. Dieser Teil hier ist für die Unterbringung der Menschen konzipiert worden.« Die Soldatin tippte auf dem Panel herum und die Wand vor ihr glitt geräuschlos zur Seite.

Dahinter erblickte Jü ein weiteres Steinmassiv. Ein Knopfdruck offenbarte es als Hologramm, dessen Transparenz nun zunahm. Auf der anderen Seite kehrte die stechende Helligkeit künstlicher Beleuchtung zurück. Jü wollte ihre Augen schützen, doch das CLP schwächte die Helligkeit automatisch ab und ließ ihren Pupillen Zeit, sich umzugewöhnen. Was Jü schließlich durch das Hologramm hindurch entdeckte, irritierte sie über alle Maßen.

»Das ist ein Klo.« Sie standen eindeutig hinter der Rückwand einer Toilettenkabine. Jü konnte an der Spülzelle vorbei auf die Kabinentür blicken.

»Richtig«, entgegnete die Soldatin und grinste. »Es wird selten geprüft, wer Toiletten betritt oder verlässt. Ein Universalgesetz. Offenbar selbst bei den Shaterra. Keine Sorge, die holografische Wand hier ist nur einseitig transparent und dient lediglich dazu, niemanden unbeabsichtigt da draußen zu überraschen.«

Die höchstens einen Quadratmeter große Kabine war frei, also trat die Soldatin durch die Projektion hindurch, quetschte sich an der Kloschüssel vorbei und verriegelte die Tür. Kurz darauf stand sie wieder neben Jü. »Viel Glück bei der weiteren Reise.«

»Moment mal. Wie komme ich denn von hier weiter?«

»Die GWs zur Erde aktivieren sich jeweils zum Schichtwechsel. Dauerrückkehrer gehen unmittelbar danach – Sie eingeschlossen. Sie haben eine Stunde bis zum Start. Alle anderen relevanten Daten haben Sie meines Wissens erhalten.«

Der Datenstick, natürlich! Jü ohrfeigte sich innerlich für die dusselige Nachfrage. »Geht klar. Vielen Dank.«

Das Hologramm kitzelte auf ihrer Haut, als sie hindurchtrat. Auf der anderen Seite stellte sie ihren Rucksack gegen die Kabinenwand und tippte mit dem Finger noch einmal in die Projektion hinein. Sie traf auf solide Wand. Der Durchgang war bereits verschlossen. Nun war sie also auf sich allein gestellt.

Noch einmal tippte sie gegen den Stein. Das war restlos bizarr. Andererseits, wer berührte schon jemals die Wand hinter einer Kloschüssel? Und selbst wenn – das Hologramm war so hauchzart, dass es nicht auffiel, wenn man es nicht wusste.

Sie ließ sich auf die Kloschüssel sinken und schenkte ihren Fußsohlen eine gebührende Pause. Währenddessen kramte sie den Umschlag aus der Oberschenkeltasche und zog das Foto heraus. Ihre darauf erkennbare, tiefschwarz gefärbte Kurzhaarfrisur wirkte wie das Relikt aus einem anderen Leben. Sie war nicht vergleichbar mit den langen roten Haaren, die sie heute trug. Auch das schmale, mädchenhafte Gesicht besaß nichts mehr von der Frau, die sie heute war. Daneben stand Blekk mit einem Lächeln im Gesicht. Ein Zug, den der mürrische Ex-Militär nur selten zeigte. Neben ihm seine Frau Kyra. Sie waren beide fast zwanzig Jahre älter als Jü und immer eine Art Ersatzfamilie gewesen. Zum Glück, denn ihre eigene, überaus gestörte Mutter hatte das Label ›Familienzugehörigkeit‹ nicht verdient. Und dann war da noch Lænn. Auf dem Foto gerade mal vier Jahre alt und Blekks ganzer Stolz.

Jü fühlte sich wie die schlechteste Tante dieser Welt. Sie hatte alles verpasst, wirklich alles! Nicht einmal die ersten vier Jahre hatte sie regelmäßig bei ihm sein können. Sie bemerkte, wie Tränen in ihre Augenwinkel steigen wollten. Rasch legte sie das Foto zurück und zog ein vergilbtes Papier hervor. Die Falzränder waren über die Jahre brüchig geworden.

Liebe Jü,
bei unserem letzten Treffen hast du so traurig gewirkt.
Ich weiß nicht, was bei dir los ist, aber sei versichert,
dass du bei mir immer eine offene Tür findest.
Blekk

Sie hatte den Brief wenige Tage vor ihrer Flucht erhalten und seitdem gehütet wie ihren Augapfel. Es war ihr persönlicher Schatz. Gut verstaut packte sie ihn zurück zu dem Foto und griff nach dem Datenträger. Es war eine elektronische Folie, die sie auf ihren Handrücken legte. Dort öffnete sich der Träger, vergrößerte sich auf das Vierfache und überzog ihren Handrücken wie eine Membran. Eine Schrift zeigte sich.

Außerhalb der Nasszelle ging die Tür auf. Schwere Schritte marschierten herein und verschwanden in der Kabine nebenan.

Jü atmete erleichtert auf und überflog die Zeilen auf ihrer Haut. Dort stand, sie hätte bislang auf Minta in der Edelmetallaufbereitung gearbeitet. Heute sei nach Kündigung ihr letzter Arbeitstag. Der Grund war mangelnde Belastbarkeit. Cadin Flikk hatte den Aufzeichnungen zufolge angeboten bekommen, zur Erde zurückzukehren. So nett das klang, galt sie damit dennoch als ausgegrenzt. Sie würde sich unter den Erdlingen einen Job suchen müssen. Eine Rückkehr in die besser bezahlte Arbeit auf Minta war nur über ein aufwendiges Antragsverfahren möglich. Dieses zu bestehen schien eher unwahrscheinlich.

Was für andere finanziell eine mittlere Katastrophe wäre, war für sie die perfekte Grundlage, um die nächsten Jahre in Ruhe auf der Erde in einem Randbezirk einer der Metropolen zu verbringen. Keine Ahnung, wie man ihr diese falsche Identität verschafft hatte, wo doch die Shaterra jedem Menschen eine Zahl zugeordnet hatten. Andererseits lief der Einsatz von Menschen auf Minta unter dem Motto ›Verschleiß‹. Todesfälle standen an der Tagesordnung. Nicht immer war es ein Grubenunglück. Manchmal schlichtweg Selbsttötung in der eigenen Unterkunft. Der Gedanke, die Identität einer Person zu tragen, die mit hoher Wahrscheinlichkeit einmal existiert hatte, gruselte Jü. Und noch viel mehr die Fähigkeit von Mox' Leuten, so etwas zu verschleiern und ihr alle notwendigen Unterlagen zu besorgen.

Zum Schluss stand eine Adresse, bei der sie sich wegen einer Unterkunft auf der Erde melden sollte. Man hatte tatsächlich ihrem Wunsch stattgegeben und schickte sie nach Lipz zurück. Sie lernte die Anschrift auswendig und hoffte, dass sie von Blekks ehemaliger Wohnung nicht zu weit entfernt sein würde.

Wieder betrat jemand den Toilettenraum und erinnerte sie daran, dass sie nicht ewig hier herumsitzen konnte. Während eine weitere Kabinentür zufiel, spülte die andere Person nebenan den Abfluss.

Jü vernahm das vertraute Geräusch einer plasmabasierten Verbrennungsanlage. Perfekt! Die restlose Zersetzung aller Exkremente. Sie nutzte die Chance, entleerte sich, entfernte die Membran von ihrem Handrücken und warf sie dazu. Die Hygienetaste reinigte ihre Körperausgänge mit Seifengebläse. Anschließend betätigte Jü den blauen Knopf und Sekunden später waren alle Indizien pulverisiert.

Die ID-Karte platzierte sie in ihrer Tasche und verließ mit dem Gepäck auf dem Rücken das WC, als wäre sie schon immer ein fester Teil der Bevölkerung Mintas gewesen. Jetzt musste sie nur noch unbehelligt durch das Wurmloch gelangen.

***

Der Gang, über den sie wenig später den zentralen Shaterra-Komplex im Zentrum von Minta betrat, schien zu leben. Dank milliardenfacher LED-Pixel flimmerten Informationen über die Wände und ließen sie zu einem ganz eigenen Kunstwerk werden. Der Boden wies ebenfalls eine digitale Oberfläche auf. Pfeile zeigten die Wege zu verschiedenen Zielen und Transportplattformen – planetar wie galaktisch. Die wenigen Menschen, die im Moment hier entlangliefen, wurden all der Zurschaustellung gar nicht gerecht. Das war typisch für die Shaterra. Man sollte sich klein fühlen. Klein und unbedeutend. Es funktionierte bestens.

Jü blickte in ausdruckslose Gesichter. Zielstrebig eilten die Passanten ihrer Wege auf Minta nach. Sie reihte sich wie selbstverständlich ein und folgte den blauen Markierungen zum galaktischen Wurmloch in Richtung Erde.

Die Pfeile, die unentwegt unter Jüs Füßen auftauchten, schienen sie vorwärts schieben zu wollen. Gleichzeitig schimmerte der Boden, wenn ihre Schuhsohlen ihn betraten. Kinetische Energiegewinnung durch Oberflächendruck. Ob das für all das Geblinke ausreichte? So fortschrittlich wie die Shaterra waren vermutlich schon.

Ein paar Wegbiegungen weiter erreichte Jü den Transportraum zur Erde. Im Grunde war ›Raum‹ die falsche Bezeichnung. Überdimensionierter Saal traf es schon eher. Ein beträchtlicher Teil der Arbeiter wohnte offensichtlich gar nicht auf Minta, denn eine Digitalanzeige veranschlagte ein Rückkehrervolumen zur Erde von knapp dreißigtausend Menschen, die erwartungsvoll vor dem Wurmloch standen wie vor zwei Jahrhunderten die Fans vor der Bühne eines der legendären Rockkonzerte. Wie auf Turva flimmerte der Transporttunnel in seinem Rahmen, faszinierend und doch nicht wirklich greifbar. Der Durchmesser betrug etwa das Doppelte von dem Portal, durch das Jü zuvor gereist war. Die schiere Größe des Durchgangs sprach für den Fortschritt der Shaterra gegenüber den begrenzten Möglichkeiten, die Turva bot.

»Liebe Reisende«, ertönte eine freundliche Stimme, »Erdunterkünftlinge starten jetzt.«

Schon schoben sich die Massen durch das Tor zurück zu ihrem Heimatplaneten. Der Einstiegshorizont schluckte sie gruppenweise und schickte sie durch die halbe Galaxie. Wurmlochphysik war Jü immer ein Rätsel gewesen. Ihre Physiknote aus Schulzeiten sprach deutlich dafür, dass sie keine Ahnung hatte, wie die Dinger funktionierten. Fakt war: Die Shaterra hatten die Kenntnisse auf diesem Gebiet grundlegend verändert. Während die Menschheit Wurmlöcher noch für Fiktion hielt, gerade einmal an Raumschiffen bastelte und ein erstes Mal den Fuß auf den Mars gesetzt hatte, etablierten die Shaterra nach ihrer Ankunft Sprungtore auf der Erde und veränderten alles.

»Dauerrückkehrer bereithalten«, erschallte eine weitere Durchsage.

Die Absperrung vor Jü schob sich zur Seite und mit ihr traten zwei weitere Personen hindurch. Die Atmosphäre in der Halle verschob sich spürbar, nachdem der letzte Erdunterkünftling, wie die Shaterra es nannten, durch das Tor getreten war. Die beiden Personen, die vor Jü in der Reihe standen, wirkten angespannt. Die Blicke eines Mannes flogen immer wieder durch den Raum und hinauf zur Decke, als würde er etwas Unangenehmes erwarten oder sich bedroht fühlen.

Weit oben in den Ecken hingen Drohnen, die Jü bislang noch gar nicht aufgefallen waren. Ihr CLP umrahmte sie bei genauer Betrachtung orange. Das waren also Shaterra. Zumindest war es eine der unzähligen Formen, die sie annehmen konnten.

Hinter Jü erklangen eilige Schritte. Eine junge Frau, vom CLP als Mensch ausgewiesen, kam angerannt und passierte die Absperrung, kurz bevor sich diese wieder schloss. In ihren Augen lag die gleiche Anspannung wie in denen der Menschen vor Jü. Doch da war noch etwas anderes. Eine Feindseligkeit trat in ihre Pupillen, als sie das Ende der kurzen Warteschlange musterte. Jü spürte den Blick in ihren Eingeweiden und griff die Riemen des Rucksacks fester. Sie bemühte sich um ein höfliches Lächeln, als die Frau auch schon auf sie zumarschierte.

»Rück mal zur Seite!«

Jü bewegte sich keinen Zentimeter. »Geht's noch?« Empörung kam zu dem unguten Gefühl dazu. Machte es denn einen Unterschied, wann man durch das Tor trat? Schließlich ging es hier nicht um einen Kampf darum, wer den besten Sitzplatz bekam.

Die junge Frau drängelte sich ungestüm an Jü vorbei. »Ich bin zuerst dran.«

»Was soll denn das?«

»Nichts. Will nur nach Hause!«

Jü bedachte die Kratzbürstige mit einem zweifelnden Blick. Als ob sie nicht auch nach Hause wollte. Und die anderen ebenfalls. Was war nur los? Unwillkürlich flog ihr Blick wieder zu den Drohnen, die noch immer in ihren Ecken hingen und den Raum beobachteten. Egal. Sie musste sich vorerst nur darum kümmern, dass ihre falsche Identität griff. Die Angst kitzelte ihren Nacken, als würden eiskalte Finger sich darum schließen.

Vor ihr ging die erste Person durch den Scanner. Der Retinacheck ließ deren Namen, ID und Zielort auf einem Display erscheinen. Eine grüne Lampe sprang an und öffnete den Zugang zum Tor. Noch ein Rückkehrer. Dann war Fräulein Kratzbürste an der Reihe. Bevor sie ihr Gesicht vor den Scanner hielt, wandte sie sich an Jü und sagte: »Viel Vergnügen bei der Heimreise. Gestern hat es den Letzten erwischt.« Mit einem Grinsen auf den Lippen wandte sie sich dem Retinascan zu, während Jüs Beine sich in Wackelpudding verwandelten.

Was sollte das denn heißen? *Scheiße!* Wieder flog ihr Blick zur Decke, als es direkt vor ihr piepte und eine Frauenstimme aufschrie.

Ein roter Rahmen zog sich um die ID von Kratzbürste, deren richtiger Name Sophy war. Sie kreischte lauthals: »Ihr Drecksmaschinen! Ich habe eine Rückkehrerlaubnis!«

»Bitte treten Sie aus der Reihe und verhalten Sie sich still.«

»Einen Dreck werde ich!«, schrie Sophy den Scanner an und preschte an den anderen vorbei in Richtung Tor.

Sie kam nicht weit. Binnen Millisekunden war sie von Drohnen umzingelt. Vier rote Laserpunkte lagen auf Sophys Körper und ließen sie im Schock erstarren. Ihre Augen waren weit aufgerissen und ihre Lippen bebten. »Ich will doch nur heim«, wimmerte sie.

Es zog Jü die Brust zusammen, als würde ihr jemand alle Luft zum Atmen rauben. Sie war versucht, der jungen Frau zu Hilfe zu eilen, aber ein innerer Impuls hielt sie zurück.

Sophys verzweifelter Blick traf sich mit ihrem. Jü konnte direkt in Sophys Seele blicken, sie spürte deren Ohnmacht und Angst. Unendliche Angst. Da wusste sie, dass es keine Rettung gab.

Laserstrahlen trafen die junge Frau in die Brust. Pulverisierten ihre Existenz zu einem Häufchen Asche.

Erschrocken schlug Jü die Hände vor den Mund, unfähig, sich auch nur einen Schritt zu bewegen. Sie konnte keinen klaren Gedanken fassen. Hunderte Fragen schossen ihr wie von einem Wirbelsturm angetrieben durch den Kopf.

Während die Drohnen nach erfolgter Arbeit wieder in ihre Ecken flogen, starrte Jü noch immer entsetzt auf die kläglichen Überreste eines jungen Daseins. Gleichzeitig traf sie die Erkenntnis, dass sie nur deshalb noch lebte, weil Sophy sich vorgedrängelt hatte, in der offensichtlich falschen Annahme, es träfe den Letzten. Darauf folgte die nächste Erkenntnis: Das war nicht zum ersten Mal passiert. Und es hieß noch lange nicht, dass sie selbst lebend hier rauskommen würde.

»Der nächste!«, schallte eine Stimme, die zwar höflich, aber bestimmt klang.

Dieser computergenerierte Shaterra-Mist! Selbst die menschlichen Stimmlagen konnten sie so perfekt nachahmen, dass sie auf subtilsten Ebenen eine Reaktion in den Angesprochenen hervorriefen.

Jü setzte sich beinahe automatisch in Bewegung. Sie beugte ihr Auge zum Retina-Scan und betete, dass alles gut ging.

»Cadin Flikk, ID331900, wir wünschen eine gute Rückkehr nach Lipz.«

Diese Scheinheiligkeit trieb Jü den Zorn in die Brust. Wie konnten die nur? Mit Mühe regulierte sie ihre Atmung auf ein halbwegs natürliches Maß. Eine Provokation wäre für ihr eigenes Überleben definitiv nicht förderlich. Noch immer brannte Sophys Blick in ihrer Erinnerung. Ein ausgelöschtes Leben. Einfach so.

In den Augen der Shaterra waren Menschen nur Zahlen. Eine mehr oder weniger in der Gleichung bedeutete nicht viel. Außer in der Statistik der verfügbaren Ressourcen. Was für ein Leben dahinterstand, war egal. Aber für Jü nicht. Obwohl die junge Frau alles andere als höflich gewesen war. Obwohl sie einen anderen Menschen in den Tod geschickt hätte, um selbst zu leben, trauerte Jü innerlich. Dass es eine Spezies schaffte, solche Entscheidungen überhaupt zu provozieren!

Bevor sich eine Träne in ihren Augen bilden konnte, marschierte sie auf das Tor zu. Sophys Asche knirschte unter ihren Stiefeln, was ihr die Übelkeit in die Kehle trieb. Was auch immer sie in Lipz erwarten würde, sie hatte durch all dies eine Ahnung davon bekommen, wie gnadenlos die Shaterra agierten. Was sie all die Jahre aus ihren Gedanken hatte vertreiben können, kehrte ungebremst an die Oberfläche zurück.

Sie würde sich von denen nicht kleinkriegen lassen! Mit gestrafften Schultern und erhobenem Kopf ließ sie sich vom Sog des Wurmlochs auf die andere Seite ziehen.

Datentransfer QC59ZS

Die Bits schossen durch das Netzwerk bis in den Secret-Room der führenden Shaterra-Einheit auf dem Planeten PQ334189 – der Erde.

--- Commander. ---

--- Erstatten Sie Bericht, Einheit ID309PL23. ---

--- Säuberung auf Minta erfolgreich. Exemplarnummer MXZ0092491 mit dem Signaturnamen Sophy Pært eliminiert. ---

Die führende Einheit kontrollierte die Ressourcenwerte. Erdbevölkerung näherte sich nach zweiwöchiger Säuberung der Neujustierungsgrenze.

--- Gehen Sie zum nächsten Planeten über. ---

Nun blieben 0,1 % zusätzliche Ressourcen für die Suche nach dem Avain. Weitere 2 % schaffte das neue Abbaugebiet auf dem Planeten PZ004362, auch bekannt als Voolan. Es sicherte die Reproduktion der Shaterra-Spezies für die kommenden hundert Jahre. Die Kommandoeinheit suchte im entsprechenden Quadranten der Galaxie nach einem nahe gelegenen Planeten. Kurze Strecken sparten Kraft. Ressourcenschonung war das oberste Prinzip.

Das Ergebnis fand sich in fünf Erdsekunden. Das primitive Volk auf dem Planeten Falb war in der Lage, die

Luft ohne zusätzliche Maßnahmen zu atmen. Der fellbesetzte Körper hielt die Kälte ab. Kein Atmosphärenbau nötig.

Die Kommandoeinheit setzte weitere Befehle ins System zur Umsetzung der Abbaupläne. Dann widmete sie sich wieder der Erde.

Die Zeit lief davon, die Erdbevölkerung schwächelte. Mit jedem Jahr und jeder Säuberung mehr. Sie mussten den Avain wiederfinden. Den Schlüssel. Es war der Zugang zur All-Macht. Der Schein zum Zweck wäre nicht mehr nötig, dafür gelänge die unbegrenzte Ausbreitung und Reproduktion der Shaterra im gesamten Universum.

--- Turnusmäßigen 3-Jahres-Routine-Scan der Erdbevölkerung einleiten. Report zu allen Exemplaren, die über einer Trefferquote von 80 % liegen. ---

Kapitel 3

»Willkommen auf dem Planeten Erde in der Metropole Lipz«, tönte dieselbe artifizielle Stimme wie auf Minta.

Jü hätte bei all dieser Scheinheiligkeit am liebsten geschrien. Noch immer zitterten ihre Knie, als sie sich in Lipz von dem riesigen Sprungtor wegbewegte. Im Augenwinkel suchte sie nach den hiesigen Drohnen, doch hier wirkte alles ruhig. Als wäre nichts Nennenswertes passiert.

Vor ihr strömten die Massen aus der Halle und verteilten sich in den Gängen zu den planetaren Wurmlöchern. Jü hingegen folgte wie mechanisch den gelben Pfeilen zum Ausgang. Sie machte erst Halt, als sie die zentrale Transferstation verlassen hatte.

Sie war tatsächlich zurück auf der Erde – im Gegensatz zu Sophy. Dieser Name erschien ihr nun wie ein Symbol für den Umgang der Shaterra mit der Menschheit, aber auch allen anderen Spezies dieser Galaxie. Wie hatte sie das nur vergessen können? Das Gespräch mit den Voolanern wirkte rückblickend beinahe lachhaft im Vergleich.

Vor ihr erstreckte sich der Kernkomplex von Lipz. Die vergangenen fünfzehn Jahre hatten die Optik zwar ein wenig verändert, aber es war unverkennbar ihre Heimatstadt. Die Gebäude des inneren Cityrings waren ein riesiger, in sich geschlossener Komplex – verbunden über gläserne Gänge bewegte man sich vollständig im Geschlossenen. Es war der Kopf dieser Stadt. Das Zuhause der Shaterra. Die Zentrale auf dem Planeten Erde und, wenn man den Gerüchten glaubte, momentan auch die zentrale Einheit dieser Galaxie.

Gänsehaut bildete sich auf Jüs Armen und sie entschied sich, zügig weiterzugehen.

»Kann ich Ihnen helfen?«

Die Stimme ließ Jü zusammenfahren. Sie wandte sich um und blickte in das Gesicht einer jungen Frau. Deren adrettes Äußeres ließ nicht erkennen, was sie war – Mensch oder Shaterra. Doch das CLP in Jüs Auge umrahmte die Silhouette orange.

Jü versteifte sich spürbar. Mit aller Selbstbeherrschung bemühte sie sich um einen entspannten, höflichen Gesichtsausdruck. »Ich suche die Shuttlestation in die Südstadt.«

»Sie kommen nicht von hier?«

Jü spürte, wie sich die Augen ihres Gegenübers in sie hineinbohren wollten. Vermutlich ein Retina-Scan.

»Minta«, antwortete sie kurz und knapp. Sie hoffte inständig, dass das CLP auch bei so einem Check ein zuverlässiger Schutz war.

»Ich verstehe. Folgen Sie einfach den gelben Pfeilen. Die führen direkt zur Shuttlestation.«

»Vielen Dank.« Das Höflichkeitslächeln erreichte ihre Augen nicht. Schmerzlich wurde ihr bewusst, wie sicher sie sich auf Turva gefühlt hatte.

»Gern geschehen. Willkommen zurück auf der Erde, Cadin Flikk.«

Sie nickte der Shaterra zu und eilte den gelben Pfeilen nach bis zur Shuttlestation. Ihr Herz pochte. Diese Biester waren so falsch, dass sie am liebsten gekotzt hätte. Wie konnten die sie nach dem Vorfall auf Minta so freundlich und selbstverständlich hier begrüßen? Allein die Tatsache, dass sie identifiziert werden konnte, ohne dass sie eine ID zeigen musste, war beängstigend. Die Shaterra hatten die Menschheit vollständig im Griff. Auf ihre ganz eigene, perfide Weise.

Auf dem Weg zur Shuttlestation begegnete sie etlichen Personen. Viele von ihnen waren ebenfalls Shaterra – getarnt mit der Optik eines Menschen, damit sie vertrauenswürdiger wirkten. Und so viele Menschen waren darauf hereingefallen. Nun zahlten sie einen hohen Preis dafür. Im Grunde bestanden die Shaterra aus einem Komplex intelligenter Mikro-Computerzellen, die jede Form annehmen konnte, die ihnen beliebte. Wie selbstverständlich schlenderten sie durch die Flure, verhielten sich und sprachen wie Menschen.

Dagegen wirkten die vom CLP grün umrahmten Vertreter Jüs eigener Spezies abgehetzt. Einigen stand gar Resignation und Enttäuschung im Gesicht. Zu viele lebten im Schatten der Shaterra, hatten sich von deren Netz einfangen lassen, weil es keine andere Wahl gab.

An der Shuttle-Station angekommen, fiel Jü auf, dass ihr CLP sie fragte, ob sie sich in das hiesige Netzwerk einwählen wollte. Das hatte sie in all der Aufregung völlig vergessen. Sie bestätigte und zückte ihre ID-Karte. Über einen Scan registrierte das Netzwerk ihren Namen, Geburtsdatum sowie eine noch fehlende Meldeadresse.

›Ihnen bleiben drei Tage für die Nachmeldung.‹

Ernsthaft? Als ob die nicht ohnehin wussten, wo sie sich aufhielt. Denen entging doch nichts. Bis auf ihre wahre Identität vielleicht. Jü hoffte inständig, dass der Schutz hielt – wenigstens eine Zeit lang. Bilder von früher wollten sich ihr aufdrängen, doch sie schob sie beiseite.

Während das CLP in einen Synchronisierungsprozess überging, fuhr das Shuttle vor.

Hinter etlichen anderen Personen betrat sie die Glaskabine, zog ihre ID-Karte über das Lesegerät und ließ sich in die Polster der hintersten Reihe sinken. Sie überließ den Datenstrom zwischen dem CLP und ihrer Neurologie sich selbst und blickte durch die getönten Scheiben auf die Außenwelt.

Das Gefährt transportierte sie mit derselben Gleichmäßigkeit wie das auf Turva. Fahrerlos, nichts spürbar, als säße sie in einem Wartezimmer. Einzig die Landschaft zog stetig vorbei. Der Shaterra-Komplex im Zentrum erstreckte sich über einen riesigen Bereich. Triniumglasfassaden gewährten einen Einblick in die sterilen und gleichzeitig technisch umfassend ausgestatteten Flure. Hochgradig funktional und voll geschäftiger Personen. Ob es wirklich der versprochene Luxus war, dort wohnen und arbeiten zu dürfen? Vermutlich nicht. Eine Gänsehaut lief Jü über den Rücken, als sie an ihre eigene immerwährende Überwachung in Kindertagen dachte.

›Willkommen im Datennetz von Lipz‹, erschien ein Schriftzug vor ihrem linken Auge und riss sie in die Gegenwart zurück. Es war im Grunde nur ein Signal an ihre Netzhaut. Jetzt, wo sie Zeit hatte, all das wirken zu lassen, faszinierte es sie, wie ihr Hirn damit umging.

Wieder erschien Sophy vor ihrem inneren Auge und sie ohrfeigte sich für ihre kindliche Neugier.

Ihre Augen folgten den Lichtern des Cityrings, auf dem das Shuttle in Richtung Süden fuhr. Rechter Hand passierten sie den Kernkomplex von Lipz, linker Hand sah sie die ersten Häuser der äußeren Stadtbezirke. Dazwischen lag eine breite, unüberwindliche Trennmeile aus gigantischen Datenkabeln, die allen außenstehenden Menschen deutlich zu verstehen gab, wer hier der Herr war.

Nur wenige Minuten später verließ Jü das Shuttle am Haltepunkt in den Außenbezirken. Die Station lag unmittelbar außerhalb des Datenrings und einige Meter oberhalb der Hausdächer. Nur eine einzige Schwebeplattform führte hinab. Welcher Shaterra würde auch zulassen, dass ein Betreten der Transportfahrzeuge ohne vorherige Sicherheitskontrolle möglich wäre? Und wer noch weiter hinaus in die Randbezirke wollte, musste offensichtlich laufen.

Jü verschaffte sich einen Überblick. Wenn die Karte in ihrem linken Auge sie nicht täuschte, dann lag die Adresse, bei der sie sich melden sollte, viel weiter südlich. Wenigstens eine Stunde Fußmarsch. Sie nahm die Plattform hinab in eine Welt, deren Kontrast zum Stadtkern nicht größer hätte sein können.

Vom technisierten Innenstadtluxus war außerhalb des Rings nichts spürbar. Die Häuserfronten waren spärlich auf großem Raum verteilt. An den Fassaden bröckelte der Putz, teilweise wirkten sie gar einsturzgefährdet. Die Shaterra überließen die Außenbezirke also noch immer weitestgehend dem Verfall. Die Welt wirkte kahl und traurig, als hätte man sie vergessen.

Einzig die Menschen, die hier herumliefen, bezeugten das Gegenteil. Hier an der Trennmeile waren es überraschend viele und man sah ihnen den technischen Nachteil der Außenbezirke nicht an. Bunte und schrille Kleidung hauchte der sonst so tristen Optik Leben ein. Die Menschen wirkten wie Paradiesvögel in einem untergegangenen Reich.

Zwischen die Häuserblöcke schoben sich eine Handvoll Läden. Reklamebanner aus dem letzten Jahrhundert warben mit Kleidung oder Speisewürfeln. Die im Labor gezüchteten und auf Daumennagelgröße komprimierten Würfel dehnten sich im Magen aus und hielten über Stunden satt. Die Geschmacksrichtungen waren überwältigend vielfältig und die Produkte förmlich ewig haltbar.

Bei dem Anblick bekam Jü Hunger. Sie hatte seit Stunden nichts gegessen.

Sie kaufte sich einen Würfel *to go* in der Geschmacksrichtung *Cheese-o-Burger* und spazierte bis an den Rand von Lipz. Je näher sie ihrem Ziel kam, desto spärlicher wurde die Bevölkerungsdichte. Dafür strömte ihr erstaunlicherweise der Geruch von frischem Kaffee entgegen.

Jü suchte nach der Quelle und entdeckte ein kleines Café, das sich unscheinbar an ein Kleidungsgeschäft schmiegte. Es trug eine Aufschrift, die selbst um die Jahrtausendwende schon zur Kategorie Retro gehört hätte.

Café Kændis.

Ihr CLP verkündete erfreut, dass sie ihr Ziel erreicht hatte, und versah das Café auf ihrer neuronalen Karte mit einem Stern. Wenn das mal kein gutes Omen war.

Schnurstracks marschierte sie über die Straße, als sie im Augenwinkel einen orangefarbenen Schemen wahrnahm. Ihr CLP brannte das Wort ›Shaterra‹ auf ihre Netzhaut und Jü riss den Kopf herum.

Doch da war nichts. Nur Menschen – ein jeder grün umrahmt. So sehr sie die Umgebung absuchte, die Bedrohung war verschwunden. Sie hatte in der Kürze der Zeit nicht einmal erkennen können, welche Form der Shaterra hatte. Vielleicht hatte sie sich getäuscht? Gut möglich, aber ihr CLP ...? Ein ungutes Gefühl kroch in ihren Bauch.

Sie schob es beiseite. Ihre Vergangenheit hinterließ zu viele verrückte Gedanken in ihrem Kopf. Sie durfte sich davon nicht verunsichern lassen. Daher ging sie rasch weiter und warf einen neugierigen Blick durch das Schaufenster des Cafés.

Erstaunt sog sie die Luft ein. Der oder die Besitzerin brühte hier tatsächlich echten Kaffee. Das war eine absolute Seltenheit, denn echte Kaffeebohnen waren kaum irgendwo zu ergattern. Und hier gab es offenbar raue Mengen davon. Vielleicht ein Eigenanbau? Sie erinnerte sich an die geschmacklich abscheulichen Schluckkapseln auf Turva, die sie nur dann in Erwägung gezogen hatte, wenn es aus gesellschaftlichen Anlässen nicht vermeidbar war. Dank Mox hatte sie eine richtige Barista-Maschine gehabt, selten jedoch genutzt, weil Kaffeebohnen schlichtweg kaum erschwinglich waren.

Ein Klingeln signalisierte ihr Eintreten in den Laden. Die Tische waren gut gefüllt und das Klappern von Löffeln in Keramiktassen drang wie der liebliche Klang von Glöckchen in ihre Ohren. Ihr linkes Auge umrahmte die Gäste ausnahmslos grün. Menschen. Eine kleine Insel der Gemütlichkeit auf einem Planeten voller Probleme.

Sie nahm einen tiefen Atemzug durch die Nase und ließ den vertrauten Geruch auf sich wirken.

Die Bedienung hinter der Theke wies sich mit ihrem ›Frau Kændis‹-Namensschild eindeutig als Besitzerin aus. Sie spülte gerade Teller, trocknete beim Anblick ihrer neuen Kundin jedoch umgehend die Hände ab und strahlte sie erwartungsvoll an.

Jü studierte die Getränkekarte, bevor sie orderte. »Einen Latte macchiato bitte.«

Das Gesicht der Besitzerin hellte sich auf und Lachfältchen bildeten sich unter ihren Augen. »Sie kennen sich mit Kaffeezubereitungen aus, richtig?«

»Ein wenig. Woher wissen Sie das?«

»Sie haben keine komischen Fragen gestellt«, erwiderte die Besitzerin, »sondern äußerst zielsicher geordert, und das, obwohl ich Sie in dieser Gegend noch nie gesehen habe. Und ich kenne so ziemlich jeden hier. Außerdem besitze ich den einzigen Kaffeeladen dieser Art in ganz Lipz. Ergo müssen Sie so etwas zuvor schon einmal woanders getrunken haben. Wo kommen Sie her?«

»Von Minta, aber mein Vater war ein Sammler von Geräten, die es früher einmal auf der Erde gab. Eine antiquarische Barista-Maschine zählte auch dazu.« Das war zwar nicht ganz die Wahrheit, aber auch nicht völlig falsch. »Ich freue mich jedenfalls, auch hier in den Genuss zu kommen.«

Die Besitzerin stemmte die Fäuste in die Hüften und setzte ein Lachen auf. »Hervorragend. Das ist mir schon mal sehr sympathisch. Schauen Sie zukünftig gern öfter vorbei. Wer von Minta in die Randbereiche von Lipz kommt, benötigt mit Sicherheit auch einen neuen Job. Für ein paar Stunden die Woche könnte ich eine Aushilfe mit Erfahrung gebrauchen. Kommen Sie die Tage einfach noch einmal auf mich zu. Aber was rede ich so viel – ich weiß ja nicht einmal, ob das überhaupt ein passendes Angebot ist.«

Jü war dem Wortschwall mit einem Schmunzeln gefolgt. Dass man sich in diesem Café wie bei Mutter zu Hause fühlen konnte, war offensichtlich. Mit Sicherheit war es auch deswegen so voll hier drin. Für sie selbst war es genau die richtige Portion Trost, die sie nach dem Vorfall mit Sophy so dringend brauchte.

Ihre Mundwinkel zogen sich auseinander, als sie antwortete: »Ich bin sicher, dass ich in den kommenden Tagen nicht nur wegen des Kaffees noch einmal vorbeischaue. Ich hätte auch noch eine Frage.«

Frau Kændis drückte gemahlene Bohnen in den Siebträger und klickte ihn in die Kaffeemaschine. »Natürlich Schätzchen. Schießen Sie los.«

»Sie kennen Ihr Viertel so gut, dass Sie mir sicherlich sagen können, bei wem ich die Chance auf ein freies Zimmer habe.«

»Jetzt haben Sie mich auf dem richtigen Fuß erwischt.« Die Besitzerin strahlte über beide Ohren, sichtlich zufrieden, eine so wichtige Rolle bekleiden zu dürfen. Ihre gute Laune wirkte unerschütterlich und regelrecht befremdlich nach dem, was Jü zuvor passiert war.

Frau Kændis kramte einen Zettel hervor, kritzelte eine Adresse darauf und schob sie über den Tresen. »Dort ist vor einiger Zeit etwas frei geworden. Klingeln Sie bei Blekk van Oak.«

Jü schnappte nach Luft. Ihr wurde schwindelig von dem Adrenalin, das durch ihre Adern pumpte. »Bei Blekk van Oak?«

»Ist alles in Ordnung? Sie sehen blass aus.«

»Ja, schon gut«, stammelte Jü, bei der im Grunde nichts in Ordnung war. Sie hielt die Adresse ihres Bruders in der Hand. Ein wenig anders als früher, aber derselbe Bezirk. Blekk wohnte nur ein paar Straßen weiter. Er lebte noch und war ihr so nah wie seit Ewigkeiten nicht mehr. Ihr Inneres erbebte vor Freude. Gleichzeitig mischte sich Angst dazu. Was er wohl zu ihrer Rückkehr sagen würde?

»Nach *gut* sehen Sie aber nicht aus«, entgegnete Frau Kændis. »Sie haben bestimmt einen niedrigen Blutzucker. So kann ich Sie unmöglich vor die Tür gehen lassen. Suchen Sie sich noch eine Kleinigkeit zu essen aus. Wenn Sie mir versprechen, wiederzukommen, geht das heute aufs Haus.« Frau Kændis wandte sich ab und widmete sich ihrer Barista-Maschine.

Jü wagte nicht, das Angebot auszuschlagen. Sie hatte kein bisschen Hunger. Im Gegenteil. Kein Happen würde im Moment an dem Kloß in ihrer Kehle vorbeipassen. Trotzdem inspizierte sie brav die Kuchenauslage.

Im Kontrast zum altmodischen Stil des Cafés lagen hier die typisch modernen Speise-Würfel. Sie entschied sich für ein Stück namens Johannisbeer-Buttermilch-Kuchen, der mit Sicherheit ausschließlich auf Aromen basierte. Aber das tat dem Genuss keinen Abbruch. Der tatsächliche Anbau von landwirtschaftlichen Produkten war seit dem Absterben der Erde kaum noch irgendwo möglich. Die Menschheit war von der Gunst der Shaterra abhängig. In allen Belangen.

Und sie selbst war nun abhängig von Blekks Gunst. Davon, dass sein Angebot nach fünfzehn Jahren der durch die Flucht erzwungenen Funkstille noch stand.

***

Kurze Zeit später balancierte Jü den heißen Kaffee auf ihrer Hand zur Ausgangstür. Sie schob die Glastür mit der Schulter auf und warf einen letzten Blick zurück ins Café. Es stand bereits jetzt ganz oben auf der Liste ihrer neuen Lieblingsorte in dieser Gegend. Abrunden konnte das Ganze nur noch Blekk, indem er sie nicht abwies.

Da prallte jemand in sie hinein. Der Kaffee wurde gegen ihr Shirt gepresst, der Deckel rutschte ab und die braune Brühe verteilte sich gnadenlos in den Poren des Gewebes.

»Verdammte Kacke!«, schrie Jü und zog mit der Hand das Shirt von ihrem Oberkörper weg. Das war brennend heiß. Zwar verhinderte das klimastabilisierende Gewebe das Schlimmste, aber sie fühlte sich trotzdem wie ein Krebs im Kochtopf. Wieso hatte das dämliche Shirt keinen Lotuseffekt? Und wer lief eigentlich so blind durch die Gegend?

Zornig suchte sie Blickkontakt zu dem Verantwortlichen.

Vor sich fand sie das Gesicht eines Mannes, der in etwa so alt war wie sie selbst und ungefähr einen halben Kopf größer. Ihr CLP umrahmte ihn in einem unschuldigen Grün. Kurze braune Haare lagen auf weichen Gesichtszügen. Muskulöse Oberarme steckten in einem schwarzen Lyocell-Shirt. Der Mann hielt ein Notizbuch in der Hand. Der Schock über das Malheur hatte sich in seine Mimik gebrannt.

»Entschuldigen Sie«, stammelte er, »ich habe nicht aufgepasst.«

»Eine Entschuldigung hilft mir gerade nicht«, schnauzte sie ihn an. Noch immer brannte ihre Haut.

»Ich zahle Ihnen eine Entschädigung für die Reinigung. Und einen neuen Kaffee. Tut ... Tut mir wirklich leid.« Er hob abwehrend die Hände und schob seine Brille zurecht. Die Gläser waren von einer schmalen Chromlegierung umrandet und ließen das Gestell altmodisch wirken.

Jü blickte an sich hinab und seufzte hörbar. »Danke. Wird schon gehen.« Sie schob sich an ihm vorbei.

Doch er verfolgte sie. »Sind Sie sicher, dass alles in Ordnung ist?«

»Ja. Ich komme schon klar.« Jü hatte keine Lust, sich in ein Gespräch verwickeln zu lassen, und sah dem Mann in die Augen. »Danke trotzdem für das Angebot.« Dann wandte sie sich ab und marschierte die Straße entlang in die Richtung von Blekks neuer Adresse.

Hinter ihr erklang das Glöckchen des Cafés. Sie war ihn los. Wenigstens etwas.

Völlig aus dem Nichts warf ihr CLP einen Shaterra-Alarm auf ihre Retina. Etwas Orangefarbenes blitzte in ihrem Augenwinkel auf und wie im Reflex riss Jü den

Kopf herum. Mit dem Eindruck, dass sich all ihre Nackenhaare aufstellten, scannte sie die Umgebung. Doch da war nichts. Was auch immer ihr CLP entdeckt hatte, war schon wieder aus ihrem Sichtfeld verschwunden.

Noch immer stand der Mann, der sie angerempelt hatte, im Café, die Nase in einem Heft vergraben, von ihrer Software als menschlich identifiziert. Wie ein Unschuldslamm. Aber wer wusste schon, wie die Dinge hier in Lipz liefen? Noch einmal suchte sie die umliegenden Fassaden und Gassen mit den Augen ab. Aber da war nichts Auffälliges zu sehen.

Sie würde sich daran gewöhnen müssen, dass die Erde nicht Turva war. Jüs Unsicherheit stieg, doch sie schob sie beiseite. Immerhin stand ihr ein schwerer Schritt bevor. Sie sah aus wie ein wandelnder Kaffeefleck, aber eine Umkleidemöglichkeit gab es hier nicht. In einem Kleidungsgeschäft nachzufragen, war ihr unangenehm, und sonst gab es keine Alternativen. Sie würde ihrem Bruder und seiner Familie also in diesem Aufzug gegenübertreten.

Mit dem Gedanken an Blekks Adresse erschien der Auszug eines Miniatur-Stadtplans vor ihrem Auge. Darauf blinkte ein Zielpunkt. Ein weiterer markierte ihren aktuellen Standort und ein Pfeil wies ihr die Orientierung. Seine Wohnung war nur wenige Querstraßen entfernt. Großartig.

Mit den letzten Resten ihres Kaffees wärmte sie ihr Inneres, während sie den Richtungsanweisungen des CLPs folgte. Wie sehr sich Blekk wohl verändert hatte? Und ob auch Kyra und Lænn bereit waren, sie aufzunehmen? Mit Sicherheit. Kyra war die liebenswerteste Schwägerin, die man sich nur vorstellen konnte. Und wenn Lænn es befremdlich fand, müsste Jü sich sein Vertrauen eben erarbeiten.

Als sie schließlich vor einem altbackenen Fünfgeschosser zum Stehen kam, nagte die Aufregung an ihr. Wenn Croger sie so sehen könnte, würde er vermutlich einen Lachanfall bekommen. Vorka ebenfalls. Wer war sie, dass sie auf Turva jedem mit der nötigen Selbstsicherheit gegenübergetreten war, angesichts ihrer eigenen Vergangenheit aber wie ein ängstliches Kaninchen in Schockstarre verfiel?

Das Klingelschild wies *van Oak* für die fünfte Etage aus.

Jüs Finger zitterten, als sie über den Klingelknopf strichen. Es war wie eine erste Berührung. Eine Annäherung. Ein Luftholen vor dem nächsten Schritt. Wie lange hatte sie sich nach diesem Moment gesehnt? Es war so unwirklich, dass sie tatsächlich zurück war. Und so aufregend zugleich. Adrenalin machte sich in ihren Blutbahnen breit. Wie um den Moment zu unterstreichen, gratulierte ihr das CLP zum Erreichen des Ziels. Sie zwang es mit einem Gedanken, sich vorübergehend in den Stand-by-Modus zu schalten, und betätigte die Klingel.

***

Nichts regte sich. Auch nach einer geschlagenen Minute nicht.

Jü klingelte noch einmal. Das Warten erschien ihr wie eine Ewigkeit. Vielleicht war niemand daheim?

Da äußerte die Tür plötzlich mit einem Summen ein Öffnungsangebot.

Jü gab sich den entscheidenden Ruck und betrat das Treppenhaus. Die Luft war von Urin geschwängert, die Wände verschandelt mit lieblosen Schmierereien. Die Stufen knarzten unter ihren Füßen, als wollten sie jeden Moment zusammenbrechen. Aber ihre Beine trugen sie wie von selbst in die oberste Etage.

Hier gab es einen langen Flur, der ähnlich unansehnlich war. Niemand kümmerte sich um die Sauberkeit. Zumindest außerhalb der Wohneinheiten. Erst die letzte Tür im Gang erwies sich als die richtige.

Jüs Herz klopfte wie nach einem Sprint und setzte beinahe einen Schlag aus, als ihr Blekk im Türrahmen gegenüberstand. Er wirkte gealtert. Schrecklich gealtert, verglichen mit ihrer Erinnerung. Allerdings war er auch nahezu zwanzig Jahre älter als sie und sie hatten sich fünfzehn Jahre lang nicht gesehen.

»Hi«, hauchte sie. Für mehr reichte ihre Stimme nicht.

Ihr Bruder entgegnete für lange Zeit nichts, musterte sie nur, als traue er seinen Augen nicht.

»Das ist nicht möglich«, flüsterte er.

»Doch.« Tränen traten in Jüs Augen. Sie bemühte sich, sie hinunterzuschlucken und Haltung zu wahren.

Ihr Bruder war ein ehemaliger Militär. Obgleich das Ende seiner aktiven Dienstzeit schon eine Weile zurücklag, hatte er von seinen früheren Verhaltensweisen und dem ernsten Ausdruck fast nichts abgelegt. Noch immer starrte er in ihr Gesicht. Dann blickte er den Flur hinunter und winkte sie ohne ein Wort hinein.

Was hatte sie erwartet? Dass er ihr um den Hals fiel? Nach all den Jahren der Funkstille? Am liebsten wäre sie davongerannt, aber sie hatte sich damals nicht ausgesucht, untertauchen zu müssen. Inzwischen war sie erwachsen und konnte es wieder gerade rücken. Möglichst, ohne zu viel preiszugeben.

Blekk führte Jü in ein spärlich eingerichtetes Wohnzimmer. Die Federn der Couch quietschten, als sie darauf sank.

Die ernste Miene, mit der Blekk sie musterte, war ihr unangenehm.

»Wo zum Teufel warst du?«

Betreten blickte sie auf den ausgefransten Teppich zu ihren Füßen. »Ich darf nicht darüber reden.«

»Wie bitte?« Blekks Stimme wurde eine Spur schärfer. »Du stehst nach fünfzehn Jahren ohne jede Vorankündigung vor meiner Tür und hast nicht einmal eine gute Erklärung dafür?«

Jü sah auf, hielt dem erbosten Funkeln in Blekks Pupillen stand, und bekämpfte den Tornado an Gefühlen in ihrem Inneren. »An guten Erklärungen mangelt es mir nicht. Aber ich darf darüber nicht sprechen.«

»Das ist alles?«, schnauzte Blekk. »Hast du eigentlich eine Ahnung, wie es mir die ganzen Jahre ging?«

»Nein«, gestand Jü kleinlaut. Sein Leben war mit Sicherheit deutlich beschwerlicher gewesen als ihr fröhlich-naives Dasein auf Turva. Hilfesuchend blickte sie sich nach Anzeichen von Kyra um. Blekks Frau hatte ihr stets Rückhalt gegeben, wenn seine Laune in den Keller fiel.

Sie verfolgte, wie ihr Bruder aufstand und zum Küchentresen ging. Eis klimperte in ein Glas. Dazu gesellte sich ein Schuss Schnaps. Blekk leerte den Drink in einem Zug und krachte das Glas zurück auf die Anrichte.

Jetzt erst wurde Jü bewusst, wie wenig diese Wohnung nach Leben aussah. Ein einziges Bild von Kyra und Lænn stand auf einer Kommode, doch es war bestimmt so alt wie Jüs Verschwinden. Die beiden wirkten jung und frisch. Glücklich. Doch mehr Anzeichen fand sie nicht.

Blekk schien ihre Gedanken zu erraten. »Du suchst vergeblich«, knurrte er. »Sie sind beide tot.«

Was? Jüs Puls raste. Ihr wurde abwechselnd kalt und heiß. Sie wollte nicht glauben, was sie da hörte. Wehrte sich gegen diese Wahrheit, verdrängte sie in die Tiefen ihres Hirns. Doch die Nachricht ploppte wieder nach oben wie eine Gasblase in einem Lavakessel, verteilte ihren faulen Geruch und benebelte Jüs Kopf.

Während Blekk sich einen weiteren Drink eingoss, traten Jü die Tränen in die Augen. Sie konnte es immer noch nicht fassen. *Wieso?*

»Du fragst dich, was passiert ist?« Blekks Stimme klang rau. Er hatte ihre Gefühle schon immer gut lesen können. Mit dem Glas in der Hand schlurfte er zum Sessel und sank Jü gegenüber in die abgewetzten Polster. »Ein Shaterra-Shuttle ging in Flammen auf.«

»Unmöglich«, keuchte Jü. »Diese Dinger sind doch unzerstörbar.« Noch immer trug sie einen inneren Kampf mit der Wahrheit aus, in dem brennenden Wunsch, sie zu verdrängen. Jü verlor. Der Graben ging auf und schluckte sie im Ganzen.

»Es passierte ein halbes Jahr, nachdem du verschwunden warst«, sagte Blekk.

Jü dämmerte etwas. Sie schlug die Hände vor den Mund. Tränen der Schuld mischten sich mit denen der Trauer. »Aber wieso?«, schluchzte sie.

»Es gab nie ein offizielles Statement zu dem Vorfall.« Blekks Stimme klang trocken, doch er konnte seine

Empfindungen vor ihr ebenso wenig verbergen wie sie vor ihm. Er schwamm irgendwo zwischen Verbitterung und Traurigkeit. »Ehrlich gesagt«, fügte er hinzu, »dachte ich all die Jahre, dass dir etwas Ähnliches passiert ist und sich nur niemand die Mühe gemacht hat, mich zu informieren.«

Nun liefen die Tränen ungebremst Jüs Wangen hinab. Es war ihre Schuld, dass die beiden tot waren. Ihre! Und sie konnte es ihm nicht sagen. Niemand durfte das wissen. »Es tut mir so leid.« Die Worte quälten sich über ihre Lippen.

Blekk schüttelte den Kopf. »Muss es nicht. Wenn sich einer entschuldigen müsste, dann diese elendigen Maden.«

»Die Shaterra?«

»Wer sonst?« Blekk fuhr sich durch die grau melierte Kurzhaarfrisur. »Ich weiß nicht, wo du gewesen bist, aber hier auf der Erde hat sich nicht viel geändert.«

Jü krampfte die Finger ineinander. Jedes Diplomatengespräch mit den Voolanern oder anderen Spezies war ein Zuckerschlecken gegen das hier. »Sagen wir mal, ich war an einem sicheren Ort. Man hat mich dort mit einer neuen Identität ausgestattet. Mehr darf ich nicht preisgeben.«

»Ich war beim Militär und verstehe, was Geheimhaltung bedeutet.« In Blekks Stimme schwang Zynismus mit. Doch als sich ihre Augen trafen, nahm sein Gesicht für den Bruchteil einer Sekunde den liebevollen Ausdruck an, den sie als kleine Schwester so mochte. Der sie beruhigte, ihr Sicherheit gab, bei dem sie auftanken konnte.

»Es tut mir wirklich leid, Blekk«, flüsterte sie. »Du kannst dir gar nicht vorstellen, was es mir bedeutet, hier zu sein.«

Blekk kam zu ihr auf die Couch und zog ihren Kopf auf seine Schulter. »Doch, kann ich. Man sieht es dir nämlich an. Ehrlich gesagt, bin ich froh, dass du hergekommen bist, dann kann ich wenigstens auf dich aufpassen. Deine seltsamen Andeutungen verursachen mir jetzt schon Magenschmerzen.«

»Danke.« Jü genoss die Nähe ihres Bruders in vollen Zügen. Ihre aufwallenden Gefühle zeigten ihr, wie wenig sie mit der Vergangenheit bislang abgeschlossen hatte. Sie hatte sich auf Turva lediglich verkrochen. Dort ein Leben in einer anderen Welt geführt. Luxus genossen. Und war vor all dem hier auf der Erde schlichtweg weggerannt.

»Was ist eigentlich passiert?« Blekk deutete auf den Kaffeefleck, den Jü in der ganzen Aufregung restlos vergessen hatte. »Scheint, als hättest du das *Café Kændis* schon gefunden.«

Unbarmherzig schob sich die Nässe auf ihrer Brust wieder in ihr Bewusstsein. Sie wischte sich die Tränen ab. »Irgend so ein Idiot ist in mich reingerannt.«

Blekk verzog keine Miene. »Das war ja ein besonders großer Idiot. Geh dich am besten umziehen. Dann zeige ich dir etwas.«

»Wo kann ich hin?«

»Nimm das Zimmer am Ende des Ganges«, entgegnete Blekk mit einer Handbewegung und wies zum Flur.

»Danke, ich bin gleich wieder da.«

Jü schlüpfte in den Flur, der keine zwei Quadratmeter maß, und öffnete die Tür gegenüber dem Wohnzimmer. Blekk hatte trotz aller Verluste nichts von seiner sarkastisch-humorvollen Seite verloren. Wie hatte sie das vermisst.

Das Zimmer entpuppte sich als Zehn-Quadratmeter-Kammer mit Bett, Mini-Schreibtisch und schmalem Schrank. Die Möbel wirkten in die Jahre gekommen und boten kaum nennenswerten technischen Schnickschnack. Die Außentemperaturerkennung und Wettervorhersage im Kleiderschrank war noch eines der moderneren Features. Nichtsdestotrotz wirkte es jünger als die Wohnzimmermöbel und war dem Treppenhaus an Sauberkeit und Ordnung um Welten voraus. Wer auch immer zuvor hier gewohnt hatte, war pfleglich und sorgsam mit der Einrichtung umgegangen.

Jü wählte ein dunkelblaues Lyocell-Shirt. Es war mit silbernen Linien durchzogen und lag lockerer auf der Haut als das vorherige. Das Orange-Rot ihrer Haare leuchtete im Kontrast zu dem dunklen Oberteil. Sie band sie zu einem bequemen Knoten zusammen und ging zurück ins Wohnzimmer.

Schweigsam zog Blekk sie mit sich zu einem der Fenster. Er öffnete es und lehnte sich so weit über den Rahmen hinaus, dass Jü schon schreien wollte. Seine Hand griff nach etwas links an der Außenwand. Es quietschte. Ihr Bruder kletterte in die Öffnung und schwang sich nach draußen.

Als Jü den Kopf aus dem Fenster steckte, sah sie ihn eine Feuerleiter zum Dach hinaufklettern. Das Ding wirkte ebenso verfallen wie das Haus selbst. Vertrauenserweckend war definitiv etwas anderes. Aber sie würde sich jetzt keine Blöße geben. Also stieg sie Blekk hinterher.

Knackende Sprossen mahnten Jü zur Eile. Gleichzeitig traute sie sich kaum, zu atmen und den nächsten Schritt zu tun. Es war wie das Ebenbild ihres neuen Lebens. Kein sicherer Boden. Jederzeit könnte alles in sich zusammenbrechen. Doch am Ende lag es an ihr, etwas daraus zu machen.

Auf dem Dachsims streckte Blekk ihr die Hand entgegen. Sie griff danach und ließ sich hinaufhelfen. Über Trittstufen auf den Schindeln kletterte sie ihrem Bruder bis zum höchsten Punkt hinterher. Eine zarte Brise strich ihr durch die Haare, aber die Abendluft war aushaltbar.

Oben auf dem Kamm nahm sie neben Blekk Platz und betrachtete die Stadt zu ihren Füßen. »Das ist ... überwältigend.«

»Mein Lieblingsplatz«, flüsterte Blekk.

Der Ausblick war die gelungene Entschädigung für die sonst so kahle Umgebung. In der Ferne thronte im Zentrum von Lipz der Hightech-Hochhauskomplex der Shaterra. In der einsetzenden Dämmerung wirkte er wie eine Säule aus Lichtern, die sich gen Himmel schraubte. Vor rund hundert Jahren war die Menschheit stolz gewesen, überhaupt auf über tausend Meter zu bauen – wohlgemerkt, dass die letzten hundert Meter zur Spitze oft nur blankes Metall waren. Die Shaterra bauten in kürzester Zeit Komplexe bis auf zwei Kilometer Höhe, durchweg bewohnbar. Das ganze innere Zentrum war praktisch ein Supercomputer, ein alles umschließendes Netzwerk und der Lebensraum der

Shaterra. So sah es in jeder Metropole der Erde aus. Zumindest in denjenigen, die nach den globalen Krisen übrig geblieben waren.

Die Randbezirke der Stadt hingegen, also alles, was außerhalb des Datenstrom-Rings lag, versanken in völliger Dunkelheit. Strom war hier draußen ein rares Gut, sodass man nachts offenbar weitestgehend sparte.

Blekk stupste sie an. »Wie heißt du jetzt eigentlich?«

Jü brauchte einen Moment, bis sie begriff, was er meinte. »Cadin ... Cadin Flikk.«

»Schöner Name. Willkommen zurück auf der Erde, Cadin Flikk.«

Das hatte sie heute schon einmal gehört. Allerdings mit einem deutlich weniger herzwärmenden Effekt. »Danke Blekk. Wieso hast du mich nicht wieder vor die Tür gesetzt? Immerhin ...«

»Egal«, unterbrach er sie. »Als Familie hält man zusammen. Besonders seit Einzug der Shaterra.« Er zeigte auf die Umgebung. »Was denkst du, wenn du das siehst?«

»Ich kann es kaum in Worte fassen. Aber dass die Randbezirke förmlich von Dunkelheit verschluckt werden, während der Cityring wie ein eigenständiges Kunstwerk leuchtet, ist ein passendes Abbild der gesellschaftlichen Realität. Was denkst du?«

»Bei mir klingt es weniger poetisch, aber wir leben in einem modernen Mittelalter. Die Shaterra haben es geschafft, uns auszugrenzen. Vielleicht hättest du lieber bleiben sollen, wo du warst. Hier gibt es keine glückliche Zukunft.«

»Du klingst verbittert.«

»Ist das verwunderlich? Diese elenden Maden haben uns den Planeten gestohlen.«

»Den wir uns ohnehin schon kaputtgemacht hatten«, entgegnete Jü nachdenklich.

»Aber das ist doch kein Grund, uns derartig auszunutzen.«

Jü musterte Blekk von der Seite. Die untergehende Sonne goss einen roten Schimmer auf seine Haut, der in den Furchen auf seiner Stirn versank. »Du glaubst immer noch, dass die Shaterra die Pandemie damals absichtlich ausgenutzt und verschlimmert haben?«

Blekks Blick schweifte in die Ferne. »Nicht nur das. Sie haben unsere Spezies durch die Pandemiewelle bewusst auf ein Minimum reduziert und den Planeten derartig unwirtlich gemacht, dass wir seither auf ihre Metropolen-Schutzräume angewiesen sind.«

Jü folgte Blekks Blickrichtung zu den Dreckdünen außerhalb der Stadtgrenze. Ein zartschimmerndes Kraftfeld hielt die atembare Luft im Inneren und die giftige Atmosphäre außerhalb. Den Shaterra wäre das egal. Die überlebten in jeder Brühe. Schließlich waren sie rein technische Wesen, nicht biologisch wie die Menschen. Sie besaßen – glaubte man deren Aussagen – die All-Macht über die hiesige Galaxie. Sie erklärten sich selbst zu gönnerhaften Wesen, weil sie den ›Erdlingen‹ und vielen anderen Spezies sogenannte Schutzräume boten. Gleichzeitig forderten sie bedingungsloses Vertrauen und Arbeitskraft und kümmerten sich nicht darum, wie die Menschen tatsächlich lebten. Die Menschheit war dermaßen geschwächt, dass für jegliche Gegenwehr die Kraft fehlte.

»Ein zerstörter Planet«, sagte Blekk und sah sie eindringlich an, »bedeutet Ressourcenknappheit. Deswegen kümmern sich die Shaterra nicht allzu sehr darum, wie es uns hier draußen geht. Die Bedingungen geißeln uns von ganz allein. Währenddessen sind sie mit ihren Minen auf anderen Planeten beschäftigt und damit die nächsten Feldzüge vorzubereiten. Die Metropolen auf der Erde sind nichts weiter als Kontrolleinheiten, um den Arbeiterstamm im Blick zu behalten.«

Jü zog die Beine an und schlang die Arme um die Knie. »Das klingt ziemlich deprimierend.«

»Willkommen in meiner Welt.«

Datentransfer QD18TW

Im Secret-Room auf dem Planeten Erde empfing die führende Shaterra-Einheit die aktuellen Daten.

--- Erstatten Sie Bericht, Einheit ID309PL23. ---

--- Routinescan durchgeführt. Objekte mit über 80 %-iger Übereinstimmung: 2381. ---

Das waren zu viele. Der Avain war zwar wertvoll, aber die Gewichtung lag auf den Ressourcen. Deren Schonung war der einzig vernünftige Weg.

--- Lässt sich die Quote weiter einschränken? ---

--- 713 Objekte mit Übereinstimmung von über 86 %. ---

Das war ein prognostisch günstiges Maß. Nicht zu hoch – das verursachte zu viele Fehler – und nicht zu niedrig – das würde Ressourcen verschwenden. Die Finger der führenden Einheit glitten über das Display. Eine umständliche Hülle, aber in dieser Welt notwendig. Nur wer Vertrauen schaffte, erhielt die Kontrolle. Eine ständige Veränderung der Zellen kostete zu viele Ressourcen und Blendung war nötig, um diese Welt zu halten. Organisch komplexe Lebewesen abzubilden war ressourcenlastig. Es gab Alternativen. Auch organisch, aber nicht ganz so aufwendig und vertrauenerweckend genug. Gespickt mit ausreichend Eigenschaften, die in den Augen der Erdlinge unauffällig wirkten. Doch das war keine Option für die führende Einheit. Nur für die Außenposten in den Straßen der Stadt.

--- Tiefenscan der 713 Objekte durchführen. ---

Ein Datenstrom in die Gegenrichtung. Eine Neujustierung des Einsatzbereiches und der notwendigen Funktionen. Programmierung der Konsequenz für den Fall von Nichterfolg.

Der Avain war wichtig. Er war der Zutritt zur Galaxie der Alkupæ. Energieressourcen, die die uneingeschränkte Reproduktion ermöglichten. Keine Abhängigkeit von planetaren Minen mehr. Keine Fremdressourcen wie die Erdlinge oder andere Spezies. Keine Notwendigkeit mehr für Fremdballast. Die unbegrenzte Ausbreitung der Shaterra. Die absolute All-Macht und die Unendlichkeit des Daseins. Das war das übergeordnete Ziel. Und bis dahin galt es abzuwägen zwischen Ressourcenschonung und notwendiger Außenwirkung.

Kapitel 4

In ihrer Hand liegt das Objekt. Unschuldig und unscheinbar. Plötzlich beginnt es, sich unter ihrem Griff zu wölben. Schriftzeichen leuchten auf. Ziehen sich in Kreisen über die Oberfläche. Ein Leuchten. Immer stärker. Es blendet, reißt sie mit sich.

Jü lag regungslos in ihrem Bett. Völlige Dunkelheit umfing sie.

Was war da gerade passiert? Die Bilder hallten noch immer durch ihren Kopf. Ein Zustand völliger Ohnmacht erdrückte sie förmlich. Sie spürte ihren Herzschlag und musste sich hüten, von den überschwappenden Gefühlen nicht gelähmt zu werden.

Diesen gottverdammten Traum hatte sie seit fünfzehn Jahren nicht gehabt. Fünfzehn! Sie war einen einzigen Tag auf der Erde und er kam schlagartig zurück. Zwar nur ein Teil davon, was ihn nicht erträglicher machte, aber wie war das möglich? Als hätte ein Geist der Vergangenheit ihr hier aufgelauert und mit dem Betreten seines Reviers gnadenlos zugeschlagen.

Jü drückte sich das Kopfkissen vors Gesicht und brüllte hinein. Ob das jemand gehört hatte? Egal.

Ihr Schädel bedankte sich mit einem dumpfen Pochen, als sie sich im Bett aufsetzte. Der Bewegungssensor auf dem Schreibtisch aktivierte die Digitalanzeige und warf 4:27 Uhr an die Wand. 4:27 Uhr. *Na prima!* Mitten in der Nacht. An Schlaf war nicht mehr zu denken.

Ein Quietschen vor der Tür kündigte einen nächtlichen Besucher an. Es klopfte und Blekk betrat ihr Zimmer. »Alles in Ordnung?«

Jü nickte matt. »Alles gut. Ich hab nur schlecht geträumt.« Sie würde ihm sicher nicht erzählen, dass es ein Traum war, den sie schon kannte. Der sie ängstigte. Über den sie nie gesprochen hatte. Er blieb ihr Geheimnis.

Der kalte Dielenboden stach in ihre Sohlen, als sie die Beine aus dem Bett schwang. Das half ihr jedoch, in der Realität anzukommen.

»Sag Bescheid, wenn du etwas brauchst«, sagte Blekk. »Soll ich dir einen Tee kochen?« In diesem Moment lag in seinem Gesicht dieselbe Wärme wie früher.

Ihr Kopfschütteln zur Antwort fiel vehementer aus als beabsichtigt.

»Ist es wegen Kyra und Lænn?«, fragte er.

»Nein. Denke ich zumindest.«

»Du weißt, wo du mich findest«, gab Blekk zur Antwort und verkrümelte sich wieder, während Jü unschlüssig auf der Bettkante sitzen blieb.

Sie zog das Foto aus ihrem Rucksack und strich mit den Fingern darüber. Kyra. Lænn. Sie waren nur noch ein Nachhall in dieser Welt, ihre Existenz verschlungen von der Dunkelheit. Das Foto fand einen Platz auf dem Tisch.

Unschlüssig schaute Jü aus dem Fenster. Schließlich entschied sie sich für Leggings und ein Sportfunktionsshirt aus dunkelgrauem Polymerstoff für ihre persönliche Morgenroutine. Über ihr CLP wählte sie eine Laufroute aus. Eine Warnung erschien, dass der Sonnenaufgang noch siebenundzwanzig Minuten auf sich warten ließ. Sie ignorierte die Meldung und befahl der App, trotz allem mit der Navigation zu beginnen, da der Cityring zumindest ein Minimum an Licht bis in die Randbezirke abstrahlte.

Die kühle Nachtluft besänftigte ihre rasenden Gedanken. Wirklich kalt war es in den Metropolen zum Glück nie. Dennoch ließen die Shaterra-Atmosphärenschirme das landestypische Klima in abgeschwächter Form von außerhalb herein. Keine Ahnung, weshalb sie sich diese Mühe machten. Vermutlich sollte das den Erdlingen helfen, nicht in völligen Kulturschock zu verfallen – wenn sich ihre Welt sonst schon konstant von ihrem Einfluss entfernte. Und vielleicht war es leichter, als eine Atmosphärenglocke dauerhaft zu klimatisieren.

Nach fünfzehn Minuten stachen Jüs Lungen und ihr eigener Atem klang ungewöhnlich laut in der nächtlichen Stille. Offenbar war die Zusammensetzung der Erdatmosphäre anders als die auf Turva. Dort hatten ihr einstündige Läufe keine Schwierigkeiten bereitet. Das erklärte auch, weshalb sie gestern Abend so müde und erschöpft eingeschlafen war. Vielleicht war ja sogar der Traum nur eine Folge von dezentem Sauerstoffmangel? Vielleicht waren es aber auch die zahlreichen Erinnerungen an früher, die ihn ausgelöst hatten.

Sie wechselte in ein moderates Gehtempo und musterte die Umgebung. In der Dunkelheit der Randbezirke lag der Sternenhimmel beinahe ungefiltert über ihr. Zeitgleich kletterten die allerersten Lichtstrahlen der Sonne über den Horizont. Vielleicht hätte sie lieber noch einmal aufs Dach klettern sollen als zu joggen. Während der Himmel zu einem malerischen Schauspiel ansetzte, verursachten ihr die langen Schatten der Gebäude eine Gänsehaut auf den Armen. Sie konnte es nicht verhindern. Noch weniger jetzt, wo sie nur noch langsam vorankam. Irgendwo schnarchte jemand. Ein metallenes Poltern ließ Jü aufschrecken.

Ihr Blick glitt zu der Seitenstraße, aus der das Geräusch gekommen war. Als sie nichts Verdächtiges entdeckte, ging sie weiter, stolperte aber in ein Fellknäuel hinein. Ein Miauen drang an Jüs Ohren. Kurz darauf schmiegte sich eine behagliche Wärme an ihre Beine. Das dazugehörige Schnurren klang einladend.

»Was machst du denn hier so allein?«, wisperte sie und nahm die Katze in den Fokus. In ihrer CLP-Anzeige erhielt das Tier einen orange-farbenen Rahmen.

Verdammt! Jü biss sich auf die Lippen. Was machte dieses Biest hier? Die Shaterra hielten sich nie irgendwo ohne Grund auf. Sofort schlugen ihre Gedanken Saltos und die orange-farbenen davonhuschenden Schemen vom Vortag fielen ihr wieder ein.

Um nicht unnötig aufzufallen, beugte sie sich hinab, streichelte der Katze über das Fell und schob sie dann vorsichtig von sich. »Ich will weiter, husche du lieber nach Hause.«

Ihre Kraft würde für den Rückweg schon genügen. Sie setzte zu einem unauffälligen Trab an und joggte ohne erneute Pause bis zu Blekks Wohnung zurück.

Es war nur eine Katze, versuchte sie sich einzureden. Aber erfolglos. Ihr CLP hatte ihr etwas anderes gezeigt.

Zurück in Blekks Wohnung ging sie unter die Dusche. 5:42 Uhr. Sie ließ das heiße Wasser über ihre Haut laufen und wartete auf das Reinigungssignal. Erst als es nach drei Minuten immer noch nicht ertönt war, wurde ihr klar, dass die Dusche diese Technologiestufe nicht enthielt und offensichtlich auch ohne Einschäumfunktion arbeitete. In diesem Moment verstand sie, weshalb Blekk ganz altmodisch ein Stück Seife in einem Behälter an der Wand liegen hatte. Sie schalt sich für ihre Naivität und griff nach dem Würfel. Der Geruch von Lavendelblüten begleitete sie durch die nächsten Minuten und schaffte es, ihre Gedanken wieder zu beruhigen.

Ob die Menschen hier wussten, dass Katzen durch das Viertel streunten, die in Wahrheit gar keine waren? Es war eher unwahrscheinlich, dass außer ihr noch jemand über die Erkennungssoftware ihres CLPs verfügte. Sie entschied, diesen Vorteil vorerst für sich zu behalten.

Eine halbe Stunde später war sie in frische Klamotten geschlüpft und betrat die Küche, die genau genommen die Hälfte des Wohnzimmers einnahm. Blekk war bereits aufgestanden. Zwei dampfende Teetassen standen auf dem Tisch, in einer Pfanne brutzelten Instant-Eier.

»Guten Morgen«, brummte er und wirbelte die gelbe Masse durch den Tiegel. »Geht's wieder besser?«

»Ich denke schon. Es ist hier alles noch ein wenig ...
ungewohnt.« Jü setzte sich auf die Couch und schloss
ihre Finger um die warme Tasse.

Ihr Bruder schaufelte erst ihr, dann sich selbst eine
Portion Gebratenes auf den Teller. »Du gewöhnst dich
schon noch dran.«

»Auch an das hier?« Sie stocherte lustlos in dem Brei
herum.

Blekk zog die Augenbrauen hoch. »Du isst diese ollen
Mogelwürfel immer noch gern, was?«

»Da sind wenigstens alle notwendigen Nährstoffe
drin und ich kann mich darauf verlassen, dass es
schmeckt. Das hier ist doch nur totgebratenes Eiweiß.«

»Aber man hat etwas zum Kauen.« Die Polster
quietschten unter Blekks Gewicht. Seine Mundwinkel
zogen sich nach unten, als er die Masse in sich hinein-
spachtelte. Er wiegte den Kopf. »Ja, geschmacklich
kann es mit den Würfeln nicht mithalten. Aber es ist
warm im Bauch. Und ich habe es selbst gemacht.«

»Das Ei?« Jü grinste ihren Bruder an.

»Na ja, zumindest selbst gebraten.«

Jü nahm sich vor, Blekks Vorratsschrank zumindest
mit ein paar Würfeln auszustatten, wenn sie die Gelegenheit dazu bekam.

»Was arbeitest du eigentlich?«, fragte sie und schob
den Teller von sich. Sie würde später irgendwo etwas
Genießbares zu essen auftreiben.

»Ich erledige hin und wieder Kurierdienste. Muss
dann gleich los.«

»Im Zentrum?«

»Nein, in den Randbezirken. Auch die bekommen ab
und an Waren und das läuft tatsächlich noch ziemlich

altmodisch. Es gibt einen hohen Bedarf an Gütertausch und nicht alle Nachrichten, die die Menschen sich schreiben, sollen digital übermittelt werden.« Blekk zuckte mit den Schultern. »Irgendwer muss dafür zuständig sein, den ganzen Kram von A nach B zu bringen. Einer davon bin ich.«

»Und die Shaterra lassen das einfach so zu?«

»Wir sind keine Gefahr für sie. Womit sollten wir denn den Aufstand proben? Mit Instant-Ei-Masse? Jedes unterdrückte Volk braucht das Gefühl, gewisse Freiheiten behalten zu dürfen. Sogar die Shaterra wissen das.«

Wie wahr, dachte Jü und fügte laut hinzu: »Pass gut auf dich auf.«

»Tue ich. Schon seit vielen Jahren. Mach dir mal keine Sorgen.« Er wuschelte ihr durch die Haare. »Im Gegensatz zu dir weiß ich, was mir hier blüht. Kommst du heute klar?«

Jü blickte in die Morgendämmerung hinaus. »Ich schätze, ich statte dem *Café Kændis* noch einen Besuch ab.«

»Der guten Zilli?«

»Meinst du Frau Kændis?«

»Ja, Zilli Kændis ist die Besitzerin des Ladens. Seit über einem Jahrzehnt. Sie ist die gute Seele des Viertels.«

»Das glaube ich sofort. Sie hat mir gestern gleich Arbeit angeboten, für ein paar Stunden die Woche.«

»So ist sie.«

»Kennst du sie?«, fragte Jü.

»Jeder hier kennt sie«, antwortete Blekk. »Ihr kannst du vertrauen.«

***

»Du kannst gleich heute anfangen«, hatte Zilli getönt, als Jü nach ein paar Einkäufen gegen vierzehn Uhr den Laden betreten hatte. Seitdem lief sie sich die Füße platt. Ihre Wanderung durch den Minenschacht von Minta war ein Witz dagegen.

Das Café war nachmittags mit wechselnder Kundschaft extrem gut besucht. Alles Menschen, keinerlei orange-farbene CLP-Warnungen. Auch die Shaterra-Katze hatte sich nicht wieder blicken lassen, obwohl Jü bei jeder Gelegenheit die Straße außerhalb der Ladenfenster absuchte. Dafür kehrten die Gedanken an die vergangene Nacht und ihren Traum wie ein Bumerang immer wieder zurück.

»Hey«, Zilli stupste sie in die Schulter. »Alles in Ordnung? Du wirkst ein wenig neben dir.«

Jü rieb sich über die Augen. »Das war keine Absicht. Ich habe nur schlecht geschlafen.«

»So geht es uns hier allen hin und wieder. Zermürbende Zeiten setzen sich im Wohlbefinden nieder.«

Jü lehnte sich gegen die Anrichte und seufzte. »Was ist, wenn die zermürbenden Zeiten schon viel weiter zurückliegen? Wenn du dachtest, du hast sie bereits besiegt, sie aber doch zurückkehren?«

Das Schwarz von Zillis Pupillen schien sie zu durchbohren, während ihr Gesichtsausdruck eine hinreißend mütterliche Ernsthaftigkeit erhielt. »Angst haben wir alle, meine Liebe. Die Frage ist, wie und wann wir uns ihr stellen.«

»Mhm, was aber, wenn du es nicht beeinflussen kannst? Wenn du nicht einmal weißt, wovor genau du Angst hast?«

»Dann solltest du mehr Hinweise sammeln.« Zilli klatschte geschäftig in die Hände. »Aber nun ist gut. Denn entweder ich muss dich nach konkreten Details fragen oder wir belassen es dabei und konzentrieren uns auf die Arbeit.« Sie reichte ihr einen Speisewürfel. »Der hier geht aufs Haus. Muntert garantiert auf.«

Ihr Magen grummelte beim Anblick des Essens. Kurz darauf explodierte in ihrem Mund der Geschmack von Butter, Nuss und Vanille. Der Süße folgte eine Bitternote, die zusammen mit einem Milchkaffee die perfekte Abrundung fand. »Das ist der Hammer!«

Zilli schenkte ihr ein fröhliches Lachen. »Kein Wunder, das ist auch mein Verkaufsschlager. Freut mich, dass es dir schmeckt.«

Die Energie half Jü tatsächlich aus ihrem Tief heraus. Außerdem war das stupide Verkaufen, Kaffeekochen, servieren und Tische abräumen sowie die Konversation mit den Gästen die beste Medizin. Erst weit nach siebzehn Uhr leerte sich der Laden langsam.

»Wird es abends immer so ruhig hier?«

»Ja.« Zilli reichte ihr ein Tablett schmutziger Tassen zum Einräumen in den Reinigungsautomaten. »Die Menschen sehen zu, dass sie bei Einbruch der Dunkelheit zu Hause sind. Das sollten wir übrigens auch. Punkt achtzehn Uhr schließen wir ab. Die Tage sind nicht mehr so lang wie im Sommer.«

»Ich habe gehört, dass man Anfang des einundzwanzigsten Jahrhunderts auch nachts ohne Bedenken auf die Straße gehen konnte.«

Zilli seufzte hörbar. »Das war vor der Pandemie und den Klimakatastrophen, Schätzchen. Davon konnten nur noch die Großeltern unserer Großeltern schwärmen.«

»Du meinst, bevor die extremistischen Randgruppen damals so viel Einfluss erhielten?«

»Genau. Die Leute sind doch jedem oppositionellen Strohhalm hinterhergerannt. Nach fünf Jahren voller pandemiebegründeter Einschränkungen war das auch immer weniger verwunderlich. Der Aufschwung menschenverachtender und vor allem wirtschaftlich denkender Gruppen gepaart mit der explodierenden Klimakrise war Nährboden genug.«

Jü betrachtete die Cafébesitzerin eingehend. Vertrat sie die gleiche Haltung wie Blekk – auch was die Shaterra anging? Sie wagte einen Vorstoß. »Was glaubst du, welche Rolle die Shaterra damals in dem ganzen Chaos gespielt haben?«

Zillis Blick huschte durch das Café. Nur noch ein letzter Gast saß an seinem Tisch, Stöpsel in den Ohren, aus denen eindeutig Musik drang. »Wenn du mich fragst, wissen sie, in welche Kerben sie schlagen müssen.«

Jü nickte zaghaft. »Sie haben unsere Schwäche ausgenutzt.«

»Die Pandemie war trotz aller politischen Querelen auf der Welt beinahe besiegt. Die Impfung teuer, aber zumindest über Sozialzuschüsse und Spendenkampagnen für fast alle Länder finanzierbar, die Mutationen immer schwächer werdend. Die Killermutanten kamen erst aus dem Nichts, als die Shaterra mit uns in den Kontakt traten.« Zilli schleppte ein weiteres Tablett heran.

»Dabei wirkten sie doch damals nicht so, als hätten sie schlechte Absichten«, sagte Jü und stapelte Tassen in die Geschirretagen des Reinigungsgerätes.

»Das dachten viele, Cadin. Zu viele. In ihrer menschlichen Gestalt manipulieren sie uns am besten. Am Ende brachten sie noch mehr Krieg und Verderben, Krankheiten und Wirtschaftskrisen, bis uns nichts übrig blieb und wir in ihrem Schatten Schutz suchen mussten.«

Während Jü zuhörte, scannte sie erneut die Straße vor dem Kaffee nach Shaterra-Anzeichen. Das waren ketzerische Worte. Gleichzeitig gab es in den Randbezirken vermutlich etliche Menschen, die dachten wie Zilli und Blekk. Man wohnte nicht hier draußen, weil man die Obrigkeit mochte.

In Jüs Rücken kratzten Stuhlbeine über den Boden. Der letzte Gast erhob sich, winkte Zilli zum Abschied und verließ den Laden.

»Wir haben noch gar nicht über meine Dienste gesprochen«, griff Jü das Gespräch wieder auf.

Zilli reichte ihr das letzte Geschirr. »Wie du gesehen hast, sind die Stoßzeiten zwischen fünfzehn und siebzehn Uhr. Wenn du magst, sei morgen wieder gegen vierzehn Uhr hier. Morgen Abend besprechen wir dann, wie es weitergeht. Ich kann dir fünfzehn Credits die Stunde zahlen. Das ist kein Weltlohn, aber für die Gegend hier ganz passabel. Überleg es dir einfach.«

»Das klingt fair.«

Ein Kichern von Zilli ließ Jü aufblicken. »Schau mal, wer da kommt«, raunte ihre Chefin. »Bring lieber deine Kleidung in Sicherheit.« Ein Schmunzeln hatte sich in ihrem Gesicht festgesetzt.

Jü spähte durch das Schaufenster und entdeckte einen Mann mit kurzen braunen Haaren und Brille, völlig versunken in einem Notizbuch. Das Malheur mit dem Kaffeefleck vom Vortag schoss ihr in den Kopf. Na prima. Skeptisch musterte sie den Ankömmling beim Überqueren der Straße.

Das CLP wies ihn wie gestern als Menschen aus, seine Haltung wirkte in sich versunken, als säße er in seinem Kopf, die Schultern leicht vornübergebeugt, alle paar Schritte ein rascher Blick auf den Fußweg.

»Nimmt der die Nase überhaupt mal aus dem Heft?«, fragte Jü.

»Nein.« Zilli kicherte erneut. »Außer er prallt in jemanden hinein, der daraufhin seinen Kaffee verschüttet.« Trotz ihrer fünfzig Jahre versprühte Zilli die Jugendlichkeit einer Studentin, die mit ihrem ersten Job und ihren Gästen aufblühte und die Bestimmung ihres Lebens gefunden hatte.

Jüs Laune hingegen sank. »Kein Wunder, dass er andere Leute umrennt, wenn er immer so rumläuft.« Sie hatte keine Lust auf eine Konfrontation oder weitere Entschuldigungsversuche. Sie war noch nicht mal mit Blekk wieder so warm geworden wie früher – wie auch, nach nur einem Tag. Zilli mit ihrer offenherzigen Art brachte sie zwar jede Menge Vertrauen entgegen, hatte sich selbst aber auch noch kaum geöffnet. Dieser Typ war schon die dritte Person, die sich auf beinahe penetrante Weise in ihr neues Leben schob.

Das Türglöckchen kündigte sein Eintreten an. Seine Augen schienen auf dem Papier zu kleben, wenn sie nicht kurzzeitig nach dem Weg schauten. Heute las er mehr, als dass er schrieb. Der Bleistift klemmte abwechselnd zwischen seinen Fingern und seinen Zähnen. Ein intelligenter Blick inspizierte die Seiten und die Stirn zog sich kraus, als grüble er über die Worte.

Es wirkte sympathisch und gleichzeitig altbacken. Gestern war Jü gar nicht aufgefallen, dass er auf echtem Papier arbeitete. Das war kein eingeschlagenes, beschreibbares E-Papier, sondern ein vergilbtes Notizheft. Vor ihnen am Tresen kam er zum Stehen.

Jü verkrümelte sich ein Stück an die Seite. Sie hatte wenig Lust, eine Konversation mit ihm zu starten. Aber die Augen von ihm nehmen konnte sie auch nicht. Dieser Mann löste etwas in ihr aus, das ihr nicht behagte.

»Was darf es sein, Ranjel?« Nachdem er nicht gleich reagierte, räusperte sich Zilli. »Ranjel? ... Dr. Geson?«

Erst Zillis Fingerschnippen holte ihn aus seinen Gedanken. Man sah es ihm an, als wäre er ein offenes Buch. Er wirkte, als sei er bei etwas ertappt worden. Mit einem fragenden Blick schlug er das Heft zu. Dann erst schien ihm bewusst zu werden, dass er der einzige Gast und schon an der Reihe war.

»Hallo Zilli. Einen Kaffee bitte, schwarz.« Kaum hatte er bestellt, öffnete er sein Heft und kritzelte ein paar Worte hinein.

Jü konnte ein Glucksen nicht unterdrücken und widmete sich nochmals dem schmutzigen Geschirr, einfach um eine sinnvolle Beschäftigung zu haben. Das Verhalten dieses Doktors wirkte so seltsam unbeholfen, gleichzeitig auf verzückend intelligente Weise vertieft, in was auch immer er da tat. Sie musste sich ablenken, bevor er damit Sympathiepunkte sammelte. Immerhin hatte sie sich geschworen, Vorsicht walten zu lassen. Man wusste nicht, wem man hier im Viertel über den Weg lief.

»Du bist heute spät dran«, eröffnete Zilli ihren Kunden-Small Talk, den sie auf so überragende Art beherrschte.

Ohne den Blick von den Seiten zu nehmen, antwortete er: »Ja, viel zu tun im Moment.«

»Bist du denn auf etwas gestoßen?«

»Vielleicht«, murmelte er, griff nach seinem fertigen Kaffee und verschwand mit einem Abschiedsgruß wieder zur Tür hinaus.

Als er das Café verlassen hatte, konnte Jü mit der Frage nicht länger an sich halten. »Was zum Teufel arbeitet er denn? Er wirkt so ...« Ihr fiel nichts Passendes ein.

»Völlig versunken?«, ergänzte Zilli.

»Ja, und gleichzeitig so unbeholfen.«

»Aaaah, du findest ihn attraktiv.« Zilli grinste und schwang ihr Wischtuch über die Schulter. »Oder zumindest interessant.«

»Nein, tue ich nicht.«

Zilli zeigte kein bisschen Interesse an Jüs entrüsteter Antwort. Stattdessen tanzte sie singend durch das Geschäft und säuberte die Tische.

Jü seufzte. Sollte Zilli denken, was sie wollte.

»Was arbeitet er denn nun?«, fragte sie erneut, während sie die Speisewürfelauslage auswischte.

»Dr. Geson ist Mitglied der intergalaktischen Forschungsabteilung im Zentrum von Lipz.«

»Er arbeitet für die Shaterra?«

Zillis bestätigendes Nicken wischte seine unbeholfene Art mit einem Schlag aus Jüs Kopf. Wer in so einer renommierten Einrichtung für die Shaterra arbeitete, konnte nicht vertrauenswürdig sein!

»Er nennt sich selbst Galaktologe und vertritt ein paar seltsame Theorien. Wenn du mich fragst, ist er harmlos.«

Jü fand das gar nicht harmlos! Sofort fühlte sie sich unwohl. Jeder, der freiwillig diesen Technikmaden diente, war eine potenzielle Gefahr. Sie verfluchte das zarte Grün in ihrem linken Auge, das sich so hartnäckig um Dr. Geson gehalten hatte. Es versprach genauso viel Unbedarftheit wie Zillis Einschätzung. Aber Jü traute dem Frieden nicht.

Sie würde sich in Acht nehmen. Noch viel mehr. Und diesem Doktor durfte sie nicht über den Weg trauen. Vielleicht sollte sie sich lieber zeitnah einen anderen Job suchen? Im Café würde sie ihm noch öfter begegnen. So viel war klar.

»Alles in Ordnung?«

Zillis Frage ließ Jü zusammenschrecken.

Bevor sie antworten konnte, sagte Zilli: »Du siehst erschöpft aus. Mach doch einfach schon Feierabend. Den Rest schaffe ich auch allein.« Ein freundschaftliches Zwinkern ermunterte Jü dazu, dem Angebot nachzugeben. Stattliche sechzig Credits buchten sich auf ihre ID-Karte und so verließ sie kurz vor achtzehn Uhr das *Café Kændis*.

***

Auf dem Heimweg passierte sie eine Seitengasse, die sich bereits im Schatten der einsetzenden Dunkelheit verlor. Als sie hineinspähte, offenbarte sich ihr ein

orange-farbener Schemen. Das Miauen, das ihn begleitete, versetzte Jüs Herz in den Modus eines Pressluft-
hammers.

Sie ließ die Gasse hinter sich und eilte die Straße hinunter, in einem Tempo, das schnell genug, aber gerade
noch unauffällig war.

Im Augenwinkel gesellte sich ein weiteres Fellbündel
auf der anderen Straßenseite hinzu. Der Orangeton in
ihrem CLP glich den Gefahrenwarnungen auf Chemi-
kalienbehältern. Giftig und im Zweifel todbringend.
Was wollten die blöden Viecher hier? Waren sie hinter
ihr her?

Jü zwang sich dazu, ihr Tempo zu drosseln. Wieso
sollten sie? Vermutlich waren das Kontrollen, die in jedem Viertel herumspazierten. Verdeckte Einheiten, die
die Menschheit im Blick behielten. *Bloß nicht auffällig
benehmen!*

Ob ihr Bruder wusste, dass es sich bei den Katzen um
Shaterra handelte? Sie beschloss, ihn bei Gelegenheit
darauf anzusprechen.

Bei Blekk angekommen, brauchte sie drei Anläufe,
um den Schlüssel mit ihren zittrigen Fingern in das
Schloss der Haustür zu schieben. Erst im Flur fühlte sie
sich sicherer. Sie schob die Tür zu und lehnte sich mit
dem Rücken dagegen.

Der miefig-urinöse Geruch des Treppenhauses war
eine regelrechte Wohltat. Sie hatte so sehr damit zu
kämpfen, dass ihr für die dezent paranoiden Gedanken
keine Zeit mehr blieb.

Als sie auf dem Weg nach oben aus einem der Trep-
penhausfenster nach draußen schielte, war nichts

mehr zu sehen. Das war gruselig und vielleicht auch einer der Gründe, weshalb die Menschen in den Randbezirken die Straßen in der Dunkelheit mieden.

Vor Blekks Tür blieb sie irritiert stehen.

Gedämpfte Stimmen drangen aus der Wohnung. Sie ärgerte sich über ihren momentanen Hang zu sorgenvollen Gedanken. Wie könnte sie auch annehmen, Blekk hätte keine Freunde oder Bekannten? Ein Impuls riet ihr, noch eine Runde spazieren zu gehen, doch dann müsste sie zurück zu den Shaterra-Katzen. Ihre Neugier siegte.

In der Schwelle zur Wohnküche stockte sie. Zwei Augenpaare wandten sich ihr zu.

Blekk hob die Hand zum Gruß und zeigte auf seinen Gast. »Wir haben Besuch. Das stört doch hoffentlich nicht. Darf ich vorstellen?«

Dr. Geson erhob sich aus dem Sitz. »Wir kennen uns bereits. Zumindest flüchtig.« Mit einer verlegenen Geste fuhr er sich durch die Haare und streckte Jü die freie Hand entgegen.

Zögerlich suchte sie in seinem Blick nach verräterischen Anzeichen. Da waren keine. Außerdem wob sich der grüne Schimmer des CLPs engelsrein um ihn.

Erst wusste Jü nicht, was sie tun sollte. Entfliehen konnte sie jedenfalls nicht wieder. Daher griff sie seine Hand und schüttelte kräftig. »Hi. Das trifft sich ja gut. Dann können wir doch noch über die Reinigung meines Shirts sprechen.«

Im Hintergrund verzog sich Blekks Gesicht vor Verblüffung. Er schwang sich aus seinem Sessel und klopfte Dr. Geson energisch auf die Schulter. Seine

Stimme klang belustigend nüchtern. »Du bist also *irgend so ein Idiot*.«

»Ich bin was?«, fragte Dr. Geson.

Jü wäre am liebsten vor Scham im Boden versunken. »Da war ich wohl verärgerter als gedacht.« Sie schob sich eine Strähne hinter die Ohren und verwünschte Blekk für diesen Kommentar.

»Dann muss ich mich nochmals entschuldigen. Ich wusste auch nicht, dass Sie hier ...«, sein Blick huschte zu Blekk und zurück zu ihr. »Hi erst mal. Ich bin Ranjel. Doktor Ranjel Geson.«

»Flikk. Cadin Flikk.« Sie bemühte sich um einen neutralen Tonfall. »Richtig, ich wohne hier. Herr van Oak war so freundlich, mir ein Zimmer zu vermieten.«

»Wohnraum ist knapp«, erwiderte Ranjel Geson. »Sie sind sozusagen meine Nachmieterin. Wir sehen uns bestimmt noch öfter. Außerdem schulde ich Ihnen einen Kaffee.«

Sein Lächeln ließ Jüs Bauch flattern, wenngleich ihr Hirn dagegen anschrie. Seine Züge waren so weich und freundlich. Sie verfluchte ihren Körper. Auf Turva hatte er sie nie derartig betrogen. Ob die Shaterra hier irgendetwas in die Luft taten?

Sie ging rasch zur Küchenzeile, um sich ein Glas Wasser abzufüllen. Das beruhigende Plätschern aus dem Hahn half ihr, sich aus ihrer Verunsicherung zu lösen. Dann drehte sie sich um und schenkte Dr. Geson einen höflichen Blick. »Danke für das Angebot. Ich überlege es mir.«

»Gut. Ich muss jetzt auch heim. Blekk, wir sehen uns.«

Kurz darauf fiel die Tür ins Schloss und Jü atmete erleichtert auf. Dieser Typ war ihr unheimlich. Wie ein Wolf im Schafspelz.

Ein Gedanke durchfuhr sie. Vielleicht gehörten die Shaterra-Katzen zu ihm? Immerhin arbeitete er für sie. *Shit!* Sie nahm noch einen Schluck Wasser und versuchte, ihre Nerven zu beruhigen.

Blekk trat zu ihr. »Ich bin also *Herr van Oak*?«

Jü grinste ihn verlegen an. »Sorry, aber du weißt ja, Geheimhaltung und so. Hast du noch öfter das zentrale Auffanglager gespielt?«

»Nein«, antwortete er. »Ranjel war der Erste seit Kyra und Lænns Tod, den ich in die Wohnung gelassen habe. Er ist ein guter Mensch.«

»Wie kannst du dir da so sicher sein?«

»Wir kennen uns schon eine Weile.«

Ein Kopfschütteln begleitete ihre nächste Frage. »Weißt du, was er arbeitet?«

»Er ist Galaktologe.«

»Genau.« Jü stellte das Glas zurück auf die Anrichte. Dumpf schlug es auf die Oberfläche – deutlich stärker als beabsichtigt. »Er arbeitet für die Shaterra!«

»Du magst ihn nicht sonderlich, was? Glaub mir, er ist eine ehrliche Haut.« Blekk stand in der Nähe des Fensters. Er lugte an den Gardinen vorbei in die Dunkelheit, als prüfte er etwas, und setzte sich dann auf die Couch. »Ich dachte immer, *ich* mag die Shaterra nicht. Aber *du* scheinst das noch zu toppen.«

»Ich bin nur vorsichtig. Dr. Geson hat wirklich mal hier gewohnt?«

»Ja. Er lebt schon länger in der Südstadt. Doch der Wohnraum wird enger, weil einige alte Gebäude einsturzgefährdet sind. Er hat sich lange mit Gelegenheitsjobs über Wasser gehalten und zwischenzeitlich hier bei mir gelebt, bis die Shaterra-Forschungseinheit Interesse an seiner Arbeit gezeigt hat.«

»Wieso wohnt er jetzt nicht im Zentrum von Lipz?«

»Das musst du ihn selbst fragen. Vor Kurzem ist er in eine Wohneinheit hier in der Nähe gewechselt. Ich habe nicht viele Freunde, aber er ist einer davon.«

Jü erwiderte nichts darauf, sondern hing ihren eigenen Gedanken nach. Sie hatte sich für eine unsichere, nicht planbare Zukunft entschieden. Was hatte sie erwartet? Das hier alles so lief wie auf Turva? Dies war die Erde. Ein Planet mit eigenen Regeln, einem eigenen gesellschaftlichen Zusammenleben auf dem Präsentierteller der Shaterra und mit Menschen, die sie kaum kannte und entsprechend schwer einschätzen konnte. Das waren Dämpfer für ihr Selbstbewusstsein, für ihre innere Stabilität. Aber sie hatte sich für diesen Weg entschieden, also musste sie sich mit den unsicheren Faktoren abfinden und das Beste daraus machen.

Datentransfer QE30VN

Die führende Einheit analysierte den ankommenden Datenstrom. Die Auswertung war erstmals vielverspre- chend.

--- Commander. Reduktion möglicher Ziel-Objekte auf 19 erfolgt. Zur finalen Identifizierung Gen-Scan nötig. - --

--- Alternative Eingrenzungsoptionen? ---

--- Keine. ---

Das war eine negative Prognose. Gen-Scans waren auf- wendig. Organische Materie zu untersuchen immer umständlicher, als allgemeine Parameter zu betrach- ten.

Eine lange Analyse des aktuellen Ressourcenstandes erfolgte. Die Kommando-Einheit verglich die verfügba- ren Faktoren und Optionen. In allen Erdmetropolen gab es jeweils ein potenzielles Exemplar. In Lipz, dem Zentrum, sogar drei. Zu viel für das Standardprozedere. Ein Scan kostete 0,07 %. Bei drei Exemplaren in einer Stadt zu viele Ressourcen auf einmal. Eine Sparmaß- nahme war nötig.

--- Initiiere Gebäudeeinsturz im Randbereich von Lipz. - --

Weniger Erdlinge, weniger Nahrung, weniger Produk- tionskosten. Organische Materie war nur Mittel zum

Zweck. Die führende Einheit wählte Gebäude aus, deren Bausubstanz nach Datenlage schwach war, und schickte die Befehle zurück durch das System. Eine simple Methode der Bevölkerungsreduktion, die keinerlei Aufsehen erregte.

Ein weiterer Befehl wanderte durch das Datennetz.

--- Erlaubnis zum Gen-Scan wird eingeleitet. Erstatten Sie Bericht, so bald wie möglich. Bei positivem Befund erfolgt Zugriff sofort. ---

Der Avain war spürbar nah. Näher als jemals zuvor. Ein Misserfolg bei der Suche würde mit sofortiger Entsorgung der Untereinheit quittiert, gefolgt von Rückführung ins System und Neuaggregierung.

Kapitel 5

In ihrer Hand liegt das Objekt. Unschuldig und unscheinbar. Plötzlich beginnt es, sich unter ihrem Griff zu wölben. Schriftzeichen leuchten auf. Ziehen sich in Kreisen über die Oberfläche. Ein Leuchten. Immer stärker. Es blendet, reißt sie mit sich.

Als das Licht nachlässt, steht sie auf einem Platz. Davor eine Brücke, die sich über ein Tal hin zu einem Tempel erstreckt. Säulen stützen eine Kuppel voller Ornamente. Zeichen, die sie noch nie gesehen hat. In der Ferne ragen Planeten am Horizont auf. So nah, dass sie vom Weltall aus betrachtet mit dem Planeten hier verschwimmen müssen.

›Nicht mehr die Erde.‹ Nur ein Gedanke, aber einer, der sich eisern hält.

5:12 Uhr. Jü hätte schreien können. Sie wollte Blekk aber nicht schon wieder wecken. Also krampfte sie ihre Hände in die Laken und presste stille Flüche zwischen ihren Lippen hindurch. Zwei Nächte, 2:0 für den verfluchten Traum. Es war einfach nicht zu fassen! Was zum Teufel hatte das zu bedeuten?

Diese nächtlichen Bilder waren ein Relikt aus Kindertagen, die auf Turva endlich verklungen waren. Nicht eine einzige Nacht in fünfzehn Jahren war sie dort von diesen Bildern heimgesucht worden. Nicht eine! Und nun bereits zwei Mal in Folge!

Ihr Blick glitt zu den Joggingsachen von gestern Morgen. Eine Runde täte ihr gut. Dann fielen ihr die Shaterra-Katzen ein und sie entschied sich dagegen. Stattdessen stemmte sie kurz darauf ihren Oberkörper dreißig Mal vom Boden in die Höhe. Auf die Push-ups folgten fünfzig Sit-ups, hundert Squats und zwei Minuten Plank. Am Ende sank sie mit ächzenden Muskeln auf die Dielen. Das kalte Holz stach in ihre Wange und half ihr, auch den letzten Rest an Gefühlen wieder zu verbannen.

Der Schweiß kühlte ihre Haut ab. So weit, dass sie sich mit einer Gänsehaut überzog.

Jü setzte sich auf, legte eine Decke über ihre Schultern und schloss die Augen. ›Ein Moment der Stille hilft, den Geist zu klären‹, hatte ein Voolanerkind vor gar nicht langer Zeit zu ihr gesagt. Sie erinnerte sich daran, wie sie gemeinsam auf Turva gesessen hatten, und zwang sich zu einer Meditation, bis ihr Geist zur Ruhe kam. Ihr inneres Gleichgewicht stand und würde sie durch den Tag tragen. Was auch immer ihr dieser dämliche Planet mit diesem Traum sagen wollte, sie würde sich davon nicht aus dem Konzept bringen lassen.

Die tief stehende Morgensonne flutete die Wohnküche, als sie wenig später Teewasser aufsetzte. Während es in Sekundenschnelle zu blubbern begann, fand sie im Kühlschrank frische Kräuter. Sie hatte keine Ahnung, was das war, aber es roch verführerisch. Genau wie der Tee gestern. Gemeinsam mit einem Speisewürfel, den sie noch in ihrem Rucksack von der Reise übrig hatte, wurde daraus ein gemütliches Frühstück.

Da eine Stunde später aus Blekks Zimmer noch immer Schnarchen erklang, entschied sie sich für eine Jogging-Tour durch die Südstadt. Am helllichten Tag erschien ihr das sicherer als vor dem Morgengrauen. Sie folgte einer Route, die sie in Jugendjahren schon einmal gelaufen war und die sie in Richtung Zentrum führte. Mit zwischenzeitlichen Geheinheiten schaffte ihr Körper die komplette Distanz.

Der Gebäudekomplex der Shaterra wirkte immer einschüchternder, je näher sie ihm kam. Auch die Masse an grün-schimmernden Personen nahm zu. Erdlinge auf der verzweifelten Suche nach dem privilegierten Leben auf der anderen Seite der Trennmeile.

Wenn Jü jedoch in die verdrießlichen Gesichter der Umhereilenden sah, beschlich sie der Eindruck, dass man vor den Toren des Cityrings den Müll ablud. Die meisten der hier Ansässigen waren in so einer hoch technisierten Umgebung wie dem Zentrum einfach nicht vonnöten. Sie hielten sich mit Gelegenheitsjobs oder dem Tausch von Waren über Wasser, immer in der Hoffnung, eines Tages doch ausgewählt zu werden. Andererseits lebten hier auch Menschen, die im Zentrum arbeiteten, sich dort aber die Unterbringung nicht leisten konnten, weil ihre Stellung schlichtweg zu niedrig war. Es war ein Dilemma. Das Versprechen von Luxus direkt vor der Nase, den Verfall im Rücken. Eine Motivation, dem System gegenüber loyal und hingebungsvoll zu sein in der Hoffnung auf Belohnung. Wenigstens eines Tages irgendwann einmal.

Dieser Anblick deprimierte Jü mehr als das Viertel, in dem Blekk wohnte. Dort war den Menschen wenigstens klar, dass sie gar nicht ins Zentrum streben wollten. Viele hatten bewusst den Randbereich gewählt und lebten dort ihr Leben. Zumindest die meisten.

Am sogenannten Zaungürtel hielt sie an und betrachtete durch die Maschen den breiten Ring aus Datenkabeln, der die Außenbezirke vom Luxus trennte. Eine Autobahn aus Informationsflüssen und Energieströmen. Sie suchte auf der anderen Seite im Hochhauskomplex der Shaterra nach Lebensformen. Ihr linkes Auge versetzte die Silhouetten in den Glasgängen in einen bunten Salat aus Grün und Orange. Sie wandte sich ein paar Mal zurück zu den Randbezirken und wieder zum Hochhauskomplex. Die Anzeigen blieben die gleichen: grün für Sicherheit, orange für Gefahr.

Das genügte ihr vorerst. Dennoch blieb sie dabei, sich auch vor bestimmten Menschen in Acht nehmen zu wollen. Im Grunde vor allen, außer Blekk und Zilli.

Unruhe entstand unter den Menschen hinter ihr. So deutlich, dass Jü sich irritiert umsah.

Am Himmel entdeckte sie eine Handvoll Drohnen, die aus der anderen Richtung über den Datenkanal geflogen kamen. Eine Patrouille? Oder ein gezieltes Einsatzkommando? Sie konnte sich nicht erinnern, dass früher Drohnen hier belanglos im Kreis geflogen wären.

Sophys verzweifelter Gesichtsausdruck sprang ihr in den Kopf, und sofort wandte sie sich vom Zaun ab. Unauffällig schob sie sich zwischen den Menschen hindurch, die sich auf dem Platz versammelten, als wäre es ein sehenswertes Spektakel. Unglaublich, wie sehr potenzielles Grauen die Menschen anzog.

Sie trat den Rückweg an und machte erst auf der Hälfte des Weges wieder Halt. Ihre Lungen stachen. Schwindel überkam sie, sodass sie sich gegen eine Hauswand lehnte und erschöpft nach Luft schnappte.

Von den Drohnen war nichts zu sehen, dafür lag auf einem Mauersims unweit entfernt eine Katze. Sie rekelte sich in der Sonne, während zwei kleine Mädchen dem Tier abwechselnd die Ohren kraulten. Jüs CLP zeigte allerdings eine andere Realität. Es offenbarte den orange-farbenen Dämon, der sich unter dem Fell verbarg.

Sie zwang sich, den Blick abzuwenden und unauffällig weiterzumarschieren. Doch sie kam nur eine Querstraße weit, als sie in ihrem Rücken plötzlich eine Erschütterung spürte.

Erschrocken wandte sie sich um und verfolgte mit Entsetzen, wie ein Gebäude nur wenige Straßen entfernt in einem krachenden Staccato in sich zusammenstürzte. Das Geschrei der Passanten ging im Krawall aufeinanderschlagender Steine unter. Eine Wolke aus Staub und Steinhagel schwappte ihr unaufhaltsam entgegen.

Jü warf sich zu Boden und schirmte mit den Armen ihren Kopf ab. Wie ein Schleier legte sich der Schmutz über sie. Erst als die Welle aus Staub über sie hinweggeschwappt war, setzte sie sich mit einem Hustenschwall wieder auf und versuchte, durch die dicke Staubwolke etwas zu erkennen.

Auf der anderen Straßenseite lagen die beiden Mädchen versunken unter einer Decke aus Grau. Von dem Shaterra keine Spur.

Rasch eilte sie zu den beiden. Sie lebten, klammerten sich dankbar und verängstigt an Jüs Arm.

»Wohnt ihr hier in der Nähe?«, fragte sie.

Die Ältere der beiden deutete auf ein Haus gegenüber. Noch bevor Jü etwas sagen konnte, sprang die Tür auf und eine Frau kam herbeigerannt. Schluchzend schloss sie die Mädchen in die Arme.

Jü ließ die drei zurück und rannte zur Unfallstelle. Das Adrenalin hatte ihre Erschöpfung weggeblasen.

Überall entdeckte sie Menschen mit offenen Wunden oder Quetschungen. Ein Mann lag mit verdrehten Beinen unter einem Betonbrocken und schrie nach Hilfe. Seine Rufe mischten sich mit dem Wehklagen der anderen Verletzten.

Neben dem Verschütteten ging Jü in die Hocke. »Ich versuche Sie da rauszuholen.«

Ein schwaches Nicken zur Antwort genügte ihr. Mit aller Kraft stemmte sie sich gegen den Stein. Nichts rührte sich. Hilfesuchend blickte sie sich um und entdeckte eine Gruppe Männer.

»Hierher!«, schrie sie ihnen zu.

Gemeinsam vollbrachten sie es, den Stein in die Höhe zu hieven. Ungelenk zog der Verletzte seine Beine hervor.

Sofort sah Jü, dass er sie Knie abwärts ohne sofortige Hilfe niemals wieder nutzen könnte. »Er braucht einen Arzt!«

»Von welchem Mond kommst du denn?«, ranzte sie einer der Helfenden an. »Wir sind hier in den Außenbezirken!« Er rannte zu der Tasche zurück, die er in der Eile zuvor auf den rissigen Asphalt geworfen hatte. Daraus entnahm er vergilbtes Verbandszeug, das wie die

Überreste aus dem letzten Krieg wirkte. Eine offene Wunde sollte man damit lieber nicht behandeln.

Ratlos stand Jü daneben. In dem Gebäude waren noch etliche Menschen verschüttet, die meisten vermutlich tot, die Überlebenden im Grunde auf sich allein gestellt.

Da saß plötzlich eine Katze vor ihr auf einem Trümmerbrocken. Die orange-umrahmte Schnauze wirkte wie der blanke Hohn.

Jü sah das Biest an und schrie: »Hol gefälligst Hilfe!« Die Konsequenzen waren ihr egal. Die Shaterra konnten so einen Unfall doch nicht geschehen lassen.

Die Katze bewegte sich keinen Zentimeter.

Der Ärger packte Jü und sie streckte die Hand nach dem Tier aus. »Macht gefälligst was!«

Scharfe Krallen fuhren über ihren Handrücken und die Katze sprang davon. Ein blutiger Striemen zog sich über ihre Haut, der brannte wie Salz in einer offenen Wunde.

»Hey«, sagte eine männliche Stimme und legte ihr eine Hand auf die Schulter. Es war einer der Helfer, in dessen Augen ernsthafte Sorge stand. »Du wirkst ... verwirrt. Geh lieber nach Hause und ruh dich aus. Danke für deine Hilfe! Wo wohnst du?«

Die mussten sie für verrückt halten, weil sie mit Katzen sprach. Verfluchte Scheiße! »Mit mir ist alles in Ordnung«, sagte sie.

Bevor er etwas entgegensetzen konnte, kam eine Frau die Straße entlanggeeilt. Ihre schwarze Mähne flog, zum Zopf gebunden, auf dem Rücken hin und her. Auch sie trug eine Tasche in der Hand und steuerte zielsicher auf die Männer neben Jü zu. »Das war nicht der einzige Einsturz in der Südstadt!«, rief sie. »Weiter draußen hat es noch ein Gebäude erwischt. Ich habe Sar und Joly schon informiert. Sie sind gemeinsam mit den anderen auf dem Weg.«

Weiter draußen? Sofort war Jü auf den Beinen und rannte los.

***

»Zilli!«, schrie Jü aus vollem Hals, als sie das Desaster entdeckte, das ihre schlimmsten Albträume wahr werden ließ.

Das Gebäude, in dem das Café lag, war bis auf die Grundmauern zerstört. Jüs Sorge schoss ins Unermessliche, während sie verzweifelt die Bürgersteige nach Zilli absuchte.

Hier hatte es weit weniger Menschen getroffen als bei der anderen Einsturzstelle, dennoch war das Elend genauso groß. Helfer zogen Lebende und Leichen aus den Trümmern hervor, versorgten notdürftig Wunden. Schreie vor Schmerzen und Fassungslosigkeit trieben durch die Straßen.

Da entdeckte Jü Zilli gegen eine Hauswand gelehnt. Dr. Geson hockte neben ihr und versorgte eine Wunde an der Stirn. Ein Striemen Blut zog sich von Zillis Schläfe über das Gesicht. Die Augen der sonst so lebensfrohen Besitzerin klebten an dem Trümmerhaufen. Leer und verbraucht.

Jü rannte zu ihnen und ging vor den beiden in die Hocke. »Zilli, du lebst!«

»Sie hat es geschafft«, sagte Dr. Geson. »Die Frage ist, zu welchem Preis.« Er wirkte angespannt und verkrampft, aber seine Hände arbeiteten routiniert.

Zilli blickte durch sie hindurch. Nein, vielmehr saß sie steif und verloren in sich selbst da, mit einem vor Schock eingefrorenen Gesichtsausdruck. Lediglich ihr Puls zeigte, dass ihr Körper am Leben war, ihre Seele wirkte tot.

»Ich bleibe bei ihr«, bot Jü an.

Dr. Geson nickte ihr zu. »Dann sehe ich, wo ich noch helfen kann.« Schon war er aufgesprungen und lief zur anderen Straßenseite, wo ein paar Helfer gerade einen Trümmerblock zur Seite stemmten.

Was machte er überhaupt schon hier? Einen Moment lang folgte sie ihm mit ihrem Blick. Er wirkte so gar nicht bedrohlich. Im Gegenteil: Die verstaubten Haare und die Dreckschicht auf Armen und Gesicht sprachen für ihn. Sie riss den Blick von ihm los und wandte sich Zilli zu.

»Zilli, sieh mich an. Ich bin hier.« Noch immer kam keinerlei Reaktion. Sanft legte Jü eine Hand auf Zillis Wange und streichelte sie. Wie das Eis auf einer Fensterscheibe, das unter der Wärme einer Berührung zu schmelzen begann, taute auch Zillis Starre langsam auf.

Jü ließ ihre Hand liegen, bis Zilli endlich blinzelte.

Als tauchte sie aus den Tiefen eines Ozeans zurück an die Oberfläche. Und mit ihr kam die Flut an Tränen. »Mein Café«, schluchzte sie mit nunmehr bebendem Oberkörper.

Jü setzte sich neben sie und nahm sie in den Arm, bis die Tränen versiegten. Dieser Unfall hatte es geschafft, Zilli die Existenz zu stehlen. Falls es denn einer war. Sie erinnerte sich an Kyra und Lænn, an die Shaterra-

Katze, die einen Scheiß getan hatte, außer sie zu kratzen. Sie war sich sicher, dass die Shaterra die Einstürze mitbekommen hatten. Denen entging sonst auch nichts. Warum taten sie nichts? Es brach Jü das Herz.

»Tut mir so leid«, flüsterte sie.

»Du kannst nichts dafür«, wimmerte Zilli. »Ich war gerade am Kaffeekochen, da hörte ich ein Knacken. Es klang so bedrohlich, dass mir die Kaffeetasse aus der Hand gefallen ist. Die Scherben müssen da noch irgendwo liegen.«

Die Tränen hatten Zillis Starre gelöst. Die Worte sprudelten aus ihr heraus, ungeordnet und nicht allesamt relevant, aber sie sprach. Das war am wichtigsten.

»Ich habe meine Gäste angeschrien«, schluchzte sie. »Habe gerufen, sie sollten rauslaufen. Die wenigsten haben auf mich gehört. Ich hatte so eine Angst. Meine Gedanken gingen immer wieder zu den Scherben. Die sollten doch eigentlich Glück bringen. Doch sie waren nur der Vorbote. Putz rieselte von der Decke. Immer mehr. Ich stand schon draußen. Da brach unter den Leuten eine Panik aus. Sie drängten auf die Straße. Alles fiel in sich zusammen. Die meisten haben es nicht geschafft. Ich ...« Wieder gingen ihre Worte in einem Schwall aus Tränen unter.

»Gut so«, bestärkte Jü. »Lass es raus. Das machst du prima.« Noch immer lagen ihre Arme um Zilli.

Gestern noch war Zilli ihr gegenüber die Mütterliche gewesen. Nun hatten sich die Rollen innerhalb kürzester Zeit getauscht. Liebevoll drückte sie ihre Bekannte an sich.

Aneinander gelehnt blieben sie sitzen, bis Zilli erstmals auch ihren Körper in Bewegung brachte. Sie beugte sich nach vorn und wischte sich die Tränen ab. »Danke«, hauchte sie.

»Du musst dich nicht bedanken«, erwiderte Jü.

»Doch. Du hast mehr für mich getan, als ich momentan mit Worten beschreiben kann.«

Jü strich über ihren Rücken. »Ich habe es gern gemacht. Du brauchst jetzt dringend ein bisschen Ruhe.«

»Da hast du recht.« Ihre Stimme klang matt, aber keinesfalls resigniert.

»Hey«, hörte Jü Dr. Geson sagen. Er war wieder bei ihnen und ging vor Zilli in die Hocke. »Wie geht es dir?«

Er wirkte erstaunlich wach und intelligent unter der Dreckkruste. Von seiner üblichen Verpeiltheit war nichts übrig. War das nur Fassade? Jü wurde aus diesem Mann nicht schlau.

»Deutlich besser«, antwortete Zilli. »Cadin hat ein gutes Händchen für die Psychologie. Und ich wäre nicht Zilli, wenn ich mich von so etwas kleinkriegen lassen würde.«

Ein Lächeln umspielte Dr. Gesons Lippen. »Das weiß ich. Die Heldentaten hebst du dir aber für morgen auf. Jetzt bringen wir dich erst einmal heim.«

»Danke«, erwiderte Zilli und ließ sich von ihm aufhelfen.

Jü klopfte sich den Staub von der Hose. Ein aussichtsloses Unterfangen. Wenn sie ähnlich aussah wie Dr. Geson, war die Kleidung für die Tonne und ihrer Haut half nur noch echtes Wasser. Doch das musste noch warten.

Gemeinsam brachten sie Zilli in ihre Wohnung, wo sie mit einem aufgebrühten Tee neben dem Bett auf ihre Matratze sank.

»Ich komme morgen vorbei und sehe nach dir«, versprach Jü.

»Mach das. Ranjel, bringst du sie bitte nach Hause?«

»Natürlich«, sagte er.

Nein! Sie wollte nicht von Dr. Geson heimgebracht werden. Egal, wie er war, sie behielt ihn lieber auf Abstand.

Offenbar hatte ihre Miene Bände gesprochen, denn Zilli musterte sie mit mütterlicher Strenge. »Du kannst dir deine Heldentaten genauso für morgen aufheben wie ich. Es wird gleich dunkel. Ranjel bringt dich heim. Da habe ich eine Sorge weniger in meinem Kopf!«

Jü seufzte. Wenn es Zilli half, gesund zu werden, würde sie einen gemeinsamen Heimweg überleben. »In Ordnung.«

***

Jüs Augen verfolgten die Pflastersteine auf der Straße, während Dr. Gesons Schritte neben ihr über den Boden scharrten. Die Häuser versanken bereits in langen Schatten und die Kühle des Abends legte sich auf ihre Wangen.

»Sie haben Glück«, sagte Dr. Geson, »bei jemandem wie Blekk untergekommen zu sein.« Es war ein offensichtlicher Vorstoß, Jüs Verschwiegenheit zu durchbrechen.

Von der Seite wirkten Dr. Gesons Gesichtszüge maskuliner. Verstärkt wurde das durch die gestählten Oberarme, die zu dem sonst so intellektuellen Auftreten nur bedingt passten.

»Da haben Sie bestimmt recht«, antwortete Jü. Nach all den Stunden verkroch sich das Bewusstsein für den Schmutz auf ihrer Haut ins Hinterstübchen, fühlte sich beinahe normal an. »Wie lange kennen Sie ihn schon?«

Dr. Geson sah zu ihr. »Lange genug, um ihn einen sehr guten Freund zu nennen.«

Jü blickte ihm in die Augen. Das Braun darin war wie Treibsand, in dem man versinken konnte. »Was wissen Sie von Blekk van Oak?«

»Fragen Sie mich aus?«

»Nein«, erwiderte sie. »Aber ich mag es, mehr über die Menschen in meinem Umfeld zu erfahren.« Diese Fragerei würde ihren Deckmantel der falschen Identität hoffentlich ein wenig verdicken, ähnlich der Schmutzkruste auf ihrer Haut, durch die man sie kaum noch als Jü erkannte.

Dr. Geson schob seine Brille zurecht. »Blekk hält sich, was seine Vergangenheit angeht, sehr bedeckt. Sie müssen wissen, dass seine Frau und sein Sohn vor langer Zeit verstorben sind. Ansonsten ist von seiner Familie nur eine Schwester übrig, die er aber im Grunde nie erwähnt.«

Jü kämpfte gegen einen Kloß in ihrem Hals. »Das klingt traurig.«

»Mhm. Es ist wie ein blinder Fleck in seiner Seele. Umschiffen Sie das Thema lieber.«

Eine Katze huschte vor Jü über den Asphalt.

Erschrocken hielt sie inne. Sie verfolgte, wie das Tier von einem orangen Schimmer ihres CLPs begleitet, auf eine Mauer hüpfte und sie von dort neugierig beobachtete.

»Was ist los?« Dr. Gesons Frage war begleitet von einem argwöhnischen Blick in ihre Richtung.

»Diese Katzen sind mir gespenstisch«, sagte sie.

»Gab es so etwas auf Minta nicht?«

Jü musterte Dr. Geson verwundert. »Woher ...?«

»Blekk hat mir erzählt, dass Sie von dort kommen.«

Klar. Wer sonst? Oder? Wieder nagten die Zweifel an Jü. »Nein«, antwortete sie. »Katzen gibt es auf Minta nicht. Genau genommen gibt es da gar keine Tiere. In drei Kilometern Tiefe klappt es nicht einmal, die Menschen vor dem Verkümmern zu bewahren.«

»Verstehe. Ich mag die Katzen auch nicht sonderlich. Das liegt aber vor allem an meiner Katzenhaarallergie.«

»Dann sollten Sie Ihre Nase lieber zuhalten«, entgegnete Jü und verfolgte, wie zwei weitere Katzen sich auf der anderen Straßenseite dazugesellten. Es stellte Jü die Nackenhaare auf. Der Ring aus orangefarbenen Feinden schnürte sich zu. Sie gab sich Mühe, nicht zu auffällig auf die Tiere zu starren.

Ihren Begleiter schien das weniger zu stören. »Die streunen oft hier rum. Wie war es denn auf Minta?«

Jü vergrub die Hände in den Hosentaschen, ließ dabei die Katzen aber nicht aus den Augen. Prima. Shaterra im Nacken und ein Thema an der Seitenflanke, das unangenehm werden könnte. Sie entschied sich für eine schwammige Antwort. »Ich habe mich durch den Job gequält. Das war kein Zuckerschlecken.«

»Das glaube ich gern. Man munkelt, dass die planetaren Ressourcen dort knapp werden.«

Verdammter Mist! Fragte er sie aus? Falls ja, saß sie in der Klemme. Zu den Bedingungen auf Minta hatten in dem Bericht zwar ein paar Zeilen gestanden, aber im

Grunde war ihr Wissen zu dürftig. Das imaginäre Eis unter ihren Füßen erhielt bedrohliche Risse. Kurzerhand entschied sie sich für eine Ausflucht. »Sie wissen ja, wie das ist. Gerüchte machen schneller die Runde, als sie sich widerlegen lassen.«

»Ich habe in einem Forschungsbericht gelesen, dass die Züchtung von Trinium-Titan-Adern auf Minta in die Testphase gehen soll. Das wäre ein enormer Fortschritt.«

»Sie sind ganz schön neugierig, was?« Ohne die Kälte des Abends stünde Jü längst der Schweiß auf der Stirn. Allerdings nicht nur von seiner Fragerei. Mittlerweile waren es sieben Katzen, die auf den Gehwegen umher streunten. Ein ungutes Gefühl beschlich Jü, während sie den Blick von ihren Verfolgern abwandte. So viele auf einmal konnten kein Zufall mehr sein.

»Neugier liegt in meiner Natur«, entgegnete Dr. Geson auf ihre Frage und rückte erneut seine Brille zurecht. »Ich hatte gehofft, sie könnten mir ein paar Infos von der Front liefern.«

Jü schenkte ihm ein Lächeln, während sie inständig hoffte, dass sie baldmöglichst das Thema wechseln konnte. »Ich war eine einfache Mitarbeiterin. In so wichtige Entscheidungen war ich nicht eingeweiht.« Offenbar genügte ihm ihre halbgewalkte Ausrede.

Noch drei Querstraßen bis nach Hause. Verdammt. Unauffällig erhöhte sie das Schritttempo.

»Und Sie, Doktor Geson?«, versuchte sie es mit einer Gegenfrage. »Blekk hat erzählt, Sie arbeiten im Zentrum?«

Verlegen kratzte er sich am Nacken. »Mittlerweile ja. Ich bin seit kurzem Teil eines Forschungsprojektes der Shaterra.«

Jü verkrampfte sich unweigerlich. Ihr Blick flog zu den Katzen, die sich in verschiedenen Fenstersimsen platziert hatten und Jü und ihren Begleiter aufmerksam musterten. »Klingt nach einer Chance.«

»Das wird sich zeigen. Das Projekt baut auf einer Idee auf, die ich vor einigen Jahren geäußert habe. Die Wahrscheinlichkeit, dass ich mich ein zweites Mal in meinem Leben zum Deppen mache, ist recht hoch.«

»Sie sind Galaktologe, richtig?«, fragte Jü, während sie in ihre Straße einbogen. Für einen Moment kamen die Katzen außer Sicht. Erleichtert atmete sie aus. Dafür wurde das spärliche Dämmerlicht hier schon so sehr von den Häuserfronten verschluckt, dass sie kaum weiter als ein paar Meter sehen konnte.

Der grüne Rahmen um Dr. Geson war nunmehr der beste Orientierungspunkt für ihr Auge. Wie der Käse in einer Mausefalle. Glänzend und saftig, bis der Todesstoß dem Opfer ein Ende bereitete.

»Ursprünglich eigentlich Archäologe«, antwortete Dr. Geson in die Dunkelheit hinein. »Aber wenn man meinen Kollegen glaubt, tauge ich nicht allzu viel.«

Jü wechselte in den Nachtsichtmodus. Ihr prüfender Blick bohrte sich in ihn. Verfolgte jede Nuance seiner Bewegungen. »Deswegen setzen Sie jetzt auf die Shaterra?«

»Nein, wohl eher auf die Hoffnung.« Er zog die Augenbrauen zusammen, als wäre er verunsichert.

Wieder geriet Jüs Skepsis ins Wanken. Vielleicht hatte Zilli doch recht. Es wirkte nicht, als ginge eine Gefahr von ihm aus. Dann fielen ihr die Katzen wieder ein und ihre innere Blockade kehrte zurück. »Was genau machen Sie denn in Ihrem Projekt?«

»Recherchieren und übersetzen.«

»Klingt ja spannend«, entgegnete Jü mit einem gedehnten Unterton, den er aber gar nicht zu hören schien.

»Ist es auch«, plapperte er los. »Stellen Sie sich vor, Sie erhalten die Möglichkeit, in die alten Zeiten des Universums einzusteigen und ...« Sein Blick glitt zu ihr, als das Licht vor der Haustür ansprang. Die Erkenntnis traf ihn sichtbar. »Das war nicht wirklich ernst gemeint, oder?«

Jü kramte beschämt nach ihrem Schlüssel. »Entschuldigung. Aber für mich wäre das wirklich nichts. Ich stelle mir das so langweilig vor.«

»Das kommt darauf an, wo die Motivation liegt«, sagte er und stellte sich neben sie.

Ein Blick über die Schulter offenbarte ihr eine leere Gasse. Nur sie und der Doktor. Immerhin. Sie musterte Dr. Geson, seine intelligent wirkenden Augen, die weichen Züge, das Feuer hinter seinen Pupillen, wenn er von seiner Arbeit sprach. »Vermutlich haben Sie recht. Mit der richtigen Motivation könnte ich mich für solche Sachen auch begeistern. Auf jeden Fall wünsche ich Ihnen viel Glück.« Sie drückte die Haustür auf und schob sich hinein.

»Danke«, antwortete er und folgte ihr. »Ich komme noch mit hoch. Ich wollte Blekk um etwas bitten.«

Mist!, fluchte Jü in Gedanken. Wurde sie diesen Mann denn gar nicht los? Er war hartnäckiger als die Sha-terra. Dafür hatten sich wenigstens die Katzen-Biester verzogen. Das pflanzte ihr einen Samen Hoffnung in die Brust und sie folgte Dr. Geson im schwach erleuch-teten Treppenhaus die Stufen hinauf.

Der Hoffnungssamen verbrannte jedoch zu Asche, als sie kurz darauf vor ihrer Wohnungstür stand. Der schmale Spalt zwischen Rahmen und Tür sprach eine genauso deutliche Sprache wie das aufgebrochene Schloss.

Dr. Geson legte einen Finger auf die Lippen und öff-nete die Tür ein Stück weiter. Seine Hand schloss sich um Jüs Arm, wie um sie zurückzuhalten. Sie schüttelte sich frei, woraufhin er sie aus schmalen Lidern heraus beschwor.

»Warten Sie hier«, flüsterte er und schob die Tür gänz-lich auf.

»Nein.« Jü kam sich seltsam laut vor, obwohl auch sie nur flüsterte.

»Dann bleiben Sie hinter mir!«

Jetzt spielte er den Helden. Großartig! Genau wie Cro-ger auf Turva, nur dass der es sich mit seinen Militärti-teln wenigstens verdient hatte. Ob die Uralt-Artefakte Dr. Geson beigebracht hatten, wie man sich selbst ver-teidigte? Jü war sich sicher, dass sie momentan deutlich mehr sehen konnte als er. Und besser trainiert war sie vermutlich auch. Ihre Umgebung erstrahlte in Grau-grün-Nuancen. Das CLP reagierte auf jeden Funken Licht, den es finden konnte. Was Jü erblickte, verschlug ihr die Sprache.

Sie griff ihrerseits nach Dr. Gesons Handgelenk und hielt ihn zurück. Vor ihr war kaum ein Stück Boden übrig, auf den man treten konnte. Papiere, Kleidung und Möbelstücke verteilten sich chaotisch über jeden Quadratmeter.

Sie kniff die Augen ein Stück zusammen und tätigte den Lichtschalter.

Dr. Geson riss die Arme vors Gesicht.

»Sorry«, entschuldigte sich Jü, deren Linsen mittels Lichtjustierung die blendende Helligkeit abgefangen hatten, und betrat das Wohnzimmer. Hier sah es nicht besser aus.

»Blekk?« Dr. Gesons Stimme klingelte in Jüs Ohren. Eine Antwort blieb aus.

Sie rief selbst laut nach ihrem Bruder. Keine Reaktion. Das Fenster war geschlossen, das Dach demnach keine Option für die weitere Suche. Besorgt blickte sie sich im Wohnzimmer um.

Hier hatte sich jemand gründlich durchgewühlt. Auf einmal erklang ein dumpfes Poltern aus dem Flur und die Wohnung versank wieder in Finsternis.

Erschrocken blieb Jü stehen und lauschte, während ihr CLP die Nachtsicht-Arbeit wieder aufnahm.

Schritte tapsten über die Dielen. Sie kamen näher und mit ihnen ein seltsames Geräusch. Ähnlich einem Luftzug von der geöffneten Wohnungstür, der ihr in den Ohren kitzelte, dennoch klar zu verstehen. ›Zielobjekt gefunden.«

Schon erschien ein orange-farbener Schemen in der Wohnzimmertür. Augen glühten neongrün in der Nachtsichtoptik des CLPs. Die Katze fletschte die Zähne und stürmte auf Jü zu.

Reflexartig duckte Jü sich zur Seite weg. Sie wirbelte um ihre eigene Achse, während das Tier über ihren Kopf hinwegsauste. In der Aufwärtsbewegung versenkte Jü den Ellenbogen im Magen des Shaterra-Biests. Sie wirbelte herum, während die Katze durch die Luft flog.

Ihr CLP offenbarte nahe der Couch zwei weitere Shaterra-Katzen. Gas strömte aus deren weit geöffneten Mündern, was ihr CLP in aufgeregtes Blinken versetzte. Warnungen erschienen vor ihrem Auge.

Sie riss das Shirt vor die Nase, doch es half nichts mehr. Ihre Lunge konnte sich nicht gegen das Dampfgemisch wehren. Es benebelte ihre Sinne. Sie hustete, kämpfte dagegen an und versuchte sich an einem Schritt. Ihre Knie gaben nach und ihr Kopf schlug hart auf den Boden auf. Die Luft wurde immer dünner. Es war schwer, auch nur einen Atemzug zu tätigen. Am Ende blieb nichts als Schwärze.

Datentransfer QF62LY

Die führende Einheit analysierte die eingehenden Daten mit erhöhter Resonanzbereitschaft. Wie in jedem Scanzyklus bei der Suche nach dem Avain.

--- Commander. ---

--- Einheit ID309PL23, erstatten Sie Bericht. ---

--- Übereinstimmung für ein Objekt auf 99,9 % erhöht. Objekt abgeholt. Transport zur Basis erfolgt. Zwei weitere Objekte anwesend, deren Übereinstimmung bei unter 50 % liegt. Erbitte Befehl zur Auslöschung. ---

99,9 %. Die maximale Ausbeute bei minimalem Restrisiko. Zweimal Kollateralschaden – verkraftbar. Nächstes Ziel: Kooperation erzwingen, da Code nicht reproduzierbar. Eine unumgängliche Barriere, genau wie vor so vielen Jahren.

--- Wie hoch schätzen Sie die Kooperationsbereitschaft? ---

--- 3 bis 7 %. ---

Zu wenig. Viel zu wenig. Erkenntnisse durften nicht wieder Jahre auf sich warten lassen.

--- Welche Druckmittel sind einsetzbar? ---

Daten flimmerten auf. Die führende Einheit saugte sie in sich auf, untersuchte sie eingehend und filterte sie nach Schwachstellen. Für mehrere Minuten versank sie in Analysen, betrachtete die Möglichkeiten und wog die prozentualen Chancen für einen Gewinn ab. Da gab es eine interessante Verknüpfung. Sogar mehr als eine. Wie passend. Das konnte sie für ihre Zwecke nutzen.

--- ID309PL23, bringen Sie auch die anderen beiden Objekte in die Basis. Der Befehl zu deren vollständiger Vernichtung wird nicht erteilt. ---

Zumindest noch nicht.

Kapitel 6

In ihrer Hand liegt das Objekt. Unschuldig und unscheinbar. Es beginnt, sich unter ihrem Griff zu wölben. Schriftzeichen leuchten auf. Ziehen sich in Kreisen über die Oberfläche. Ein Leuchten. Immer stärker. Es blendet, reißt sie mit sich.

Als das Licht nachlässt, steht sie auf einem Platz. Davor eine Brücke, die sich über ein Tal hin zu einem Tempel erstreckt. Säulen stützen eine Kuppel voller Ornamente. Zeichen, die sie noch nie gesehen hat. In der Ferne ragen Planeten am Horizont auf. So nah, dass sie vom Weltall aus betrachtet mit dem Planeten hier verschwimmen müssen.

›Nicht mehr die Erde.‹ Nur ein Gedanke, aber einer, der sich eisern hält.

Stufen am unteren Ende des Tempels. Sie steigt hinauf. Gleißendes Licht zeigt ihr den Weg ins Innere. Eine Hand an der Wand. Linien aus Farben rinnen bei ihrer Berührung über die Steinfliesen. Sie folgt ihnen bis zur Stirnseite.

Eine weitere Berührung. Ein Gesicht. Fremd. Nackte, glänzende Haut. Durchsichtig bis auf die Adern. Große Augen, kahles Haupt.

›Nicht menschlich.‹ Nur ein Gedanke, aber einer, der sich eisern hält.

Jü wachte auf und starrte in die sie umgebende Finsternis. Dieser Traum klebte an ihr wie hartnäckiger Kaugummi auf einem dieser uralten Baumwollshirts. Ihr Herz hämmerte wie eine Shaterra-Arbeitsmaschine und ihr Kopf dröhnte.

Unter ihrem Rücken spürte sie kalte Metallfliesen. Irgendwoher kam ein Luftzug und irgendjemand war in ihrer Nähe. Sie hörte es am Atem und dem Schleifen von Stoff auf Stoff, wenn er oder sie sich bewegte.

Als sie endlich in der Lage war, sich zu rühren, entfuhr ihr ein gequältes Stöhnen.

»Cadin?«

Eine vertraute Stimme. Es dauerte einen Moment, bis Jü sie zuordnen konnte.

»Blekk?«

»Alles gut, ich bin hier.« Schon kauerte er neben ihr. »Das wird schon wieder.«

»Ist das dein Ernst?« Jü griff sich an den Kopf und setzte sich auf. Die Welt drehte sich für einen Moment. Ihre Schläfen pochten. Wo war sie? Was ...?

Blekk setzte sich neben sie und lehnte den Kopf nach hinten. »Bist du okay?«

Jü tat es ihm gleich. Ihr Haar presste sich gegen kaltes Metall. Für einen Moment vermischten sich die Bilder des Traumes mit dem Überfall in Blekks Wohnung. Die Erinnerungen kamen zurück. »Geht schon«, erwiderte sie. Die Worte hinterließen ein Kratzen in ihrem Hals, das in einen Hustenschwall überging.

Blekk klopfte ihr auf den Rücken. »Die Nachwirkungen des Gases. Das ist gleich vorbei.« Seine Stimme klang nicht weniger rau als ihre eigene.

Jü blickte sich um und erahnte eine Kammer von höchstens zehn Quadratmetern ohne Fenster, aber offenbar mit Lüftung. An der Wand ihr gegenüber saß eine weitere Silhouette. Brillengläser reflektierten eine Lichtquelle, die unter der Türschwelle hindurchdrang.

»Hey«, sagte Dr. Geson. Er hatte die Beine angewinkelt und saß in der gleichen Haltung gegen das kalte Metall gelehnt wie Blekk und sie.

Dass er ebenso verschleppt worden war, irritierte Jü. Das würde heißen, dass ... Ihre Gedanken verschwammen zu einem Brei. So sehr sie auch darin herumrührte, sie konnte keine andere sinnvolle Erklärung finden. Vielleicht hatte Blekk mit der Einschätzung seines Freundes doch recht.

Sie wandte den Kopf vorsichtig in Blekks Richtung. »Wo sind wir?«

»Ich habe keine Ahnung.«

Jü konnte noch immer nicht viel erkennen. Die CLPs waren nicht mehr in ihren Augen. Das war nicht gut. Immerhin dienten sie zur Absicherung ihrer falschen Identität. Oder hatten die Shaterra bereits ...? Schnell schob sie den Gedanken beiseite.

Sie rieb sich über den Handrücken und hielt überrascht inne. Noch einmal fuhr sie mit den Fingern über ihre Haut. Sie war wieder sauber. Kein Dreck mehr, obwohl sie vor dem Überfall im Schutt der Häuser gegraben hatte. Auch ihre Kleidung fühlte sich sauber an.

»Was ist hier los?« Ihre Stimme zitterte. Der Nachhall des Traums steckte ihr noch in den Gliedern, ebenso die Shaterra-Katzen, der Überfall, die Erinnerung an Kyra und Lænn.

Blekk wandte den Kopf zu ihr, um die Frage zu beantworten. »Ich bin nicht sicher.«

Jü suchte den Blick ihres Bruders. Der fahle Lichtschein ließ kaum etwas erkennen. Aber ihre Augen gewöhnten sich zunehmend an die Dunkelheit. »Was soll das heißen?« Ihre Angst wandelte sich in Frustration.

»Dass ich nicht sicher bin. Tut mir leid, dass du da mit reingezogen wirst, Cadin Flikk.«

Wie meinte er das? Sie traute sich nicht zu fragen. Stattdessen fokussierte sie Dr. Gesons Schemen. »Und Sie? Sie haben wohl gar nichts dazu zu sagen? Wenn Sie eine Ahnung haben, worum es hier geht, spucken Sie es aus!«

Dr. Geson hob entschuldigend die Hände. »Ich weiß auch nicht mehr.«

Jü schnaufte. Sie wollte etwas erwidern, doch Blekk packte sie fest am Ellenbogen, bevor sie zum Zug kam.

»Später«, raunte er mit einer Entschlossenheit, die Jü aus seiner Einsatzzeit beim Militär kannte.

Sie zog ihren Arm aus seinem Griff. »Spiel jetzt nicht den Bestimmer.«

»Willst du heil hier rauskommen?« Blekks Stimme war nur ein Hauchen, der schummrige Schein legte sich in die tiefen Falten auf seiner Stirn. »Dann vertrau mir und tu, was ich sage.«

Jüs Hände pressten sich auf den Boden. Ihr Atem stand still, während sich ihr Blick mit dem von Blekk verhakte. Sie suchte nach einer Angriffsfläche, nach einer Möglichkeit für Widerworte. Doch sie fand keine. Im Gegenteil. Er schien sie zu beschwören. Die Ernsthaftigkeit in seiner Miene verursachte ihr einen Schauer, der ihren Rücken hinabkroch.

Sie entließ die angehaltene Luft aus ihren Lungen und deutete ein Nicken an. Sie hasste sich dafür. Die gesamte Situation ließ auch ihr Vertrauen in Blekk wanken. Vielleicht war es ja kein Zufall, dass er und Dr. Geson sich so gut verstanden? Zweifel nagten an ihr, zermürbten sie, wie die Jahre an den Gebäuden in Lipz genagt hatten, bis sie schließlich in sich zusammenfielen.

Dr. Geson räusperte sich, als wollte er etwas sagen, versank aber in einem Hustenanfall. »Alles gut«, krächzte er, bevor noch ein Hustenschwall aus ihm herausbrach. »Hab mich nur verschluckt.«

Blekk erhob sich, ging zu ihm und klopfte ihm auf den Rücken. Zweimal kurz, dann gleichmäßig, bis der Husten vorbei war.

Was auch immer hier los war, Jü war sich sicher, dass die beiden eben eine Information ausgetauscht hatten. Das gab ihr einen Funken Hoffnung, auch wenn sie immer noch unsicher war, ob sie den beiden überhaupt vertrauen wollte.

Blekk positionierte sich mitten im Raum und ließ den Blick über die Decke gleiten. »Hey, wir sind wach. Hört ihr mich? Ich weiß, dass ihr da seid.«

Ob diese Provokation sinnvoll war? Jü verfolgte, wie Blekk von einem Fuß auf den anderen wechselte, um eine Drehung um die eigene Achse zu vollenden.

»Wollt ihr uns nicht mal verraten, worum es geht?«, rief ihr Bruder. »So langsam wird's ganz schön langweilig hier drin. Hunger krieg ich auch. Der Zimmerservice könnte wirklich besser sein.« Er schien auf eine Reaktion zu warten. Als nichts passierte, setzte er sich wieder und rief zur Decke hinauf. »Schon gut, wir sitzen einfach hier rum und genießen die Aussicht, bis ihr euch mal meldet.«

Endlose Sekunden verstrichen. »Und jetzt?«, fragte Jü.

»Jetzt warten wir, bis sie uns holen.«

***

Jü konnte nicht abschätzen, wie lange sie schon in der Kammer saßen. Fakt war, ihre Pobacken kribbelten und so langsam entwickelte sich das alles zu einer grotesken Situation. Blekk hatte noch zwei Versuche gestartet, eine Unterredung mit denjenigen einzufordern, die sie hierher gebracht hatten. Ohne Erfolg. Jü kämpfte ihre Angst vor den Shaterra nieder und klammerte sich an die stoische Ruhe, die ihr Bruder und Dr. Geson ausstrahlten. Aus irgendeinem Grund wirkten die beiden, als hätten sie das schon tausendmal gemacht. Die Warterei ließ die beiden – zumindest äußerlich – kein bisschen mürbe werden.

Immer wieder driftete Jü in einen Dämmerschlaf. Jedoch niemals wirklich tief, sondern oberflächlich, traumlos und dadurch zumindest erholsamer als die vergangenen Nächte.

Schritte rissen sie zurück ins Bewusstsein. Schatten verdunkelten die Lichtquelle vor der Tür und mit einem Zischen fuhr der Zugang ähnlich einem Rollladen nach oben.

Um sich vor dem grellen Licht zu schützen, hob Jü die Hände vors Gesicht. Sie blinzelte durch die Lider und erkannte Shaterra-Drohnen, deren Laserpunkte sich auf ihre Köpfe richteten. Für wie gefährlich hielten die denn drei unbewaffnete Gefangene?

»Mitkommen!« Die Stimme drang aus einem der Drohnen-Module. Sie klang menschlich und hatte einen bedrohlichen Unterton, der Jü alle Nackenhaare aufstellte.

»Na, das wird aber auch Zeit!« Blekk erhob sich, was mit seinen Anfang fünfzig nicht mehr ganz so spritzig wirkte. »Ihr habt ganz schön auf euch warten lassen. Mein Hintern ist schon eingeschlafen.«

Fast hätte Jü gegrinst. Blekk war, wie er war, und lief offenbar zu Hochtouren auf. Dr. Geson warf ihr ein Achselzucken zu, als wollte er sich für ihn entschuldigen. Dass Blekks zynisches Verhalten in solchen Situationen für sie nicht neu war, konnte er nicht wissen. Und sie würde es ihm auch nicht verraten.

Die Drohnen flogen vor ihnen durch künstlich ausgeleuchtete Gänge. Lichtröhren erhellten jeden Winkel gleichmäßig, die Luft roch steril, schlimmer als in den gefilterten Gängen von Turva. Leblos und mechanisch, ohne einen Funken an Dekoration. Die Shaterra hatten sich bislang nicht einmal die Mühe gemacht, ihnen in der menschlichen Form zu begegnen. Das taten sie sonst aber immer, wenn sie etwas wollten.

Jü hielt den Blick zum Boden gesenkt, um sich vor ungewollten Retina-Scans zu schützen. Obwohl das albern war. Wer auch immer ihr die CLPs entfernt hatte, hätte längst die Gelegenheit dazu gehabt. Aber man wusste ja nie, wie hold einem das Glück war.

Am Ende eines langen Ganges wurden sie in einen großen Raum geführt. »Stehenbleiben!«

Jü tat wie befohlen. Gern hätte sie sich irgendwo festgehalten. Dieser Raum löste ein Schwindelgefühl in ihr aus. Das Metall war so glänzend poliert, dass Jü sich darin spiegeln konnte. Das wiederum verlieh dem Raum eine nicht greifbare und zugleich einschüchternde Tiefe. An den Oberflächen gab es keinen Orientierungspunkt für das Auge, keine Kanten, keine Verzierungen, nicht mal Kratzer. Selbst die Drohnen, die die Metallwände säumten, verschwammen optisch mit ihrem Hintergrund.

Sie klammerte ihren Blick daher an Blekk, der neben Dr. Geson der einzige greifbare Bezugspunkt in diesem Raum war.

Ihr Bruder wirkte äußerlich immer noch entspannt. Doch etwas in seiner Miene hatte sich verändert. Die Augen leicht zusammengekniffen und die Lippen aufeinandergepresst wanderte auch sein Blick durch den Raum.

Hinter ihnen erklang eine höchst melodische Stimme. »Wie wunderbar!« Sie gehörte zu einem hochgewachsenen Mann, dessen schwarze Haare bis über die Schultern hinab auf Brusthöhe reichten. Ein strahlendes Lächeln saß in seinem Gesicht, so übermäßig vertrauenserweckend, dass Jü sofort in Habachtstellung verfiel. »Ich freue mich, Sie hier als meine Gäste begrüßen zu dürfen.«

Blekks Stirn zog sich in Falten. »Na, wenigstens begrüßt uns der Gastgeber in Menschengestalt. Sind eure Ressourcen schon so knapp, dass hinter den Kulissen sonst nur Drohnen rumfliegen?«

Sofort lagen etliche rote Laserpunkte auf Blekk. Jü stockte der Atem.

Der Shaterra in Menschengestalt hingegen wirkte mit seiner überschwänglichen Laune völlig fehl am Platz. »Was genau hätten Sie sich denn vorgestellt?«

»Einen roten Teppich vielleicht, dazu ein paar Fanfaren. Oder wenigstens einen gedeckten Kaffeetisch. Aber solche Gesten kann man von Ausbeutern und Maschinen nicht erwarten.«

Jüs Herz raste und ihre Knie hätten am liebsten nachgegeben. Sie rechnete damit, dass Blekk jeden Moment pulverisiert würde – genau wie Sophy.

Da zog sich ein Lächeln in das Gesicht des Shaterra. Es wirkte so natürlich, unschuldig und ehrlich, dass es im völligen Kontrast zu ihrer Situation stand. »Entschuldigen Sie meine Manieren, wie konnte ich nur so unhöflich sein. Ich möchte Ihnen doch eine wohlverdiente Chance einräumen.« Er hob die Hand, woraufhin die Laserpunkte wieder verschwanden. »Die Waffen lassen wir vorerst weg. Natürlich nur so lange wie *ihr* kooperiert.«

Jü verabscheute den Shaterra-Mann. Die Tatsache, dass sich sein Abbild in Wänden und Boden hundertfach widerspiegelte, machte es nicht besser. Er hatte keinen Namen genannt und würde das vermutlich auch nicht tun. Es war unwahrscheinlich, dass er sie gehen lassen würde, egal was sie taten. Und aus irgendeinem Grund mochte sie seine Augen nicht. Ebenso wenig den Umhang, der ihn umwehte wie eine Siegesfahne, wenn er umherlief. Die blau-gelben Farben erinnerten sie an einen Teil ihrer Vergangenheit, der verschlossen bleiben sollte.

»Was wollen Sie?«, fragte Dr. Geson. »Wir besitzen nichts, was für Sie von Bedeutung sein könnte.«

»Ah, wie gut, dass Sie es ansprechen«, tönte ihr Gastgeber. »Das sehe ich anders.«

Seine Schuhsohlen glitten kaum hörbar über den Boden, als er zwischen Jü und ihren Mitgefangenen hindurch ging. Am anderen Ende des Raumes kniete er nieder und berührte mit einer Hand den Boden. Wie von Geisterhand wuchs ein Quader bis auf Taillenhöhe daraus hervor. Es war, als versorgten die Fingerkuppen des Shaterra die Oberfläche mit einem Datenstrom. Eine Abfolge digitaler Abzeichen flimmerte über den Quader, woraufhin in dessen Mitte eine Öffnung erschien. Daraus holte der Shaterra einen Gegenstand.

Jü sog die Luft ein. Nur mit großer Mühe widerstand sie dem Impuls, ihre Hände vor den Mund zu schlagen. Einen Moment lang verlor sie sich in ihrem Kopf, weil er derart von Gedanken und Bildern überschwemmt wurde, dass sie die Schotten nicht mehr dichthalten konnte. Hoffentlich sah man ihr das Entsetzen nicht an.

Bleib ruhig! Doch das war gar nicht so einfach. Ihre Knie zitterten und ihre Kehle war wie ausgetrocknet.

»Dieses Objekt ...« Der Shaterra hob den Gegenstand in die Höhe und hielt ihn den Gefangenen entgegen. »... enthält äußerst wichtige Informationen. Leider können wir es nicht aktivieren. Aber Sie, Dr. Geson, verstehen die Symbole darauf vermutlich gut genug, um uns behilflich zu sein.«

Der Angesprochene wechselte einen eingehenden Blick mit Blekk, bevor er gekünstelt lächelte. »Auch wenn es mir widerstrebt und ich nicht sicher bin, wie hilfreich Sie mich finden werden, wage ich gern einen Versuch. Allerdings unter einer Bedingung: Sie lassen die Frau an meiner Seite gehen. Sie hat mit alledem nichts zu tun.«

»Sind Sie sich da sicher?« Der Blick des Shaterra flog zu Jü und drückte ihr die Wahrheit wie einen Faustschlag auf die Wange.

Jetzt wusste sie, woher sie diese Augen kannte, das stechende Braun mit den großen Pupillen hinter langen Wimpern und unter dichten Augenbrauen. Das hatte sie schon einmal gesehen. Vor langer Zeit. Nur ein einziges Mal. Während der ganzen Unterhaltung hatte sie es zu unterdrücken versucht. Doch nun ploppte die Wahrheit an die Oberfläche ihres Bewusstseins zurück wie ein Ball, den man krampfhaft unter Wasser presste und wieder losließ. Die Erkenntnis traf sie in die Magengrube, so hart, dass ihr für einen Moment die Luft wegblieb.

Er war es gewesen, der ihr mit dem Tod gedroht hatte, ein paar Tage vor ihrer Flucht. Damals. All die unterdrückten Ängste drohten aus ihr hervorzubrechen. Doch sie war keine siebzehn mehr. Oft hatte sie sich gefragt, was sie tun würde, sollte sie diesem Shaterra noch einmal begegnen. Nun wusste sie es.

Sie straffte die Schultern und fixierte das Antlitz des Bösen. »Hier geht es um mich, nicht wahr?« Ihre Stimme zitterte, während der Shaterra ein breites Grinsen aufsetzte.

»Sie verstehen schnell.«

In der Spiegelung sah Jü, wie Blekks Blick zwischen ihr und dem Shaterra hin und her wechselte. »Wenigstens einer von uns«, murrte ihr Bruder. »Aber das ist typisch für euch. Erst mal schießen, später trotzdem nicht drüber reden.«

Die Augen des Shaterra wurden schmal, während er Jü unverhohlen musterte. »Alle Achtung. Ich hatte nicht erwartet, dass Sie sogar Ihren Bruder im Ungewissen lassen. Es war nicht leicht, Ihre Identität zurückzuverfolgen. Ihr Aussehen hat sich in den vergangenen fünfzehn Jahren sehr verändert, Frau van Oak.«

Jü schwamm noch immer in einem Fluss des Unglaubens. Doch sie blieb an der Oberfläche. Dieser Wurm würde sie nicht ertränken. Sie hatte nichts falsch gemacht, sich lediglich an das Protokoll gehalten. Blekk würde es verstehen. Hoffentlich. Was dagegen wirklich ätzend war: Ihre beschissene Deckung hatte keine drei Tage gehalten und das Kind in ihr fühlte sich schlagartig zurückgeworfen in die Vergangenheit. Es saß auf dem Boden eines Zimmers mitten im Shaterra-Forschungs-Komplex von Lipz und verstand die Welt nicht mehr.

»Wie konnten Sie das so schnell herausfinden?«, fragte sie.

»Ihre Kontaktlinsen und die falsche ID haben ganze Arbeit geleistet. Weder unsere Gesichts-, noch die Stimmerkennungssoftware hatten eine Chance dagegen. Sie haben offenbar mächtige Verbündete. Aber ...« Er machte eine theatralische Pause und hob die Hände auf Brusthöhe.

Unglaublich, dachte Jü, *wie sehr sich die Shaterra darin weideten, ihre Überlegenheit bei jedweder Gelegenheit zur Schau zu stellen.*

Ein Lächeln zog sich über das perfekt menschliche Gesicht des Shaterra – ebenso über seine hundertfachen Abbilder. »... ein Gen-Abgleich hat uns auf die Spur gebracht.«

Die Katze! Dieses dämliche Vieh! Unwillkürlich fuhr Jü über den Kratzer auf ihrem Handrücken. Sie schüttelte den Kopf. »Leider setzen Sie auf die Falsche. Ich habe schon damals nicht verstanden, was Sie von mir wollen, und verstehe es auch heute nicht.«

»Ich ehrlich gesagt auch nicht«, warf Blekk von der Seite ein. »Möchte mich vielleicht mal irgendjemand aufklären?«

»Ich nehme auch einen Tipp«, sagte Dr. Geson. Er schielte in Richtung des Artefaktes, danach zu Jü und und dem Shaterra.

»Genau.« Blekks Stimme triefte vor Sarkasmus. »Ein Expertenjoker wäre nett. Oder die Eventleitung. Irgendjemand mit Verantwortung, der uns sagt, was hier verdammt noch mal Phase ist!«

»Wieso erklären Sie es nicht?« Der Shaterra trat vor Jü. Die Belustigung hatte sich tief in seine Gesichtszüge gesetzt. Offensichtlich genoss er das Schauspiel außerordentlich. Wenn sie bisher geglaubt hatte, diese Aliens wären nur Maschinen ohne jedwede emotionale Regung, wurde sie nun eines besseren belehrt. Oder aber der Shaterra spielte nach allen Regeln der Kunst mit ihren Gefühlen.

Jü hasste ihn. Ihn und seine fiesen Augen. Sie rang mit sich, kam aber zu dem Schluss, dass sie ihm den Gefallen tun musste. Nur so hätten sie überhaupt eine Chance auf ein Entkommen. Immerhin ging es hier nicht nur um sie, sondern auch um ihren Bruder. Sie nahm mit den Augen Kontakt zu Blekk auf und versuchte sich an einer stummen Entschuldigung. Wie viel konnte sie preisgeben? Sie atmete tief durch. »Die Kurzform ist: Ohne das Ding in den Händen dieses Spinners hätte ich mich die letzten fünfzehn Jahre nicht verstecken müssen und auch nicht zehn Jahre meiner Kindheit in Gefangenschaft gelebt.«

»Es ging Ihnen gut bei uns«, entgegnete der Shaterra.

»Gut? Das nennen Sie gut?« Die Wut fauchte aus Jü wie Lava aus einem Vulkan. »Offenbar unterscheiden sich Ihre Vorstellungen von meiner diesbezüglich gewaltig!«

»Sie hätten nur kooperieren müssen.«

»Ich weiß nicht, wovon Sie sprechen.«

»Aktivieren Sie das Objekt! Es ist mir egal, wie Sie das anstellen. Sie haben es einmal geschafft, es wird Ihnen nochmals gelingen. »

»Tu's nicht«, knurrte Blekk. »Ganz egal, womit sie dir drohen.«

Eine der Drohnen bewegte sich. In der Spiegelung verfolgte Jü, wie sie einen Schuss auf Blekk abgab. Der Schrei blieb in ihrer Kehle stecken, während Blekk aufstöhnte und sich an den Rücken griff.

Seine Gesichtszüge verzerrten sich. »Hey, das tat weh.«

Erleichterung durchflutete Jü. Das würde nur einen fetten blauen Fleck geben, dort, wo das Gewebe unter der Haut beschädigt war. Jü konnte sich gut erinnern, wie oft sie solche Wunden in ihrer Jugend davongetragen hatte.

»Frau van Oak.« Der Shaterra-Mann öffnete in einer einladenden Geste die Arme. »Ich bin mir sicher, Ihr Bruder ist Ihnen lebend lieber als tot. Oder soll es ihm ergehen wie seiner Frau und seinem Sohn?«

»Wusste ich doch, dass ihr Drecksmaden das wart!«, donnerte Blekk und fixierte ihren Entführer mit funkelnden Augen.

Sofort zeigten Drohnen-Laserpunkte auf Blekks Brust und erstickten weiteren Protest im Keim.

»Halt!«, rief Jü, der das Bild von Sophy durch den Kopf sprang. Flehend sah sie zu Blekk, dass er aufhören möge, ihre Feinde zu provozieren.

Zwei Drohnen hingen auf Kopfhöhe neben ihm. Greifarme fuhren aus ihren Gehäusen, legten sich auf Blekks Schultern und zwangen ihn mit Gewalt in die Knie. Blekk kämpfte gegen den harten Griff, war aber machtlos. Kurz darauf klebte die Mündung eines Scharfschützenmoduls an seiner Schläfe.

»Aktivieren Sie das Gerät noch einmal oder er stirbt.« Die Stimme des Shaterra war eisig. Alles Leben war daraus gewichen, reduziert auf die Rationalität einer Maschine, die ohne Reue über Leichen gehen würde, um zu kriegen, was sie wollte.

Aber wie denn?, hätte Jü am liebsten gefragt. Sie konnte sich an nichts erinnern. Irgendetwas war damals passiert. Seither verfolgte sie dieser seltsame Traum wie ein Fluch. Verzweifelt musterte sie Blekk, dessen Gesicht wie eine Wand wirkte, blass und hart. Die entsetzliche Bestätigung, dass Kyra und Lænn tatsächlich nicht durch einen Unfall gestorben waren, saß tief. Und das war alles ihre verdammte Schuld. Allein ihre! Sie durfte nicht noch jemanden deswegen sterben lassen.

Noch immer lagen die Ereignisse aus ihrer Kindheit im Nebel. Vielleicht stimmte es sogar, was der Shattera sagte, und sie hatte dieses Artefakt tatsächlich schon einmal aktiviert. Sie hatte doch kaum eine Erinnerung an damals. Doch je länger sie darüber nachdachte, desto mehr kam sie zu dem Schluss, dass das Artefakt ihr gar nicht gefährlich werden konnte. Als sie damals aus ihrer Ohnmacht wieder erwacht war, hatte der Forschungskomplex schließlich noch gestanden. Niemand war auch nur im Ansatz verletzt gewesen und das antike Ding hatte im Anschluss nie wieder auf sie reagiert. Die Tortur der Folgejahre sprach eher dafür, dass die Shaterra in dem Gegenstand etwas sahen – und vielleicht sogar fürchteten.

»Also schön«, sagte sie. »Ich werde es versuchen.«

»Jü, nicht!«, rief Blekk.

Sofort erhielt er einen Schlag auf den Hinterkopf. Er stürzte zu Boden, wo die Drohnen ihn fixierten.

»Stopp!«, schrie Jü. »Sie bekommen meine Hilfe nur, wenn ihm nichts passiert. Und auch Dr. Geson nicht. Wenn nur er übersetzen kann, was auf dem Objekt steht, bin ich auf ihn angewiesen.«

Blekks Miene sprach Bände. Seine Augen schienen sie beschwören zu wollen und seine zusammen gekniffenen Lippen hielten vermutlich weitere Worte zurück. Er lebte noch. Nur darum ging es. Und Jü würde verhindern, dass sie ihn umbrachten.

Mit ausgebreiteten Armen kam der Shaterra auf sie zu. »Ich wusste, Sie würden zu Vernunft kommen. Ihr Bruder lebt, solange Sie kooperieren, und Dr. Geson, bis er seine Aufgabe erfüllt hat. Für Illoyale haben wir keine Verwendung.«

Dr. Geson schob seine Brille zurecht. »Was meinen Sie?«

»Ihre Tarnung war nichts wert«, konterte der Sha-terra. »Wenn Sie dachten, Sie könnten für uns arbeiten und Informationen abziehen, liegen Sie falsch. Von wem erhalten Sie Ihre Befehle?«

»Ich weiß nicht, was Sie meinen.«

»Unwahrscheinlich.«

»Ich bin nur ein einfacher Archäologe, der nach Ruhm sucht. Aber der Arbeitsweg war ohnehin zu lang und umständlich.«

Jü war erstaunt, mit welcher Kaltschnäuzigkeit auch Dr. Geson dem Shaterra gegenübertrat. Bis zu diesem Punkt hatte er sich nicht geäußert, war der Unterhal-tung stumm gefolgt, doch nun bot er dem Gegner ge-nauso entschlossen die Stirn wie Blekk.

Ein eisiger Ausdruck umspielte die Züge ihres Entfüh-rers. Er baute sich vor Dr. Geson auf und richtete seine Handfläche auf dessen Stirn. Elektroblitze zuckten auf. Der Galaktologe brach unter Schmerzensschreien zu-sammen.

»Ranjel!«, schrie Blekk und bäumte sich auf, erhielt aber ebenfalls einen Schock in die Stirn. Bewusstlos knallte er auf den Boden.

»Was soll das?« Jü stand regungslos in der Mitte des Raumes, die Hände zu Fäusten geballt. Ihre Lippen pressten sich aufeinander. Mühsam beherrschte sie sich, aber sie wusste, dass sie sich von diesen Maden nicht unterkriegen lassen wollte. Niemals!

Die Tür öffnete sich und der Shaterra trat hindurch. Bevor sie sich wieder schloss, wandte er sich noch ein-mal zurück. »Frau van Oak, das ist kein Scherz und auch keine Übung. Ich verfolge jeden Ihrer Schritte, seien Sie sich darüber im Klaren! Ihre Begleiter werden in wenigen Minuten wieder zu sich kommen, aber das nächste Mal bin ich nicht so nachsichtig. Kooperieren Sie!«

Die Tür schloss sich hinter ihm und ließ sie allein mit dem Bataillon an Drohnen und Wachen zurück.

***

Jüs Augen fixierten das Artefakt. Es lag völlig unscheinbar auf dem Quader und wartete darauf, dass sie ihrer Order nachkam. Die Wachdrohnen an den Wänden, die man mittlerweile verdoppelt hatte, versuchte sie zu ignorieren. Es gelang ihr nicht. Ihre Knie zitterten. Dennoch hatte sie den ersten Schock überwunden und sah der Realität ins Auge. Ein gesundes Maß an Resignation war eingekehrt, das ihr half, nicht in Angst zu ertrinken.

Sie entschied sich für eine Annäherung.

Der Gegenstand besaß eine flache, ovale Unterseite. Die obere Hälfte wölbte sich wie der Panzer eines Käfers. Sie war makellos glatt, dennoch wirkte es, als befänden sich Schriftzeichen unter der Oberfläche. Linien und Symbole, die Jü in ihrer Kindheit schon einmal gesehen hatte, die sie aber auch heute nicht verstand. Sie zogen sich in konzentrischen Kreisen über das Artefakt.

Sie hatte dieses Ding schon oft gesehen. Nachts in ihren Träumen. Und nahezu tagtäglich in der Realität. Unwillkürlich fuhr sie sich über die Oberarme. Schlag um Schlag hatte sie einstecken müssen, wenn sie diesem Relikt nicht das hatte entlocken können, was die Shaterra gewollt hatten.

Jü bemerkte hinter sich eine Bewegung.

»Verdammt«, fluchte Blekk.

»Das kannst du laut sagen.« Dr. Geson setzte sich auf und strich sich mit den Fingern über die zugekniffenen Augen. Das sah nach Kopfschmerzen aus. Die beiden standen aber schneller auf ihren Beinen, als Jü gedacht hätte.

»Alles in Ordnung?«, fragte sie.

»Nein.« Blekks Blick wanderte zu den Shaterra-Drohnen in seiner Nähe. »An euren Serviceangeboten müsst ihr wirklich noch arbeiten.«

Keine der Maschinen rührte sich auch nur einen Zentimeter, dennoch war Blekks Reaktion erleichternd. Irgendwie. Sie genoss die Wärme und Brüderlichkeit seiner Geste, als er ihr eine Hand auf die Schulter legte.

Sie legte ihre eigene dazu. »Es tut mir so unendlich leid.«

»Hör auf, dich für etwas schuldig zu fühlen, dass du nicht beeinflussen konntest.«

Gern hätte Jü genickt, aber es ging nicht. Die Schuld lastete auf ihr wie eine frisch zu Boden gegangene Lawine.

»Mir geht es übrigens auch gut«, warf Dr. Geson von der Seite ein. Auf Jüs und Blekks fragenden Blick hin zog er die Brauen hoch. »Also nur, falls das jemanden interessiert.«

Jü schüttelte den Kopf und schmunzelte. Es war das erste Mal, dass Dr. Geson die volle Sympathie bei ihr einfuhr. Die Tatsache, dass er so unwirsch ausgeschaltet worden war, sprach für ihn, und seine zerstreute Art war schlichtweg hinreißend. Seine Vergangenheit wirkte immer noch schleierhaft, ebenso Blekks Rolle in der ganzen Sache. Trotzdem waren die beiden Männer aktuell Jüs sicherer Anker, ihre einzige Chance auf eine Rettung. Die Hintergründe könnte sie später noch klären.

Sie wandte sich wieder dem Artefakt zu. Noch immer hatte sie es nicht berührt. Etwas in ihrem Inneren bremste sie.

Blekk hatte deutlich weniger Hemmungen. Er hob es von dem Quader und wandte sich dem anderen Ende des Raumes zu. »Nehmen wir das Ding mal mit da rüber. Ich fühle mich in der Nähe dieses Shaterra-Würfel-Dingsbums nicht wohl.« Schon schleppte er das Gerät davon und setzte sich mit gebührendem Abstand auf den kalten, verspiegelten Metallboden.

Dr. Geson folgte mit einem Schulterzucken und brachte Jü in Zugzwang. Sie seufzte und setzte sich zu den beiden.

Der Wachtrupp schwebte noch immer an den Wänden nebeneinander aufgereiht. Kugelrunde Drohnen, die innerhalb kürzester Zeit ein tödliches Laserfeuer eröffnen konnten. Doch solange nichts Außergewöhnliches passierte, würden sie vermutlich nicht schießen, und mit Sicherheit zeichneten sie jeden Atemzug auf, der in diesem Raum getätigt wurde.

»Was ist dieses Objekt?« Blekks Frage füllte den Raum. Er legte es in Dr. Gesons ausgestreckte Hand.

Der Wissenschaftler zog die Stirn kraus. Seine Augen verfielen in dieselbe intelligente Nachdenklichkeit wie im Café, als er sein Heft mit Blicken durchbohrt hatte. Er presste die Kiefer aufeinander, dann öffnete er sie wieder, während seine Schultern ein Stück nach unten sanken. »Ich habe keine Ahnung.«

Jü hatte die ganze Zeit an Dr. Gesons Gesichtszügen gehangen. Sie ohrfeigte sich innerlich und setzte den Fokus auf das Artefakt, dass er ihr nun entgegenhielt. Alles in ihr stellte sich auf Widerstand. Sie wollte es nicht berühren.

Blekk legte den Kopf schief. »Du bist mir eine fette Erklärung schuldig. Das ist dir schon klar, oder?«

Jü schluckte. »Ich weiß. Wenn wir hier rauskommen, erzähle ich es dir.«

»Das will ich auch hoffen.«

Dass er der Idee, von hier wegzukommen, nicht widersprach, erfüllte Jü mit Hoffnung. Irgendeinen Weg gab es. Allerdings war er sehr wahrscheinlich mit hohen Risiken verbunden. Sie würde sich bereithalten.

Blekk wandte sich an den Galaktologen. »Kannst du die Zeichen entziffern?«

Wieder wechselte der Gegenstand den Besitzer. »Nur einen Bruchteil, um ehrlich zu sein. Für eine vollständige Übersetzung bräuchte ich viel mehr Zeit. Und meine Aufzeichnungen.«

»Welche Sprache ist das?«

»Alkupæ.«

Davon hatte Jü noch nie etwas gehört. Sie verfolgte die Unterhaltung mit gemischten Gefühlen. Der sachliche Tonfall der beiden weckte ihre Neugier. Gleichzeitig schwirrten dunkle Geister durch ihren Kopf, vor denen sie lieber davonlaufen wollte.

Blekk runzelte die Stirn. »Dieses Alien-Volk, zu dem du deine Theorien postuliert hast?«

»Ja«, antwortete Dr. Geson. »Jetzt wird mir auch klar, weshalb die mich in der Forschungsabteilung überhaupt genommen hatten. Die haben von Anfang an gehofft, mehr hierüber rauszufinden. Das muss etwas von größerer Bedeutung sein.« Noch immer hingen Dr. Gesons Augen auf den Schriftzeichen, während Jü einen Blick auf die Shaterra-Drohnen warf. Sie wirkten aufgrund der Spiegelung wie ein ganzes Bataillon.

»Kannst du irgendetwas davon übersetzen?«, fragte Blekk.

»Schon möglich«, entgegnete Dr. Geson, »aber wollen wir den Shaterra diese Informationen wirklich geben?«

Eine berechtigte Frage, wie Jü fand.

»Übersetz, was du erkennst«, antwortete Blekk. Es klang wie ein trockener Befehl und doch war seine Stimme dabei so fest und bestimmt, dass Dr. Geson aus den Worten heraushören konnte, was er erfahren sollte. Die beiden schienen perfekt zu harmonieren. Es war das erste Mal, dass ihr klar wurde, wie wenig sie Blekk eigentlich kannte. Er hatte fünfzehn Jahre lang sein eigenes Leben gelebt, und auch davor hatten sie sich nur selten gesehen. Wer war er?

Dr. Gesons Augen fokussierten noch immer die Schriftzeichen. »Hier steht etwas von *Macht* – glaube ich – und von *Weg*. Ein weiteres bedeutsames Wort, denke ich zumindest, ist *Avain* – das heißt so viel wie ...«, er hielt inne, als müsste er in seinen Erinnerungen graben, »... *Schlüssel.*«

»Und was sagt uns das?«

Dr. Geson senkte das Artefakt auf seinen Schoß. »Ich habe keinen blassen Schimmer. Was ist mit Ihnen, Jü?«

Es war seltsam, wieder mit ihrem richtigen Vornamen angesprochen zu werden. Sie war Dr. Geson dankbar, dass er keine erdrückenden Fragen dazu stellte, sondern die Tatsache einfach hinnahm.

»Mir sagt das auch nichts.« Ihr Blick ging hilfesuchend zu Blekk.

Der hob resigniert die Schultern. »Ich bin nur das Druckmittel. Ihr seid die beiden mit den Fähigkeiten.«

Jü zögerte noch immer und ließ den Blick durch den Raum gleiten. Wie viel konnte sie preisgeben? Blekk verdiente die Wahrheit, aber sie konnte ihm keinesfalls alles erzählen. Allerdings gab es einen Teil der Geschichte, den die Shaterra bereits kannten und den sie problemlos wiedergeben konnte.

Sie atmete hörbar aus und schluckte den Kloß in ihrer Kehle hinunter. »Ich war acht Jahre alt, als das alles passiert ist.« Der Beginn eines Geständnisses. Sofort lagen zwei Augenpaare auf ihr. Sie musterte das Artefakt, nahm es aber noch immer nicht entgegen. »Ich kann mich an nahezu nichts erinnern. Ich habe damals mit Mutter bei den Shaterra im Zentrum von Lipz gelebt. Sie war eine Verfechterin deren Fortschrittlichkeit und rannte den Ideologien nach wie eine Fanatikerin. Im Gegensatz zu Vater, der mit dir«, ihre Augen huschten zu Blekk, »in die Randbezirke zog, waren wir im Innenstadtkomplex in einer Art Ordensheim untergebracht – ein religiöser Deckmantel, der in Wahrheit als Forschungskreis an der menschlichen Spezies diente. Vormittags besuchten wir eine Bildungseinrichtung, nachmittags unterzog man uns Tests. Einer der Shaterra dort forschte an diesem Ding. Eines Abends ließ er es unbeaufsichtigt in seinem Büro liegen. Ich war neugierig, fand es aus irgendeinem Grund sehr anziehend. In meiner Erinnerung ist alles verschwommen, aber irgendetwas muss passiert sein, als ich es berührte.«

Die beiden Männer sagten während der Erzählung keinen Ton. Doch Jü erkannte deutlich das Mitleid, das in Blekks Gesicht stand. Sie hatte ihm noch nie davon berichtet. Nie. Er hätte es auch nicht erfahren dürfen, sonst würde auch er nicht mehr leben – genau wie Kyra und Lænn. Den immer wiederkehrenden Traum würde sie auch diesmal aussparen. Genau wie bei den therapeutischen Gesprächen auf Turva. Er war nichts weiter als das Resultat eines völlig überforderten Kindergehirns. Mit Sicherheit. Sie hatte den Traum nur ein einziges Mal preisgegeben – einer Mitschülerin gegenüber, die es ihrer Mutter gepetzt hatte. Danach begann die jahrelange Tortur.

Jü schloss die Augen. In ihrer Kehle saß erneut ein Kloß, der ihr das Sprechen erschwerte. »Leider fehlt mir an den eigentlichen Moment jede Erinnerung. Es ist wie ein blinder Fleck in meinem Kopf. Ich sollte das Artefakt in den Folgejahren immer wieder in die Hände nehmen, doch es passierte nichts.« Sie öffnete die Augen und warf einen Blick auf die Drohnen, bevor sie wieder ihren Bruder und Dr. Geson ansah. »Die Shaterra glaubten mir nicht und unterstellten mir, ich strenge mich nicht genug an. Sie bestraften mich für jeden misslungenen Versuch und ließen mich nicht mehr aus den Augen. Zehn Jahre eines restlos überwachten Lebens begannen, bis ich die Chance auf eine Flucht erhielt.«

»Jetzt verstehe ich so einiges.« Blekk neigte sich ein Stück in ihre Richtung, als würde er sie am liebsten in den Arm nehmen wollen. Seine Hände zuckten und in seinen Augen stand noch immer Mitleid. Doch es war weder die richtige Zeit noch der richtige Ort.

Jü deutete ein Kopfschütteln an und senkte den Blick.

»Du könntest es einfach noch einmal probieren«, sagte Blekk. »Vermutlich passiert sowieso nichts.«

Jüs Hände kribbelten. Sie könnte. Allerdings wusste sie auch ganz genau, dass sie sich damals jeden verdammten Tag ganz fest gewünscht hatte, dass das Objekt still blieb, wenn sie es berührte. Eine innere Stimme raunte ihr zu, dass es durchaus eine Reaktion geben könnte ... wenn sie wollte.

Ihr Blick klebte noch immer auf dem Metallfußboden. »Mir bleibt keine Wahl, oder?«

»Wenn wir heil hier raus wollen, sollten wir uns zumindest anschauen, was das Teil kann. Unser überaus freundlicher Gastgeber war ja der Ansicht, es enthalte Informationen. Die könnten eine gute Basis für ein Tauschgeschäft sein.«

Noch immer saß die Skepsis in allen Fasern ihres Körpers und hielt sie zurück. Dieses Ding war ihr nicht geheuer. Es aktivierte so viele Kindheitsängste und sie ärgerte sich, dass es auch jetzt eine derartige Macht über ihr Leben ausübte. Wobei das nicht ganz stimmte. Es waren die Shaterra, die sich über ihr Leben erhoben hatten. Nicht dieses Ding. Vielleicht – eine Hoffnung keimte in ihr – vielleicht war das Artefakt nicht ohne Grund all die Jahre still geblieben? Möglicherweise war ihr *Gastgeber* aus dem Raum gegangen, weil von dem Artefakt für ihn eine Gefahr ausging?

Jüs Hände zitterten, als sie sich der glatten Oberfläche näherten. Ihr Innerstes betete darum, dass sich dieser Avain ruhig verhielt, bis sie wusste, worum genau es ging. Sie nahm Dr. Geson den Gegenstand vorsichtig ab und legte ihn mit der flachen Seite auf ihre geöffnete Handfläche. Dort, wo das Artefakt ihre Haut berührte, schien es sich ihrer Körpertemperatur anzugleichen. Ihm entsprang eine Aura – vergleichbar mit einer Vibration, aber kaum spürbar. Es war mehr eine Ahnung.

Ansonsten blieb alles still. Es schien Jü, als ob es auf die nächste Aktion ihrerseits wartete. Sie hatte es in der Hand, auch im übertragenen Sinn. Ihr innerer Kampf für oder gegen ein Einlassen auf den Avain resultierte in veränderlichen Vibrationsstärken. Zumindest kam es ihr so vor. Das erste Mal in all den Jahren hatte sie das Gefühl, einem der Geister ihrer Vergangenheit aktiv entgegentreten zu können. Als Kind hatte sie darin immer einen Feind gesehen, dabei war dieses Ding vielmehr ihr Verbündeter. Es schien ihr wohlgesonnen, es hörte auf sie. Auch wenn sie keinen blassen Schimmer hatte, wieso.

»Und?« Dr. Geson musterte sie. Er wirkte weniger besorgt als Blekk. Vielmehr nahm er seine Augen nicht eine Sekunde von Jü. Im Angesicht wissenschaftlicher Entdeckungen schien für ihn jede Bedrohung in den Hintergrund zu treten.

»Da passiert nichts«, log sie, während sie seine und Blekks Mimik unauffällig über die Spiegelung der Wände beobachtete. Niemals würde sie offen zugeben, dass dieses Ding in ihrer Hand tatsächlich auf sie reagierte. Schließlich wurden sie überwacht. »Aber gebt mir noch einen Moment.«

Wieder ließ sie ein bisschen mehr zu und die Vibration verstärkte sich.

Eine der Wachdrohnen im Hintergrund bewegte sich kaum merklich.

Sofort lag Blekks Aufmerksamkeit auf ihr. Seine Blicke wirkten neugierig, aber auch alarmiert. Sie beschwor ihn mit Blicken und konzentrierte sich wieder auf das Artefakt. Nur noch ein klitzekleines bisschen mehr würde sie zulassen. Da erweckte die Unterseite plötzlich den Eindruck, mit ihrer Haut verschmelzen zu wollen. Erschrocken riss sie den Avain von ihrer Handfläche. Nichts. Ihre Haut war rosig wie eh und je.

Von Blekks wachsamen Blicken begleitet, legte sie es wieder auf. Der Effekt kam zurück. Sie ließ noch ein wenig mehr davon zu, was die Schriftzeichen auf der Oberseite zum Leuchten brachte.

Fassungslos starrte Jü auf die sich ausbreitenden Linien, die sie aus ihrem Traum bereits kannte.

Es war kein Traum, argumentierte die Stimme in ihrem Kopf. *Zumindest nicht alles.*

Plötzlich brach Hektik im Raum aus. Die Drohnen erwachten surrend zum Leben. Blinkende Lichter zogen sich über die Oberfläche und die Drohnen schwebten einen guten Meter näher.

Jü konnte nur hoffen, dass die beiden Männer bald mit einer Idee aufwarteten. Sie konnte sich gerade nicht um die Bedrohung über ihren Köpfen kümmern. Sie war viel zu sehr mit dem leuchtenden Gerät in ihrer Hand beschäftigt. Nun, wo sie es aktiviert hatte, gab es kein Zurück. Sie öffnete ihr Inneres für die Energie, die durch ihre Handfläche in sie eindringen wollte. Es war verstörend und unangenehm, gleichzeitig wusste ihr

Herz, dass der Avain gerade ihre größte Sicherheit war. Er würde sie beschützen. So wie damals.

Die Drohnen bildeten einen Kreis um sie, der sich enger zog.

»Jü!«, brüllte Blekk. »Wenn du irgendetwas tun kannst, tu es jetzt!«

Es ist mehr als nur ein Informationsträger, es ist mein Schild. Mit diesem Gedanken in ihren Hirnwindungen zerfloss das Artefakt plötzlich auf Jüs Handfläche. Es schlang sich bis über ihren Handrücken, als wäre es eine lebende Schlingpflanze. Etwas Spitzes stach in ihre Haut und ließ sie aufschreien. Zeitgleich drang das Laserfeuer der Shaterra an ihre Ohren.

Alles verschwamm zu einer Zeitlupensequenz. Ein Energiefeld wob sich wie eine Kugel um sie. Es verschluckte die tödlichen Laserstrahlen. Blekks aufgerissene Augen zeigten ihr, wie knapp das gewesen war.

Ihr Innerstes bat um einen Ausweg, als die Drohnen ihr Schussfeuer fortsetzten.

Da begann ihre Hand zu kribbeln, als stünde sie unter Strom. Etwas veränderte sich im Raum. Die Drohnen stürzten auf den Boden, während sich ein digitaler Schimmer über ihre Metallschuppen zog. Bruchteile begannen zu flackern wie bei einer Frequenzstörung.

Blekk sprang auf die Beine. »Halte sie weiter in Schach, Jü!«, brüllte er und drückte mit dem Finger gegen seine Schuhsohle. Sein Fingerscan öffnete ein geheimes Fach im Absatz, aus dem er einen Ring aus violettem Trinium zog.

Jü verfluchte ihn innerlich. Sie wusste ja gar nicht, was sie tat. Langsam ging das Kribbeln auf ihrer Hand in ein Brennen über. Funken flogen, als stünde das Artefakt vor einem Kurzschluss. »Beeil dich«, presste sie zwischen den Zähnen hervor. Sie hatte keine Ahnung, wie lange sie das noch aufrechterhalten konnte.

»Ranjel. Jetzt!« Blekk warf ihm den Ring zu. Dr. Geson hatte inzwischen einen Chip aus dem Fach seiner Schuhsohle geholt und verband ihn mit dem Ring. Als er zu leuchten begann, warf Dr. Geson ihn auf den Boden. Das Gebilde vergrößerte sich. Energiewellen liefen durch es hindurch, die sich an allem speisten, was sie fanden. Auch an den Shaterra. Selbst an Jü riss der Sog, doch sie hielt dagegen. Kurz darauf lag ein stabiles Ringgestell am Boden, dessen Inneres an brodelndes Gelee erinnerte.

Ein galaktisches Wurmloch!

»Wir müssen da durch. Uns bleiben dreißig Sekunden, bis sich der Durchgang wieder verschließt!«, brüllte Blekk.

Dr. Geson sprang als Erster in den Ring und verschwand darin. Er versank förmlich im Boden.

Jü hielt den Schutzschild weiter vor sich. Ihr Handgelenk brannte an der Stelle, an der das Artefakt sich in ihre Haut gebohrt hatte. Funken stoben über ihren Unterarm und entlockten ihr Schmerzensschreie. Das Ding würde jeden Moment entweder in die Luft fliegen oder den Geist aufgeben.

Blekk zog sie mit sich. Ihre zittrigen Knie hätten auch keinen Schritt allein geschafft. Sie spürte, wie er sie in den Kreis stieß und mit einem Fluch auf den Lippen hinterher sprang.

Die Reise war kein Zuckerschlecken. Unglaubliche G-Kräfte wirkten auf Jü, die sie zusammenstauchten. So sehr, dass sie Angst hatte, ihre Knochen könnten brechen. Die bunten Tunnelränder des Wurmlochs dellten sich und kamen ihr bedrohlich nah.

Kurz darauf fiel sie am anderen Ende heraus. Unter ihr Beton, neben ihr Dr. Geson und Blekk, um sie herum Männer mit Waffen im Anschlag.

Blekk hob die Hände und lächelte grimmig. »Wir sind's nur.«

»Ärztliches Personal in den Sprungraum. Sofort!«, ertönte eine Stimme aus einem blechernen Lautsprecher.

Das klang wie Balsam in Jüs Ohren. Sie hielt sich verzweifelt den rechten Unterarm, der noch immer die Funken abfing. Es schmerzte wie Hölle. Sie wünschte sich mit aller Macht, der Avain würde abfallen. Und er gehorchte. Endlich gab er Jüs Hand frei und reduzierte sich auf seine ursprüngliche Form.

Erst jetzt nahm sie Blekks Silhouette über sich wahr. »Halte durch. Hilfe ist auf dem Weg.«

Doch es war Jü egal. Sie war am Ende ihrer Kräfte angelangt. Ihr Sichtfeld verschwamm, bevor ihr Körper sie in die Ohnmacht zwang.

Datentransfer QG74GR

Der Datenfluss der autonomen Untereinheit fand den verschlüsselten Weg bis in den Secret-Room der führenden Einheit.

--- Commander. ---

--- Erstatten Sie Bericht, Einheit ID309PL23. ---
Nachrichteneingang mit 0,3 s Verzögerung.

--- Wir haben den Kontakt zum Avain verloren. ---

--- Bitte Daten erneut übermitteln. ---

--- Wir haben den Kontakt zum Avain verloren. ---
Die Kommando-Struktur öffnete die Datenbanken zum System- und Protokolldienst.

--- Fehleranalyse! ---

--- Vorübergehende Chip-Fehlfunktion nach Aktivierung der Alkupæ-Einheit. Völliger Funktionsausfall im unmittelbaren Radius. ---
Das widersprach den Prognosen. Die Einheit war ein Schlüssel. Der Schlüssel zur Macht.

--- Bedrohungslevel? ---

Die Antwort benötigte aufgrund der komplexen Berechnungen deutlich länger als gewöhnlich. Das Ergebnis war inakzeptabel.

--- Wahrscheinlichkeit für existenzielle Bedrohung durch die Alkupæ-Einheit bei 40 bis 50 %. Wahrscheinlichkeit für existenzielle Bedrohung bei Reaktivierung

des Schirms 100 %. Regeneration auf betroffenem Planeten nicht mehr möglich. Völlige Materiezersetzung. -
--

Die Kommando-Struktur griff auf die Datensätze des Netzwerkes zu. Das durfte keinesfalls passieren. Datenströme flossen, bis die passenden Eintragungen gefunden waren. Ergebnisse legten sich in- und übereinander, während die Kommando-Struktur sie integrierte. Reproduktion war das oberste Gut. Dafür war Ressourcenschonung nötig, doch nur, wenn die Existenz dadurch nicht gefährdet war. Erstmals seit Tausenden von Jahren erfolgte eine Neuordnung der Prioritätenabwägung.
Datenströme verteilten sich im Netz der Erde.
--- Erteile neue Anweisungen. Erhöhe Ressourcen in allen Abbauplaneten. Verlängerung der Dienstzeiten. Verlustkosten auf organischer Ebene vorübergehend ignorieren. Erhöhe zudem Ressourcen an Ausgrabungsstätten der Erde. ---
Weitere Befehlsdaten flossen durch den Datenring.
--- Wo befindet sich der Avain jetzt? ---
--- Aufgrund instabiler Energiespitzen war eine Nachverfolgung nicht bis an Zielkoordinaten möglich. Galaktischer Zielquadrant auswertbar. Koordinatenraum zu groß für Präzisierung. Ressourcenaufwand für Zielverfolgung liegt bei 2 % für die hiesige Einheit. ---
Die Kommando-Struktur berechnete die möglichen Alternativen und entschied.
--- Übertrage Einheiten zur Festsetzung des Avain zurück ins Netz. ---

Die Verfolgereinheit zerfiel, zog sich zurück in den Datenstrom des Netzes. Diese Ressource fand andere Verwendung. Sie bildete den neuen Notfallpuffer. Im Gefahrenfall konnte die führende Einheit nun ihre Position aufgeben. Sicherheitsgrenze aktuell 20 %. Grenzwert 5 %.

--- Suche für Einheit im Zielquadranten startet. ---

Die Gewichtung der Verfolgung erhielt Prioritätsstufe zwei. Gleich nach Reproduktion. Die führende Einheit fand eine passende Einheit in Quadrant 331 der Galaxie und übermittelte die nötigen Befugnisse an ID221QP79. Die Reaktion kam prompt.

--- Zielquadrant wird auf Energiespitzen gescannt. Auffälligkeiten werden übermittelt. Nehmen passive Position ein. ---

Kapitel 7

In ihrer Hand das Objekt. Es wölbt sich unter ihrem Griff. Schriftzeichen leuchten auf. Ziehen sich in Kreisen über die Oberfläche. Ein Leuchten. Immer stärker. Es blendet, reißt sie mit sich. Sie steht auf einem Platz, davor eine Brücke, die sich über ein Tal hin zu einem Tempel erstreckt. Säulen voller Ornamente. Zeichen, die sie noch nie gesehen hat. In der Ferne Planeten am Horizont.

›Nicht mehr die Erde.‹ Nur ein Gedanke, aber einer, der sich eisern hält.

Sie steigt Stufen am Tempel hinauf, ins Innere, eine Hand an der Wand. Linien aus Farben an den Steinfliesen bis zur Stirnseite. Eine weitere Berührung. Ein Gesicht. Fremd. Nackte, glänzende Haut. Durchsichtig bis auf die Adern. Große Augen, kahles Haupt.

›Nicht menschlich.‹ Nur ein Gedanke, aber einer, der sich eisern hält.

»Wir haben lange auf dich gewartet.«

»Auf mich?« Ihre Kinderhand streckt sich dem fremden Wesen entgegen.

»Ja. Doch es ist noch zu früh. Du bist noch nicht bereit.«

»Wofür?«

»Das erfährst du, wenn es so weit ist. Nun musst du zurück.«

»Warte.«

Gleißendes Licht umfängt sie. Die fremde Stimme klingt nur noch gedämpft an ihr Ohr. »Die Zeit wird kommen.«

Jü schlug die Augen auf. Die Erinnerung lag so frisch in ihren Hirnwindungen, dass sie fast glaubte, eben erst dort gewesen zu sein. Nur wieso? Auf Turva hatte sie diesen blöden Traum nicht ein einziges Mal gehabt. Wo war sie eigentlich?

Eine Silhouette schob sich in ihr Gesichtsfeld.

»Hi, mein Name ist Dr. Siria Rott. Wie geht es Ihnen?«

Jüs Kopf war ein einziger Brei und die Umgebung ließ sie völlig orientierungslos zurück. »Nicht so besonders.« Außer dem Bett stand nicht viel in dem Zimmer. Es gab keine Fenster, nur Lüftungsschächte speisten den Raum mit Sauerstoff.

»Können Sie sich daran erinnern, was passiert ist?«, fragte Dr. Rott.

Jü kramte in ihren Erinnerungen. Für einen Moment überschattete der Nachhall des Traums alles, dann fiel ihr die Entführung wieder ein, die Shaterra, das Artefakt. Die Flucht.

Matt nickte sie. »Wo bin ich?«

Eine vertraute Stimme antwortete ihr. »Im EFM.«

Sie wandte den Kopf in Blekks Richtung, was ihr sofort die Schmerzen in die Schläfen trieb. Ihr Bruder stand im Türrahmen und beobachtete sie.

»Im *was*?«

Er stieß sich vom Metallrahmen ab und sank auf einen Stuhl neben ihrem Bett, während Dr. Rott einen Messsensor auf ihre Armbeuge klebte.

»Im EFM, dem *Einsatzzentrum für das Fortbestehen der Menschheit*.«

»Willst du mich verarschen?«

»Nein. Dr. Rott wird dich untersuchen, dann erkläre ich dir alles.«

»Alles?« Ein Ächzen entfuhr ihr. »Was gibt es denn noch zu erklären? Ich denke, du arbeitest als Kurierdienst?«

Blekks Miene blieb eisern, doch in seinen Augen lag für einen Moment dieselbe Wärme wie früher. »Nicht so ganz. Du bist nicht die Einzige mit einer geheimnisvollen Vergangenheit.«

Sie schloss die Augen, um eine Verschnaufpause zu bekommen. Es fühlte sich an, als wäre sie mitten in einem Film gelandet. Andererseits lebte sie noch und offenbar half man ihr hier.

Die Ärztin drückte zuerst drei Finger auf ihr Handgelenk und prüfte danach diverse Druckpunkte auf Jüs Unterarm. »Haben Sie Schmerzen?«

Jü öffnete die Augen und verzog gequält das Gesicht. »Mein Kopf ist Matsch und pocht, als hätte ich drei Tage durchgesoffen. Und wenn ich es nicht besser wüsste, würde ich sagen, meine Hand hat in eine Steckdose gefasst.«

Das kalte Ende eines Digital-Stethoskops wurde auf Jüs Brust gesenkt.

Dr. Rott wirkte zufrieden. »Wir werden gleich noch Ihre Nervenleitfähigkeit prüfen. Hoffen wir, dass die Schmerzrezeptoren in Hand und Unterarm nur überlastet sind und sich die Symptome in Kürze legen.«

Jü war dankbar für die routinierte Arbeit der Ärztin. Das half ihr dabei, sich von all dem Rest ein wenig zu erholen. Von wegen, *sie hatte Blekk einiges zu erklären.* Andersrum sah es nicht besser aus. Sie hatte keine Ahnung, wo sie war und welches große Ganze hinter all den Vorkommnissen steckte. Ihr Misstrauen kehrte zurück. Wäre Blekk nicht ihr Bruder, würde sie sich vermutlich in allumfassendes Schweigen hüllen.

Eine Viertelstunde später war Dr. Rott scheinbar zufrieden. »Sie hatten Glück, Frau van Oak. Ich möchte Sie morgen für eine Nachuntersuchung sehen und die kommende Stunde werden Sie sich hier noch ausruhen. Ich lasse Ihnen etwas zu essen bringen.« Sie wandte sich an Blekk. »Danach steht einem Rundgang nichts mehr im Weg.«

Nachdem Dr. Rott das Zimmer verlassen hatte, rückte Blekk seinen Stuhl näher an Jüs Bett. »Hey, es war wirklich nicht meine Absicht, dass du hier so reinschlitterst.«

»War auch nicht mein Wunsch, dass meine Vergangenheit so über mich hereinbricht.« Sie starrte zur Decke. »Du kannst nichts dafür. Meine Tarnung war einfach nicht viel wert. Es war ein Risiko, bei dir zu wohnen, und beinahe hätten durch mich die nächsten Menschen den Tod gefunden.«

»Das ist Schwachsinn, und das weißt du. Die hätten dich ohnehin irgendwo aufgegabelt. So war ich wenigstens da.«

Ihr Blick glitt zu ihm. »Na ja, vergiss mal nicht, dass ich es war, die die Shaterra in die Knie gezwungen hat.«

Er verschränkte die Arme vor der Brust und grinste. »Ohne unsere Hintertür hätte dir das aber auch nicht viel geholfen.«

»Du meinst diesen Ring? Was war das?«

»Ein Notfall-Sprung-Kit. Quasi eine Art Einwegwurmloch. Jedes Einsatzduo hat eins auf Reserve dabei. Unsere Fachleute sagen, dass wir verdammtes Glück hatten.«

»Wieso?«

»Wenn du die technischen Details willst, frag lieber jemand anderen. Aber das Wurmloch war hochgradig instabil. Ein paar Sekunden länger und es hätte uns alle das Leben gekostet.«

So in etwa hatte sich das auch angefühlt. Jü atmete tief durch. Diese Unterhaltung hatte trotz all ihres inneren Misstrauens etwas Tröstendes. Eine Leichtigkeit kehrte in sie zurück, die sie dringend nötig hatte. »Sag mal, du und Dr. Geson seid ein Team?«

Blekk nickte. »Schon lange.«

»Seit wann machst du das?«

»Seit ...«, Blekk verfiel in Schweigen und Jü konnte die Antwort erahnen.

»Kyra und Lænn«, hauchte sie.

Er nickte schwach. »Man hat mir damals angeboten, in den Militärdienst zurückzukehren und einem Sondereinsatzkommando beizutreten. Das Kommando existierte bereits, seitdem die Shaterra 2170 erstmals die Regierung nationaler Länder übernahmen. Anfangs waren die Einsatzteams nur auf der Erde tätig. Seit etwa fünfzig Jahren können wir selbst Wurmlöcher aufbauen und agieren auch auf anderen Planeten. Aber es ist mühsam und geht mit deutlich mehr Verlusten einher, als uns lieb ist. Die Shaterra haben sich hier breitgemacht und erobern ständig neue Sonnensysteme in unserer Galaxie. Wir würden ihnen gern Einhalt gebieten, haben aber keine Ahnung wie.«

»Wo genau sind wir eigentlich?«

»Am Rand eines Milchstraßen-Spiralarms auf dem Planeten Kilp in einer unterirdischen Station. Die Shaterra interessiert dieses Terrain bislang nicht. Die Ressourcen des Planeten sind unbedeutend und er ist unbewohnt – mal abgesehen von unserer Basis.«

Argwohn nistete sich in Jüs Eingeweide. Sie saß in der nächsten, nicht kontrollierbaren Situation. Sie hatte nichts in der Hand, im Gegenteil: Sie war darauf angewiesen, dass man es hier gut mit ihr meinte. Das fiel ihr schwer. Trotz Blekks Anwesenheit. Oder gerade, weil er hier war. Ihre Vergangenheit verfolgte sie wie ein Schatten und die Geister der totalen Überwachung nagten an ihren Nerven.

Jemand klopfte am Türrahmen. Dr. Geson stand dort, zwei Gläser Wasser in der Hand. »Hi. Ich wollte mich erkundigen, wie es Ihnen geht.«

Seine Stimme klang nach ehrlicher Anteilnahme. Dennoch mahnte Jü sich zur Vorsicht.

Blekk winkte ihn herein und zog einen Stuhl zu seinem hinzu. »Ich erkläre Jü gerade die Ziele unserer Arbeit.«

»Du traktierst sie mit unvollständigem Fachwissen?« Dr. Gesons trockener Humor brachte Jü gegen ihren Willen zum Schmunzeln. Die beiden waren das perfekte Comic-Duo, geradewegs aus den uralten Seiten gekrochen, um die Welt mit ihrem Humor zu überschütten.

Blekks Miene dagegen blieb eine Wand. »Mach dich nur lustig.«

»Immer wieder gern.« Der Galaktologe sank auf den Stuhl und reichte Blekk und ihr je ein Glas Wasser. Außerdem erhielt sie eine Dose mit einem Speisewürfel.

Mühsam setzte sie sich auf und biss hinein. Es schmeckte nach nichts und verteilte sich wie ein lebloser, wachsender Brei in ihrem Mund. Angewidert verzog sie das Gesicht. »Was zum Teufel ...?«

»Schonkost«, klärte Blekk sie auf.

Sie würgte den Speisebrei hinunter. »Na super. Da hätte ich doch lieber einen Kaffee ... Scheiße!«, rief sie, als ihr das *Café Kændis* einfiel. »Zilli!«

»Keine Sorge«, entgegnete Dr. Geson. »Ich habe jemanden zu ihr geschickt, um nach dem Rechten zu sehen.«

»Sie haben ...? Was soll das heißen?« Sofort schoss der Schmerz in ihre Schläfen.

»Es geht ihr gut. Sie sucht bereits ein neues Ladengeschäft und weiß, dass wir eine Weile lang nicht da sein werden.«

»Wir werden was?« Jü ohrfeigte sich innerlich für die etlichen Fragen, die aus ihr herauspurzelten. Das passte ihr alles überhaupt nicht in den Kram.

Dr. Gesons Blick flog hilfesuchend zu Blekk. Ihr Bruder räusperte sich. »Du kannst im Moment nicht zur Erde zurück. Die Shattera finden dich sofort.«

»Wer bestimmt das? Wer verbietet mir, auf die Erde zurückzukehren?«

Blekks Strenge zog sich von den Mundwinkeln bis zu den Augenbrauen hinauf und versteifte sein Gesicht. »Das EFM. Es ist zu deiner eigenen Sicherheit.«

Der Ärger kroch Jü in den Hals. »Das haben die Sha-terra damals auch immer gesagt!« Sie spuckte ihm die Worte entgegen.

»Aber die meinten es anders als wir.«

»Wie kann ich mir da sicher sein?« Jü wandte den Kopf ab und biss die Lippen aufeinander. Sie hatte keine Wahl. Mal wieder. Das entwickelte sich zu ihrem Lebensmotto.

Willkommen, Frau van Oak, hat man Ihnen zur Ge-burt nicht mitgeteilt, dass Sie auf die Verstrickungen, denen Sie ausgesetzt sein werden, keinen Einfluss ha-ben? Tja, ein unglücklicher Fehler, aber nun nicht mehr zu ändern. Viel Spaß noch.

Blekk musterte Jü eingehend. »Kannst du nicht. Aber vielleicht schenkst du deinem alten Bruder ein wenig mehr Vertrauen. Der Generalmajor hat eine Bespre-chung anberaumt um vierzehnhundert. Du sollst eben-falls dazukommen. Das ist in zwei Stunden und lässt uns genug Zeit, hier alles anzuschauen.«

Jü starrte ihn verständnislos an. »Wer sagt denn, dass ich das überhaupt will?«

»Niemand.« Blekks Miene hatte sich noch immer kein bisschen verändert. Steif, ernst und angespannt ruhte sein Blick auf ihr. »Du hast im Moment leider keine Wahl.«

Er war vermutlich sauer, weil Jü ihm nicht naiv-treu auf den Schoß sprang. Sie sah es ihm an. Leider besänf-tigte seine Antwort sie kein bisschen.

Mit zerknirschter Miene und wachsender Unzufrie-denheit blickte sie ihn an. »Am besten, ich ruhe mich noch ein bisschen aus. Dr. Rott hat recht. Ich brauche Erholung. Hol mich in einer Stunde ab, insofern das für einen Rundgang reicht.« Mit diesen Worten drehte sie sich auf die Seite und schloss die Augen.

Jü brauchte keinen Schlaf, aber sie wollte allein sein. Mit Erleichterung vernahm sie, wie die beiden Männer den Raum verließen.

Dr. Gesons Flüstern drang an ihr Ohr. »Meinst du nicht, du setzt sie zu sehr unter Druck?«

Blekks Antwort war für sie schon nicht mehr zu hören, aber wenigstens hinterließ die erhaltene Rückendeckung ein wenig Wärme in ihrer Brust.

***

»Und das hier«, erklärte Blekk zum Auftakt ihrer Besichtigungstour, »ist unsere Krankenstation.«

Jü rollte mit den Augen. Es war wie ein alberner Versuch, ihren Disput unter den Teppich zu kehren. Aber so leicht wollte sie es ihrem Bruder nicht machen. »Zeig mir lieber die Ecken, die ich noch nicht kenne.«

»Dann komm mal mit.«

Jü begleitete ihn in ihrem neuen Outfit. Der schwarze Anzug aus intelligentem Gewebe saß wie eine zweite Haut. Ihre roten Haare gaben dem Stoff den Anschein einer Fackel, die bereit war, alles niederzubrennen, das ihrem Ziel im Weg stand. *Kleider machen Leute.* Der Gedanke trieb ihr ein Schmunzeln ins Gesicht. Sie hatte sich weitestgehend beruhigt und beschlossen, diesem Ort zumindest eine Chance zu geben. Das war zwar blanker Selbstschutz, aber sie konnte ja die Augen offenhalten nach Dingen, die ihr missfielen.

Blekk führte sie durch ein Labyrinth von Gängen, die sich an der Decke röhrenförmig schlossen. Überall führten Kabel und Versorgungseinheiten an den Wänden entlang. Es sah beinahe stümperhaft aus, verglich man es mit der Bauweise der Shaterra oder der auf Turva. Offenbar war es eine Widerstandsbewegung, die mit dem arbeitete, das ihr zur Verfügung stand.

Eine Mannschaft aus fünf Soldaten kam ihnen entgegen. Sie hielten vor Blekk und salutierten mit einem »Oberst«, bevor sie ihren Weg fortsetzten. Blekk hob zum Gegengruß zwei Finger an den Kopf.

»Oberst?«, fragte Jü.

»Sagen wir mal, ich bin nicht ganz unbedeutend hier.« Er zuckte mit den Achseln und lief weiter.

Auf Turva war der Oberst einer der ranghöchsten Offiziere gewesen. Sie war sich sicher, dass Blekk seinen Rang deutlich herunter spielte. »So warst du früher schon. Ein bedeutendes Tier, um keine Meinung verlegen, aber nicht scharf auf die Titel, die man dir verleiht.«

»Diese Förmlichkeit nimmt dem Ganzen ja auch völlig den Spaß. Komm, ich zeige dir den Laborflügel.«

Neugierig folgte sie ihm in einen Fahrstuhl, der Etage -2 auswies. Das Schaltpanel ging bis -10. Wie groß war dieser Komplex?

Fünf Etagen tiefer öffnete sich die Tür surrend. Vor Jü erstreckte sich ein weiteres Gängelabyrinth. Zwei Abzweigungen später betrat sie hinter Blekk ein geräumiges Büro. Eine Frau stand vor einem Gerät, dass Jü nicht identifizieren konnte. Am ehesten ließ es sich noch mit einer überdimensionierten Batterie vergleichen.

»Hey«, grüßte Blekk.

Die Frau blickte auf. Ein bezaubernd sympathisches Lächeln erschien auf dem Gesicht, das von kurzen blonden Haaren umrahmt war. »Oberst, schön Sie zu sehen. Wie geht es Ihnen?«

»Ganz gut. Nur die letzte Reise war etwas holprig.«

»Die Komprimierungskräfte im materiellen Sog eines instabilen Wurmlochs sind auch ...«

Blekk wedelte mit den Händen. »Bitte nicht! Sie wissen, wie sehr mich das langweilt.«

»Verzeihung, Oberst.« Die Grübchen um ihren Mund vergrößerten sich.

Blekk steckte die Hände in die Hosentaschen. »Jü, darf ich vorstellen? Das ist meine geschätzte Kollegin Majorin Cæm McArt. Wenn du jemals eine technische Frage hast, wende dich an sie.« Er senkte die Stimme. »Aber erwarte nicht, dass du die Antwort verstehst.«

»Oberst«, erwiderte die Majorin, »nur, weil *Sie* es nicht verstehen wollen, heißt das nicht, dass ...«

»Majorin!«, unterbrach Blekk.

»... es bei allen anderen genauso ist.«

Er verdrehte die Augen. »Danke Majorin. Danke.«

Jü konnte sich nicht länger zurückhalten. Belustigt klopfte sie ihrem Bruder auf die Schulter und schüttelte anschließend Majorin McArt die Hand. »Schön, Sie kennenzulernen. Lassen Sie sich von meinem Bruder bloß nicht unterbuttern.«

Die Majorin erwiderte die Geste und lachte. »Keine Angst. So schnell schafft er das nicht. Nennen Sie mich gern Cæm.«

Jü mochte die Soldatin bereits jetzt. Sie wirkte grundsympathisch, offen und ehrlich. Ob Blekk sie absichtlich zuerst hier her geführt hatte? Ihr Bruder kannte sie selbst zu gut.

»Prima«, schwang sich Blekk dazwischen, als könnte er ihre Gedanken lesen. »Majorin McArt, wenn Sie schon so gute Freunde sind, wäre es möglich, dass Sie meine Schwester durch die Basis führen?«

»Klar. Gern.« Die Majorin winkte Jü zu sich. »Kommen Sie, ich zeige Ihnen alles.«

Blekk hob die Hand und wandte sich dem Ausgang zu. »Seien Sie einfach um vierzehnhundert im Besprechungsraum.«

»Sag mal, drückst du dich gerade vor der Arbeit?«, rief Jü ihm nach. »*Du* solltest mir doch alles zeigen.«

Anstatt etwas zu erwidern, hob Blekk erneut die Hand und schon war er im Gang verschwunden.

In Cæms Augen saß der Schalk. »Er war schon früher so, nicht wahr?«

Jü starrte noch immer in den mittlerweile leeren Gang. »Ja, wie lange kennen Sie ihn schon?«

»Seit er hier im Dienst ist. Wir haben ziemlich zeitgleich angefangen.«

Typisch Blekk. Er hatte sich wirklich kein bisschen verändert. Jü wandte sich an Cæm. »Er ist viel schlauer und abgebrühter, als er zugibt.«

Cæm lächelte. »Da gebe ich Ihnen recht. Was wollen Sie zuerst sehen?«

Jü ließ den Blick durch den Raum schweifen. Hier reihten sich technische Eigenkreationen aneinander. Bildschirme reihten sich die Wände entlang und Jü war sich sicher, dass sie nur einen Bruchteil verstehen würde. »Was gäbe es denn zu sehen?«

»Na ja, ich kann Sie mit wissenschaftlichen Details zu meinen Studien über Teilchenphysik langweilen oder wir spazieren einfach durch die Abteilungen.«

»Wenn Sie es so verkaufen, nehme ich Option zwei.«

***

Eine Stunde später rauchte Jü der Kopf. Die Einsatzbasis hier auf dem Planeten Kilp zog sich in ihrer räumlichen Anordnung wie eine Spiraltreppe in die Tiefen des Planeten. Die Hälfte der physikalischen Grundlagen, auf deren Basis man hier forschte und arbeitete, hatte sie zu Schulzeiten schon nicht begreifen können. Aber sie gewann den Eindruck einer gut organisierten Einheit. Es gab ein paar wenige Verbündete auf anderen Planeten, verdeckt agierende Spitzel in den Reihen der Shaterra – wobei es für die meisten besser lief als für Dr. Ranjel Geson.

»Wie lange hat es gedauert, das alles zu bauen?« Jüs Orientierung wuchs gemeinsam mit ihrer Neugier. Die Ebenen waren im Grunde ähnlich aufgebaut. Fand man sich in einer zurecht, kam man mit den anderen auch halbwegs klar.

Cæms Gesichtszüge durchzogen sich mit Stolz. Ihre Augen glänzten. »Nicht einmal ein halbes Jahr. Dann war alles fertig.«

»Alles? So tief unten?«

Sie zwinkerte. »Ein paar der Dinge, die die Shaterra können, beherrschen wir mittlerweile auch.«

Die meisten Abteilungen hatte Jü kennengelernt. Den Krankenflügel auf Etage zwei, die Überwachungssektoren in der obersten und mittleren Etage, die Übergangs- und Notfall-Schlafstätten auf Ebene drei. Vier Etagen voller Büros, die sich ausschließlich mit Wissenschaft beschäftigten: physikalische Experimente, Nachbauten von Waffen, Alltagsgegenstände, Expeditionszubehör, Tarntechnik und etliches mehr, dazu die Besprechungs- und Aufenthaltszimmer der Einsatzteams. Es glich einem Vertrauensangebot, dass Cæm ihr jede noch so versteckte Ecke zeigte.

»Wo ist das Büro von Dr. Geson?«, fragte Jü.

Cæm winkte sie mit sich. »Da gehen wir als Nächstes hin.«

Sie hatten die Etage betreten, die laut Cæm alles zur ›Völkerverständigung‹ beinhaltete. Jü sah Räumlichkeiten für Gäste und Besprechungen, eine Tür mit der Aufschrift ›Archiv‹ und schließlich Ranjels Büro.

Cæm machte sich mit einem Klopfen gegen den Türrahmen bemerkbar. »Haben Sie kurz Zeit für uns?«

Jü spähte an Cæms Schulter vorbei und verliebte sich sofort in das, was sie sah. Dieses Büro war ein Antiquitätenlager.

Ranjel stand wie gewöhnlich die Augen in ein Heft versunken neben einem Tisch voll antiker Utensilien. Als er sich losriss, weiteten sich seine Augen und eine Spur Hektik schlich sich in seine Bewegungen, während er abwechselnd seine Notizen und die Besucher betrachtete. »Oh, hey. Ich war gerade dabei ... Ach egal, kommen Sie rein. Wie spät ist es?«

Ein Kichern saß Jü im Hals. Sie schluckte es weg, während Cæm die Frage beantwortete. »Kurz vor vierzehnhundert.«

»Schon?« Hastig schlug er sein Notizbuch zu und legte es auf einen Stapel Notizen. Dabei kullerte sein Stift unter den Tisch. »Sehen Sie sich einfach um, ich räume so lange zusammen.«

Cæm bedachte Jü mit einem vielsagenden Blick. Ihr stand das Lächeln ebenso auf den Wangen. Langsam fragte sich Jü, wie sie Dr. Ranjel Geson jemals als gefährlich hatte einstufen können. Nichts, aber auch wirklich gar nichts an seinem Auftreten sprach dafür. Im Gegenteil. Er wirkte genauso antik wie seine Arbeit.

Jü nahm sich die Zeit an den Tischen vorbeizuschlendern. Ranjels Büro war ähnlich groß wie Cæms und damit deutlich größer als viele andere. Vitrinen säumten die Wand und was Jü dort sah, erinnerte eher an ein staatliches Museum aus den Erzählungen alter Menschen als an eine Militärbasis im Jahr 2247.

»Was ist das alles?«

Ranjel sah von dem Stapel Papier auf, den er gerade zusammenschob. »Das meiste sind Artefakte, die wir auf unseren Missionen in der Galaxie gefunden haben. Oft stammen sie von den kulturellen Überresten anderer Planeten.« Er stockte kurz. »Planeten, auf denen die Shaterra bereits so gewütet haben, dass niemand mehr dort lebt.«

Ein Schauer zog sich Jüs Rücken hinab. Diese Spezies ließ sich mit den Heuschreckenkolonien vergleichen, die zu anderen Zeiten die Erde wellenweise heimgesucht hatten. Wo sie wüteten, war hinterher alles kahl.

Nur hinterließen die Shaterra alles derartig leergefressen, dass keine Genesung mehr möglich war.

»Und das hier?« Jü hielt an einer Vitrine, deren Inhalt stark an frühe Hochkulturen erinnerte. Versteinerte Medaillons, Figuren und eine Fülle an Ablichtungen von Wand- und Sockel-Inschriften.

»Fundstücke von der Erde.«

»Wow.«

Ranjel trat zu ihr. »Ja. Wir glauben mittlerweile, dass die erdgeschichtliche Entwicklung mehr Einfluss von außen hatte, als die führenden Archäologen uns lehren.«

»Das klingt tatsächlich ziemlich spannend.«

»Ach wirklich?« Ranjel zog die Stirn zusammen und ein fragender Ausdruck trat in sein Gesicht. »Als wir uns das letzte Mal genau darüber unterhalten haben, da ...«

»... dachte ich noch«, fiel Jü ihm ins Wort, »dass Sie so ein langweiliger Theoretiker sind, der den lieben langen Tag im Sand buddelt und dazu noch freiwillig für die Shaterra arbeitet.« Sie presste die Lippen aufeinander und warf ihm einen entschuldigenden Blick zu.

»Äh, ja ... danke. Da bin ich ja froh, dass wir diese Ansicht korrigieren konnten.« Grübchen bildeten sich um seine Mundwinkel.

Cæm räusperte sich aus dem Hintergrund. »Wir müssen los.«

Jü erschrak innerlich. Für einen Moment hatte sie vergessen, dass die Teilchenphysikerin auch noch da war.

Die Majorin stand die Hände lässig auf einen Tisch gelehnt und betrachtete die beiden mit einem schelmischen Schmunzeln. Ranjel flog die Schamesröte ins Gesicht. Hastig kramte er seine Sachen zusammen und klemmte sie sich vor die Brust.

Jü war peinlich berührt. Sie folgte den beiden stumm, die Hände in den Taschen ihres Overalls vergraben.

Der Fahrstuhl brachte das Trio in Etage -9, tief unter die Planetenoberfläche.

»Was ist eigentlich auf Ebene Zehn, ganz unten?«, fragte Jü.

Cæm wechselte einen Blick mit Ranjel, bevor sie antwortete. »Der Sprungraum. Hermetisch abgeriegelt, sodass möglichst wenig Strahlungsspitzen nach außen dringen, wenn wir ihn benutzen. Wir sind so weit runtergegangen, wie es die Stabilität der Planetenhülle zulässt.«

Ein ›Pling‹ kündigte die Ankunft am Ziel an.

»Der Sprungraum ist der Ort, an dem wir gestern angekommen sind, richtig?«

»Vorgestern«, entgegnete Ranjel.

»Wie bitte?«

»Sie waren über einen Tag bewusstlos. Hat man Ihnen das nicht ...«

»Nein«, entrüstete sich Jü. »Hat man nicht.« Nicht einmal Blekk. Sofort war all das Misstrauen zurück, dass sie während der Führung so erfolgreich abgelegt hatte.

»Das war bestimmt keine Absicht.« Cæm trat aus der Fahrstuhlkammer. »Ihre Werte sahen meines Wissens durchweg gesund aus. Es war mehr wie ein langer Erschöpfungsschlaf.«

Jü folgte ihr. Sie war sauer. Wenn sie geglaubt hatte, sie könnte Blekk blind vertrauen, wurde sie eines Besseren belehrt. Wer wusste schon, was sie hier noch erwartete. Ein wenig mehr Reserviertheit schadete jedenfalls nicht.

***

Im Konferenzraum saßen bereits Blekk und ein anderer Mann fortgeschrittenen Alters, dessen Abzeichen auf der Schulter auf einen führenden Rang hinwiesen. Bei ihrem Eintreten erhob er sich, kam auf Jü zu und schüttelte ihr zur Begrüßung die Hand.

»Frau van Oak, es ist mir eine Ehre, Sie in unserer bescheidenen Basis begrüßen zu dürfen. Mein Name ist Schæmmon. Ich bin Generalmajor und Leiter dieser Einrichtung.«

»Freut mich«, erwiderte Jü. »Mich kennen Sie ja offensichtlich bereits.«

»Ihr Ruf eilt Ihnen voraus.« Er wies auf einen Stuhl. »Setzen Sie sich. Wir wollen beginnen.«

Der ovale Tisch lief mit der Stirnseite auf eine digitale Wand zu. Dort prangte das Foto des Artefakts, das Jü bei den Shaterra aktiviert hatte. Darum ging es also.

»Ich danke Ihnen, dass Sie hier sind. Über die vorgestrigen Ereignisse sind Sie allesamt unterrichtet worden. Ich möchte mit Ihnen besprechen, wie es weitergeht. Dr. Geson hat auf meinen Auftrag hin bereits einige Dinge recherchiert, die er uns gleich vorstellen wird. In den Akten vor Ihnen auf dem Tisch finden Sie alle notwendigen Informationen.«

Jü öffnete den Deckel der Elektronikakte und sah eine Handvoll Nahaufnahmen des Artefakts. Dahinter reihten sich elektronische Dokumente, für die ihr schon jetzt die Lust zum Lesen fehlte.

»Dr. Geson«, sagte der Generalmajor, »wenn Sie bitte beginnen würden.«

»Äh ... natürlich.« Ranjel stellte sich vor die Projektionstafel und schob seine Brille zurecht. »In den Besitz dieses Objektes sind wir während eines Hinterhalts durch die Shaterra gestoßen. Es generierte nach Berührung durch Jü van Oak eine Art Schutzschild und sendete eine Störfrequenz aus, welche die Funktionssysteme der Shaterra zumindest vorübergehend außer Kraft setzte.«

Cæm übernahm das Wort. »Leider ist es mir bisher nicht gelungen, herauszufinden wie. Das Gerät verweigert mir den Dienst.«

»Ich war so frei«, knüpfte Ranjel an, »die Herkunft zu recherchieren.« Er holte ein neues Bild auf den Schirm. Es zeigte eine Karte der Erdoberfläche, von der einige Stellen mit halbtransparenten roten Flecken überzogen waren. »Ich bin mir sicher, dass es sich bei den Schriftzeichen auf der Hülle des Gerätes um die Sprache der Alkupæ handelt.«

»Der Alkupæ?« Der Generalmajor wirkte verblüfft. Er faltete die Hände ineinander und setzte eine ernste Miene auf.

Jü lehnte sprachlos in ihrem Stuhl und verfolgte die Erzählungen. Dass es Aliens gab, unterlag seit einigen Jahrzehnten dank der Shaterra keinem Zweifel mehr.

Auf Turva hatte sie auch andere Spezies kennengelernt. Doch von den Alkupæ hatte sie während der Entführung zum ersten Mal gehört.

Ranjel klickte durch ein paar weitere Bilder, die Ausgrabungsstätten vor den ägyptischen Pyramiden und digitale Ablichtungen alter Tempelanlagen zeigten – im intakten Zustand, lange bevor die Shaterra ihnen zugesetzt hatten. »Wir vermuten schon seit einigen Jahrzehnten, dass diese Spezies auf der Erde lebte, lange bevor sich die ersten Hochkulturen entwickelten. Es ist anzunehmen, dass sie möglicherweise für deren Entwicklung überhaupt erst verantwortlich waren. Offenbar sehen die Shaterra das ähnlich, denn der Teil des Forschungsprojektes in Lipz, den ich einsehen konnte, beschäftigte sich ebenfalls mit dieser Theorie. Nicht umsonst legen sie alle kulturellen Hochburgen der frühen und späten Antike in Schutt und Asche. Sie suchen nach etwas.« Ranjel wandte sich zum Tisch, nahm einen Schluck Wasser und rief das Artefakt zurück auf den Schirm.

»Genaugenommen suchen die Shaterra nach einer Art Schlüssel, der für sie relevante Informationen enthält. Sie nennen ihn den Avain. Wir vermuten, sie meinen damit dieses Gerät.«

Jüs Kiefer verkrampften sich. Bilder von der Entführung und der stechende Schmerz in ihrer Hand kehrten zurück. Sie griff nach ihrem Wasserglas und versuchte, das Gefühl wegzutrinken. Ihre Kehle war seltsam trocken und ihre Fingerspitzen kalt.

Ranjel atmete hörbar ein. »Leider haben wir ein Problem.« Sein Blick ging zu Jü. »Wir haben das Objekt jedem Einzelnen hier im Stützpunkt in die Hand gegeben. Ohne Erfolg. Nicht eine Person konnte ihm eine Reaktion entlocken, bis auf ...«

Alle Blicke lagen auf Jü.

Der Kloß in ihrer Kehle wurde dicker. »Ich? Ich bin die Einzige, auf die das Teil reagiert? Wieso?«

»Eine gute Frage«, warf Blekk ein. »Die Antwort interessiert mich auch brennend.«

Cæm gestikulierte mit ihren Händen ihre Ahnungslosigkeit. »Es könnte alle möglichen Gründe haben. Die Shaterra-Forschungseinheit in Lipz hat damals Experimente an Kindern und Erwachsenen durchgeführt.«

»Das kann es nicht sein«, warf Jü ein. Sie hatte keine Idee, woher sie die Sicherheit nahm, aber das war nicht die richtige Antwort. »Die Ziele der Forschung waren andere. Es ging dabei vornehmlich um unsere Belastbarkeit. Mein Zusammentreffen mit dem Artefakt war bloßer Zufall – ich habe auch danach nie wieder an irgendwelchen Studien teilnehmen müssen.« Dafür war Strafe um Strafe über sie ergangen, weil das Artefakt unter ihrer Berührung nicht hatte anspringen wollen – oder besser sollen. Doch das musste sie hier nicht ausbreiten. Die Narben auf ihrer Seele waren auch nach all den Jahren nicht gänzlich verblasst.

»Okay«, nahm Cæm wieder das Wort auf, »das grenzt unsere Theorien etwas ein. Wir wissen aber noch zu wenig, um genauere Ideen zu entwickeln.«

»Wie alt ist das Artefakt eigentlich?«, fragte Jü.

»Der Avain ...«, setzte Ranjel fort, »... zumindest könnten wir uns vorerst auf diesen Namen einigen – ist nach unserer Schätzung mindestens viertausend Jahre alt.«

»Viertausend?« Jü rieb sich mit den Händen über das Gesicht. Das war nahezu unglaublich. Sie kannte keine außerirdische Technologie, die auch nur nach vierhundert Jahren noch einsatzfähig war.

»Wir hoffen, dass das Gerät uns selbst mehr darüber erzählen kann. Doch dafür müssen wir es aktivieren.«

»Nein!«, platzte es aus Jü heraus. »Ich fasse das Ding nicht noch einmal an. Es hat mir beinahe den Arm weggebrannt. Wenn Sie mich fragen, hat der Avain ein fettes Kurzschlussproblem.«

»Ein berechtigter Einwand«, konstatierte Generalmajor Schæmmon.

Cæm räusperte sich. »Da gebe ich Ihnen recht. Wir haben den Avain eingehend untersucht. Er zeigt zwar keinen akuten Shaterra-Einfluss mehr, aber wir sind uns sicher, dass sie versucht haben, den Schlüssel mit technischen Mitteln zu knacken. Offenbar ohne Erfolg.«

»Sehen Sie«, meinte Jü, froh über die Unterstützung. »Unter diesen Bedingungen lassen wir das lieber.«

Ranjel holte die Aufmerksamkeit mit einem Räuspern auf sich zurück. »Das sollten wir uns noch einmal überlegen.«

Danke, du Idiot! Jü biss sich auf die Lippe, damit sie ihre Gedanken nicht versehentlich laut aussprach. War das wirklich sein Ernst? Wollte er sie absichtlich noch einmal durch diese Tortur schicken? Sollte er es doch allein probieren!

Ranjel schien in einem Tunnel aus Konzentration und Wissbegier versunken zu sein. Er musterte den Boden vor seinen Füßen, dann wieder die Runde. »Ich

konnte die Inschrift auf der Außenseite bereits übersetzen. Sie besagt: ›Die Macht liegt im Schlüssel. Er kennt
den Weg‹.«

»Das rechtfertigt aber noch nicht das Risiko, Jü einer
solchen Gefahr auszusetzen«, knurrte Blekk.

Jü sah ihn dankbar an. »Ich stimme absolut zu.«

Ranjel schob seine Brille zurecht. »Das müssen wir
auch gar nicht.«

»Nicht?« Schæmmon zog die Brauen hoch.

»Nein. Wir haben nämlich einen zweiten Avain.«

Im Konferenzraum kehrte Stille ein.

»Wir wussten nicht, dass wir etwas so Bedeutendes
auch selbst besitzen.« In der Ruhe klang Ranjels
Stimme besonders bedeutungsschwanger. »Bereits im
Jahr 2133 wurde in einer Ausgrabungsstätte in Finnland ein Gegenstand geborgen, der in die Geheimar-
chive der *Neuen Russ-Asischen Staatenordnung* überging. Ein Forschungsteam entdeckte es bei der Tiefen-
bohrung von Gesteinsproben in Sammallahdenmaki.
Es ist insofern eine Besonderheit, als dass es als erster
Beleg in dieser Region für den Gebrauch einer frühen
Schriftsprache gilt, dazu so sorgfältig und präzise ge-
formt.«

»Was bedeutet das?«, fragte Schæmmon dazwischen.

Dr. Geson rief die digitale Rekonstruktion eines Dorf-
gebietes auf. »Sammallahdenmaki ist eine Siedlung aus
der frühen Bronzezeit. Dort gab es, bevor die Shaterra
im Boden zu wühlen begannen, eindrucksvolle Grabhügel – zumindest im Verhältnis zu dem sonst sehr einfach strukturierten damaligen Leben. Man geht davon
aus, dass die Menschen eine frühe samische Sprache
zur Verständigung nutzten. Jedoch fanden wir bis zu

diesem Zeitpunkt keinerlei Hinweis darauf, dass Sprache auch niedergeschrieben wurde.«

Cæm runzelte die Stirn. »Schriftsprache existiert doch seit gut sechstausend Jahren, oder?«

Ranjel nickte. »In anderen Gebieten der Welt schon. Selbst in Schweden und Dänemark fand man Steingravuren oder Höhlenmalereien. Aber nicht im Südwesten von Finnland. Bis zu dieser Entdeckung jedenfalls. Leider fand man nie heraus, was genau es mit dem Objekt auf sich hat. Im Zuge der Gründung des EFM durch die Vereinte Föderation der Menschheit im Jahr 2160 ging das gesamte Archiv auf mitteleuropäischen Boden über, weil man hoffte, es sei dort sicherer. Sie alle wissen, wie schwerwiegend die Konflikte in den Russ-Asischen Gebieten anfangs gewesen sind. Meine Neugier weckte es aufgrund der darauf enthaltenen Schriftzeichen. Allerdings schien es bislang nicht mehr als ein toter Stein und lag daher jahrelang im Archiv. Es sieht ein wenig anders aus als das Gerät, das die Shaterra gefunden haben, deswegen ist es mir auch nicht sofort aufgefallen. Aber es trägt auf der Oberfläche die gleiche Inschrift in genau der gleichen Anordnung.«

Die Projektionstafel wechselte zu einem weiteren Objekt.

Jü konnte ihren Augen kaum trauen. Die Symbole waren tatsächlich die gleichen, darüber konnte auch die knopfrunde Form nicht hinwegtäuschen. Nacht für Nacht hatte sie diese Symbole gesehen. Es bestand kein Zweifel.

»Wie kann das sein?«, fragte sie.

»Um ehrlich zu sein, wissen wir das nicht. Es könnte eine Art Ersatzschlüssel sein oder einfach ein zweites

Exemplar. Bücher in dieser Welt, die Wissen enthalten, gibt es auch selten als Einzelauflage. Wir sprechen bei den Alkupæ von einer extrem hoch entwickelten Spezies. Die Wahrscheinlichkeit, dass sie mehr als einen Avain hergestellt haben, ist denkbar hoch.«

»Wo ist unser eigenes Exemplar jetzt?«, fragte der Generalmajor.

»Hier.« Ranjel nahm eine schwarze, versiegelte Kiste von einer Seitenkommode. Sie maß kaum mehr als zwei Finger an Länge und Breite.

Ein flaues Gefühl breitete sich in Jüs Magen aus, als er den Deckel öffnete und das Artefakt entnahm. Er reichte es in die Runde. Selbst der Generalmajor nahm es auf die Hand, drehte es hin und her, musterte es von allen Seiten und reichte es schließlich weiter. Seine besonnene und fokussierte Haltung beruhigte Jüs Nerven. Dennoch waren ihre Hände ausgekühlt.

»Woher wissen wir, dass das Ding nicht auch einen Wackelkontakt hat?«, warf Blekk ein. »Immerhin ist es viertausend Jahre alt. Mein Instant-Eiweiß zu Hause hält keine drei Jahre.«

»Wir wissen es nicht«, antwortete Cæm.

Blekks Finger trommelten auf die Tischoberfläche. »Wirklich vertrauenserweckend klingt das nicht.«

Jü sah das genauso. Ihr war hundeelend bei dem Gedanken daran, den Avain noch einmal zu aktivieren. Allerdings war ihr auch klar, was auf dem Spiel stand, und sie war immer noch unsicher, was sie vom EFM halten sollte. Einzig das urexistente Vertrauen in ihren großen Bruder hielt sie auf ihrem Stuhl. Sie dachte an Zilli und das Café, an Kyra und Lænn, an Sophy. Und sie wusste nur zu gut, dass es kein Übel gab, das größer war als die Shaterra. Egal, wonach das EFM strebte, sie war mit deren Hilfe vielleicht in der Lage, den Shaterra etwas entgegenzusetzen. Das allein war Grund genug, dabei zu bleiben. Alles andere konnte sie später entscheiden.

Sie suchte den Blickkontakt mit Schæmmon. »Ich werde es versuchen.«

Blekk betrachtete sie von der Seite. »Das musst du nicht.«

»Ich weiß.« Ihre Stimme zitterte. Im Grunde war sie sich überhaupt nicht sicher. Sie schluckte. »Irgendetwas müssen wir ja tun. Und Schlüssel haben meines Wissens noch nie jemanden umgebracht.«

»Schlüssel nicht, Bücher schon. Zumindest die großen, dicken, schweren ...«

Jü quälte sich ein Lächeln heraus. Ihre Hand streckte sich Blekk entgegen, der den Avain fest in seiner Faust hielt. Ihre Finger berührten Blekks Hand und öffneten sie. Die Wärme seiner Haut kroch in ihre klammen Finger. Sie genoss die Nähe für einen Augenblick, bevor sie nach dem Artefakt griff.

Es wies dieselbe flache Unterseite auf wie das der Shaterra, wölbte sich nach außen aber kugelförmig. Die Zeichen auf der Oberseite wirkten vertraut wie nie.

Die glatte Seite sank bei der ersten Berührung mit ihrer Handfläche auf ihre Haut, als wollte sie mit ihr verschmelzen. Aber nicht auf unangenehme Weise. Es fühlte sich an, als müsste es so sein.

Das beruhigte sie zumindest ein wenig. Von diesem Gegenstand ging offenbar keine akute Gefahr aus, also vertraute sie voll und ganz auf ihre Instinkte. In Kindertagen schienen ihre Vorstellungskraft und inneren

Wünsche ein guter Kommunikationsweg gewesen zu sein, also wünschte sie sich mehr vom Avain zu erfahren.

Das Artefakt vibrierte. So leicht, dass vermutlich nur sie es spürte. Ein Leuchten zog sich über dessen Oberfläche und ließ die Schriftzeichen lebendig wirken. Um Jü herum weiteten sich die Augen der anderen. Sie nahm es im Augenwinkel wahr, schob es aber wieder zur Seite.

Der Avain war wichtiger. Sie hatte eine Art Verbindung aufgebaut. Ihr Wunsch, diese zu verstärken, endete im Zerfließen der Alientechnologie auf ihrer Hand. Erneut wob er sich bis auf ihren Handrücken und saugte sich dort fest. Diesmal schmerzte das Eindringen unter ihre Haut jedoch nicht, es war mehr ein Verschmelzen auf einer unerklärbaren Ebene. Es tat ihr nichts und würde sie unversehrt wieder gehen lassen. Sie empfand den Vorgang wie ein geteiltes Gefühl von Sicherheit, Schutz und Sorglosigkeit, dass sich in ihr ausbreitete und den eben noch rasenden Puls beruhigte.

Jü hatte so etwas noch nie erlebt. Langsam öffnete sie die Handfläche ein Stück weiter und suchte mit ihrem Geist nach Informationen.

Schon entsprang dem Avain ein Projektionsstrahl. Er bildete oberhalb ihrer Handfläche eine bogenförmige Scheibe, auf der gestochen scharfe Schriftzeichen erschienen.

»Das ist absolut unglaublich.« Ranjel sank in den Stuhl ihr gegenüber und kniff die Augen konzentriert zusammen. »Das ist eindeutig alkupæischen Ursprungs.«

»Und das ist lange nicht alles«, entgegnete Jü. Der Avain schien ihr mehr sagen zu wollen, nun, da sie ihn aktiviert hatte. Sie ließ es geschehen und schon schob sich ein Schriftzeichenauszug nach dem nächsten in die Projektionsfläche.

»Das sind etliche Seiten Text«, flüsterte Ranjel. »Wie machen Sie das?«

»Keine Ahnung«, antwortete Jü. »Aber ich habe den Dreh raus, denke ich. Zumindest ein bisschen.«

Der Generalmajor wandte sich an Ranjel. »Wie lange benötigen Sie, um das zu übersetzen?«

»Puh, mindestens eine Woche. Ob das reicht, weiß ich erst, wenn ich angefangen habe. Da sind mit Sicherheit etliche Wörter dabei, die ich noch nie gesehen habe.«

»Majorin McArt«, setzte Schæmmon fort, »können Sie die Energiestruktur analysieren?«

»Nichts lieber als das. Vorausgesetzt ...«, sie drehte ihren Kopf zu Jü, »... Sie sind bereit, uns zu unterstützen.«

Auch der Blick des Generalmajors ruhte auf ihr. Genau wie Cæm schien er auf eine Antwort zu warten.

Jü fuhr sich durch die Haare und kaute nachdenklich auf ihrer Unterlippe herum. Es war das erste Mal in diesem ganzen Dilemma, dass man sie direkt fragte und vor eine Wahl stellte. Es lag in ihrer Hand, über den Fortgang zu bestimmen. Sie wog alles Für und Wider ab, ihre Vorbehalte und die Chancen, die sich eröffnen könnten.

»Sie können auf mich zählen«, sagte sie schließlich mit pochendem Herzen.

»Sie bekommen Ihren Einsatz hier selbstverständlich großzügig vergütet«, ergänzte Schæmmon. »Wir statten Sie aus und ich stelle einen Antrag bei der zuständigen Stelle, Sie ins Team aufzunehmen.«

»Vorübergehend«, schob Jü sofort dazwischen. Ihre Entscheidung war gefallen. »Ich bin bereit, vorübergehend mitzuarbeiten. Als Zivilistin. Ich bin nicht beim Militär. Das war ich nie und werde ich auch nie sein. Ich habe keine Ahnung, wo uns das hier hinführt, aber sollte irgendwann ein ruhiges Ende in Sicht sein oder ich einen Punkt in keiner Weise vertretbar finden, möchte ich nicht abhängig sein.«

Bereits auf Turva hatte sie sich gegen eine Anstellung beim Militär unter General Mox aufgelehnt. Es gab Strukturen, denen sie einfach nicht beitreten wollte.

Schæmmon nickte. »Die Bedingungen sind akzeptabel.« Er wandte sich an Ranjel. »Dr. Geson, Sie sind nicht mehr der einzige Zivilist in unseren Reihen. Ich möchte, dass Sie gemeinsam mit Frau van Oak gleich morgen mit der Übersetzung beginnen. Vielleicht lassen sich die Aufzeichnungen ablichten, dann geht es leichter. Alle zwei Tage möchte ich eine Zusammenfassung Ihrer Ergebnisse, in dringlichen Fällen auch eher. Majorin McArt, Sie stimmen sich mit Dr. Geson und Frau van Oak ab. Arbeiten Sie mit ihr gemeinsam daran, hinter die Funktionsweise zu steigen. Wenn diese Technologie die Shaterra in die Knie zwingt, will ich wissen, wie sie funktioniert. Die Sitzung ist beendet.«

Datentransfer QH21MM

Der Datenfluss der autonomen Untereinheit fand den verschlüsselten Weg bis in den Secret-Room der führenden Einheit.

--- Commander. ---

--- Erstatten Sie Bericht, Einheit ID221QP79 ---

--- Auffälligkeiten in diversen Zonen des Quadranten. Konkrete Zielableitung nicht möglich. ---

--- Beobachtungsposition vorerst halten bei kleinstmöglicher Ressourcennutzung. Scans weiterhin durchführen. Auffälligkeiten umgehend melden. ---

--- Verstanden. ---

Der Schild durfte nicht aktiviert werden. Eine Zielerreichung des Gegners hätte fatale Folgen für das System. Auch wenn das zu viele Ressourcen schluckte. Die Kosten-Nutzen-Bilanz stand bereits 10 % vor der maximalen Ausreizung. Eine Verschiebung der Gewichtungsfaktoren war zwingend notwendig, um die Suche fortzusetzen.

Die führende Einheit versank in einigen Berechnungen, dann leitete sie weitere Befehle ins System.

--- Ressourcenabzug von Versorgungseinheiten für menschliche Wohnbezirke. Atmosphärenschirme aller Metropolen der Erde um 5 % Radius verringern. ---

Das würde die Kosten-Nutzen-Bilanz auf 30 % vor der maximalen Ausreizung steigern, gleichzeitig kaum Aufsehen erregen.

Kapitel 8

Jü warf frustriert die Arme in die Höhe. »Seit Tagen hängen wir Stunde um Stunde an diesem Ding und nichts Nennenswertes passiert.« Sie ließ sich in einen Stuhl fallen und fuhr sich durch die Haare.

»Sie geben zu schnell auf«, sagte Majorin McArt und setzte sich zu ihr. »Wenn Sie mich fragen: Ich finde, wir haben schon enorme Fortschritte gemacht.«

»Welche denn? Außer, dass ich jetzt sicher bin, dass ich das Ding nur intuitiv bedienen kann und im Grunde keine Ahnung habe, was ich tue.«

»Sie sind zu streng mit sich. Dieses Artefakt ist kein relikter Gegenstand, sondern eine hochgradig entwickelte Alien-Technologie. Dass wir uns dabei wie Schulkinder vorkommen, ist normal.«

»Ihnen geht es öfter so, oder?«

»Ja«, erwiderte die Majorin mit einem Seufzen. »Aber genau das macht es auch so spannend.« Ein Glanz trat in ihre Augen. »Ich arbeite noch an der Modulation meiner Geräte. Wenn ich herausfinde, wie ich die Frequenzen, die das Artefakt ausstrahlt, besser messen kann, wäre das ein Erfolg. Leider bewegen sie sich in Bereichen, für die meine Software nicht präzise genug arbeitet.«

»Ich werde Ihnen dabei kaum helfen können. Außer, indem ich den Avain wieder und wieder aktiviere.«

Cæm zwinkerte. »Das ist mehr Hilfe, als Sie denken.«

Während sie den Avain für Cæms Gerätejustierung erneut auf ihrem Handgelenk in den Funktionsmodus versetzte, versank Jü in Grübeleien. Eine Waffe gegen die Shaterra wäre tatsächlich ein unbeschreiblicher Fortschritt. Diese elendigen Biester waren Räuber ohne Rücksicht auf Verluste. Sie verfolgten nur ihre eigenen Ziele und zwangen alles Umliegende in ihr System. Die Menschheit hatte es irgendwie geschafft, entgegen den wissenschaftlichen Prognosen des Jahres 2000 noch hundertfünfzig Jahre auf ihrem Planeten durchzuhalten, ohne ihn in den Abgrund zu stürzen. Doch dann waren die Shaterra gekommen und hatten alles zerstört und unterjocht. Aus Büchern wusste sie, dass es damals etliche Aufstände gab. Bürgerkriegsähnliche Zustände herrschten auf den Straßen. Während eine Pandemie die Menschheit bereits auf die Hälfte reduziert hatte, kosteten das Shaterra-Regime und die verpestete Luft fast noch einmal so viele Menschen das Leben.

Fünfzig Millionen. Mehr waren nicht übrig. In ein paar Jahrzehnten hatten die Shaterra den kompletten Planeten in den Ruin getrieben und die Spezies Mensch auf ein Minimum reduziert. ›Einsatzzentrum für das Fortbestehen der Menschheit‹ war eine durchaus passende Bezeichnung. Und sie saß mittendrin.

»Wie läuft es eigentlich bei Dr. Geson?«, fragte Cæm und riss sie aus ihren Gedanken.

Jü ließ den Avain für einen Moment erlöschen. »Wenn er nicht gestorben ist, dann sitzt er vermutlich noch immer in seinem Büro und …«

»So schlimm?«

»Ja, nicht mal nachts macht er wirklich Pausen.«

Cæm lachte. »So ist er, wenn ihn etwas richtig packt.«

»Da kenne ich noch jemanden«, erwiderte Jü und blickte Cæm in die Augen. »Den will ich auch nicht länger warten lassen. Also, wo machen wir weiter?«

»Bei mir«, erklang eine Stimme hinter ihnen. Dr. Rott stand im Türrahmen und wedelte mit einer Akte in ihren Händen. »Ich habe die Auswertung der Tests da. Das dürfte Sie interessieren.«

Jü wartete gar nicht auf eine Reaktion von Cæm, sondern winkte die Ärztin umgehend herein.

Dr. Rott trat zu ihnen und wischte durch die Befunde auf dem E-Papier. »Die Blutwerte sind durchweg unauffällig, auch die Konzentration von Spurenelementen und Mineralien zeigt keine Auffälligkeiten. Die Peripher-Neurologie ist voll funktionsfähig. Im zentralneurologischen Basisbefund ist ebenfalls nichts zu finden.«

Jü biss sich auf die Lippen. An Unauffälligkeiten war selten etwas Spannendes. Wo waren denn die bedeutsamen News?

»Jetzt sehen Sie sich die MRT-Ergebnisse an«, sagte Dr. Rott und hielt die Abbilder von Jüs Hirnscans in die Runde.

Cæm zuckte mit den Achseln. »Erklären Sie es mir.«

»Wir haben Frau van Oak abwechselnd Bilder vom Avain und von belanglosen Gegenständen gezeigt. Jedes Mal, wenn der Avain zu sehen war, gab es eine ganz bestimmte Hirnregion, die aktiv wurde.«

»Welche?«, fragte Jü.

»Ein Unterkern in der Amygdala«, antwortete Dr. Rott. »Allerdings zeichnet er sich durch eine Struktur aus, die ich in dieser Form noch nie gesehen habe.«

»Was bedeutet das?«, fragte Cæm.

»Es könnte sich um eine genetische Abnormität handeln. Oder gezielte Manipulation. Fakt ist: Keine meiner Testgruppenpersonen wies diese Anomalie auf und auch sonst gibt es in der noch greifbaren Literatur keine Hinweise dazu. Allerdings ist in den Shaterra-Aufständen auch fast alles verloren gegangen.«

»Können Sie sagen, wie dieses Hirnareal den Avain steuert?«, fragte Jü, deren Herz vor Aufregung zu pumpen begann. Sie konnte kaum begreifen, was das für ihre eigene Herkunft bedeutete.

»Nicht wirklich, aber sie liegt in einem phylogenetisch sehr alten Teil unseres Hirns.«

»Was Sinn macht«, entgegnete Jü. Endlich mal ein Gebiet, auf dem sie mitsprechen konnte. »Vor viertausend Jahren war die Großhirnrinde noch nicht so komplex entwickelt wie heute. Wenn die Alkupæ wirklich derartig fortschrittlich waren, haben sie das womöglich einkalkuliert.«

»Genau. Sie kennen sich in der Materie aus?«

Jü nickte. »Ausreichend.«

Dr. Rott fühlte sich offenbar eingeladen, weiterzusprechen. »Wenn man bedenkt, dass wir nur einen Bruchteil unseres Hirns tatsächlich ausnutzen, wäre vieles möglich. Die tatsächliche Speicherkapazität ist gigantisch. Während wir bislang Interfaces auf neurologische Aktivität synchronisieren, haben die Alkupæ es quasi andersherum getan. Sie haben die neurologische Aktivität auf ihre Interfaces synchronisiert. Ohne diese spezielle Region läuft der Avain nicht.«

Jü kam auf Betriebstemperatur. Sie spürte, wie sie sich von der Suche nach neuen Erkenntnissen anstecken ließ. Ihr Herz schlug vor Aufregung und ein Zittern lief über ihren Rücken. Endlich konnte sie auf sinnvolle Weise produktiv sein.

»Das erklärt auch«, sagte sie, »weshalb ich den Avain mit dem Bewusstsein nicht wirklich steuern kann. Die neurologischen Korrelate liegen tiefer – auf einer Ebene, die sich der bewussten Steuerung weitestgehend entzieht.«

Während Dr. Rott nickte, warf Cæm ihr einen fragenden Blick zu.

Jü tippte einen Moment auf ihrem Kinn herum. Dann kam ihr eine Idee. »Was halten Sie davon, mit Biofeedback zu arbeiten? Üblicherweise haben emotionale Wahrnehmungen, so wie ich sie mit dem Avain teile, körperliche Korrelate. Er vermittelt mir Eindrücke wie Sicherheit und ich – na ja, sagen wir mal: Es ist, als würde ich mir von ihm wünschen, was ich brauche. Das sollte sich aber trotzdem irgendwo niederschlagen.«

»Einen Versuch ist es wert«, antwortete Cæm. »Dann sparen wir uns die heutige Übung und ich bastle bis morgen etwas zusammen.«

In diesem Moment dröhnte eine Sirene durch den Stützpunkt. Eine rote Lampe flackerte auf und sofort rannte Cæm den Gang hinunter.

Jü schaute alarmiert zu Dr. Rott.

Die Ärztin warf ihr ein: »Notfallankunft am Sprungtor«, zu und rannte ebenfalls hinaus.

Ohne weiter nachzudenken, heftete Jü sich an ihre Fersen. Sie ignorierte die bohrenden Blicke der anderen Soldaten und erreichte über den Fahrstuhl kurz darauf den Sprungraum.

Eine Mannschaft Schwerverletzter in der Einsatzkleidung des EFM erhielt gerade eine medizinische Notfallversorgung. Das Tor war bereits wieder abgeschaltet. Eine Durchsage schallte durch den Lautsprecher.

»Sicherheitsprotokoll fortführen.«

Cæms Stimme erklang zur Antwort: »Strahlenwerte in Ordnung, Generalmajor. Keine Spuren von Shaterra-Technologie. Auch sonst keine Auffälligkeiten.«

»Dann bringen Sie die Truppe auf die Krankenstation.«

Jemand riss sie grob an der Schulter herum. »Jü, raus hier!«

Blekk zerrte sie zurück in den Gang und schob sich an ihr vorbei. Jü verfolgte, wie er mit einem der Offiziere sprach.

»Was ist passiert?«

»Feindkontakt, Sir. Die Shaterra haben uns einfach überrannt. Wir konnten gerade so fliehen. Der Planet der Agrafer war bereits bei unserer Ankunft am Ende. Das hier sind die letzten Überlebenden.«

Jetzt erst entdeckte Jü die fremdartigen Wesen unter den Verletzten. Goldbraune Haut, längliche Ohren, sechs Gliedmaßen, fließende Bewegungen. Selbst in ihrem Schmerz und mit den Wunden wirkten sie anmutig im Gegensatz zu den menschlichen Rettern. Atemmasken versorgten deren Lungen mit Luft.

»Kann ich irgendetwas tun?«, fragte Jü einen Sanitäter, als dieser mit einer Tasche unter dem Arm an ihr vorbeieilte.

»Halten Sie den Weg frei!«

Das war nicht gerade die Antwort, die sie hören wollte. Aber sie fügte sich und beobachtete die routinierten Abläufe der Einsatzkräfte von ihrem Posten aus.

Wieder glitt ihr Blick zu ihrem Bruder, der noch immer bei dem Soldaten stand. »Das letzte Mal sah es doch bei den Agrafern noch gut aus.« Blekks Stimme war von Unverständnis durchzogen.

»Ich weiß, Sir. Offensichtlich gehen die Shaterra immer rabiater vor.«

»Und unser Mittelsmann?«

»War nicht mehr zu retten, aber in seiner Tasche fanden wir das hier.« Jü verfolgte, wie der Soldat Blekk eine Notiz reichte.

Ihr Bruder überflog die darauf gekritzelten Zeilen, woraufhin sich die Furchen in seiner Stirn noch verdunkelten. »Danke Leutnant. Lassen Sie sich durchchecken.«

»Danke Sir.« Der Soldat salutierte und verließ den Sprungraum.

Blekk hingegen hing noch immer über den Informationen. Anschließend faltete er das Papier zusammen und marschierte ebenfalls nach draußen.

Jü wollte ihn am Ärmel zurückhalten, doch er schüttelte ihre Hand ab.

»Später«, knurrte er und verschwand im Gang.

Wieder kamen Jüs Vorbehalte wie eine Lawine herangerollt. Blekk würde seine Gründe haben, aber es wurmte sie, dass er sie so unwirsch abgewiesen hatte. Zweifel kamen in ihr auf. Ob sie dem EFM trauen konnte?

Gleichzeitig saß hier die nächste Spezies, die faktisch ausgelöscht war. Eine Handvoll Überlebende war ein Witz. Wieso taten die Shaterra das? Sie waren wie die Finsternis, die sich über die Galaxie ausbreitete. Ein Schatten, der sich zu immerwährender Schwärze auswuchs. Nach welchem Prinzip Spezies ausgelöscht oder als Arbeiterschaft behalten wurden, war kaum greifbar.

Jü ballte ihre Hände zu Fäusten. Es brannte ihr in der Seele, untätig daneben stehen zu müssen. Bei der nächsten Gelegenheit, aktiv etwas leisten zu dürfen, würde sie sich nicht wieder an die Wand schieben lassen. Und damit meinte sie nicht die Recherchen und Hintergrundarbeit, sondern den aktiven Dienst.

***

Jü klopfte gegen Ranjels Türrahmen.

Der Galaktologe saß gerade vor einem Tisch, der als solches kaum noch zu erkennen war. Papierhäufchen stapelten sich chaotisch neben- und übereinander. Einige waren vollgekritzelt, andere zeigten die Ablichtungen aus dem Artefakt.

»Sie mögen altmodisches Papier, oder?«, fragte sie.

Ein kurzer Blick in ihre Richtung, dann klebten Ranjels Augen wieder auf den Schriftzeichen, als würden sie mit ihm sprechen, wenn er nur lange genug darauf starrte. Er schrieb etwas auf ein leeres Blatt Papier und legte es zu einer der Fotografien.

»Kommen Sie doch rein«, lud er sie ein. »Und ja, ich mag altmodisches Papier. Da kann ich wenigstens alles nebeneinanderlegen und muss nicht ständig die richtige Seite suchen.«

Jü musterte das Chaos auf dem Tisch und war sich nicht sicher, ob das effektiver war. Hier fand man doch auch nichts, ohne zu suchen.

»Wo bekommen Sie das Papier überhaupt her? Sie sind der Einzige, den ich je kennengelernt habe, der welches benutzt.«

»Umso mehr bleibt für mich«, murmelte er so leise, dass Jü es nur gerade so verstand.

Die Papierbögen wetteiferten darum, welcher vergilbter war als der andere. Wie viele Jahre diese Bestände wohl schon irgendwo gelegen hatten, bevor er sie in die Finger bekommen hatte?

Sie entschied sich für einen Themenwechsel. »Wie geht es den Agrafern?«

»So weit gut. Bis auf die Tatsache, dass sie Hunderttausende Verluste zu beklagen haben.«

Jü biss sich auf die Unterlippe. »Ich kann mir vorstellen, wie schwer es für die Überlebenden ist.«

Ranjel nickte. »Manchmal ist es der größere Fluch, nach so einer Katastrophe am Leben zu bleiben.«

Während Jü sich vorstellte, wie es ihr in so einem Moment gehen würde, tauchte Blekk mit zwei Kaffeekapseln auf.

»Verdammt!«, rief er Jü entgegen, »wenn ich gewusst hätte, dass du hier bist, hätte ich dir auch eine mitgebracht.«

»Nicht schlimm. Ich hatte heute schon mindestens fünf und wollte ohnehin auf Tee umsteigen.« Sie hasste diese Kapseln, aber es war momentan der beste Muntermacher.

»Ranjel, hast du etwas Nennenswertes rausgefunden?« Blekk schwang sich auf einen Stuhl, schob ein paar Papiere zur Seite und legte die Beine auf den Tisch.

»Hey! Das hatte System!« Ranjels Beschwerde schallte bis in den Gang hinaus.

»Ups, 'tschuldigung.« Stümperhaft bemühte sich Blekk, die Ordnung wieder herzustellen.

Während Ranjel ihm die Notizen aus der Hand riss und erneut zu den passenden Fotografien legte, zog Jü sich ebenfalls einen Stuhl heran. Die Lehne nahm sie vor die Brust und stützte ihren Kopf darauf. Die beiden Männer waren solche Situationen wie heute Vormittag gewohnt. Die Tatsache, dass fremde Planeten vor dem Aus standen, dass nichts mehr zu retten war. Es gruselte sie, dass man solchen Dingen gegenüber derart abstumpfen konnte. Musste man aber vermutlich, wenn man nicht dem Wahnsinn verfallen wollte.

Blekk reichte ihr einen halben Speisewürfel, den sie neugierig musterte.

»Cookiedough«, sagte er.

»Meine Lieblingssorte«, sagte sie erfreut. Die hatte Blekk ihr früher immer gekauft. »Sag mal, gibt es überhaupt noch Völker, die Nährstoffe nicht industriell herstellen, sondern auf ihren Planeten anpflanzen?«

Blekk schüttelte den Kopf. »Zumindest nicht in dieser Galaxie, und wenn, dann höchstens im Verborgenen. Aber die Anzahl der noch lebenden Völker wird rar.«

»Seit wann sind die Shaterra denn in der Milchstraße am Wüten?« Sie biss in den Würfel hinein und der Geschmack von Zucker-Butter-Mehl explodierte auf ihrer

Zunge. Ungebacken und weich. Es war ein Traum, der in bizarrem Kontrast zu der aktuellen Situation stand. Das rief ihr die Übelkeit in die Kehle und sie legte den Würfel beiseite.

»Nach unseren Berechnungen«, antwortete Blekk, »mindestens seit drei- oder viertausend Jahren.«

»Dann gehört die Galaxie ihnen?«

»Na ja, nicht ganz.« Blekk hob verschwörerisch den Finger. »Es gibt da ein kleines gallisches Dorf, das Widerstand leistet. Mit seinem Zaubertrank ...«

»Blekk!«, fiel Jü ihm ins Wort. Entweder er verhielt sich wie der geborene Militär oder der eingefleischte Hofnarr, der angespannte Situationen in Humor erträkte.

»Okay, okay.« Er hob entschuldigend die Hände. »Genau genommen ist es kein Dorf, sondern eine Basis. Und Gallien gibt es nicht mehr, aber sie liegt gut versteckt auf Kilp.« Seine Miene wurde eine Spur ernster. »Und die hiesigen Mitarbeiter sollten schnellstmöglich eine Lösung finden.«

»Sollten wir«, stimmte Ranjel zu.

Jü war für einen Moment irritiert, dann fiel ihr die Notiz ein, die nach dem Agrafer-Zwischenfall in Blekks Hand gewechselt war. »Was wisst ihr, was ich nicht weiß?«, fragte sie besorgt.

Blekk schaute an ihr vorbei. »Der Generalmajor wird dich darüber in Kenntnis setzen, wenn er es wünscht.«

»Ist das dein Ernst?«

»Nein, aber hier gibt es Befehlsstrukturen.«

»Und du als Oberst und damit zweithöchster Rang in dieser Einheit hast keine Befugnis, mich zu informieren, während Ranjel offenbar Bescheid weiß?«

Blekk lehnte sich in seinem Stuhl zurück. »Worum geht es hier, Jü?« Seine Stimme nahm eine eisige Ruhe an.

Es schickte Jü Schauer den Rücken hinunter. »Es geht darum, dass ich nicht das geringste bisschen einbezogen werde. Gleichzeitig erwartet ihr von mir vollstes Vertrauen und geht davon aus, dass ich euch einfach so zur Verfügung stehe.«

»Du hättest nicht mitmachen müssen.«

»Und du darfst mir mehr zutrauen!« Jü spürte den Ärger in ihrer Brust. So stark, dass es ihr sogar egal war, was Blekk von ihr hielt. Sie hasste den Militär in ihm. Es brachte sie innerhalb kürzester Zeit in Rage, wenn er das raushängen ließ.

Blekk fuhr sich mit der Hand über das Gesicht, sagte aber nichts.

»Vielleicht ...«, setzte Ranjel an.

Doch Blekk hielt ihn zurück. »Spring jetzt nicht für sie in die Bresche. Das hat sie selbst schon gut genug getan.«

Jü schnaubte. Sie fragte sich, worum es bei *ihm* eigentlich ging. »Sagst du mir jetzt, was auf der Erde los ist?«

Als Blekk nichts erwiderte, legte Ranjel den Kopf schief. »Die Atmosphärenschirme der Metropolen verkleinern sich in signifikantem Maß.«

»Was?« Eine Welle des Unglaubens schwappte über Jü hinweg.

»Ranjel!«, fluchte Blekk.

»Sorry, Blekk, aber ich bin Zivilist. Ich mache mich nicht schuldig, wenn ich ihr die Information weitergebe. Wo deine Befehle dich hindern, habe ich Spielraum.«

»Du betrittst dünnes Eis, mein Freund.«

»Kein Befehl, kein Vergehen, richtig?« Ranjel zuckte mit den Schultern. »Außerdem hättest du es gar nicht erst andeuten müssen.«

»Das nächste Mal spare ich mir das auch.«

Jü fragte sich, wie Ranjel es mit ihrem Bruder überhaupt all die Jahre ausgehalten hatte. Vermutlich nur, weil er in der Lage war, Kontra zu geben, ohne es persönlich zu nehmen. Ein beneidenswerter Zug. Durch den Streit zwischen den beiden hatte sie die Neuigkeiten kaum überdenken können. Was bedeutete es, dass sich die Atmosphärenschirme verkleinerten? Gingen den Shaterra die Ressourcen aus oder sparten sie, weil sie ... auf der Suche nach etwas waren?

Wieder grub sich das Gefühl in ihr Herz, dass unbeteiligte Menschen wegen ihr sterben mussten. Hatte ihr Bruder deswegen nichts gesagt? Und arbeitete Ranjel deshalb wie ein Besessener Tag und Nacht? Aus Frust biss sie doch noch einmal in ihren Speisewürfel. Diesmal half der zuckersüße Geschmack ihren Nerven.

Blekk beugte sich auf seinem Stuhl nach vorn und deutete auf das Papierchaos. »Hast du nun etwas rausgefunden?«

»Ich bin nicht sicher«, begann Ranjel und grub sich durch seine Aufzeichnungen. »Hier gibt es einen Passus, der davon berichtet, dass die Alkupæ die Menschen in ihrem Kern verändern wollten.«

»Genetische Experimente?«, fragte Jü. Ihr Herz klopfte, während ihr die Worte von Dr. Rott einfielen.

»So würde ich es zumindest interpretieren. Sie haben wohl versucht, ihr Erbe zu übertragen.«

Der Nährstoffbrei rutschte unsanft durch Jüs Speiseröhre. Tränen traten ihr in die Augen, während sie nach Luft schnappte. Nun lag das Zeug genauso schwer in ihrem Magen wie die Information von Ranjel. Sie klopfte sich auf die Brust, bis sie wieder richtig atmen konnte. »Soll das heißen, ich bin zum Teil Alien?«

Ein entschuldigender Blick traf sie. »Wenn ich es richtig übersetzt habe, ja.«

»Sie klingen genauso wie Dr. Rott.«

Erstmals schaute Ranjel länger als ein paar Sekunden von seinen Aufzeichnungen auf. »Was genau hat sie gesagt?«

Jü gab die Mutmaßungen und Ergebnisse weiter, auch wenn sich alles in ihr dagegen versperrte. Sie rannte mit voller Wucht auf eine Wahrheit zu, die sie möglicherweise gar nicht erfahren wollte.

»Wenn das stimmt, dann haben die Alkupæ ganze Arbeit geleistet.« In Ranjels Stimme schwang Anerkennung mit.

»So präzise arbeiten doch sonst nur Durchgeknallte«, warf Blekk ein.

»Gut möglich. Hier steht nämlich auch, dass sie großen Wert darauf legten, alle Spuren zu vernichten. Sie haben den Kulturstamm der Samen beinahe bewusst daran gehindert, zu einer Hochkultur heranzuwachsen, obgleich alle Voraussetzungen dafür vorgelegen hätten. Es war immer ein Rätsel, weshalb man zum frühen Leben der finnischen Stämme kaum etwas finden konnte.«

Blekk zog die Stirn in Falten. »Klingt, als hätte jemand einen Fehler vertuschen wollen.«

»Hey!«, erzürnte sich Jü. »Es reicht, dass ich ein verdammtes Alien-Gen in mir trage. Können wir bitte nicht davon sprechen, dass ich ein misslungenes Experiment bin?« Ihr Herz pumpte im Einklang mit ihrer flachen Atmung.

Ranjel hielt eine der Niederschriften in die Höhe und beäugte sie mit hoch konzentriertem Blick. »Ich fürchte allerdings, darauf läuft es hinaus.«

»Danke für nichts!«, murrte Jü. Ihre Hände verkrampften sich. Sie stand auf und streifte durch den Raum. Es waren genau die Worte gefallen, die sie gefürchtet hatte: Sie war nicht normal, nicht menschlich. Jedenfalls nicht komplett. Aus dieser Perspektive wäre ihr die Mutationshypothese doch lieber gewesen.

Ranjel warf einen Blick auf seine Notizen. »Hier steht sinngemäß: Der Rat missbilligt meinen Weg. Obgleich die Ergebnisse vielversprechend sind, erteilt er den Befehl zur völligen Auflösung.«

Blekk verschränkte lässig die Hände hinter dem Kopf. »Da hat sich wohl jemand nicht an die Order gehalten.« Auf Ranjels fragenden Blick hin ergänzte er: »Immerhin hat dieser Alkupæ gleich zwei von diesen Avain-Dingern zurückgelassen und die Population der Genträger keinesfalls ausgelöscht.«

»Das war auch nicht das Ziel«, erwiderte Ranjel. »*Leben ist Leben.* Zumindest stand das hier irgendwo.« Er wühlte sich durch seine Aufzeichnungen. »Hier! *Die Beseitigung der Spuren ohne die Beseitigung des Lebens.* Zumindest denke ich, dass ich das richtig übersetzt habe.«

Jü sah nur Linien, Striche und Kreise, denen sie keine Bedeutungseinheiten zuordnen konnte. Vielleicht hatte Ranjel einfach irgendetwas falsch verstanden oder der Text konnte auch anders interpretiert werden? »Wie verstehen Sie das überhaupt?«

»Alles eine Frage der Übung. Ein paar der Schriftzeichen habe ich bei den Shaterra gelernt, einen Teil selbst erarbeitet. Es ergeben sich einige Worte, die dem heutigen Finnisch noch ähneln, etliche andere mussten wir erraten. Leider habe ich bislang nur einen Bruchteil übersetzt, aber uns läuft die Zeit davon.«

Ehe Jü weiter nachbohren konnte, schob Blekk eine Frage ein.

»Steht da auch etwas über *die Macht?*« Er verharrte in seiner lässigen Position, als sei er am Wochenende bei einem guten Freund zu Besuch. Doch sein Unterton verriet Jü etwas anderes. Hier ging es nicht nur um ein spannendes Rätsel, sondern um militärische Vorteile gegenüber den Shaterra.

Sofort lag der Cookie-Brei noch schwerer in ihrem Magen. Hatte man sie nach Kilp geholt, damit sie der Menschheit half, selbst gegen andere Planeten in den Krieg zu ziehen? Oder wollte das EFM tatsächlich nur den Shaterra Einhalt gebieten?

Sie wandte sich einer der Vitrinen zu und betrachtete den Inhalt, ohne ihn bewusst aufzunehmen. Dafür beobachtete sie die Reflexion der beiden Männer im Glas.

Ranjel schüttelte den Kopf. »Bis jetzt habe ich nichts finden können. Hier steht nur etwas zu einem übermächtigen Feind, der die Galaxien frisst und auch die Alkupæ bedroht.«

»Die Shaterra?«, fragte Blekk.

»Gut möglich«, entgegnete Ranjel.

»Gib mir Bescheid, sobald du etwas findest.« Schon sprang Blekk auf und verschwand zur Tür hinaus.

Jü stand noch immer mit dem Gesicht zu einer der Vitrinen gewandt. Sie schloss die Augen. Ein Kloß hatte sich in ihrer Kehle festgesetzt. So richtig warm wurde sie mit den hiesigen Strukturen nicht. Dazu kam, dass sie nicht mehr sicher sein konnte, wer sie eigentlich war. Das war alles zu verwirrend. Am liebsten hätte sie sich eine Auszeit genommen, um all diese Informationen zu verdauen, doch dafür war keine Zeit.

Sie hörte das Kratzen von Stuhlbeinen und jemanden, der näher trat. »Ich kann verstehen, wenn Sie verunsichert sind. Mir würde es auch so gehen.« Ranjels Stimme war wie Balsam für ihre Seele.

Sie nickte, ohne sich umzudrehen. Die Worte blieben ihr im Hals stecken. Wenn sie jetzt etwas sagte, würden Tränen hinterhersickern. Seine Stimme hatte so etwas vertrauenswürdig Sanftes in sich, dass sie sich am liebsten in seine Arme gekuschelt hätte. Es wäre ihr viel lieber gewesen, auch Blekk hätte ihre Unsicherheit gespürt. Doch für so etwas war ihr Bruder nun mal nicht empfänglich.

Ranjel legte eine Hand auf ihre Schulter. »Egal wie verwirrend es ist, es könnte hilfreich sein, wenn Sie mehr über diese neue Vergangenheit herausfinden. Was denken Sie?«

Mit aller Selbstbeherrschung streckte sie den Rücken durch. »Ich bin nicht sicher.«

Ranjel ließ von ihr ab. Seine Schritte streiften über den Boden, Stuhlbeine kratzten erneut. »Für mich wäre das Motivation genug.«

Sie wandte sich ihm zu. »Ihr Ernst?«

Er schenkte ihr ein aufmunterndes Lächeln und ein Augenzwinkern. »Ja.«

Sie verschränkte die Arme vor der Brust und schmunzelte. »Sie machen sich lustig über mich.«

»Eigentlich war es mehr ein Versuch, Sie aufzumuntern«, sagte er, während sich sein Blick tief in ihr Inneres bohrte.

Jüs Herz machte einen Sprung. Sie würde es nicht laut zugeben, aber die Zusammenarbeit mit ihm könnte eine ganz eigenständige Motivation sein. Verrückt, nachdem sie ihm anfangs so misstrauisch gegenüber gestanden hatte. Diese seltsamen Infos über ihre genetische Vergangenheit hingegen lösten ausschließlich Widerstand aus. Sie seufzte und setzte sich zu Ranjel. »Also gut. Gibt es irgendetwas, wobei ich helfen kann? Papiere sortieren vielleicht?«

Lachfältchen bildeten sich um Ranjels Augen. »Eine gute Idee.«

***

Der Besprechungsraum schien in der Arbeit hier eine besondere Bedeutung zu haben. Jü versank in dem Sitzpolster, hob eine Tasse Instant-Tee an die Lippen und lauschte Ranjel bei seinen Ausführungen.

»Wir haben in den vergangenen anderthalb Wochen etliches erfahren, das unsere Erdgeschichte erstmals nachweislich in ein neues Licht rückt.« Ranjel beamte eine Reihe von Bildern an die Tafel. »Wie ich bereits vermutet habe, hatten die Alkupæ einen enorm großen Einfluss auf die frühe Menschheitsentwicklung. Die Hochkulturen, die sich von 5000 vor Christus bis 1000 nach Christus auf der Erde bewegten, entwickelten sich maßgeblich unter deren Wirken. Sie halfen beim Bau prächtiger Tempelanlagen, überließen die Kultur dennoch weitestgehend sich selbst. Ganze Reiche mit eigenen religiösen, politischen und gesellschaftlichen Strukturen entstanden – die Maya und Olmeken, die Xia-Dynastie, Sumer, Elam und Ägypten, um die wichtigsten aufzuzählen. Selbst die Römer, Inkas und Azteken zehrten noch von dem Wissen der Alkupæ, bevor es auf seltsame Weise verschwand.«

Ranjel rief eine Reihe Inschriftentexte des Avain auf. »Wenn ich die Stellen hier richtig gedeutet habe, bezeichnen sich die Alkupæ als eine Art Ursprungsspezies. Die Bringer des Fortschritts. Die Schützer des Lebens. Vermutlich haben sie zahlreichen Planeten nicht nur in dieser Galaxie von primitiven Daseinsformen zu mehr Komplexität verholfen. Ihr Rückzug begann stets an dem Punkt, an dem die Kulturen einen individuellen Zenit entwickeln konnten. Selbst den Alkupæ war klar, dass keine Gesellschaftsform von ewiger Dauer ist, aber der Grundstein war gelegt und so verließen sie die Erde vor rund zweitausend Jahren wieder.«

Eine Grafik beieinanderstehender Menschen erschien auf der Projektionstafel. »Dieses Relikt ist dreitausend Jahre alt. Es zeigt fünf Ägypter. Unter ihnen ist einer, der das Auge des Wissens auf der Stirn trägt. Solche Abbildungen sind ausgesprochen selten, doch man findet sie in fast allen Hochkulturen. Es ist anzunehmen, dass die Alkupæ sich gewissermaßen unter das Volk mischten.«

»Die sahen aus wie Menschen?«, fragte Blekk mit gerunzelter Stirn.

»Nun ja, wenn ich bedenke, zu welchen Mitteln die Shaterra fähig sind, würde es mich nicht wundern, wenn die Alkupæ in der Lage waren, die menschliche Daseinsform ebenfalls zu simulieren. Ihr tatsächliches Aussehen ist nirgendwo beschrieben.«

Ein Bild spukte durch Jüs Kopf. *Nackte, glänzende Haut. Durchsichtig bis auf die Adern. Große Augen, kahles Haupt.* War das doch kein Traum gewesen? Sie zwang ihre Aufmerksamkeit auf Ranjels Worte zurück.

»... auf den letzten Seiten der Aufzeichnungen erfahren wir, dass die Alkupæ eine Spezies sind, die sich nur schwer und umständlich fortpflanzen kann. Ein Nachkomme in dreihundert Jahren. Eine höchst fortschrittliche Spezies mit enorm hoher Lebenserwartung, aber kaum Möglichkeiten, sich zu vermehren. Sie sind eine friedliche Spezies durch und durch.«

»Außer, dass sie sich an den Genen anderer vergreifen«, warf Blekk dazwischen.

Jü nickte. »Allerdings im Glauben von Eigenschutz.«

»Ausgerechnet du verteidigst sie?«

»Immerhin bin ich eine von ihnen.« Das hatte sich leichter ausgesprochen, als es ihr Gefühl zuließ. Ihre Eingeweide sträubten sich gegen diese Realität. Noch immer. Ihre Kehle schnürte sich zu, während sie Blekks prüfendem Blick standhielt. Sie wollte sich so gern einreden, dass sie ausgezeichnet mit dieser Wahrheit leben konnte, doch im Grunde ihres Herzens verwirrte es sie.

Ranjel räusperte sich. »Wir arbeiten bislang auf der Basis von Theorien. Und da ist eine abenteuerlicher als die andere. Fakt ist, es gab eine genetische Vermischung. Als der Versuch nicht die gewünschte Wirkung entfaltete, ließen die Alkupæ wieder davon ab. Doch sie hinterließen den Avain, damit die Nachfahren der damaligen Gruppe einen Weg zurück zu ihnen finden könnten, wenn sie so weit wären.«

›Wir haben lange auf dich gewartet.‹

›Auf mich?‹ Ihre Kinderhand streckte sich dem fremden Wesen entgegen.

›Ja. Doch es ist noch zu früh. Du bist noch nicht bereit.‹

Jü blinzelte. Die Bildsequenz verebbte und sie rieb sich müde die Schläfen.

»Alles in Ordnung?« Cæms Blick drückte Sorge aus.

»Ja«, antwortete Jü. »Es ist nur etwas viel gerade.«

»Wir könnten eine Pause machen«, schlug Generalmajor Schæmmon vor.

»Nein, schon gut.« Jü lehnte sich in ihrem Sitz nach hinten und konzentrierte sich auf die Projektionstafel. »Ranjel ist gleich am Ende angekommen.« Sie war so unendlich dankbar, dass sie das alles portionsweise vorab gehört hatte. Andernfalls wäre sie an der Flut von Informationen, die sie unmittelbar betrafen, zusammengebrochen.

»Ich beeile mich«, versprach Ranjel und setzte seine Erklärung fort. »Das Avain-Protokoll enthielt auch eine

Reihe von Zahlencodes, die wir anfangs nicht einordnen konnten. Cæm hatte schließlich die entscheidende Idee.« Er trat einen Schritt zur Seite und nickte seiner Kollegin zu.

»Es sind Koordinaten, Generalmajor. Zumindest glauben wir das. Wenn Sie zustimmen, werde ich sie mit unseren Datenbanken abgleichen und sehen, wohin sie führen. Ob das schon die Zieladresse ist, weiß ich nicht, aber im Zweifel finden wir dort die nächsten Hinweise.«

»Tun Sie das, Majorin.« Schæmmon wandte sich an Blekk. »Oberst, bereiten Sie die Mission vor. Sie, Dr. Geson und Majorin McArt werden in drei Tagen zu den angegebenen Koordinaten reisen, sollte sich deren Existenz bestätigen.«

Jü horchte auf. Das war keinesfalls akzeptabel! Sie stemmte ihre Hände auf den Tisch, blieb aber noch sitzen. »Ich werde auch mitgehen.«

Generalmajor Schæmmons Blick flog zu ihr. »Verzeihung, Frau van Oak, aber Sie haben nur den Rang einer Zivilistin.«

»Das Gleiche gilt für Dr. Geson.« In Jü verkrampfte sich alles. Sie hatte doch nicht tagelang mitgearbeitet, um jetzt so abserviert zu werden. Sie bemühte sich, ruhig weiter zu atmen, damit sie auf den vermutlich folgenden Schlagabtausch vorbereitet war.

Erwartungsgemäß zogen sich Schæmmons Augenbrauen zusammen. »Dr. Geson ist seit Jahren hier im Einsatz. Im Gegensatz zu Ihnen ist er auf solche Missionen vorbereitet.«

Sie hielt dem eisernen Blick des Generalmajors stand und sagte: »Vielleicht bin ich besser geübt, als Sie denken.« Das monatelange Training auf Turva, das jeder dort Ansässige standardmäßig absolvierte, steckte ihr in Muskeln und Gliedern. Ihre Reflexe waren schon immer gut gewesen und sie würde einen Teufel tun, hierzubleiben, wenn alle anderen nach den Alkupæ suchten. Immerhin waren das *ihre* Vorfahren. »Außerdem beherrsche ich den Avain mittlerweile solide. Er ist ein wirkungsvoller Schutz gegen die Shaterra. Vielleicht ist er an den Zielkoordinaten sogar nötig, um weiterzukommen.«

»Das auszukundschaften, ist die Aufgabe von Dr. Geson, Oberst van Oak und Majorin McArt.« Der Generalmajor erhob sich von seinem Stuhl.

»Das kann nicht Ihr Ernst sein!« Jü erhob sich ebenfalls. Das Spiel würde sie auf Augenhöhe bis zum Ende mitspielen. Das war die Art Machtkämpfe, die sie von Turva gewohnt war. Sie spürte ihre kalten Fingerspitzen und wusste, dass sie gerade Grenzen übertrat.

Ohne die Augen von ihr zu nehmen, fragte der Generalmajor: »Oberst van Oak, wie ist Ihre Meinung?«

In den Besprechungsraum kehrte eine betretene Stille ein.

Das Schnalzen von Blekks Zunge wirkte darin wie ein Peitschenschlag. »Sie bringen mich in eine unvorteilhafte Position, Generalmajor. Aber wenn Sie meine ehrliche Meinung hören wollen: Lassen Sie Jü mit uns kommen. Sie hat sich die Nächte um die Ohren geschlagen und uns geholfen. Wir haben keine Ahnung, was auf uns zukommt, und der Schutz des Avain war bereits bei den Shaterra mehr als nützlich.«

Jü presste die Lippen aufeinander, damit kein weiterer unüberlegter Ton herauskam. Blekks Fürsprache war das Maximum, auf das sie momentan bauen konnte.

Der Brustkorb des Generalmajors dehnte sich und zog sich in einem angespannten Atemzug wieder zusammen. »In Ordnung. Frau van Oak, ich räume Ihnen eine Chance ein.«

Die Anspannung fiel von Jü wie eine Lawine. »Danke.«

Als der Generalmajor den Raum verlassen hatte, klopfte Blekk ihr auf die Schulter. »Gut gesprochen. Jetzt vertrau mir. Ich bereite dich die nächsten Tage auf den Einsatz vor.«

Datentransfer QI04KJ

Die Finger der führenden Einheit lagen auf der Kommunikationsplattform und empfingen die eingehenden Daten.

--- Commander. ---

--- Erstatten Sie Bericht, Einheit ID221QP79. ---

--- Weiterhin Eingrenzung im Zielquadranten nur unzureichend möglich. Planeten mit Anomalien der Energiespitzen werden genauer gescannt. Aktuell etwa fünfzig. Die Ressourcenwerte empfehlen einen Rückzug zur Wahrnehmung der üblichen Funktion. ---

--- Abgelehnt. Stellung halten. ---

Ein Rückzug kam keinesfalls infrage. Dass eine komplexe Weltraumeinheit mit Bataillonsgeschützen auf Abruf hing, kam in der Vergangenheit in nur 0,3 % der Fälle vor. Niemals über so einen langen Zeitraum, doch diese Suche war zu wichtig. Der Avain durfte nicht noch einmal verloren gehen. Energiespitzen traten überdurchschnittlich häufig auf, durchzogen die Galaxie, wie es die Wetterfronten auf Planeten mit einer Atmosphärenschicht taten. Der perfekte Deckmantel für die Feinde der Shaterra.

Die führende Einheit sandte weitere Befehle in das Datennetz. Sie breiteten sich über den Datenring von Lipz aus und fanden ihren Weg in die Metropolen der Erde.

--- Einengung der Atmosphärenschirme um weitere 10 %. ---

Nicht mehr ganz so unauffällig, aber vertretbar. Die Spezies Mensch war primitiv, zog keine weitreichenden Schlussfolgerungen. Eine Regierungserklärung würde die Arbeiterschaft besänftigen. Und falls nicht, würde im ungünstigsten Fall eine ausbrechende Panik für natürliche Auslese sorgen. Die Ressourcen der Erde erschöpften sich ohnehin. Der Restbestand war ausreichend für maximal drei Jahre. Nach der Eroberung des Agrafer-Planeten waren sie zudem weniger relevant. Neue Abbaugebiete waren erschlossen. Die Erde diente nunmehr nur noch einem Zweck vor ihrer finalen Auslöschung: der Suche nach den Zugangsdaten zur Galaxie der Alkupæ. Doch dafür brauchten sie den Avain. Und sie würden ihn finden. Um jeden Preis.

Kapitel 9

In ihrer Hand das Objekt. Es wölbt sich unter ihrem Griff. Schriftzeichen leuchten auf. Ziehen sich in Kreisen über die Oberfläche. Ein Leuchten. Immer stärker. Es blendet, reißt sie mit sich. Sie steht auf einem Platz, davor eine Brücke, die sich über ein Tal hin zu einem Tempel erstreckt. Säulen voller Ornamente. Zeichen, die sie noch nie gesehen hat. In der Ferne Planeten am Horizont.

›Nicht mehr die Erde.‹ Nur ein Gedanke, aber einer, der sich eisern hält.

Sie steigt Stufen am Tempel hinauf, ins Innere, eine Hand an der Wand. Linien aus Farben an den Steinfliesen bis zur Stirnseite. Eine weitere Berührung. Ein Gesicht. Fremd. Nackte, glänzende Haut. Durchsichtig bis auf die Adern. Große Augen, kahles Haupt.

›Nicht menschlich.‹ Nur ein Gedanke, aber einer, der sich eisern hält.

»Wir haben lange auf dich gewartet.«

»Auf mich?« Ihre Kinderhand streckt sich dem fremden Wesen entgegen.

»Ja. Doch es ist noch zu früh. Du bist noch nicht bereit.«

»Wofür?«

»Das erfährst du, wenn es so weit ist. Nun musst du zurück.«

»Warte.«

Gleißendes Licht umfängt sie und die fremde Stimme klingt nur noch gedämpft an ihr Ohr. »Die Zeit wird kommen.«

Kälte umfängt sie, der harte Boden unter ihr holt ihr Bewusstsein in die Realität zurück. Sie setzt sich auf und sieht sich um.

Das hier ist das Labor des Ordens. Ein Stück entfernt von ihr liegt das Artefakt. Kalt und still. Es erzählt nichts von dem, was sie eben erlebt hat. Oder geträumt?

»Kind, was machst du hier?« Der kalte Ton des Primars bohrt sich in ihren Kopf.

Unweigerlich hat sie das Gefühl, etwas falsch gemacht zu haben. Eine Grenze überschritten zu haben, die sie nicht übertreten darf.

»Ich weiß es nicht«, stammelt sie.

Er kommt zu ihr gelaufen und entdeckt das Artefakt auf dem Boden. »Was wolltest du damit?« Es ist keine Frage, sondern vielmehr eine Anschuldigung.

»Nichts. Ich wollte es mir näher ansehen, bin aber ohnmächtig geworden.«

Der Blick des Primars fliegt zwischen Jü und dem Artefakt hin und her. »Ohnmächtig?«

Jü nickt. Sie versteckt ihre zittrigen Hände hinter dem Rücken und blickt zu Boden. Die Angst ist erdrückend.

»Geh zurück in dein Zimmer. Wir sprechen uns morgen.«

Der Blick, der ihrem Abgang folgt, ist förmlich spürbar. Als säße ihr eine Spinne auf dem Rücken, bereit ihr Netz um sie zu weben.

Frustriert schlug Jü die Faust ins Kopfkissen. Dieser dämliche Traum wollte sie wohl nie wieder in Ruhe lassen! Dabei hatte sie ihn seit dem Verlassen der Erde nicht mehr gehabt. Ob es mit ihrer Aufregung bezüglich des heutigen Sprungs zu tun hatte? Gut möglich.

Sie fühlte sich gerädert. Ihre müden Glieder wollten sie zurück auf die Matratze ziehen, aber ihr Kopf fand keine Ruhe mehr. Sie entschied sich für das Aufstehen und gönnte sich eine eiskalte Dusche. Das Mikrogebläse fühlte sich auf ihrer Haut an wie Eisnadeln und half ihren Nerven tatsächlich, etwas zu entspannen. Seitdem sie Turva verlassen hatte und von den Shaterra aufgegriffen worden war, befand sie sich in einem andauernden Zustand der Anspannung. Ihre eigene Vergangenheit, die neuen Informationen, die Gesamtsituation forderten ihren Tribut.

Die Uhr zeigte gerade einmal sechs Uhr morgens, als sie in die Kantine schlurfte. Vielleicht half eine Kaffeekapsel. Eine volle Stunde saß sie allein und genoss die Stille. Es war wie ein dringend benötigtes Geschenk. Ihre Gedanken kreisten um die Mission und führten sie am Ende zu ihrem Traum zurück.

Sie war dankbar, als Cæm und Ranjel sich zu ihr gesellten. Es war die dringend nötige Ablenkung. Doch auch die beiden wirkten angespannt, jeder auf seine eigene Weise.

Wenigstens geht es nicht nur mir so, dachte Jü.

Ranjel plapperte ausgiebig von all den spannenden Dingen, die sie erwarten könnten, während Cæm seltsam stumm blieb. Einzig von Blekk fehlte jede Spur. Dabei ließ er das Frühstück sonst nie aus.

Erst im Vorbereitungsraum fand sie ihn. Seine Miene wirkte steinern. Er schenkte ihr einen Morgengruß, hielt sich aber ansonsten äußerst distanziert.

»Alles ok?«, fragte Jü.

»Ja«, antwortete Blekk. Er versuchte sich an einem Lächeln, doch es erreichte seine Augen nicht. Jü war zu geschult in solchen Dingen. Außerdem kannte sie ihn. Irgendetwas brannte ihm auf der Seele und es wurmte sie, dass sie sich davon anstecken ließ.

»Fühlen Sie sich bereit, Jü?«, fragte Ranjel, der sich eben eine schutzsichere Weste über die camouflagefarbene Einsatzkleidung zog.

»Nicht wirklich«, antwortete sie wahrheitsgemäß. Die Aufregung kroch ihr in die Eingeweide. Man gab ihr ein Kopftuch, um die auffälligen Haare zu verstecken. Sie beschwerte sich nicht und tat, was man ihr sagte. Das hier war keine Übung mehr und kein Spiel. Es war eine Mission in die Weiten des Alls.

Ranjel half ihr mit der Weste. »Sie brauchen sich im Grunde keine Sorgen machen. Cæm hat bereits eine Aufklärungsdrohne zum Ziel geschickt, die nichts Auffälliges finden konnte. Die Atmosphäre ist verträglich. Vertrauen wir darauf, dass sie alles gut vorbereitet hat.«

Jü erhielt ein Sonnenschutz- und Atem-Visier, das sie sich über das Gesicht zog. Das Touchdisplay am rechten Rand wies sie darauf hin, dass unterschiedliche Dunkelgrade einstellbar waren.

Blekks Stimme füllte den Raum. »Sind alle bereit?«

War er vor Missionen immer so angespannt und unausstehlich? Wollte er ihr zeigen, wie es hier lief? In

Ordnung. Sie würde damit klarkommen, auch wenn sie sich mit dem ätzenden Befehlston schwertat.

»Ist er mit dem falschen Bein aufgestanden?«, raunte Ranjel, als Blekk aus dem Raum war.

»Keine Ahnung«, antwortete Jü, dankbar darüber, nicht die Einzige zu sein, die ein Problem damit hatte.

Kurz darauf betraten sie den Sprungraum. Dort stand der Transportring von gut drei Metern Durchmesser. Kabel versorgten ihn mit der nötigen Energie und er surrte unter der elektrischen Ladung.

»Zielkoordinaten werden angewählt«, berichtete eine blecherne Stimme über den Lautsprecher.

Jü sah zum Kommandoraum, dessen Fenster in der oberen Hälfte des Sprungraumes lag. Von dort hatte man vermutlich gute Sicht. Schæmmon stand hinter der Scheibe neben Männern, die konzentriert auf ihre Bildschirme starrten.

»Zielkoordinaten anvisiert, Wurmloch wird etabliert.«

Kurz darauf bildete sich Materie in dem Ring, die sich bedrohlich nach außen wölbte, bevor sie sich in den Ring zurückzog wie eine Seifenblase, die man nicht zu Ende aufgepustet hatte. Die typisch undefinierbare Oberfläche hing nun vor ihnen und wartete darauf, passiert zu werden.

»Viel Erfolg«, wünschte Schæmmon von oben.

Blekk hob eine Hand, ohne sich umzusehen. »Auf geht's!« Schnurstracks marschierte er auf den Ring zu und trat hindurch. Die anderen folgten, also blieb Jü nur einmal tief durchzuatmen und hinterherzugehen. Die Hand hielt sie in ihrer Tasche um den Avain geschlossen, der dort auf seinen Einsatz wartete.

Nachdem sie auf der anderen Seite wieder heraustrat, schaltete sich das Tor in ihrem Rücken ab und das Wurmloch verpuffte zu einem Nichts.

Um sie herum erstreckte sich eine karge Steppenlandschaft. Durch ihr abgedunkeltes Visier betrachtete sie die rotblauen Schlieren, die den Himmel überzogen, die Gräser, an denen der Wind zerrte, den Transportring, der wie eine stumme Erinnerung auf der Ankunftsplattform stand. Ein Überbleibsel einstigen Lebens. Keine Bauwerke, kein Tempel. Nichts, das auch nur im Entferntesten an ihren Traum erinnerte.

Irgendetwas stimmt hier nicht, flüsterte eine Stimme in ihrem Kopf. Da sie aber nicht zuordnen konnte, was genau, hielt sie sich bedeckt und wartete auf Anweisungen.

»Na schön, sehen wir uns um«, hörte sie Blekks Ansage über ihren Visierlautsprecher. Er verdunkelte seine Front gegen die Einstrahlung der Sonne und marschierte los. »Versuchen wir es in dieser Richtung. Die Drohne hat Überreste von Gebäuden kartografiert, etwa einen Kilometer nach Nordwesten.«

Ranjel und Cæm folgten ohne Einwand, weshalb Jü sich ihnen anschloss. Sie umfasste den Avain in ihrer Tasche mit den Fingern. Er zeigte keinerlei Interesse an der Umgebung. Aber das konnte sich ja noch ändern.

Einen guten Kilometer später kamen die verfallenen Mauern in Sicht. Die Form erinnerte nicht an das, was Jü gesehen hatte. Es ähnelte eher Wohnhäusern. Vielleicht hundert Stück, alle durch Wind und Wetter abgetragen bis auf rumpfhohe Reste. Sie durchstreiften die Ruinen in einvernehmlicher Stille für vielleicht zwanzig Minuten, ohne irgendetwas zu entdecken, dass von Interesse wäre. Am fernen Ende der bebauten Fläche führten die Überreste einer Straße weiter in die Brachlandschaft hinein. Das war aber auch das einzig Nennenswerte.

Jü versuchte, über das Flimmern der Hitze hinweg etwas am Horizont zu erkennen, aber ohne Erfolg.

»Team sammeln!« Blekks Stimme knackte in ihrem Ohr.

Frustriert wandte Jü sich ab und ging zu ihm.

Seine Stimme klang noch immer eisig. »Hat irgendjemand etwas Tolles gefunden?«

Cæm und Ranjel schüttelten den Kopf.

Jü deutete zum Rand der Bebauungen. »Dort hinten hat einmal eine Straße von hier fortgeführt. Wir sollten ihr folgen.«

Blekk hellte sein Visier auf und blickte mit zusammengekniffenen Augen durch die Fernglasfunktion. »Sieht nicht aus, als käme da in Kürze etwas.«

»Wir sollten es trotzdem untersuchen.«

»Ich stimme zu«, meinte Ranjel. »Zumindest sollten wir sehen, wie weit der Weg uns noch bringt.«

Blekk verdunkelte sein Visier wieder. »Das gefällt mir nicht sonderlich.«

»Wieso?«, fragte Ranjel.

»Wir sind dort draußen wie auf dem Präsentierteller. Schon der Weg bis hierher war ein Risiko. Hier gibt es nicht einmal einen Busch, hinter dem wir uns verkriechen könnten.«

»Das hält uns sonst auch nicht auf«, erwiderte Ranjel.

Blekk schulterte seine Waffe. »Da wissen wir aber in der Regel auch, womit wir es zu tun haben.«

Jü konnte nicht glauben, dass es schon wieder vorbei sein sollte. Das war doch kein totes Ende? »Ich bin mir sicher«, sagte sie, »dass wir hier irgendwo etwas finden müssten. Ich kann nicht sagen, wie und wo, aber lass uns noch weitersuchen. Du hast selbst gesagt, es sei wichtig.«

Blekk musterte sie mit einem Blick, der ihr eiskalt den Rücken herunterfuhr. »Das Risiko ist mir zu hoch. Wir brechen ab!«

»Was?« Jü stemmte die Fäuste in die Hüften. »Jetzt mach nicht einen auf Militär. Das konnte ich schon früher nicht ausstehen.«

»Jü, das ist ein Befehl. Wir gehen zum Transportring zurück!« Mit diesen Worten wandte er sich ab und marschierte in die Richtung, aus der sie gekommen waren. Cæm hatte offenbar keine Einwände und begleitete ihn.

Ranjel hingegen warf frustriert die Arme in die Luft und lief hinter den beiden her. »Blekk, was soll denn das?« Als dieser sich zu keiner Antwort herabließ, trottete Ranjel neben den beiden weiter.

Jü war frustriert. Blekks eiskalte Art hatte sie geschockt. Klar, hier ging es nicht um sie, sondern um mehr. Aber das rechtfertigte nicht so ein Verhalten. Erneut verschärfte sich der Eindruck, dass hier noch etwas unausgesprochenes zwischen den Zeilen hing. Etwas, dass in ihrem Unterbewusstsein nagte, aber den Weg nach oben noch nicht gefunden hatte.

Der Avain zeigte immer noch keine Reaktion. Wo sie sonst den Eindruck hatte, er würde ihr etwas vermitteln, blieb nun alles ruhig. Ein letztes Mal flog ihr Blick auf die ferne Ebene, dann spurtete sie dem Team hinterher. Während des gesamten Rückweges schwieg sie und würdigte Blekk nicht eines Blickes.

***

Wenig später trat Jü wieder aus dem Ring in den Sprungraum der Kilp-Basis.

Blekk blieb vor ihr stehen und hob die Hand in Richtung des Überwachungszimmers für den Sprungraum. »Generalmajor, keine Vorkommnisse. Auftrag wie befohlen ausgeführt.«

Da endlich dämmerte Jü etwas. Die letzten Puzzlestücke fanden ihren Platz. Mit geballten Fäusten baute sie sich vor ihrem Bruder auf. »Das war ein Test, oder? Ein Test, ob ich bei einem Außeneinsatz mit den beschissenen Befehlsstrukturen klarkomme!«

Blekks Augen zogen sich zu Schlitzen zusammen. »Es war nicht meine Entscheidung, Jü.«

Das war ihr egal. »Du hast gesagt, ich kann dir vertrauen!«, blaffte sie ihn an. »Dabei befolgst du auch nur blind Befehle!«

»Das ist mein gottverdammter Job!«, brüllte er zurück.

»Kann ja sein, aber dann verarsch mich nicht, Blekk! Ich bin nicht dämlich!«

»Nein, aber du weißt, was Geheimhaltung bedeutet. Also wirf mir nicht vor, mich an Vorgaben zu halten!«

Jüs Blick flog zum Generalmajor, der die Szene aus der Ferne beobachtete. Sie schenkte ihm einen eiskalten Blick, sparte sich aber weitere Worte. Stattdessen stürmte sie aus dem Sprungraum und lehnte sich neben der Tür mit dem Rücken gegen die Wand. Ihr Atem ging schnell und flach, das Herz hämmerte ihr gegen die Brust. Gerade hatte sie es geschafft, ihr Vertrauen in Blekk wieder aufzubauen, dieser Basis und ihren Missionen etwas Positives abzuringen, und jetzt das!

Sie hörte Ranjels Stimme. »Was soll das?«

»Was?« Blekks Ton klang keine Spur freundlicher.

Aber auch Ranjel wirkte gleichermaßen sauer. »Rede nicht so mit mir! Ich bin dein Partner. Was war da los?«

»Ich hatte einen klaren Befehl. Ich durfte niemanden einweihen.«

»Niemanden? Blekk, sieh mich an! Cæm wusste es.«

»Tut mir leid«, erklang Cæms Stimme.

»Muss es nicht«, fuhr Blekk dazwischen. »Sie hatten Befehle, genau wie ich. Irgendjemand musste ja Koordinaten aus dem Computer ziehen, die wir für diesen Einsatz nutzen konnten.«

Jü vernahm erneut Ranjels Stimme. Nurmehr im Flüsterton, aber der ungewohnt raue Klang trug bis zu ihr. »Blekk, du bist nicht der Typ, der solchen Aktionen zustimmt. So kenne ich dich nicht.«

»Verschone mich mit deinem philosophischen Geplänkel.«

»Ich will damit nur sagen, dass ...«

»Spar es dir! Falls es dir nicht aufgefallen ist: Es war für mich genauso ein Test wie für sie, verdammt noch mal. Ich hatte einen klaren Befehl!«

»Das rechtfertigt aber nicht ...«

»Doch! Es galt für mich gleichermaßen zu testen, ob ich in der Lage bin, ihr gegenüber Befehle durchzusetzen.«

»Dann wundere dich nicht, wenn dir das Ergebnis nicht gefällt!«

»Ranjel, unterstell mir nicht, dass es mir leicht gefallen ist, diesem Befehl zu befolgen. Und jetzt entschuldige mich.«

Blekk stürmte aus dem Sprungraum und an Jü vorbei. Sein Blick streifte ihren, mehr jedoch nicht. Noch immer lehnte sie mit dem Rücken an der harten Tunnelwand. Sie hatte jedes Wort gehört. Ein schwerer Klotz saß ihr im Magen und ihr Herz hatte sich kein bisschen entschleunigt. Diese verdammte Mission! Das verfluchte Militär. Wieso hatte sie sich auf den ganzen Unfug überhaupt eingelassen? Das war nicht ihre Welt.

Ranjel trat aus dem Sprungraum heraus und lehnte sich neben ihr an die Wand. Eine Weile lang standen sie schweigend beieinander. Noch immer war Jüs Brustkorb wie zugeschnürt und ihre Gedanken rasten. Hätte sie es leichter akzeptieren können, wen jemand anderes als ihr Bruder den Test angeführt hätte? Sie wusste es nicht.

»Ich nehme an«, begann Ranjel, »Sie wollen nicht darüber sprechen?«

»Eigentlich nicht«, antwortete Jü und schloss die Augen. Die Gefühle in ihrem Inneren tobten wie die Brandung über einem Felsenkliff. Wieso eigentlich?

»Er hat einen Befehl befolgt und das ist auch ihm nicht leicht gefallen.«

Jü nahm einen tiefen Atemzug. »Ich weiß.« Sie stieß sich von der Wand ab. »Ich gehe ein wenig spazieren.«

»Soll ich Sie begleiten?«

»Nein!«, erwiderte sie mit Vehemenz. Sie wollte allein sein und nachdenken.

Als sie eine halbe Stunde später immer noch ziellos umherirrte, gab sie es auf. Sie war zu keinem Ergebnis gekommen und immer noch wütend. Sie musste ein klärendes Gespräch suchen. Daher stand sie wenig später vor Schæmmons Büro und klopfte an die Tür.

»Einen Moment.«

Gedämpfte Stimmen drangen heraus. Eine davon gehörte Blekk.

Sofort rutschte Jü das Herz in die Hose.

Kurz darauf öffnete sich die Tür. Blekk wirkte zerknirscht. Er mied ihren Blick, blieb aber neben ihr stehen.

Ohne ein Wort zu sagen, schob Jü sich an ihm vorbei ins Zimmer des Kommandanten und schloss die Tür vor Blekks Nase. Sie wandte sich Schæmmon zu und hielt seinem fragenden Blick selbstbewusst stand. »Generalmajor Schæmmon, ich habe allen Grund, wegen der Geheimniskrämerei wütend zu sein.«

»Oberst van Oak sieht das ähnlich. Leider hatte auch ich in dieser Sache kaum eine Wahl.«

»Was soll das heißen?« Jü setzte sich unaufgefordert. Die Worte des Generalmajors besänftigten ihre Wut auf Blekk ein bisschen, aber selbst wenn ihr Blut nicht mehr kochte, war es immer noch auf Siedetemperatur.

Schæmmon verschränkte die Finger ineinander. »Es heißt, dass ich Ihnen nicht zu jedem Befehl Rechenschaft ablegen werde. Schließlich tun Sie das auch nicht. Oder möchten Sie mir erklären, wo Sie während Ihrer Flucht waren, Frau van Oak?«

Jüs Kiefer pressten sich aufeinander. Mit dieser Frage hatte sie nicht gerechnet und für einen Moment fehlten ihr die Worte. Als sie sich gesammelt hatte, straffte sie selbstbewusst die Schultern. »Darüber darf ich nicht sprechen.«

»Ich könnte Sie von der Missionsliste streichen, wenn Sie weiterhin auf Ihre Schweigepflicht beharren.«

Da war sie wieder, die militärische Erpressertour. Leider spielte Schæmmon ihr damit genau die passenden Argumente zu. Wie lange hatte sie mit Mox genau um solche Spielchen gerungen. »Tun Sie das«, erwiderte sie und pokerte damit auf das volle Risiko. »Ich bin mir sicher, dass der Avain an den eigentlichen Zielkoordinaten benötigt wird. Dr. Geson sieht das genauso. Wenn Sie die Ressourcen verschwenden oder die Mission aufgeben wollen, indem Sie mich in die zweite Reihe stellen, bitte. Das ist Ihre Entscheidung. Aber es sind auch Ihre Konsequenzen.«

Sie lehnte sich zurück, verschränkte die Arme vor der Brust und wartete auf eine Reaktion. Das erste Mal seit Tagen hatte sie das ehrliche Gefühl, selbst entschieden zu haben. Sie wollte weiter an einem Mittel gegen die Shaterra arbeiten, aber sie würde es nicht um jeden Preis tun. Sie musste das auch gar nicht. Es war ihr Leben. Entweder akzeptierte Schæmmon ihre Verschwiegenheit in Bezug auf Turva oder er musste sie eben vor die Tür setzen.

Der Generalmajor lehnte sich in seinem Stuhl zurück und musterte sie für eine geraume Zeit, ohne etwas zu sagen. Erst als er die Hände über dem Bauch ineinander faltete, entspannten sich auch seine Gesichtszüge ein wenig. »Das sind mutige Worte, Frau van Oak. Sie stehen Ihrem Bruder in nicht viel nach.«

War das ein Kompliment? Jü reagierte nicht sofort darauf, sondern ließ Schæmmon weitersprechen.

»Ich akzeptiere Ihr Schweigen, auch wenn es mir schwerfällt. Wenn Oberst van Oak nicht für Sie gebürgt hätte, wären Sie längst wieder in Lipz.«

Jü nickte. Sie verstand, welches Risiko Ihre Anwesenheit in dieser Basis barg. »Ob Sie mich weiterhin einsetzen, bleibt Ihre Entscheidung. Meine Bedingungen kennen Sie.«

Damit erhob sich Jü und verließ das Büro. Wie Schæmmons Reaktion ausfiel, sah sie nicht mehr. Es war ihr auch egal. Sie hatte für sich argumentiert. Entweder er akzeptierte das oder er hatte Pech gehabt.

Nun stand sie im Gängelabyrinth von Ebene neun und blickte sich unschlüssig um. Vielleicht war es eine gute Idee, einfach noch ein paar Schritte spazieren zu gehen. Also setzte sie ihre Füße in Bewegung und ließ sich von ihren Instinkten den Weg weisen.

***

Mit einer warmen Tasse Kräutertee in der Hand folgte Jü wenig später den Gängen aus der Kantine in unbestimmte Richtung. In die eigenen Gedanken versunken, trugen ihre Füße sie nahezu blind umher. Als sie nach längerem Herumirren endlich bewusst nach einem Orientierungspunkt suchte, fand sie sich vor Ranjels offener Bürotür wieder. Sie erspähte den Galaktologen vor einer Tafel mit Inschriften.

Jü war unschlüssig, entschied sich dann aber doch für ein zaghaftes Klopfen.

»Ja?« Ranjel antwortete, ohne den Blick von seiner Arbeit zu heben.

»Kann ich reinkommen?«

Jetzt erst sah er auf. Als er Jü erblickte, versteifte sich seine Haltung kaum merklich. Nach einem Augenblick des Schweigens legte er sein Heft zur Seite, hob einen Papierstapel von einem Stuhl und bat sie darauf.

Jü sah sich unsicher um. »Ich hoffe, ich komme nicht ungelegen.«

»Nein.« Er wartete, bis sie sich gesetzt hatte, und schob seine Brille zurecht. »Sie sehen müde aus. Möchten Sie jetzt darüber reden?«

Sie schlürfte aus ihrer Tasse und schwieg, während er sich lässig gegen die Tischkante lehnte.

»Tut mir aufrichtig leid«, sagte er. »Sie haben so eine Aktion nicht verdient.«

Jü streifte eine Strähne hinter ihr Ohr und zog die Füße in den Schneidersitz. »Danke. Auch dafür, dass Sie mich verteidigt haben.«

»Gern. Im Grunde glaube ich, dass auch Blekk Sie schützen wollte.«

Sie sparte sich eine Reaktion darauf. Das musste sie mit ihm selbst klären. Sie entschied sich für einen Themenwechsel. »Darf ich Sie etwas fragen?«

»Klar.« Ranjel stieß sich von der Tischkante ab und räumte sich einen eigenen Stuhl frei.

Jüs Hände schlossen sich um die warme Keramik. »Sie sind doch auch Zivilist, oder?«

»Gewissermaßen.«

»Wie sind Sie hier gelandet?«

»Auf Kilp?«

»In den Reihen des Militärs.«

Ein Lächeln umspielte seinen Mund. »Das ist eine längere Geschichte.«

»Nicht schlimm.« Jü zuckte mit den Schultern. »Ich habe Zeit und ein bisschen Abwechslung wäre nett.«

»Na gut.« Er kratzte sich verlegen am Nacken. »Wenn ich jetzt vor Ihnen meine halbe Lebensgeschichte ausbreite, gehen wir aber zum Du über.«

Eine zarte Röte überzog seine Wangen, die Jüs Herz flattern ließ. Nun, da sie sich sicher war, dass er nicht für die Shaterra arbeitete, war das ambivalente Gefühl ihm gegenüber gewichen. Sein Anblick bescherte ihr ein angenehmes Bauchkribbeln, das in einem verlegenen Lächeln endete. »Einverstanden, Du.«

»Wo fange ich an?« Sein Blick schweifte zur Decke, als müsste er sich erst einmal sammeln. »Meine Kindheit erspare ich dir. Die war eher unspektakulär. Aber sagen wir mal, ich stamme aus einer Archäologentradition. Schon mein Großvater und meine Eltern haben mich zu Ausgrabungsstätten mitgeschleppt. Da lag es nahe, dass ich den gleichen Beruf ergreifen will. Immerhin war es im Shaterra-Regime eine durchaus begehrenswerte Arbeit. Ich habe mich mit der Theorie über die Alkupæ beschäftigt. Das hat mir unter meinen Fachkollegen nur Häme eingebracht, dafür folgte kurz darauf ein Angebot der Shaterra, das ich aus persönlichen Werten heraus ablehnte. Zwei Tage später stand ein Mann vor meiner Tür, der sich als Mitglied des EFM outete. Er warb mich für das Militär an und ich sagte zu, weil es mir eine Möglichkeit eröffnete, meine Theorie zu beweisen. Ich schätze, ich kann von Glück reden, denn weitere zwei Tage später wurde mein Wohnblock wie durch Zufall Opfer von Altersschäden. Ich war zu diesem Zeitpunkt auf einer Mission. Das hat mir das Leben gerettet. Der komplette Wohnblock stürzte in sich zusammen, obwohl die Bausubstanz nicht wirklich marode war. Zwanzig Familien fanden den Tod.«

»Die Shaterra?« Jü musste unwillkürlich an Zilli denken, während sich ihre Hände wie von allein zu Fäusten ballten. Ob die Einstürze auch forciert gewesen waren? Gleich darauf glitten ihre Gedanken zu Kyra, Lænn und der Shuttle-Explosion. Die Shaterra waren elende Manipulatoren!

»Das EFM«, fuhr Ranjel fort, »sorgte daraufhin aus Schutzgründen dafür, dass ich als verstorben galt. Es war etwas umständlich, aber das EFM hat es auch den offiziellen Wegen irgendwie glaubhaft verklickert. Ich erhielt den Namen Dr. Ranjel Geson und wohnte viele Jahre hier auf Kilp. Erst vor zwei Jahren kehrte ich zur Erde zurück. Ich hatte lange Zeit ein Zimmer bei Blekk, dann suchte ich eine eigene Wohnung.«

»Den Shaterra ist nicht aufgefallen, wer du bist? Bei mir haben sie immerhin innerhalb weniger Tage alle Schutzvorkehrungen durchblickt.«

Ranjel zog die Brille von der Nase. »Na ja, ich trug früher vornehmlich Kontaktlinsen, hatte ein deutlich breiteres Gesicht und war nicht ansatzweise so trainiert wie heute. Meine Haare waren viel länger und schwarz gefärbt. Ich sah völlig anders aus.« Er zuckte mit den Achseln. »Da mich die Shaterra nie wirklich auf dem Schirm hatten, standen meine Chancen im Grunde gut.«

»Hast du deshalb in den Randbezirken gewohnt?«

Ranjel lachte. »Auch. Aber der eigentliche Grund ist, dass ich tagein, tagaus zwischen Artefakten sitze, die älter sind als die meisten menschlichen Hochkulturen.

Das letzte, in dem ich mich wohlfühle, ist eine Wohnung voll technisiertem Schnickschnack.«

Jü schmunzelte und nahm einen Schluck von ihrem Tee. Sie schwiegen eine Weile, bevor sie sich für eine weitere Frage entschied. »Wie hältst du es hier in diesen starren Strukturen aus?«

Ein Seufzer entfuhr ihm. Er legte die Brille zur Seite und fuhr sich über den Nasenrücken. »Sagen wir mal, ich habe gelernt, mich damit zu arrangieren.«

»Wie? Du scheinst mir nicht der Typ zu sein, der Befehle einfach so hinnimmt.«

Ranjel nickte. »Das tue ich auch nicht. Ich spreche aus, wenn ich eine andere Meinung habe.«

Jüs Griff um die Tasse wurde fester. Die Anspannung kehrte zurück. »Bringt dich das manchmal an deine Grenzen?«

»Oh ja.«

Ranjels Ehrlichkeit überraschte Jü. Er war ein angenehmer Gesprächspartner, der auch tiefgründige Themen nicht scheute.

Er schloss einen Moment die Augen. »Ich stoße sogar ziemlich oft an diese Grenze. Dann sage ich mir jedes Mal, dass die Sache, der wir hier dienen, viel größer ist. Unsere Leben und die vieler Menschen und Spezies hängen davon ab. Wenn ich im entscheidenden Moment Blekks Befehle ständig überdenken würde, wäre ich längst tot. Manchmal erleichtern Befehlsstrukturen brenzlige Situationen.« Er zwinkerte ihr zu und suchte mit der Hand nach seiner Brille. »Das bedeutet aber nicht, dass man sich nicht auch einmal dagegen auflehnen kann.«

Jü seufzte. »Wenn du das sagst, klingt es so einfach.«

»Ist es auch. Zumindest, wenn ich weiß, wofür ich das tue. Wir sind hier einer Lösung auf der Spur. Das ist für mich entscheidend.« Er schob die Brille zurück auf die Nase und beugte sich zu ihr. »Wieso bist *du* hier?«

Jü nahm einen großen Schluck. Sie nutzte den Moment zum Nachdenken und dazu, ihr flatterndes Herz zu beruhigen. »Gute Frage«, entgegnete sie schließlich. »Um ehrlich zu sein, weiß ich es nicht genau. Ich bin hier irgendwie reingeschlittert. Und jetzt habe ich den Schlüssel zu irgendetwas, was ich nicht verstehe.«

»Du zweifelst an deinem Bruder.«

Die Aussage hing bedeutungsschwanger im Raum. Ranjel hatte den Nagel auf den Kopf getroffen und mit einem einzigen Schlag tief im Holz versenkt. Betreten deutete Jü ein Nicken an.

Ranjel rieb sich über das Kinn. »Blekk ist ein guter Mann. Er hätte den Befehl nicht befolgt, hätte ein Risiko für einen von uns bestanden.«

»Was macht dich da so sicher?«

Er lächelte. »Ich spreche aus Erfahrung. Ohne Blekk wäre ich schon lange nicht mehr am Leben. Vertrau ihm.«

Ihre Blicke trafen sich. Jüs Magen wurde flau. Mit absoluter Sicherheit stieg ihr die Röte auf die Wangen. Sie wagte kaum zu atmen, damit der Moment hielt. So lange wie möglich.

Hastige Schritte rissen sie aus der merkwürdig angenehmen Situation und schon klopfte jemand an den Türrahmen.

Ranjel sprang auf und stolperte beinahe über den Papierstapel am Boden. »Cæm, hey«, sagte er und winkte zur Tür.

Cæm wirkte für einen Moment irritiert. Erst die offensichtliche Erkenntnis, gerade in einem ungünstigen Moment dazu gestoßen zu sein, trieb ihr ein schelmisches Grinsen ins Gesicht. Doch umgehend kam der Ernst zurück. »Jü, da ist jemand, der Sie und uns sprechen möchte.«

***

Jü folgte Cæm durch das Labyrinth. Sie spürte Ranjels Blick in ihrem Nacken, hörte seine Schritte und erinnerte sich an das Braun seiner Iriden, dass ihr jedes Mal ein Kribbeln durch den Bauch jagte. Seine Präsenz so nah hinter ihr setzte sie unter Strom. Sie presste ihre Hände tief in die Taschen, damit sie die eigene Anspannung unter Kontrolle bekam.

Für eine Weile hatte sie in Ranjels Nähe sogar ihren Ärger auf Blekk und Schæmmon vergessen. Nun kehrte er ungebremst zurück. Wäre ihr der Generalmajor nicht vorab sympathisch erschienen, hätte sie die weitere Zusammenarbeit nach dem sogenannten ›Test‹ auf Eis gelegt. Dass es hier um etwas Größeres ging, war dabei wenig von Belang.

Gedankenverloren betrat sie den Konferenzraum. Es dauerte einen Moment, bis sie die Besonderheit registrierte.

Vor der Projektionstafel, die ein Bild des Avain zeigte, stand Schæmmon. Er war in ein Gespräch mit einem Mann vertieft, den Jü vor gar nicht so langer Zeit das letzte Mal gesehen hatte. Seine Silhouette war unverwechselbar. Es war eine, von der sie nicht erwartet hatte, ihr so schnell wieder zu begegnen – schon gar nicht hier. General Mox' Anwesenheit brachte sie in ein drastisches Dilemma. Was zum Teufel machte er auf Kilp?

Gerade riss Mox seinen Blick vom Bild des Avain los und wandte sich dem Raum zu.

Jü stand wie erstarrt. *Und jetzt?*

Er ließ sich mit keiner Silbe anmerken, dass sie miteinander bekannt waren. Also würde sie das ebenfalls nicht tun.

Schritte näherten sich aus dem Gang. »Da bin ich«, kündigte Blekk sich an. »Worum geht es, Generalma...« Sein Blick fiel auf Mox und er straffte sich aus seiner lässigen Haltung in eine formelle Position. »General Mox, was verschafft uns die hohe Ehre?«

Jü hielt den Atem an. Ihre Verwirrung stieg und sicherlich war es am besten, einfach abzuwarten, was nun kam. Offenbar war der Kommandant von Turva nicht das erste Mal auf Kilp. Sie entschied sich für Schweigen und setzte sich an den Konferenztisch – zwischen Cæm und Ranjel.

Blekk nahm ihr gegenüber Platz. Sein Blick lag auf ihr, doch sie versuchte sich in Ignoranz. Sollte er noch ein bisschen zappeln. Auch Schæmmons Blicken wich sie aus. Stattdessen heftete sich ihr Fokus auf den General von Turva.

»Danke, dass Sie der Aufforderung so zügig nachgekommen sind«, eröffnete Mox. »Generalmajor Schæmmon hat mich hergebeten, da er der Meinung war, es sei für Ihre anstehende Mission von Wichtigkeit.« Sein Blick ging von einem Anwesenden zum nächsten. Auf Jü blieb er schließlich haften. »Ich stimme ihm zu und möchte mit meiner Anwesenheit für die notwendige

Transparenz sorgen. Als oberster Befehlshaber der Streitkräfte der Vereinten Föderation der Menschheit untersteht auch das EFM direkt meinen Befehlen. In den vergangenen Tagen waren sie Entscheidungen und Erkenntnissen ausgesetzt, die teils schwer einzuordnen waren.«

Blekk räusperte sich. »Das klingt verdammt ominös.«

»Sie haben recht«, entgegnete Mox. »Lassen Sie mich deutlicher werden: Ich war es, der die Testmission angeordnet hat.«

Jüs Augen weiteten sich und sie straffte sich in eine aufrechte Haltung. Auf der anderen Seite des Tisches hob sich Blekk in eine ähnliche Position. Ihre Verwandtschaft war in dieser Sekunde nicht zu leugnen.

Mox ließ sich davon nicht beirren. Ohne das kleinste Wimpernzucken sprach er weiter. »Außerdem war es mein Befehl, dass Frau van Oak über ihre Immunitätsunterbringung zu schweigen hat.«

Jü wurde etwas klar. Sie sah zu Generalmajor Schæmmon, der die Lippen aufeinanderpresste, während er ihren Blick erwiderte. Sie wandte sich an Mox: »Und weil Sie auch diesbezüglich meine Loyalität anzweifeln, musste Schæmmon mich deshalb in die Mangel nehmen.« Sie hatte es absichtlich nicht wie eine Frage formuliert.

Mox wandte ihr das Gesicht zu. »Ja, ich hielt es für notwendig.«

Blekks Stuhl kratzte über den Boden, als er aufsprang. »Bei allem Respekt, General, aber das ist Bullshit! Ich möchte nicht unhöflich erscheinen, aber die Loyalität von Jü stand niemals infrage. Zumindest nicht für mich. Ich hätte dieser Idiotie schon viel früher widersprechen sollen.«

»Oberst ...«

»Ich bin noch nicht fertig«, fuhr Blekk dazwischen.

Jü spürte seinen Ärger nur zu deutlich. Es war, als würde sich ihr gesammelter Frust durch ihn gleich mitkanalisieren. »Es enttäuscht mich zutiefst, dass Sie meinen Führungsfähigkeiten nach all den Jahren derartig wenig zutrauen. Ich habe mehrfach versichert, dass ich mich in der Lage fühle, Befehle auch gegenüber meiner Schwester durchzusetzen. Der Verwandtschaftsgrad ist für mich während einer Mission unerheblich!«

»Das reicht«, fuhr Schæmmon dazwischen. »Ich denke, wir haben im Moment schwerwiegendere Probleme, denen wir uns dringend widmen sollten. Vielleicht einigen wir uns darauf, von nun an mit Professionalität und gegenseitigem Vertrauen weiterzuarbeiten.«

Das war leichter gesagt als getan. Dennoch durchflutete Jü Dankbarkeit. Blekk hatte sie verteidigt und damit deutlich seine Kompetenzgrenzen überschritten. So kannte sie ihn. Es musste ihn unendlich Nerven gekostet haben, dem Testbefehl nachzukommen. Das Problem lag woanders. Nicht bei ihm, sie konnte ihn für das Geschehen nicht bestrafen.

Er fing ihren Blick auf, als er sich wieder an den Tisch zurücksetzte. Er wirkte beschämt und gleichzeitig erleichtert.

Sie nickte ihm zu und ihr Mund formte ein lautloses ›Danke‹.

Noch immer war die Stimmung spürbar aufgeheizt und weit entfernt von Professionalität. Schæmmon schien das zu spüren. Wie immer hatte seine Art etwas ruhig Besonnenes. Er legte seine Unterarme auf den Tisch und faltete die Hände ineinander. »Ich habe Neuigkeiten von der Erde. Die Atmosphärenschirme verkleinern sich immer schneller.«

»Was?« Ranjel war das Entsetzen in der Stimme anzuhören.

Der Generalmajor nickte. »Wir können nicht genau sagen, wieso, aber es findet eine drastische Ressourcenreduzierung statt. Das ist kein gutes Zeichen. Es gab bereits erste Aufstände und eine Menge Tote.«

»Dann sollten wir uns beeilen«, warf Blekk ein und war wieder ganz der aufmerksame Militär.

»Das werden wir«, versicherte Schæmmon. »Majorin McArt, erklären Sie den Anwesenden bitte, wohin die Reise tatsächlich gehen wird.«

Sofort schoss das Adrenalin durch Jüs Adern.

Cæm, die den gesamten Disput stumm verfolgt hatte, rief mittels einer Laserfernbedienung eine Karte der Milchstraßen-Galaxie auf. Sie verkleinerte das Bild stückweise, bis auch die umliegenden Galaxien sichtbar wurden, immer weiter zoomte sie heraus. In einer Entfernung, bei der Jü beim bloßen Gedanken schwindelig wurde, blinkte schließlich ein roter Zielpunkt.

»Wie weit weg ist das?« fragte Ranjel mit Faszination in der Stimme.

Cæm setzte zu einer Antwort an, doch Blekk warf dazwischen: »Einigen wir uns einfach auf ›außerordentlich weit‹.«

Es war General Mox, der nun aus seinem Stuhl aufstand. »Meine Damen und Herren, außerordentlich weit wäre eine deutliche Untertreibung. Majorin

McArt hat die Zielkoordinaten mehrfach durchgerechnet. Meine führenden Wissenschaftler auf Turva haben Gleiches getan. Wir sind uns sicher, den richtigen Ort gefunden zu haben.«

Blekk runzelte die Stirn. »Das ist ein ganz schön langes Wurmloch.«

Cæm nickte. »Einfach ausgedrückt: ja.« Sie positionierte sich vor der Tafel. »Wir haben eine Verbindung über solch eine Entfernung noch nie aufgebaut und werden mit ein paar Schwierigkeiten zu kämpfen haben. Zum einen benötigen wir etwa das Zweihundertfache der üblichen Energiespitzen, um ein Wurmloch über so eine weite Distanz aufzubauen. Selbst wenn uns das gelingt, wird Kilp danach dem Untergang geweiht sein. Unsere Außenhüllen halten die üblichen Energiespitzen weitestgehend unter dem Radar der Shaterra. Ein Kraftakt wie dieser wird aber nicht unbemerkt bleiben. Ob es am anderen Ende genug Energiereserven für den Rückweg gibt, ist auch unklar. Im schlimmsten Fall reden wir hier also von einer Einbahnstraße.«

Das hatte gesessen. Jü rutschte das Herz in die Hose. Das könnte ein verdammtes Selbstmordkommando werden. Sie suchte Blekks Blick, doch der starrte auf den Bildschirm, als halte dieser irgendeine Lösung parat.

»Sie wollen sagen, dass wir vielleicht für immer dort festsitzen?« Ranjel sprach Jüs Gedanken aus. Seine Stirn war tief durchfurcht und das erste Mal wirkte auch er resigniert.

»Wir können es zumindest nicht ausschließen.«

Jüs Herz verkrampfte sich, aber dort saß nicht nur Angst, sondern auch Hoffnung. Sie rührte aus all den Erkenntnissen und Übungen ihrer Zeit auf Kilp. Sie räusperte sich. »Der Avain hat viertausend Jahre überdauert, ohne an Leistung einzubüßen. Ich habe den Eindruck, die Alkupæ sind in meiner Nähe – zumindest mental. Sie würden eine solche Reise nicht zulassen, wenn es keinen Rückweg gäbe.«

Ranjel drehte einen Kuli zwischen seinen Fingern hin und her. »Was macht dich da so sicher?«

»Mein Bauchgefühl.« Verlegen fuhr sie sich durch die Haare und lächelte zerknirscht. »Das ist nicht viel, ich weiß.«

»Das ist mehr, als du denkst«, antwortete er.

Auch Schæmmon nickte. »Wenn die vergangenen Jahrzehnte uns eins gelehrt haben, dann, dass uns Bauchgefühle vielfach das Leben gerettet haben. Wir arbeiten hier oft mit Dingen, die wir nur unzureichend verstehen. Die aktuelle Mission ist eine davon. An dieser Stelle möchte ich Ihnen allen die Möglichkeit geben, von der Reise zurückzutreten. Mir ist das Risiko bewusst und ich werde die Entscheidung dafür allein jedem Einzelnen von Ihnen überlassen.«

Das war der Generalmajor, den Jü kennengelernt hatte. Eine klare Führung, kombiniert mit einer menschlichen Haltung.

Ranjel hob als Erster die Hand. »Ich gehe.«

Auch Cæm hob den Arm. »Ebenfalls.«

»Glaubt bloß nicht«, sagte Blekk, »dass ich euch den Spaß allein überlasse.«

Jü kratzte sich am Hinterkopf. »Ohne den Avain kommt ihr vermutlich nicht weit.« Auf Blekks fragenden Blick hin, fügte sie an: »Bauchgefühl. Ich bin jedenfalls dabei.« Ihr Herz raste, als sie die Worte aussprach. Es war die richtige Entscheidung. Sie spürte es.

»Meine Damen und Herren«, schloss Schæmmon. »Ich danke für Ihre Einsatzbereitschaft. Nutzen Sie den restlichen Tag, um sich auszuruhen. Sie erhalten Ihre Ausrüstung morgen früh. General Mox war so freundlich, uns mit ein paar netten Gimmicks auszustatten. Ich wünsche Ihnen viel Erfolg.«

Datentransfer QJ88WD

Die Aktualisierungen erreichten den Secret-Room der führenden Einheit des Planeten Erde und der dazugehörigen Galaxie.

--- Commander. ---

--- Erstatten Sie Bericht. ---

--- Haben erneuten Energietransfer auf Planet XP439107 erkannt. Wahrscheinlichkeit für ein natürliches Auftreten liegt unter 10 %. Neujustierung der Beobachtungsposten. ---

Die Finger der führenden Einheit durchforschten die Datenbanken zu Planet XP439107. Unbewohnt. Keine erkennbaren Lebensspuren. Auch nicht im restlichen Sonnensystem.

--- Wahrscheinlichkeit für Aufenthalt des Avain? ---

--- 53 %. Energietransfer abnormal, aber Oberflächenscan der Planetenkruste negativ. Entfernung für Tiefenscan zu hoch. ---

Die führende Einheit berechnete die Ressourcenkapazitäten.

--- Annäherung an Sonnensystem wird freigegeben. Bereithalten für Hyperraumsprung. Beobachtung der Lage, bis Sicherheit auf über 90 % steigt. ---

In der Zwischenzeit musste eine weitere Ressourcensteigerung erfolgen. Einengung der Erdatmosphärenschirme um weitere 15 %. Damit wurden Ressourcen für kurzfristige Änderungen frei.

Täglich gab es Aufruhr an den Datenringen der Metropolen. Proteste formten sich, doch die Situation befand sich unter Kontrolle. Drohnen waren in Position. Übergriffe und Übertritte wurden bestraft. Umgehend.

Kapitel 10

Jü betrat den noch leeren Vorbereitungsraum. Die Stille war eine Wohltat. Sie hatte eine überraschend traumlose Nacht hinter sich, dennoch kaum erholsam. Die Aufregung nagte an ihr.

Vor ihr an der Wand hing die Einsatzkleidung für den heutigen Tag. Mit den Fingern strich sie über das Material, dass sie vor den G-Kräften des Wurmlochs, aber auch vor der Weltraumatmosphäre schützen würde. Sie hatten keine Ahnung, wie es am Ziel war. Wobei. Das stimmte nicht ganz. Jü war felsenfest davon überzeugt, zu wissen, wie der Bestimmungsort aussah.

»Wie geht es dir?«

Erschrocken fuhr Jü herum.

Blekk stand in der Tür und hielt ihr eine Kaffeekapsel entgegen. »Ich hatte gehofft, dass du schon hier bist.«

»Ich konnte kaum schlafen.« Dankbar nahm sie das ekelhafte Ding und schluckte es hinunter.

»Dachte ich mir.« Blekk kam zu ihr und lehnte sich gegen einen der Spinde.

Jü atmete tief ein. »Was da gestern passiert ist ...«

»... ist jetzt egal«, unterbrach er sie.

»Nein, ist es nicht. Es hängt noch zwischen uns und ich möchte das klären, bevor es losgeht.« Blekks Stirnrunzeln überging sie, hielt seinem Blick stand. »Dir geht es auch so, sonst wärst du nicht so zeitig hier.«

Er spitzte die Lippen. »Es ist nicht deine Schuld und nicht meine.«

»Ich hätte dich nicht so anbrüllen dürfen.« Ein Seufzen entfuhr ihr. »Tut mir leid.«

»Mir auch. Die haben uns in eine beschissene Situation gebracht.«

»Ich hätte dir vertrauen sollen.«

Blekk schüttelte den Kopf. »Du hast nichts falsch gemacht. Dein Leben hat dich gelehrt, vorsichtig zu sein.«

»Du meinst, Mutters Fanatismus hat mich in die Scheiße geritten.«

Blekk versuchte sich an einem Lächeln, doch seine Gesichtszüge fielen wieder in sich zusammen. »Im nächsten Leben hole ich dich selbst da raus, und zwar viel früher.«

Jüs Brust erbebte unter einer Mischung aus Lachen und Schluchzen. Sie neigte sich Blekk entgegen, und er nahm sie in eine brüderliche Umarmung. Die Wärme seines Körpers ließ ihre Abwehr schmelzen und für einen Moment war sie einfach glücklich, bei ihm zu sein.

»Ich bin froh, dass du mitkommst«, flüsterte er.

Jü vergrub ihr Gesicht an seiner Schulter. »Ich hatte meine Zweifel, aber hier geht es um mehr, was?«

Er schob sie von sich. »Du klingst wie Ranjel.«

»Möglich.« Sie schluckte ein paar Tränen hinunter. »In dieser Hinsicht sind wir uns doch alle ähnlich. Die Shaterra haben unsere Familien zerrissen. Sie haben sich unseren Planeten unter den Nagel gerissen wie so viele andere auch. Sie roden und töten ohne Rücksicht auf Verluste, sie zerstören das Leben für ihre eigene

Existenz. Sie sind Maschinen ohne Gewissen oder Ideale, ohne jedes soziale Gefühl. Wenn ich irgendetwas tun kann, um sie aufzuhalten, werde ich das auch.«

»Das höre ich gern. Gibst du deinem in die Jahre gekommenen Bruder noch eine Chance?«

Jü knuffte ihn in die Schulter. »Tue ich das nicht längst?«

»Ich wollte es nur noch mal hören.«

»Bilde dir bloß nichts darauf ein.« Sie lächelte. »Das tue ich nur, weil du einen jüngeren und attraktiven Partner an deiner Seite hast.«

So wie sie die Worte ausgesprochen hatte, erschien Ranjel im Vorbereitungsraum. Jü wäre am liebsten vor Scham im Boden versunken.

Sie sah, wie sich Ranjels Wangen auf anziehende Weise röteten, während er sich unsicher umblickte. »Ist das die Kleidung für heute?« Auf Blekks Nicken hin griff er den Kleiderbügel mit seinem Namen vom Haken und hob eine Hand. »Wir sehen uns gleich.« Schon verschwand er in der Männerumkleide.

Blekk stand wieder lässig gegen einen Spind gelehnt, während Jü sich ihren eigenen Kleiderbügel schnappte und versuchte, sein süffisantes Grinsen zu ignorieren. Sie marschierte zur gegenüberliegenden Tür in ihre eigene Kabine. Nach dem Verriegeln der Tür sank sie auf eine Bank. Wie peinlich!

Ob es doch noch eine Möglichkeit gab, die anstehende Mission zu umgehen? Sie kam sich selten dämlich vor. Wieso hatte sie keine Schwierigkeiten, Mox die Stirn zu bieten, verzweifelte aber hin und wieder an ihren eigenen Gefühlen? Herrgott noch mal!

Sie würde sich zusammenreißen. Schließlich war sie lange erwachsen. Also atmete sie tief durch und zwängte sich in den Anzug hinein. Er saß luftdicht, war klimareguliert und wirkte gleichzeitig wie eine Panzerung. Interessiert prüfte Jü das Fabrikat mit den Fingern. Unwahrscheinlich, dass er von Menschen hergestellt worden war. Dafür war er in seiner Robustheit viel zu bequem und bewegungsfreundlich. Das Material erinnerte sie an irgendetwas, sie konnte es aber nicht zuordnen.

Zurück im Vorbereitungsraum reichte Blekk ihr eine Dose mit einem neuen CLP. »Schönen Gruß von Mox. Die Dinger haben eine Shaterra-Erkennungsfunktion.«

»Wie habe ich die vermisst.« Sie presste die Lippen aufeinander, als ihr bewusst wurde, dass dieser Teil unter die von Mox befohlene Geheimhaltung fiel, und schob sich die Membran über ihre Pupille.

Blekk musterte sie mit hochgezogenen Augenbrauen. »Verstehe.«

Sie suchte in seiner Mimik nach einem Hinweis, ob er wirklich verstand, aber sein Gesicht blieb ausdruckslos. Trotz allem war die Eisigkeit zwischen ihnen einer vertrauensvollen Atmosphäre gewichen. Zum Glück. Mit Misstrauen im Nacken hätten ihre Knie vor dem Sprung ins Weltall vielleicht doch versagt. Eine gute Basis war wichtig wie nie.

Kurze Zeit später betrachtete Jü den noch leeren Sprungring, in dem sich in Kürze ein transgalaktisches Wurmloch bilden sollte. Blekk stand neben ihr in der gleichen Vollmontur, Ranjel und Cæm hinter ihnen. Das Visier war das einzig Unangenehme an ihrem Outfit, aber notwendig. Schließlich war unklar, wie die Atmosphäre auf der anderen Seite sein würde. Jü hatte große Mühe, ihre Atmung an den künstlichen Sauerstoff aus dem Rucksack zu gewöhnen.

»Wahlsequenz wird gestartet«, meldete sich die Einheit aus dem Kommandoraum.

»Wie schaffen wir es denn, die notwendige Energie für den Sprung aufzubauen?«, fragte Jü.

Im Augenwinkel sah sie Blekk schmunzeln. »General Mox überreichte Schæmmon vor seiner Abreise eine passende Energiequelle.«

»Er ist schon zurück?«

»Ja, er hatte keine Zeit mehr, jedem persönlich die Hand zu reichen, aber ich soll dir einen Gruß bestellen. Die Trans-Ionen-Batterie, die unseren Transportring für heute speist, sei ein Allianzgeschenk einer verbündeten Spezies. Sie nennen sich Voolaner.«

Jüs Blick flog zu Blekk. Dann traf sie die Erkenntnis und sie konnte ein Lachen nicht unterdrücken. »Ich verstehe.«

»Ja, so etwas sagte er auch. Dass du schon verstehen würdest. Immerhin sei es dein Verdienst gewesen.«

»Na ja. Zumindest habe ich geholfen, den Weg zu ebnen.« Sie sparte sich einen Hinweis auf die nervenaufreibende Auseinandersetzung mit Mox, die dazugehört hatte. Jetzt erinnerte sie sich auch, wo sie das Material der Raumanzüge schon einmal gesehen hatte. *Die Voolaner!*

Der Lautsprecher sprang an: »Ziel anvisiert, Wurmloch aufgebaut in zwanzig Sekunden, neunzehn, achtzehn ...«

Auf einmal mengten sich warnende Sirenen dazwischen.

»Shaterra-Aktivität auf dem Radar«, schallte der Lautsprecher. »Alle Mannschaften in den Sprungraum. Evakuierung der Basis unmittelbar nach Abschluss der Sprungsequenz.«

»Verfluchter Mist!«, rief Blekk, »Wo kommen die so schnell her?«

Aufregung machte sich im Sprungraum breit. »Los, los, los!«, schrie einer der Militärs im Hintergrund und fuchtelte mit den Armen seine Frauen und Männer in Position.

»Wurmlochaufbau läuft. Noch zehn, neun, acht ...«, erklang eine andere Stimme. Sie mischte sich gnadenlos mit den Gefahrendurchsagen. »Feind trifft ein in einer Minute.«

Das Loch erwachte zum Leben und Blekk riss Jü am Handgelenk mit sich. »Wir gehen. Sofort!« Jede Sekunde bedeutete eine bessere Chance für die Basis, evakuieren zu können.

Jü sprintete neben Blekk durch den Ring. Sie hatte kaum Zeit, sich gedanklich zu verabschieden. Das Wurmloch schluckte sie, riss sie mit sich. Ihr Bewusstsein spürte, wie sie hin und her geschüttelt wurde. Es glich einem Achterbahntrip auf einer Überdosis LSD inklusive mehrfacher Überschläge und Momente, die an freien Fall erinnerten.

Schon knirschte auf der anderen Seite Sand unter ihren Sohlen. Der Ring deaktivierte sich und ließ sie allein in der neuen Umgebung zurück.

Jü fiel auf die Knie. Ihr Magen rebellierte. Es brauchte eine gefühlte Ewigkeit, bis sie den Blick vom Boden nehmen und sich erheben konnte.

Wie gelähmt blieb sie stehen und sah sich um. Das war es. Ganz eindeutig. In ihr brach etwas auf. Dieses Plateau, die Brücke, der Tempel. Im Hintergrund zwei Planeten, die beinahe mit diesem hier verschmolzen.

»Ist es das?«, fragte Ranjel. Sein Blick klebte an der Landschaft.

Cæm stieß ein überwältigtes »Wow!« aus und drehte sich mehrfach um ihre Achse. »Wisst ihr, welchen Weg wir eben heil zurückgelegt haben?«

»Einen weiten.«

»Oberst, das war ein Sprung von ...«

»Ja«, fiel er ihr ins Wort. »Ich weiß. Was sagt die Atmosphäre?«

Cæm hielt das Messgerät vor ihre Brust und studierte die Zahlen, die aufblinkten. »Das ist höchst erstaunlich.« Sie öffnete die Scheibe ihres Visiers. »Reinste Atemluft. Wie gemacht für uns.«

Auch Jü nahm das Visier von ihrem Gesicht. Ein Zischen begleitete den Abkapselungsvorgang vom Sauerstoffvorrat. Sie wandte sich dem Ring zu, der denen der Shaterra auf überraschende Weise ähnelte. Ihre Gedanken flogen zur Basis. »Was wird aus Kilp?«, fragte sie.

Ranjel folgte ihrem Blick und betrachtete den Sprungring. »Das wissen wir nicht.«

»Aber«, ergänzte Blekk, der mit zusammengekniffenen Augen auf den Tempel in der Ferne blickte, »wir wissen genauso wenig, was aus uns wird. Konzentrieren wir uns zuerst auf unser Ziel.« Mit der Waffe im Anschlag wandte er sich der Brücke zu, die direkt bis zum Tempel führte. »Da lang nehme ich an.«

Jü folgte Blekk und den anderen beiden. Das CLP in ihrem linken Auge umrahmte ihre Begleiter mit einem beruhigenden zartgrünen Schimmer. Sie hatte diese Funktion tatsächlich vermisst.

Viel beeindruckender allerdings war die Umgebung. Daran konnte sie sich nicht sattsehen. So oft war sie im Traum hier entlang gekommen. Die Realität war jedoch etwas völlig anderes. Sie saugte den Anblick in sich auf und versuchte, sich jeden Stein einzuprägen. Es war wie die Erlösung von einer lange getragenen Bürde.

Die Brückenpfeiler ragten mehrere hundert Meter in die Tiefe. Die Enden verloren sich in einem Nebeldunst, sodass Jü nicht einmal sicher sein konnte, ob sich dort schon der Boden befand. Ihr wurde schwindelig bei dem Gedanken. Die Verzierungen auf den Brückenrändern waren gesäumt von Säulen, die in Richtung Himmel ragten. Sie zogen sich bis auf den Weg zum Tempel und gingen dort nahtlos in die Stützen der Außenwände über. Die Luft war trocken und flimmerte in der unbarmherzigen Sonne. Binnen kürzester Zeit stand Jü der Schweiß auf der Stirn. Hier waren mindestens 30 °C im Schatten. Sie überlegte, ob sie das Visier zur Klimatisierung wieder überziehen sollte, aber ohne das Glas vor den Augen konnte sie die Umgebung viel besser betrachten.

Vor dem Tempel hielt Blekk an und wandte sich an sie. Er legte seine Hände auf ihre Oberarme, sein Blick ruhte auf ihr. »Bist du bereit?«

Jü schluckte. »Weiß nicht.« Allerdings konnte sie auch kein Shaterra dieses Universums länger davon abhalten, den Tempel zu betreten.

Blekk zog sie in eine brüderliche Umarmung. »Ich bin immer in deiner Nähe.«

Sie nahm seine Geste wie ein Geschenk entgegen. Ihr Kopf ruhte kurz auf seiner Schulter, bevor sie sich wieder voneinander lösten.

»Du führst uns«, befahl Blekk und überließ ihr den Vortritt.

Wie auf Kommando schob Jü die Hand in die Overalltasche und zog den Avain hervor. Sofort vibrierte er unter ihrem Griff, aktivierte sich und erstrahlte in hellem Licht. Dann wickelte er sich um ihre Handfläche. Das Eindringen unter ihre Haut war ihr mittlerweile so vertraut, dass sie es kaum noch spürte.

Also los, Schlüssel, zeig mir den Weg, dachte sie und ging auf die Tempelwand zu.

***

Jüs Fingerkuppen legten sich auf den sonnengewärmten Stein des Tempels. Der Avain um ihre rechte Hand vibrierte in heller Vorfreude. Durch ihre Fingerspitzen floss Energie, die am Stein der Tempelmauer kitzelte, aber effektlos verpuffte. Das wäre auch zu einfach gewesen. Sie würde die richtige Stelle erst finden müssen.

Ihre Füße folgten den Kacheln auf dem Boden wie von allein. Eine volle Runde drehten sie um das Gemäuer, das so alt und erhaben wirkte, gleichzeitig so gut intakt, dass irgendwer es zu pflegen schien.

Während Jü dem Säulengang um den Tempel herum folgte, legte sie die Finger immer wieder auf die Wand und ließ die Eindrücke auf sich wirken. Überall sah sie Schriftzeichen, Piktogramme, die ein buntes Leben darstellten. Das erste Mal wurde ihr bewusst, wie gigantisch das Universum eigentlich war und wie wenig sie davon kannte und begriff.

Hier waren verschiedenste Spezies abgebildet. Einige davon waren eindeutig Menschen, andere erinnerten an die Grapinger, die auf Turva unter ihnen gelebt hatten. Jü erkannte sie an den langen, tief hängenden Ohren und der Tatsache, dass einige von ihnen auf allen vier Gliedmaßen standen. Wieder andere Spezies konnte Jü gar nicht identifizieren. Und dann waren da unverkennbar die Alkupæ mit dem schmalen Körperbau und den langen Fingergliedern. Die Gesichtszüge waren fremdartig und die hochgewachsene Kopfform erinnerte an einen Luftballon, oben breit, unten schmal. Auf einem ansonsten kahlen Haupt saßen große Augen, in die Jü in ihren Träumen so oft gesehen hatte. Das konnte kein Zufall sein.

»Hat jemand eine Tür gesehen?«, fragte Blekk, als sie wieder auf der Vorderseite angelangt waren.

»Nein.« Ranjel kritzelte bereits etwas in sein Heft. Sein Blick ging immer wieder zu den Zeichnungen auf der Außenwand. »Auch keine Fenster. Aber diese Schriftzüge sind spektakulär. Ich könnte Wochen hier verbringen, um das alles zu übersetzen.«

Jü schenkte ihm ein Lächeln. »Warte, bis du das Innere siehst.«

Ranjel blickte von seinem Heft auf. »Wie meinst du das?«

Erschrocken hielt sie den Atem zurück. *Schöner Mist.* »Ist nur so ein Gefühl.«

Er nickte, während seine Augen wieder an den Darstellungen auf der Außenseite hingen. »Da liegst du vermutlich richtig.«

»Das ist ja alles schön und gut«, warf Blekk ein, »aber dafür müssen wir erst einmal reinkommen.« Er wandte sich an Ranjel. »Steht da irgendetwas, was uns weiterhilft?«

»Nicht wirklich.« Der Galaktologe zückte ein Heft aus seinem Rucksack und glich die Zeichen mit seinen Mitschriften ab. »Das meiste sind dekorative Ornamente und Piktogramme, die das Leben der Alkupæ darstellen. Auf der Frontseite steht sinngemäß: *Wer Macht sucht, wird sie finden.*«

»Macht?« Blekk kniff die Augen zusammen und scannte die runenartigen Symbole.

»Ja, zumindest glaube ich das.« Ranjel prüfte noch einmal seine Übersetzungen. Die gerunzelte Stirn sprach dafür, dass er auf vagem Grund stand.

Jü betrachtete die Zeichnungen genauer, als eine Idee in ihrem Kopf Form gewann. »Ranjel«, sagte sie. »Du hast mir erzählt, die Alkupæ und die Shaterra seien wie Licht und Dunkelheit.«

Er sah auf und kam zu ihr. »Genau. Die einen bringen das Leben, die anderen den Tod. Schon seit Tausenden von Jahren. Zumindest bei dem Teil der Übersetzung bin ich mir mittlerweile ziemlich sicher.«

»Was wäre ...«, Jü deutete auf eines der Alkupæworte, »... wenn das hier gar nicht ›Macht‹ heißt?«

Ranjel versenkte die Nase in dem Notizbuch. »Wie kommst du darauf? Es ist doch das gleiche Wort wie auf dem Avain. Auch die Shaterra haben es mit ›Macht‹ übersetzt. Es ist eines der Worte, die ich in der Forschungsabteilung gelernt habe.«

»Gut möglich. Immerhin ist Macht für die Shaterra etwas sehr Bedeutendes. Aber vielleicht haben auch sie es falsch übersetzt.«

»Wie kommst du darauf?«

»Ha!«, rief Blekk aus und boxte Ranjel in die Schulter. »Jetzt siehst du mal, wie das ist. Vielleicht hast du es noch nicht gemerkt, aber sie ist auch so eine Klugscheißerin wie du.«

Jü blickte ihn über die Schulter hinweg an. »Dafür stellst du dich gerne dumm. Jetzt gib uns mal eine Minute.«

Blekk verdrehte die Augen und setzte sich auf die Treppe vor dem Tempel. Cæm gesellte sich zu ihm. Sie lehnte den Rücken an eine Säule und seufzte. »Gut atembare Luft, aber ganz schön heiß.«

Jü hängte ihren Kopf über Ranjels Notizbuch. Sein Atem war ihr nah und sie spürte die Hitze, die sich über sein Gesicht gelegt hatte.

Ranjel strich mit dem Zeigefinger über seine Notizen. »Hier steht die Inschrift des Avain. Wir haben sie übersetzt als: *Die Macht liegt im Schlüssel. Er kennt den Weg.*«

»Das mag sein«, erwiderte Jü. »Jetzt guck dir aber mal die Piktogramme hier auf den Mauern an.«

Ranjel blickte von seinem Heft auf die Außenwand des Tempels. »Ein interessanter Aspekt. Ich glaube, ich weiß, worauf du hinaus willst.«

Jü nickte. »Ich denke schon länger darüber nach, vor allem wegen der Dinge, die der Avain getan hat. Er war neben seiner Protokollfunktion bisher eine reine Verteidigungshilfe.«

In Ranjels Augen stieg der gierige Glanz der Erkenntnis. Er ließ Jüs Herz schneller schlagen und die Aufregung fing auch sie ein, während er sprach: »Auf den Bildern ist keinerlei Feindseligkeit zu sehen.«

»Genau.« Sie deutete auf einige der Darstellungen. »Nicht einmal Geld oder Sonstiges, das an Reichtum erinnern würde.«

Nahtlos knüpfte Ranjel weitere Gedanken an. »Keines der üblichen Symbole, die unsere Gesellschaft mit Macht verbindet. Es gibt keine Gewalt, keine Waffen.«

»Und wenn die Alkupæ derartig friedliebend sind«, ergänzte Jü, »ist Schutz wohl das höchste Gut und gleichzusetzen mit unglaublicher Macht. Denn was geschützt ist, kann gedeihen.«

Jü sah Ranjel in die Augen. Sie war sich sicher, dass ihre Wangen ebenso vor Freude glänzten wie seine.

»Ich störe ja nur ungern«, ertönte Blekks Stimme aus dem Hintergrund. Er hatte die Arme vor der Brust verschränkt und musterte die beiden argwöhnisch. »Klärt mich mal einer auf?«

Ranjel verzog die Miene zu einem Ausdruck von Ahnungslosigkeit. »Nun ja ...«

Jü trat erneut vor die Tempelwand. »Ich glaube, ich weiß jetzt, wonach ich suchen muss.«

»Ach ja?« Ranjels Stimme war geschwängert von Verblüffung.

Sie schenkte ihm ein Lächeln und wandte den Blick zurück auf die Steinquader. »Die größte Macht für die Alkupæ ist die Sicherheit. Ein sicherer Lebensraum gewährt das Aufblühen einer Spezies.«

Sie zeigte auf die Piktogramme vor sich. Etwa auf halber Höhe stand ein Alkupæ mit vor der Brust gefalteten Händen auf einem Plateau. Unterhalb standen verschiedene Gruppen von Menschen friedlich beieinander. Sie teilten Wissen und Waren, umarmten oder küssten sich, arbeiteten und speisten gemeinsam.

Jü spürte die Blicke der anderen in ihrem Rücken. Sie führte die Hand mit dem Avain an den Alkupæ heran. Auf seinem Handrücken waren Striemen zu sehen, ähnlich wie bei ihr, wenn der Avain sich darum herumschlang. Hauchzart, aber erkennbar, wenn man wusste, wonach man suchte.

In ihren Erinnerungen regte sich allerdings nichts. Jü war sich sicher, dass die Alkupæ ihr diesen Teil entweder aus den Erinnerungen gelöscht hatten oder er damals bei der ersten Begegnung nicht nötig gewesen war.

Als sie die Hand des Alkupæ berührte, leuchtete sie auf. Jedoch nur, solange Jü ihre Finger auf der Tempelwand behielt. Sie folgte den Piktogrammen mit den Augen und fand kleine Markierungen am Übergang zum Fußboden, genau dort, wo die äußersten Piktogramme von Menschengruppen aufgezeichnet waren. Die Idee in ihrem Kopf formte sich nun zu einem klaren Bild. Sie richtete sich auf und legte erneut die Fingerkuppen auf die Hände des Alkupæ. Als sie nun mit den Fingern die imaginäre Linie eines Schutzschirmes auf die Wand zeichnete, folgte die leuchtende Linie ihrem Weg. Sie führte die Energie bis zur Bodenmarkierung und wiederholte den Vorgang auch in die andere Richtung. Nun blickte sie auf Gruppen von Menschen, die unter dem leuchtenden Schutz der Alkupæ in Frieden lebten.

»Das ist ...« Ranjel fehlten offenbar die Worte, denn sein Unterkiefer war nach unten gefallen, doch es kam kein Ton heraus.

Schon kratzte Stein über Stein. Dort, wo der Schutzschirm eben noch zu sehen gewesen war, fuhr eine Wand in den Boden hinein. Ein halbrundes Loch klaffte kurz darauf in der Tempelwand – groß genug für sie einzutreten.

Sofort stand Blekk neben Jü, die Taschenlampe ins Dunkel haltend. »Du gehst voran und suchst den Lichtschalter«, raunte er. »Ich bin gleich hinter dir.«

Sie schluckte, sparte sich aber eine Erwiderung. Nun wurde es ernst. Mit klopfendem Herzen und zittrigen Knien ging sie los.

Kaum hatte sie einen Fuß in den Tempel gesetzt, leuchteten Linien an Boden und Wänden auf und liefen zu Mustern zusammen. Eckige und verschlungene Ornamente zeichneten sich in den Stein und rannen einem Fluss gleich dem fernen Ende entgegen. Dort liefen sie in einem Punkt zusammen, worauf der Avain in ihrer Hand zu vibrieren begann, so stark, dass es unangenehm wurde.

Zielsicher begab Jü sich dorthin. Sie senkte ihre Handfläche mitsamt dem Avain in die Vertiefung, als wäre es das einzig Richtige für diesen Moment.

Die Vertiefung sammelte das Licht, als wäre es eine Flüssigkeit, die in eine Schale lief. Die Energie wurde förmlich aus dem Avain gesaugt, so sehr, dass Jü die Hand vor die Augen nehmen musste.

»Hey!«, schrie Blekk. »Mach das wieder aus!«

Jü konnte nichts mehr erkennen. Die Umgebung wurde immer greller, so schmerzend, dass sie hilflos zu Boden sank und den Kopf in den Armen vergrub.

***

Als Jü wieder etwas erkennen konnte, hatte sich die Optik des Tempels verändert. Kunstlicht flutete den fünf Meter hohen Kuppelsaal. Ornamente, Piktogramme und Schriftzüge füllten jeden Zentimeter der Wände.

Neben ihr am Boden hockte Blekk. »Alles in Ordnung?«

Jü nickte schwach. »Was ist passiert?«

»Du hast den Lichtschalter gefunden.« Seine militärische Ernsthaftigkeit ließ sie aufhorchen. Er hielt ihr eine Hand hin, verzog dabei aber keine Miene. »Außerdem offenbar die Gegensprechanlage.«

»Hä?« Jü ließ sich von ihm auf die Knie helfen und blickte sich erschrocken um. Sequenzen ihrer Träume flackerten durch ihr Bewusstsein und versetzten ihren Kopf in ein aufgeregtes Stakkato an Gedanken.

An den Wänden reihten sich Stühle aneinander. Jeder einzelne war mit einem Alkupæ besetzt. Lebendige Abbilder der Piktogramme auf den Tempelfliesen. Sie tauschten sich im Flüsterton miteinander aus. Gespräche flogen durch den Raum in einer Sprache, die Jü nicht verstand. Hier herrschte Aufregung. Deutlich spürbar.

»Ich glaube«, flüsterte Blekk, »die erhalten nicht so oft Besuch.«

»Hi.« Das war Ranjel. Er kniete ein Stück weiter neben Cæm und hielt eine Hand zum Gruß in die Höhe.

Die Alkupæ musterten Jü und die anderen neugierig. Diese fremden Wesen waren allesamt nicht sehr groß gewachsen und im Kampf körperlich keinesfalls ein ernst zu nehmender Gegner. »Seid gegrüßt«, erwiderte einer von ihnen.

»Ihr versteht uns?« Blekk starrte mit großen Augen auf den Alkupæ ihm gegenüber.

Dieser hob bedächtig eine Hand. »Ein langes Leben lehrt viel.«

»Na super. Sie sprechen in Rätseln.« Nur ein Flüstern von Blekk, doch der ironische Unterton war deutlich herauszuhören.

Jü schlug die Beine in einen bequemen Schneidersitz übereinander und richtete ihre Aufmerksamkeit auf den Sprecher. »Wir danken euch dafür, dass ihr uns empfangt.«

»Wir haben lange auf diesen Tag gewartet, Jü von den Menschen.« Ein betont langsamer Wimpernschlag begleitete die Antwort des Alkupæ.

»Dann war das damals kein Traum? Ich war wirklich hier?«

Blekks aufgebrachte Stimme schnitt durch den Saal. »Du warst schon mal hier?«

Entschuldigend sah sie ihn an. »Im Traum. Dachte ich zumindest immer. Das Hirngespinst eines Kindes.« Sie atmete tief durch. »Können wir das später klären?«

Er nickte und Jüs Blick ging zurück zu dem Alkupæ.

»Tatsächlich«, sagte das fremde Wesen, »war es eine Projektion in deinem Geist. Es war nur ein Abbild deiner selbst, das uns hier besuchte.«

»Aber ... Wie ist das möglich?«

Wieder ein Wimpernschlag. »Das zu erklären, übersteigt deinen Wissensstand.«

Jü seufzte. Sie fühlte sich einem Déjà-Vu ausgesetzt. Bevor sie sich eine Taktik zurechtlegen konnte, räusperte sich Cæm. »Ich schätze, wir können es uns wie eine fortschrittliche Videotelefonie vorstellen.«

»Was ist das, Videotelefonie?«, fragte das fremde Wesen.

»Eine Art digitale Verbindung zwischen zwei Punkten«, erklärte Cæm, »bei der man sich sehen und hören kann. Kommunikation über weite Entfernungen. Im Prinzip so wie jetzt gerade auch. Zumindest nehme ich an, dass ihr nicht wirklich hier seid, sondern wir nur Hologramme sehen.«

»Ja, dann war es damals so wie heute *Videotelefonie*.« Das Wort kam dem Wesen nur schwer über die Lippen. Es neigte den Kopf in Jüs Richtung. »Doch du warst noch zu jung und konntest es nicht verstehen. Wir haben dich zurückgeschickt in dem Glauben, dass der Tag deiner Rückkehr kommen wird.«

»Wie konntet ihr euch da so sicher sein?« Jü fühlte sich surreal. Sie kniff sich in den Handrücken, doch alles blieb, wie es war.

Das Wesen neigte den Kopf zur Seite. »Das Raum-Zeit-Gefüge trifft an den passenden Stellen mehr als einmal aufeinander. So erhöht es die Wahrscheinlichkeit, dass die Dinge, die zusammengehören, zueinanderfinden.«

»Seid ihr euch sicher, dass jetzt der richtige Zeitpunkt ist? Denn ich verstehe immer noch nicht viel.«

Der Alkupæ nickte. »Mein Name ist Jona. Ich bin eines der Ratsmitglieder und Beaufsichtiger eurer Galaxie.«

»Ich will nicht unhöflich klingen«, mischte sich Blekk ein, »aber kann es sein, dass du deinen Job in den letzten dreitausend Jahren etwas hast schleifen lassen?«

Das Wesen namens Jona wandte den Blick zu Jüs Bruder. Die Mimik blieb neutral, dann nickte es. »Da hast du durchaus recht. Wir haben die Shaterra von eurer Galaxie nicht fernhalten können. Die Schutzeinheiten waren erst auf zwei der Planeten installiert, als sie in der Milchstraße, wie ihr sie nennt, Einzug hielten. Eine der Einheiten mussten wir deaktivieren, um unseren Rückzug zu verschleiern.«

»Könnt ihr das auch genauer erklären?«, fragte Blekk. »Ihr müsst wissen, dass unsere Galaxie im Begriff ist zu verenden. Die Shaterra haben etliche bewohnte Planeten zerstört, ganze Spezies ausgelöscht oder versklavt.«

Getuschel wurde wieder laut unter den Alkupæ. Jona schloss einen Moment die Augen. »Die Dinge sind kompliziert. Dies ist nicht die einzige Galaxie, in der die Shaterra wüten. Wir mussten ... Prioritäten setzen.«

»Prioritäten?« Blekks Stimme wurde lauter.

Jona faltete die Hände ineinander. »Ihr habt euch in zweitausend Jahren nicht so schnell entwickelt wie andere Spezies.«

»Ach«, blaffte Blekk. »Und deswegen sind wir gleich nicht mehr so schützenswert? Ihr wart es doch, die mit uns rumexperimentiert haben.«

»Diese Studien sind eine Schande unserer Vergangenheit«, erwiderte Jona. »Es gab damals etliche ethische und politische Diskussionen zu dem Thema, ebenso die Entscheidung, auf der Erde und einem weiteren noch unbewohnten Versuchsplaneten Schutzeinheiten aufzustellen. Die Bevölkerung der Erde begann eine fortschrittliche Entwicklung, dennoch nicht schnell genug, um vor dem Eintreffen der Shaterra ein guter Verbündeter zu werden. Daher kam der Hohe Rat zu dem Schluss, dem Ganzen ein Ende zu bereiten. Das Modul auf der Erde wurde deaktiviert und alle Spuren beseitigt.«

»*Alle* stimmt ja wohl nicht ganz«, erwiderte Blekk.

Jü war so dankbar, dass ihr Bruder das Ruder übernahm. Sie verfolgte den Diskurs wie aus der Ferne. Immerhin ging es hier auch um sie und ihre Vergangenheit, und das war kaum auszuhalten. Außerdem hatte sie noch wenig Gespür dafür, welche Worte eine Wirkung bei den Alkupæ erzielen konnten. Diese Wesen boten nur wenig Körpersprache, Gestik und Mimik, an der sie sich orientieren konnte. Sie schienen die Welt eher rational zu sehen.

Jona antwortete mit ruhiger Stimme. »Das ist richtig. Es wäre ethisch nicht haltbar gewesen, euch gar keine Chance für eine Kontaktaufnahme zu lassen. Doch die Alkupæ sind kein kriegerisches Volk. Wir suchen den Frieden, und wo die Shaterra auftauchen, ziehen wir uns zurück.«

»Also habt ihr den Avain zurückgelassen, damit wir Kontakt aufnehmen können, wenn wir *entwickelt* genug sind?« Blekk ging dazu über, die Worte auszuspeien.

Zur Beruhigung legte Jü ihm eine Hand auf den Arm. Die Fassungslosigkeit hatte sich in seine Miene eingebrannt und sie konnte es ihm nicht verübeln.

An Jona hingegen prallte all der Ärger effektlos ab. Es verlor kein bisschen seiner ruhigen Haltung. »Wir haben lediglich eine genetisch aktivierbare Karte zurückgelassen. Sie selbst ist nicht der Schlüssel. Der Schlüssel ist ein menschliches Wesen. Eines, das die Gensequenz der Alkupæ in sich trägt.«

»So wie ich.« Jü schnappte nach Luft, als sie die Bedeutung der Worte erkannte. »Ich bin der Avain! Der Schlüssel zu euch.« Ihr Herz raste im Einklang mit ihren Gedanken.

Jona nickte. »So ist es.«

»Dann seid ihr in der Pflicht, uns zu helfen.«

»Die Alkupæ mischen sich in keinen Krieg fremder Spezies ein.«

Jü erhob sich aus dem Schneidersitz und ging neben Blekk auf die Knie, um auf Augenhöhe mit den Alkupæ sprechen zu können. »Wir sind aber keine fremde Spezies. Wenigstens ich und vielleicht ein paar mehr Menschen dieser Erde tragen auch einen Teil eurer Gene in sich. Sind wir damit nicht direkte Nachkommen eures Volkes?«

Das Getuschel wurde lauter und es dauerte eine Weile, bis Jona das nächste Mal antwortete. »Der Hohe Rat muss über diese Tatsache erst abstimmen.«

»Wie lange wird das dauern?«, fragte Blekk.

»So etwas kann sich ein paar Jahre hinziehen.«

»Ein paar Jahre?« Blekks Stimme wurde wieder eine Spur bissiger.

»Die Alkupæ haben eine sehr hohe Lebenserwartung. Für uns sind ein paar Jahre keine lange Zeit.«

Ranjel ließ die Hand hörbar auf seine Oberschenkel klatschen. »Aber ein paar Jahre kann für uns alle bereits den Tod bedeuten. Das kann nicht euer Ansinnen sein. Ihr seid eine friedliebende Spezies.«

»Das sind wir«, antwortete Jona.

Ranjels Augen wurden schmal. »Gleichzeitig lasst ihr es zu, dass unsere Spezies ausgelöscht werden könnte.«

»Ohne unseren Schutz hätte euch dieses Schicksal bereits viel früher getroffen. Manche im Rat sind der Meinung, euer Untergang sei unausweichlich.«

»Wie bitte?«, blaffte Blekk. »Ich glaube, ich höre nicht richtig.«

Damit sprach er aus, was Jü dachte. Es reichte. Sie stand auf und ließ den Blick durch die Runde schweifen. Als sie sicher war, dass alle Aufmerksamkeit auf ihr lag, sah sie ganz bewusst Jona an. »Ihr legt es wie einen unglücklichen Zufall aus, dass wir heute hier stehen. Ich möchte euch eine andere Sichtweise vorschlagen. Ein äußerst kluges Wesen erklärte mir, dass das Raum-Zeit-Gefüge an den passenden Stellen mehr als einmal aufeinandertrifft. So erhöht es die Wahrscheinlichkeit, dass die Dinge, die zusammengehören, zueinanderfinden.« Jü verfolgte, wie Jonas Lider sich öffneten und er sie keine Sekunde aus dem Blick ließ. Sie wertete das als gutes Zeichen. »Wie hartnäckig muss das Raum-Zeit-Gefüge an eine Chance für uns glauben, wenn es über zweitausend Jahre genetischer Durchmischung sowie der Beinaheausrottung durch die Shaterra trotzt und mich mit den Mitteln ausrüstet, zu euch zu kommen – gleich zwei Mal?« Der Boden unter Jüs Füßen erstrahlte in weißem Licht. Erneut breiteten sich Linien aus, diesmal spiralförmig. »Die rein statistische Wahrscheinlichkeit auf einen solchen Erfolg ist verschwindend gering. Dennoch stehen wir hier. Das allein sollte Grund genug sein, uns nicht abzuweisen.«

Die Linien erreichten die Ränder und begannen auch die Wände hinaufzukriechen. Das Artefakt auf Jüs Handrücken vibrierte immer stärker, als wollte es ihre Worte unterstreichen.

Sie fühlte sich an den Tisch mit den Voolanern zurückversetzt. Es war die gleiche angespannte Stille zweier Fronten, die nach einem verbalen Schlagabtausch überlegten, ob eine Meinungsänderung vielleicht doch infrage kam. Nur, dass diesmal der Raum selbst ihre Meinung teilte und ihr Rückendeckung gab.

Ranjel bewegte sich als Erstes. Er stand auf und stellte sich direkt neben Jü. Cæm und Blekk taten es ihm gleich. Wie eine Front, die man besser ernst nahm, standen sie in der Mitte des Tempels und warteten auf jene Worte, die ihr Schicksal besiegelten, während die Lichtlinien die Decke erreichten und dort in der Mitte wieder zusammenliefen.

Ein aufgeregtes Raunen ging durch die Reihen der Alkupæ. Schließlich öffnete das Wesen neben Jona den Mund. »Ich bin Korin, Vorsitzende des Hohen Rates. Es behagt mir nicht sonderlich, aber deine Argumentation ist so schlüssig, dass ich ihr zustimmen muss. Vielleicht seid ihr am Ende weiter entwickelt, als wir es bislang dachten.«

»Das glaube ich aber auch.« Blekk presste die Worte zwischen seinen Kiefern hervor und Jü konnte deutlich seine Gesichtsmuskeln hervortreten sehen.

Korin wandte sich an ihn. »Du lässt dich sehr von deinen Gefühlen leiten. Doch es sind ehrliche Gefühle in Verbindung mit einer hohen Moral.«

»Nun ja«, antwortete Blekk, »Danke, Korin.«

Jü spürte, wie unangenehm ihm das war.

»Du sprichst offen und ehrlich«, sagte die Alkupæ.

Blekk deutete ein Nicken an. »Als Anführer dieser Gruppe ist genau das meine Aufgabe. Sprechen wir also bitte darüber, wie ihr uns helfen könnt?«

Korin neigte den Kopf ebenso schief, wie Jona es getan hatte. Es schien eine Geste zu sein, die so etwas wie Wertschätzung oder Neugier ausdrückte. »Ihr werdet die Lösung zur Vertreibung der Shaterra selbst finden müssen.«

Blekk warf die Hände in die Luft. »Jetzt fangt doch nicht wieder damit an.«

»Lass mich zu Ende sprechen. Wir werden euch den Schutzstein – den wir übrigens *Suoja* nennen – mit neuen Informationen bespielen. Jü als der *Avain* kann sie euch zugänglich machen. Sie enthalten die Koordinaten der beiden Schutzeinheiten in eurer Galaxie. Jüs Gene werden zudem in der Lage sein, die Einheit auf der Erde wieder zu aktivieren. Den Rest müsst ihr selbst erledigen.«

Blekk sog die Luft ein und hob einen Finger in die Höhe. »Könnt ihr den Shaterra nicht einfach in den Hintern treten?«

»Nein«, entgegnete Korin. »Wenn das Raum-Zeit-Gefüge günstig steht, werdet ihr selbst eine Lösung finden. Dann sehen wir uns wieder. Bis dahin seid ihr auf euch allein gestellt.«

»Ein Test also?«

»So könnte man es nennen. Die Wahrheit greift aber tiefer. Die Shaterra bedrohen auch die Galaxien in unmittelbarer Reichweite zu unserer Heimat. All unsere momentan verfügbaren Ressourcen stecken in der Verteidigung dieses Teils des Universums. Ich denke, das könnt ihr verstehen.« Ihr Blick schweifte über Jü und die anderen. »Ihr müsst nun gehen.«

»Kein Abschiedstee?«

Blekks Frage sorgte für ein irritiertes Tuscheln unter den Alkupæ. Jü hingegen grinste. Blekk war ein verdammter Zyniker.

»Schon gut«, winkte ihr Bruder ab. »Schickt uns einfach zurück.«

»Das werden wir, jedoch auf einen anderen Planeten. Nach unserer Information sind eure Herkunftskoordinaten nicht mehr zugänglich.«

Die Basis!, schoss es Jü durch den Kopf. Auch Blekks Gesichtszüge verdunkelten sich.

»Oberst, dann haben wir ein Problem«, sagte Cæm. »Ich kenne zwar die genauen Koordinaten der Transportringe auf der Erde, aber dort wird man uns nicht gerade freundlich empfangen.«

»Hat noch jemand einen Vorschlag?«, fragte Blekk.

Ranjel hob nachdenklich einen Finger an die Nase. »Ich hätte da vielleicht eine Idee.« Er wandte sich an Jona. »Ihr habt gesagt, es gibt zwei Schutzplaneten in unserer Galaxie. Ich gehe davon aus, dass ihr die Koordinaten für beide kennt?«

»Natürlich. Wir kennen die Koordinaten sämtlicher Transporttore eurer Galaxie. Schließlich haben wir die meisten davon selbst erbaut.«

Ranjels Augen weiteten sich. »Ihr? Wir dachten immer ...« Er unterbrach sich.

Jü war genauso überrascht. So überlegen waren die Shaterra am Ende also gar nicht. Sie nutzten auch nur, was ihnen in die Finger fiel. *Elende Ausbeuter!*

Ranjel überbrückte seine Irritation als erster. »Die Erde ist einer der beiden Schutzplaneten, doch dorthin können wir momentan nicht zurückkehren. Wäre es euch möglich, uns zu dem anderen zu schicken?«

Jona wandte sich an Korin, die das Antworten übernahm. »Das können wir.« Sie senkte den Kopf zu einem gemächlichen Nicken. »Ihr werdet überrascht sein. Nun nehmt den Suoja und geht. Das Tor öffnet sich in wenigen Augenblicken.«

Kurz darauf stand Jü gemeinsam mit den anderen wieder vor dem Transportring.

»Masken auf!«, befahl Blekk, bevor sie das transgalaktische Wurmloch passierten. »Und passt auf, wo ihr hintretet. Uns erwartet völlig unbekanntes Terrain.«

Niemand widersprach. Sie hatten keine Ahnung, in welchem Teil der Galaxie das Wurmloch sie ausspucken würde. Faktisch konnte es sie überall hin verschlagen.

Jü schob sich das Visier vors Gesicht und lauschte auf das Zischen, mit dem es einrastete. Die Digitalanzeige verlautete eine stabile Sauerstoffzufuhr. Sie aktivierte den Suoja und folgte Blekk durch die geleeartige Oberfläche des Rings.

Datentransfer QK27UO

Die Fingerkuppen der führenden Einheit saugten die Daten mit minimal erhöhter Geschwindigkeit aus dem Netz, als sie den Secret-Room erreichten.

--- Erstatten Sie Bericht. ---

--- Haben den Planeten ausfindig gemacht und die feindliche Basis zerstört. Kurz vor Vernichtung zweifache Energiespitzenaktivität aufgezeichnet. ---

Weitere Daten erreichten die Kommando-Einheit. Die Analyse brachte interessante Ergebnisse. Ein Wurmlochaufbau über 90 Millionen Lichtjahre Entfernung war für eine so primitive Spezies eine absolute Unmöglichkeit. Das Ziel zu weit entfernt für eine Präzisierung auf einen scanbaren Bereich. Die Spezies Mensch war fortschrittlicher als bislang angenommen – oder sie hatte Hilfe.

Das Ziel der anderen Energiespitze lag in einem verhassten Quadranten. Dort lag Planet ZZ000000 – der Unüberwindbare. Ein Abgleich der Daten brachte die Bestätigung. Energiespitzen dort simultan aufgezeichnet.

--- Wo ist der Avain jetzt? ---

--- Die Wahrscheinlichkeit für eines der beiden Ziele liegt bei 45 %. Eine Restwahrscheinlichkeit von 10 % für seinen Tod ist nicht auszuschließen. ---

Hatten sie ihn in den Weiten des Universums versteckt? Unwahrscheinlich. Die Spezies Mensch war emotional geprägt. Das limbische System ein fester Bestandteil der primitiven Funktionsweise. Rein rationale Schlüsse kein Teil des Lebenssystems. Der Avain lebte und er würde die Erde retten wollen. Es war also nur nötig, auf seine Rückkehr zu warten.

Der Gefahrenquotient lag bei 83 %, die Erfolgswahrscheinlichkeit für den Feind zwischen 23 % und 64 %. Noch immer gab es zu viele unbekannte Variablen. Die momentanen Ressourcen sicherten die Gegenwehr nur bis zu einer Quote von 47 % ab.

Zwei Optionen standen zur Wahl: der Rückzug vom Planeten PQ334189, Heimat der Spezies Mensch, oder die Absicherung der Erfolgsquote. Für eine unbestimmte Zeit versank die führende Einheit in Berechnungsszenarien. Das vollständige Aufgeben einer Spezies, die zu so schneller biologischer Reproduktion fähig und gleichzeitig so gut zu kontrollieren war, bedeutete einen enormen Ressourcenverlust. Den Heimatplaneten vollständig zu zerstören, würde in Widerstand enden und die Kontrollierbarkeit der Spezies senken.

--- Neue Prioritätenjustierung: Ressourcen sichern, Verteidigungsbasis aufbauen, Aktivierung des Schirms um jeden Preis verhindern. Erhöhe Verteidigungsmaschinerie auf der Erde. Beginne mit sofortiger Umwandlung von Versorgungseinheiten zu Kampfeinheiten. --- Die Ressourcen dieses Planeten waren zu wertvoll, zu rohstoffhaltig.

--- Autonome Einheiten des Planeten PQ334189 neu variieren. Die Erd-Metropolen Tokit und Brasil werden

geleert. Organische Arbeitsressourcen auf andere Pla-
neten verlagern; Grund: Sicherung von Notfallressour-
cen. Widerstände führen zur Auslöschung. ---
Ein paar Erdlinge mehr oder weniger waren akzepta-
bel. Weitere Befehle schossen durch das Datennetz.
--- Übrige Shaterra-Ressourcen in Tokit und Brasil zu-
rück in den Datenstrom transferieren. Umbau zu
kampffähigen Einheiten. ---
Die Kommando-Struktur öffnete eine Back-up-Tür für
einen Rückzug ihrer selbst auf den Planeten XX339845.
Sicherheitsgrenze aktuell 11 %.

Kapitel 11

Als Jü nach einem erstaunlich bequemen Trip am anderen Ende ausgespuckt wurde, blickte sie in die Mündung etlicher Gewehrläufe.

»Stehen bleiben und Waffen fallen lassen!«, brüllte jemand.

Jü trug selbst kein Geschütz mit sich, doch die Ausrüstung ihrer Begleiter schepperte lautstark zu Boden. Etwas klingelte in ihrem Unterbewusstsein. Sie konnte es nicht zuordnen.

»Keine Bewegung!«, befahl die Stimme erneut, die Erinnerungen in Jü weckte.

Sie suchte den Sprecher, der hinter einer Barrikade aus Geschützen hockte. Das Emblem auf seiner Schulter, die ernsten Augen. Da traf die Erkenntnis sie wie ein Schlag. Sie hob die Hände in die Höhe und sagte: »Wir sind Freunde von General Mox.«

»Woher kennen Sie ihn?«

Jü lächelte. »Ich kenne nicht nur ihn, sondern auch Sie, Leutnant Croger. Bitte darum, mein Visier öffnen zu dürfen.«

Blekk knurrte kaum hörbar, doch Jü ignorierte ihren Bruder. Sie wartete in der angespannten Stille.

»Erlaubnis erteilt«, blaffte Croger und erhob sich hinter der Barrikade in den Stand.

Langsam führte Jü die Hand an ihr Visier und öffnete es. Als ihr Gesicht zum Vorschein kam, schnappte Croger sichtbar nach Luft.

»Van Oak! Wusste ich doch, dass ich die Stimme schon mal gehört habe.« Er wandte sich an seine Männer. »Stellung halten.«

Jü ging einen zaghaften Schritt auf ihn zu. »Croger. Sie glauben gar nicht, wie froh ich bin, Sie zu sehen.«

»Dabei sollten Sie sich hier nie wieder blicken lassen«, entgegnete er, streckte ihr aber die Hand entgegen.

Sie erwiderte den kräftigen Druck um ihre Finger. »Hab's mir anders überlegt.« Als Croger sie nur verständnislos anstarrte, zeigte sie auf Ranjel, Cæm und Blekk. »Ich begleite dieses Einsatzteam auf einer wichtigen Mission im Namen von General Mox. Entschuldigen Sie, dass wir so reinplatzen. Das entspricht nicht ganz dem Plan und Protokoll. Wir müssen dringend den General sprechen.«

Croger nickte, machte aber keine Anstalten, seine Soldaten zurückzupfeifen. »Sie verstehen sicher, wenn ich das erst prüfen muss, van Oak.«

»Selbstverständlich.« Sie sah ihm nach, als er zu einer der Türen hinauslief.

Blekk hatte sich nicht von der Stelle gerührt, musterte sie aber stirnrunzelnd. »Ein alter Bekannter?«

Jü überging die Frage. »Willkommen auf Turva.«

»Das ist ...?« Ranjels Frage ging im Knistern der Lautsprecher unter.

»Verteidigungsreihen auflösen«, tönte Crogers Stimme. »Situation geklärt. Wylfor, eskortieren Sie die Delegation zum Shuttleraum. Ich komme gleich dazu.«

Einer der Soldaten sprang auf und salutierte vor Jü und ihren Begleitern. Währenddessen kam Bewegung in die restliche Truppe. Binnen kürzester Zeit war der Sprungraum leer geräumt.

»Folgen Sie mir«, sagte der Soldat und marschierte los.

Jü warf ihrem Bruder ein Schulterzucken zu, bevor sie der Aufforderung folgte und die anderen mit sich winkte.

Auf dem Weg in den Gang schob sich Blekk an ihre Seite. Seine Stimme klang gedämpft. »Wusstest du, dass Turva einer der beiden Schutzplaneten ist?«

Jü blickte ihn aus den Augenwinkeln an. »Nein, sonst hätte ich etwas gesagt. Ich habe mich allerdings all die Jahre gefragt, weshalb hier nie Shaterra aufkreuzen, obwohl in der Umlaufbahn mehrfach welche gesichtet wurden.«

»Ob Mox den Grund weiß?«

»Keine Ahnung, aber wir sollten das rausfinden.«

Kurz darauf saßen sie in einem Shuttle.

»Wann fahren wir denn los?« Blekk versuchte sich an einem Blick aus dem geschwärzten Fenster, die Hände um die Augen gelegt.

»Wir fahren bereits«, antwortete Croger, der sie offenbar persönlich zur Basis begleitete.

»Ihr Ernst?«

Croger runzelte die Stirn. »Im Dienst neige ich nicht zu Scherzen.«

Jü kicherte. »Sie haben sich kein bisschen geändert.«

»Sie waren ja nur ein paar Wochen weg. Da hätten Sie mir schon ein paar Jahre geben müssen.« Crogers

Miene war immer noch eine Wand, aber seine Mundwinkel zuckten belustigt.

Jü war nie mit ihm warm geworden, dennoch glaubte sie, seine Sympathie zu haben, wenn er sie auch auf äußerst seltsame Weise zum Ausdruck brachte.

Blekk starrte noch immer auf die dunkle Scheibe.

Aufmunternd klopfte sie ihm auf die Schulter. »Du gewöhnst dich dran. Auf Turva laufen die Dinge ein bisschen anders.«

Er ließ von dem Glas ab und lümmelte sich in seinen Sitz. »Hauptsache es gibt Kaffeekapseln.«

Jü sparte sich die Antwort. Ein richtiger Kaffee wäre ihr lieber. Das war definitiv eines der Mankos dieses Planeten. Aber die ollen Kapseln taten es schließlich auch. Wie schnell man sich an so etwas gewöhnte. Ihre Gedanken schweiften zu Zilli. Wie es ihr wohl ging? Ob die Atmosphärenschirme noch hielten? Was, wenn die Shaterra die Menschheit ausrotteten, bevor die Schutzeinheit aktiviert werden konnte? Noch schien ihr die Aufgabe wie ein absolut unmögliches Unterfangen. Nur eines war klar: Die Zeit lief ihnen davon.

Sie lehnte sich in ihrem Sitz zurück und atmete tief durch. Aus irgendeinem Grund erfüllte sie die Ankunft auf Turva trotz allem mit Sicherheit und Hoffnung. Es war wie ein Heimkommen und sie sollte es genießen, so gut es ging.

Kurz darauf spuckte das Oberflächen-Shuttle sie am Transferterminal aus. Dort, wo Jü vor gar nicht langer Zeit ihre Rückreise zur Erde begonnen hatte. Zu ihrer Überraschung nahm General Mox sie persönlich in Empfang.

»Willkommen auf Turva«, grüßte er. »Ich schätze, Sie haben einiges zu berichten.«

»Das kann man so sagen«, entgegnete Blekk. »Haben Sie etwas von Kilp gehört?«

Mox nickte. »Die Shaterra haben den Stützpunkt überrannt, sind aber in unsere Selbstzerstörung gelaufen. Die Mannschaften konnten rechtzeitig evakuieren und befinden sich ebenfalls hier auf Turva.«

Jü runzelte die Stirn. »Ich dachte immer, Turvas Koordinaten sind streng geheim.«

»Sind sie auch. Nicht einmal ich bin direkt von Kilp hierher gereist. Aber im Fall einer initiierten Selbstzerstörungsfrequenz durch den Kommandanten wird eine Notfallverbindung nach Turva aufgebaut. Hochgradig instabil ähnlich Ihrer Not-Sprung-Sets, aber ein letzter Rettungsschlauch.«

»Ist das nicht riskant? Auf dem Weg könnten die Koordinaten doch den Shaterra in die Hände fallen.«

Mox' Lippen pressten sich aufeinander. Zeitgleich legte Blekk eine Hand auf ihre Schulter. Als er sprach, klang seine Stimme belegt. »Voraussetzung für den Aufbau und die Aufrechterhaltung einer Verbindung ist ein dauerhafter Lebend-Fingerscan des Basiskommandanten.«

»Willst du damit sagen …?« Jü wagte nicht, die Wahrheit auszusprechen.

»Generalmajor Schæmmon kannte das Risiko«, bestätigte Mox ihre schrecklichen Gedanken. »Aber er ist als Held gestorben. Bis auf eine Handvoll Soldaten konnten alle gerettet werden.«

Jü stiegen Tränen in die Augen. Im Augenwinkel sah sie, dass auch Ranjel und Cæm betroffen zu Boden starrten. Dieser Kampf hatte die ersten Toten gefordert. Nein. Das stimmte nicht. Die Shaterra hatten zuvor Millionen und Milliarden Opfer gefordert und auch der Widerstand war nicht ohne Verluste gelaufen. Allein Jüs Existenz hatte ausgereicht, um Kyra und Lænn in den Tod zu schicken. Aber mit Schæmmons Ableben wurde die Gefahr zu greifbarer Realität.

Sie kämpfte ihre Gefühle nieder. Tränen halfen niemandem ins Leben zurück. Zum Trauern blieb später Zeit. »Und jetzt?«

Mox reichte ihr einen Chip. »Gönnen Sie sich erst einmal eine Dusche. Just in diesem Moment wird Ihre alte Unterkunft hergerichtet.« Mit einem Blick in die gesamte Runde fügte er hinzu: »Sie werden sich die Räumlichkeiten von Frau van Oak leider teilen müssen. Die Evakuierung von Kilp führt uns momentan an eine Belastungsgrenze, was die verfügbaren Wohn- und Schlafplätze angeht. Wir haben das Apartment entsprechend vorbereiten lassen.« Er wendete sich wieder an Jü. »Frau van Oak, zeigen Sie Ihrem Team bitte auch die Verpflegungsmöglichkeiten. Eine Einsatzbesprechung wird in drei Stunden stattfinden. Jemand holt Sie pünktlich ab.«

***

»Willkommen in meinem bescheidenen Heim«, sagte Jü, während die anthrazitfarbene Legierung zur Seite surrte. Dahinter kam ihre einstige Wohneinheit zum Vorschein. Ein geräumiger Wohnraum, ein Schlafzimmer, das nunmehr komplett mit Matratzen ausgelegt war, und eine Hygienezelle. »Ich gehe zuerst unter die Dusche. Macht es euch so lange gemütlich.«

Jü griff sich einen Stapel Kleidung und verschwand in der Nasszelle. Sie genoss jede Sekunde, in der das Mikroseifen-Gebläse ihre Haut säuberte. Sie fühlte sich erfrischt wie lange nicht. Wenig später lag das dunkelblaue Memory-Gewebe der neuen Einsatzkleidung weich auf ihrer Haut und gab ihrem Körper eine ausgesprochen attraktive Formung. Das war die Art Stoff, die sie mochte. Saß perfekt, kein Schwitzen, kein Frieren.

Als sie wieder ins Wohnzimmer kam, heftete sich Ranjels Blick auf sie. Verlegen lächelte sie ihm zu und wischte sich eine Strähne hinter die Ohren. »Der Nächste kann jetzt.«

Noch immer hafteten seine Augen auf ihr, bis Blekk ihm eine Kopfnuss verpasste. Daraufhin verschwand Ranjel im Bad. Blekk hingegen ließ sich mit einem dampfenden Kaffee in der Hand auf der Couch nieder.

»Wo hast du *den* denn her?«, fragte Jü und hielt ihre Nase näher an die Tasse.

»Die Kaffeemaschine kam, als du im Bad warst.« Er schlürfte an dem heißen Getränk und zeigte mit der Hand zur Küchenzeile. »Mit freundlichen Grüßen von Mox.« Er hob die Tasse zum Toast und nahm einen weiteren Schluck.

Ein Seufzer entfuhr Jü, während sie sich ebenfalls eine Tasse voll schwarzer Seelenwärme holte. »Ich wusste gar nicht, dass Mox so umsichtig sein kann.« Es war dieselbe Maschine, die ihr die letzten Jahre versüßt hatte. Das war doch mal ein gutes Zeichen.

Mit einer ebenso dampfenden Tasse setzte sie sich neben Blekk auf die Couch.

»Wie geht es dir?«, fragte er.

Sie lehnte ihren Kopf gegen seine Schulter. »Tatsächlich deutlich besser, als man vermuten könnte. Ich habe zum Glück kaum ernsthaft Zeit, darüber nachzudenken, was alles passiert ist. Wenn ich damit anfangen würde, dann ...«

»Lass es lieber noch. Es kommt ein Moment, in dem es besser passt. Glaub mir.«

In dieser Sekunde kam Ranjel aus dem Bad. Er brachte einen herben Duft mit sich, der Jüs Herz flattern ließ. Die Brille saß noch nicht wieder auf seiner Nase, was seine männlichen Gesichtszüge stärker zutage treten ließ. »Der nächste.« So zielsicher, wie er umherlief, trug er vermutlich Kontaktlinsen.

Cæm ging ins Bad, während Ranjels Duft näherkam und auf Jüs anderer Seite auf die Couch sank. Ihr Magen fühlte sich wie im freien Fall.

»Wir sollten die Zeit bis zur Besprechung nutzen«, sagte Ranjel und griff sich das Übersetzungsheft aus seinem Rucksack.

Blekks Kaffeetasse polterte auf den Tisch. »Sagte der General nicht, wir haben drei Stunden frei?«

»So genau hat er sich nicht ausgedrückt«, entgegnete Ranjel. »Außerdem wäre es doch gut, wenn wir bis nachher schon mehr zu berichten hätten.«

»Wohl wahr, aber müssen wir dafür in alten Schriften versinken?«

Jü schmunzelte. Bevor die beiden in eine ihrer üblichen Diskussionen verfallen konnten, kramte sie den ID-Chip aus ihrer Hosentasche. »Hier, Blekk. Wenn du dem Gang nach rechts folgst, findest du eine Treppenflucht. Eine Etage tiefer auf gleicher Höhe wie meine

Wohnung ist die Speisenausgabe. Mit dem Chip bekommst du, was du willst. Organisierst du uns allen etwas zu essen? Ich gebe Ranjel recht. Wir sollten die Zeit bis zur Besprechung nutzen.«

Blekk erwiderte nichts, sondern nahm ihr wortlos den Chip aus den Händen. Sein Augenrollen war Antwort genug. Dabei meinte er es vermutlich mitnichten so. Sein einziges Problem war wohl, dass er sich nutzlos vorkam zwischen all den Inschriften und Berechnungen. Aber dabei konnte Jü ihm nicht helfen.

So wie Cæm das Bad verließ, verschwand er darin. »Ich mache mich frisch, dann düse ich zur Kantine.«

Jü war froh, dass er eine Beschäftigung gefunden hatte, und holte den Suoja hervor. Sie aktivierte ihn und rief die neuen Informationen auf.

Cæm nahm mit glänzenden Augen ihr gegenüber am Wohnzimmertisch Platz. »Das ist ja ...«

Jü nickte mit der gleichen Begeisterung. »Die Alkupæ waren offenbar so freundlich, uns das Übersetzen zu sparen.«

Ranjel hingegen legte beim Anblick der heimischen Sprache beinahe enttäuscht sein Heft zur Seite.

Jü knuffte ihn in die Schulter. »Schau nicht so verdrießlich. Was hier geschrieben steht, ist immer noch kryptisch genug.«

Im ersten Durchgang überflogen sie die Seiten nur, bis sie die Daten fanden, die Cæm für ihre Berechnungen benötigte. Ranjel riss ihr eine Seite aus dem Heft und sie kritzelte die Zahlen darauf. Mit der Notiz in der Hand marschierte die Majorin zum Computerterminal und fuhr ihn hoch.

Jü startete die Aufzeichnungen auf dem Suoja erneut, während Ranjel eine leere Seite zum Sammeln wichtiger Informationen zückte. Sein Atem war ihr ganz nah und sie konnte sich kaum auf die Arbeit konzentrieren.

Reiß dich zusammen! Ihr gedanklicher Befehl an sich selbst führte nur zu mäßigem Erfolg. Während Ranjel in seinem üblichen Tunnelblick versank, schlug ihr Herz immer wilder.

Sein Heft füllte sich bereits mit den ersten Wörtern. »Lass uns rausfinden, wie wir die Erdeinheit aktiviert bekommen.«

Anfangs fiel es Jü schwer, die Augen von ihm zu nehmen, doch nach ein paar Minuten fiel auch sie in das Fieber der Suche mit ein. Nur im Augenwinkel registrierte sie, wie Blekk die Wohneinheit verließ. Eine volle Stunde lang versank sie gemeinsam mit Ranjel in konzentriertem Lesen, dem Deuten von Piktogrammen und aufgeregten Diskussionen.

Erst Blekks Rückkehr mit einer Fuhre Speisewürfel ließ sie aus ihrem Tunnel auftauchen. Auf Ranjels Wangen lag eine zarte Röte.

»Hier, ihr Turteltauben.« Blekk stellte den beiden einen Teller auf den Tisch.

Ein beschämter Blick wechselte von Jü zu Ranjel. Schnell griff sie nach etwas zu essen, damit sie die peinliche Stille mit einer sinnvollen Tätigkeit überbrücken konnte.

»Cæm«, sagte Blekk. »Sie sollten auch etwas essen.«

»Gleich, Oberst. Ich habe es fast.«

»Cæm!«

»Einen Moment. Das ist es!« Sie hackte ihr Ergebnis in den PC. Was daraufhin zur Antwort aufploppte, schien sie sichtlich zu überraschen. Ihre Augen weiteten sich, während Blekk mit einem Speisewürfel in der Hand zu ihr ging, um sie zum Essen zu nötigen.

Ohne den Blick vom Bildschirm zu wenden, nahm sie die Nahrung entgegen. »Das solltet ihr euch unbedingt ansehen.« Weiter auf die Daten starrend, biss sie von ihrem Würfel ab.

Ranjel sprang auf, so überraschend, dass die Aufregung unmittelbar auf Jü übersprang. Als er ihr seine Hand reichte, griff sie erfreut danach. Die Berührung elektrisierte sie. Die Sanftheit seiner Haut, die Wärme seines Atems, als er sie von der Couch in den Stand zog und ihre Gesichter nur noch wenige Zentimeter voneinander entfernt waren.

Beschämt senkte sie den Blick und eilte zur Majorin. »Ist das unser Zielort?«

Cæm McArt nickte.

»Aber das ist doch …«

»Genau.«

***

»Die Einheit liegt in der Ostsee vor der finnischen Küste?« Die Frage von General Mox hing schwer in der Luft.

Jü betrachtete Cæm, die sich mit ihrem athletischen Körper im Konferenzraum des Central Towers von Turva aufgebaut hatte. Wie immer trug sie ihr Wissen auf souveräne und attraktiv selbstbewusste Weise vor.

Am Tisch links und rechts von Jü saßen Blekk und Ranjel, gegenüber zwei Vertreterinnen der *Vereinten*

Föderation der Menschheit – kurz VFM. Die Regierungsvertretung der letzten freien Menschen, die hier auf Turva den Widerstand und damit auch das EFM aufgebaut hatten.

»Was genau bringt uns die Aktivierung dieser Einheit?«, fragte eine von ihnen.

»Vermutlich denselben Schutz, wie ihn auch Turva hat«, entgegnete Cæm.

»Erklären Sie das näher.«

Cæms Augen suchten Blekk, der ihr mit einem fast unmerklichen Nicken die Erlaubnis gab, weiterzusprechen. »Die Alkupæ sagten uns, dass es auch auf diesem Planeten hier eine Schutzeinheit gibt – eine, die noch aktiv ist.«

Jüs Blick fixierte Mox. Sie beobachtete seine Reaktion, doch da war nichts Verdächtiges. Im Gegenteil. Er legte die Hände auf den Tisch und atmete resigniert aus. »Danke Majorin McArt, das bestätigt die Vermutungen unserer führenden Wissenschaftler. Bis zu Ihrer Unterredung mit den Alkupæ waren wir uns selbst nicht sicher. Es gibt auf diesem Planeten eine außerirdische Konstruktion, die unsere Experten auf ein Alter von wenigstens 3500 Jahren schätzen. Leider verstehen wir in keiner Weise, wie sie funktioniert.«

»Und wann«, fuhr Blekk dazwischen, »wollten Sie uns darüber aufklären, dass wir uns seit Jahrzehnten den Arsch für eine Sache verbraten und Leute in den Tod schicken, obwohl wir uns längst verteidigen können?«

Ranjel fuhr sich mit den Fingerspitzen über den Nasenrücken. »Das würde mich allerdings auch interessieren.«

»Ich erkläre es Ihnen jetzt.« Mox' Miene erinnerte noch immer an eine steinerne Fassade.

Blekk ballte die Hände zu Fäusten. »Bei allem Respekt, Sir, aber das ist doch nicht Ihr Ernst?«

»Ich verstehe ihren Ärger, Oberst. Genau genommen haben wir keinerlei Erkenntnisse dazu. Und dass es sich bei der Konstruktion um eine Alkupæ-Einheit handelt, weiß ich selbst seit etwa zwei Minuten. Damit ist mein Wissen keinesfalls älter als Ihres.«

Jü sah an Blekks angespannter Körperhaltung, was er darüber dachte. Eine betretene Stille war nach seinem Wutanfall in den Konferenzraum eingekehrt. Man hätte eine Stecknadel fallen hören können.

Sie setzte sich aufrecht. »Ich möchte mich in diesem Fall für General Mox aussprechen.«

»Was?«, schoss es aus Blekk, Ranjel und Cæm zeitgleich heraus.

Cæm blickte in die Runde. »Mit einer Untersuchung der Alkupæ-Einheit hätten wir vielleicht schon längst ...«

»Nein«, widersprach Jü. »Glaubt mir, auf Turva gibt es kluge Köpfe, die unserem Kenntnisstand weit voraus sind. Ich habe lange Zeit hier gelebt und kenne die Basis und ihre Möglichkeiten gut. Uns an der hiesigen Einheit zu vergreifen, wäre ein enormes Risiko.« Sie wandte sich an die Physikerin. »Cæm, Sie haben selbst gesagt, dass es vermutlich Jahrzehnte dauern würde, mit unserem aktuellen Kenntnisstand ein Gerät wie den Suoja nachzubauen. Und wenn die Turva-Einheit bei halbherzigen Versuchen zerstört würde, wäre auch dieser letzte sichere Rückzugsort hier den Shaterra schutzlos ausgeliefert.«

299

Die Wissenschaftlerin presste die Lippen zusammen, nickte nach wenigen Sekunden aber zustimmend. »Ein stichhaltiges Argument.«

Jü musterte General Mox. Er nickte ihr zu und formte ein lautloses ›Danke‹ mit dem Mund. Sie war nicht sicher, ob er ihre Unterstützung wirklich verdient hatte, aber in diesem Fall sprach die Logik für ihn. Sie sah ihm fest in die Augen. »Gibt es sonst noch etwas, das wir wissen sollten?«

Der General schüttelte den Kopf. »Nein. Hoffen wir einfach, dass wir die Erdeinheit aktiviert bekommen. Eile ist angesagt. Die Shaterra reduzieren die Atmosphärenschirme der Erdmetropolen weiterhin. Wir vermuten, dass das Problem noch schlimmer wird und Millionen Menschenleben in Gefahr sind. Tokit und Brasil existieren nicht mehr.«

Blekk riss die Augen auf. »Das ist …« Ziellos blickte er sich um, als wollte er die weiteren Worte im Raum suchen, fand sie aber nicht.

Jü schluckte schwer. Das klang grausig.

»Unsere Mittelsmänner«, setzte Mox fort, »berichten, dass die Menschen auf die Minenplaneten transferiert wurden. Doch dort ist kein Platz mehr für weitere Personen. Wir glauben, dass die nächsten Metropolen, die eingestampft werden, auf Kosten von Millionen Menschenleben gehen.« Er ließ seine Worte einen Moment wirken. »Konnten Sie bereits herausfinden, wie wir die Erd-Schutzeinheit aktivieren können?«

Ranjel räusperte sich. »Ja. Wir müssen nach Sammallahdenmaki und von dort den Zugang zu einem unterirdisch gelegenen Transportraum finden.«

Cæm deutete mit dem Pointer auf ein Gebiet auf dem finnischen Festland. »Hier sehen Sie die Ausgrabungsstätte, bei der der Suoja ursprünglich gefunden wurde.«

»Suoja?«, fragte Mox.

»So nennen die Alkupæ das Artefakt, das Jü aktivieren kann. Wir erklären Ihnen die Einzelheiten später. Jedenfalls befindet sich unser Ziel etwa einen Kilometer südlich der Ausgrabungsstätte.«

Blekks Finger klopften wie Regentropfen auf die Tischplatte. »Sammallahdenmaki ist Shaterra-Gebiet, richtig? Dazu außerhalb jeder atembaren Umgebung.«

»Nicht ganz. Die Ausgrabungsstätte liegt unter einem kleinen Atmosphärenschirm. Menschen werden dort für die schrittweise Sprengung der Gesteinsschichten eingesetzt. Wir konnten ein paar aktuelle Satellitenbilder abfangen.« Die Ansicht im Hintergrund wechselte. Ein Kraterfeld tauchte auf, das Jü den Atem verschlug. Es wirkte, als pulverisierten die Shaterra den harten Granitboden Schicht für Schicht. Den Gräben nach zu urteilen, bewegten sie sich dabei kontinuierlich von Nord nach Süd, Hektar für Hektar. Das kulturelle Erbe, das diese Stätte einmal bedeutet hatte, war nicht mehr zu erkennen. Wo sich einst Grabhaufen von beeindruckenden Ausmaßen und die Überbleibsel einer bronzezeitlichen Kolonie aneinanderreihten, waren nun metertiefe Löcher zu sehen.

Cæm zeigte ein weiteres Abbild, auf dem auch der Schutzschirm markiert war. »Das Atmosphärengebiet ist klein und rückt mit den Arbeitenden Stück für Stück weiter. Die Shaterra sind seit Monaten dort zugange, was vermuten lässt, dass sie dasselbe suchen wie wir, aber bislang erfolglos sind.«

»Bei deren technischem Stand?«, fragte Mox.

Cæm nickte. »Die Alkupæ sind nicht weniger bewandert.« Zwei neue Markierungen erschienen auf dem Bild, während Cæm weitersprach. »Hier sehen Sie unsere Zielpunkte. Die Markierung außerhalb des Atmosphärenschirms der Shaterra ist laut den Alkupæ der Zugang zur Schutzeinheit. Während der Bronzezeit befand sich genau an dieser Stelle der Übergang vom Festland zum Meer. Wir können von Glück sprechen, dass die Shaterra dort noch nicht gegraben haben. Die Schutzeinheit selbst liegt weit unterhalb des Ostseebodens vor der finnischen Küste. Es muss eine Art Transport vom Zugang dorthin geben, den wir finden müssen.«

Blekk hob einen Arm in die Luft. »Dort wimmelt es von Shaterra, richtig?«

Cæm nickte. »Möglich. Wir rechnen allerdings mit überschaubarem Widerstand. Die Ressourcen der Shaterra genügen nicht, eine Masse an Geschützen dort aufzufahren.«

»Außer sie wissen, wonach wir suchen. Das mögen ja Maschinen sein, aber ziemlich intelligente. Dann wären es doch ganz schön viele Shaterra. Gib mir doch mal einer recht!«

»Ich gebe Ihnen recht«, sagte Mox, bevor er sich zu Jü drehte. »Frau van Oak. Wie sicher sind Sie im Umgang mit dem … Suoja? Glauben Sie, dass Sie die Shaterra vor Ort außer Gefecht setzen können?«

Jü schluckte. »Um ehrlich zu sein, bin ich da überfragt. Um uns effektiv schützen zu können, müssten wir Rücken an Rücken laufen. Der Radius des Schildes ist nur begrenzt. Und ich weiß auch nicht, was passiert, wenn die Shaterra nicht mehr unmittelbar dem Suoja-Einfluss ausgesetzt sind.«

Cæm übernahm wieder den Staffelstab. »Wir müssten den Wirkradius des Suoja auf wenigstens zehn Meter verstärken. Das könnte uns einen entscheidenden Vorteil verschaffen.«

Eine der Regierungsvertreterinnen meldete sich zu Wort. »Welchen Radius schaffen Sie im Moment?«

Die Antwort war Jü unangenehm. »Höchstens zwei Meter. Wenn überhaupt.«

»Wie kompliziert ist eine Verstärkung des Gerätes?«, fragte Mox.

Cæm zuckte mit den Schultern. »Es übersteigt unser technisches Wissen um ein Vielfaches. Wir sprechen hier von einer extrem komplexen Abfolge von Schallfrequenzen, gepaart mit einem wechselnden Muster von Störwellen, deren Rhythmus ich noch nicht eindeutig identifizieren konnte, weil unsere Geräte nicht so präzise messen. Dazu hat sich der Suoja bisher geweigert, sich mit irgendeiner unserer Technologien koppeln zu lassen. Ein Nachbau ist ausgeschlossen.«

Mox lehnte sich nachdenklich in seinem Stuhl zurück. »Frau van Oak, glauben Sie, Sie könnten ein paar wohlgesinnten Freunden einen Besuch abstatten und einen Gefallen einfordern?«

Zuerst wusste Jü nicht, worauf er hinauswollte. Dann dämmerte es ihr. *Rala mek nir. Du hast etwas gut bei mir.* Ein Grinsen stahl sich in ihr Gesicht. Das war doch mal eine wirklich gute Idee. Sie nickte und sprang auf. »Ich mache mich gleich auf den Weg.«

»Nehmen Sie Majorin McArt mit, und halten Sie sich alle bereit. Ich werde derweil sehen, was wir sonst noch an Geschützen auffahren können.«

Zielstrebig führte Jü Cæm durch die Basis vom Central Tower direkt zu den Notunterkünften. »Tut mir leid, dass ich meinerseits nicht ebenfalls mit einem ausführlichen Rundgang starten kann.«

Cæm lächelte. »Nicht schlimm. Das lässt sich ja hoffentlich nachholen.«

Hoffentlich. Und wenn nicht, würde vermutlich niemand den fehlenden Rundgang vermissen.

Kurz darauf erreichten sie die Räumlichkeiten der Voolaner. Jü kramte in ihrer Erinnerung nach den passenden Worten und hoffte, dass sie keinen Fehler bei der Begrüßung beging. Als sie einen der Blauhäutigen entdeckte, machte sie auf sich aufmerksam.» *Vel tak, to ma'al. Kil Jü van Oak.* Ich würde gern den Pada'ar sprechen.«

Das Gesicht des Voolaners hellte sich auf. »Ah.« Mit einer eleganten Handbewegung bat er sie, näherzutreten. »Ich grüße Sie ebenfalls, Jü von den Menschen. Es ist mir eine Ehre, Sie kennenzulernen. Ihr Name hat in der Geschichte unseres Volkes bereits einen festen Platz. Bitte folgen Sie mir.«

Cæm zog fragend die Augenbrauen nach oben, doch Jü winkte sie selbstbewusst mit sich. Das lief schon mal besser als gedacht. In einem Zimmer, in dem es von Voolaner-Kindern nur so wimmelte, kamen sie zum Halt. Die Wände waren gesäumt von technischen Geräten, kleine Modellbauten sammelten sich in einem Regal und ein paar Erwachsene saßen an einem Tisch und tranken aus dampfenden Tassen.

Den Pada'ar entdeckte sie zwischen herumtollenden Kindern auf dem Boden. Das war ein derart seltsamer Anblick, dass sie schmunzeln musste. Am Verhandlungstisch noch vor wenigen Wochen hatte der führende Kopf der Voolaner einen völlig anderen Eindruck hinterlassen.

Als jemand ihn auf Jü aufmerksam machte, erhob er seinen massigen Körper und kam zu ihr. »Jü van Oak. Es ist mir eine Freude, Sie ein zweites Mal zu sehen.«

Damit spielte er auf ihre Verabschiedung bei der letzten Begegnung an. Jü nahm es wohlwollend zur Kenntnis und entschied sich für den direkten Weg. »Die Freude liegt ganz auf meiner Seite, Pada'ar. Ich möchte Ihnen gern einen der klügsten Köpfe unserer Spezies vorstellen und Sie um etwas bitten.«

»Ihre Mission bei den Alkupæ war erfolgreich?«

»Woher ...?«

»Die Voraussetzung für die Übergabe der Ionenbatterie war der offene Austausch von Informationen.«

Sofort wusste Jü wieder, weshalb sie Politik so verabscheute. Dieses Gemauschel um mögliche Vorteile war einfach nicht auszuhalten.

»Gut«, entgegnete sie. »Leider war die Mission nur in Teilen erfolgreich. Für den nächsten Schritt benötigen wir alle Expertise, weshalb ich ein altes Versprechen einlösen möchte.« Sie wartete gar nicht erst auf Bestätigung, sondern zeigte auf Cæm. »Das hier ist Majorin McArt. Sie kann Ihnen genau erklären, wobei wir Ihre Hilfe brauchen.«

Der Pada'ar musterte sie aus schmalen Augen. »Was springt für die Voolaner dabei heraus?«

Die Allianz zwischen den beiden Völkern war spürbar brüchig und auf dünnem Eis begründet, aber auf so engem Raum und mit begrenzten Ressourcen war das auch kein Wunder.

Zum Glück hatte Jü ein paar passende Argumente. Sie straffte ihre Schultern und schenkte dem Pada'ar ein Lächeln. »Der Preis ist denkbar einfach: Wir holen uns unsere Galaxie von den Shaterra zurück.«

***

Erst Stunden später war Jüs aktive Mithilfe endlich nicht mehr vonnöten. Die Voolaner und Cæm hatten sich auf einem Fachniveau ausgetauscht, bei dem Jü schwindelig geworden war. Irgendwann hatte sie abgeschaltet und einfach auf Anweisungen gewartet. Während Cæm und die drei Spezialisten der Voolaner noch immer beisammen saßen, durfte Jü sich endlich zurückziehen.

Ihr Kopf war kurz davor zu platzen. Sie spazierte den Gang in Richtung ihrer Unterkunft, entschied aber, ein wenig weiterzulaufen.

»Hey«, ertönte Ranjels Stimme hinter ihr.

»Hi.«

»Du siehst erschöpft aus.«

»Das bin ich auch.« Jü atmete tief ein und aus. »Warst du schon mal in einer fünfstündigen Vorlesung ohne Pause, in der du nicht ein Wort verstanden hast?«

Ranjel grinste. »Teilchenphysik?«

Matt nickte Jü und stoppte an einem Geländer, das eine Panoramafensterfront säumte. Um diese Tageszeit waren nur wenige Bewohner hier. Sie lehnte sich dagegen und blickte in die Ferne des grünlich schimmernden Planeten. Eine Steinwüste erstreckte sich in dieser Richtung, soweit das Auge blicken konnte.

Ranjel trat neben sie. Seine Hand war so nah an ihrer, dass sie es spürte. »Hier hast du also die letzten fünfzehn Jahre gelebt?«

»Ja.« Ihre Augen folgten den vertrauten Konturen der nördlichen Bergkette. »Schon komisch. Obwohl ich mir diesen Ort nicht bewusst ausgesucht habe und unbedingt von hier wegwollte, fühlt es sich an, als wäre ich wieder zu Hause.«

Ranjel wandte sich in ihre Richtung. Ein gequältes Lächeln stand in seinem Gesicht und die Sonnenstrahlen schimmerten in seinen Augen. »So ging es mir mit Kilp auch immer.«

Jü schob ihre Hand auf seine und drückte sie sanft. »Tut mir leid.«

»Das muss es nicht.«

Jü verlor sich in seinen tiefgründigen Pupillen. Das warme Braun, das sich zu ihr beugte. Seine Hand wanderte an ihre Wange.

Sie schloss die Augen, als ihre Lippen sich trafen. Eine Gefühlswelle explodierte in ihrem Inneren unter der Sanftheit, die in Ranjels Kuss lag. Er schmeckte feucht und warm. Seine Haut trug noch immer die dezent herbe Note des Herrendeodorants.

Sie legte ihre Stirn an seine, ihr Atem ging schwer, unsicher, wie weit sie gehen wollte.

Seine Finger suchten ihre, verflochten sich mit ihnen. Dieses Mal beugte sie sich zu ihm. Ihre Lippen trafen sich. Energischer als beim ersten Mal.

Er zog ihren Kopf zu sich. Seine Lippen öffneten sich, die Zungen verschmolzen miteinander.

Keuchend ließ sie von ihm ab. Ihre Hand fuhr über seine Brust. »Ist das eine gute Idee?«

Seine Finger strichen über ihren Rücken bis zur Schulter, den Nacken hinauf und vor zum Kinn. Er hob ihr Gesicht, sodass sie erneut im Braun seiner Augen versank. »Wenn nicht jetzt, wann dann?«

Wieder pressten sich ihre Lippen aufeinander. Jü schlang die Arme um seinen Hals und ließ ihre Seele fallen. Erst das lauter werdende Getuschel der Umstehenden löste sie voneinander.

Jü betrachtete Ranjel mit einem Lächeln. »Schaffen wir es trotzdem, professionell zu bleiben?«

Verlegen fuhr sich Ranjel über den Nacken. »Ich bin zuversichtlich.«

»Zuversichtlich?«

Er griff nach ihrer Hand. »Ich traue es uns zu. Du?«

Sie nickte. »Gehen wir etwas essen?«

»Ui, ein Date auf Turva.« Sein Grinsen schickte ihr Wellen der Erregung durch den Körper.

Sie nahm seine Hand. »Sozusagen. Komm mit, ich kenne einen schönen Ort.«

Jü führte ihn mit sich zum Fahrstuhl, der sie in die fünfte Etage brachte. Dort befand sich eine Panoramakuppel, die ihnen freie Sicht auf Turva gewährte. Dank des kleinen, aber äußerst schmackhaften Speisenangebotes war es hier deutlich voller.

Jü zog Ranjel zwischen den Anwesenden hindurch bis zu einem Tresen. Sie orderte zwei Mal Ochsenbäckchen in Rotweinsoße mit Kroketten und Schwarzwurzel. Mit den beiden Würfeln in der Hand trat sie an eines der Fenster. Ranjel kuschelte sich von hinten an sie und schlang die Arme um ihren Bauch. Dabei lehnte er seine Wange gegen ihren Kopf und sie verfolgten, wie die Sonne hinter dem Horizont versank. Dabei eröffnete sich ein Schauspiel auf der felsigen Ebene außerhalb des Stützpunktes, das einer Lasershow der spektakulärsten Farbgebung glich.

»Das ist besser als jede Shaterra-Show«, flüsterte Ranjel.

»Definitiv. Einer der bezauberndsten Orte hier auf Turva.«

»Wieso bist du von hier weggegangen?«

Jü überlegte einen Moment. »Es hat sich immer so angefühlt, als sei es nicht meine eigene Entscheidung gewesen, hier zu sein.«

»Und? Würdest du den gleichen Weg noch einmal gehen?«

Jü schmiegte sich an ihn. »Ich könnte jetzt was faseln von: Hätte ich mich anders entschieden, würden wir jetzt nicht …, aber das wäre albern. Ich gestehe, dass mir die Sicherheit und der vergleichsweise Luxus hier auf Turva durchaus lukrativ erscheinen. Ich bin sicher, Mox hätte auch weiterhin Aufträge für mich, die mir ein ausreichendes Einkommen sichern.«

Er streichelte ihren Nacken. »Wenn wir die Alkupæ-Einheit wieder aktivieren können, möchtest du also hierher zurückkommen?«

Sie schüttelte den Kopf. »Ich weiß es nicht. Ich weiß ja nicht einmal, ob wir die Suche überleben.« Das war einfach ausgesprochen. Wenn sie aber darüber nachdachte, machte ihr der Gedanke Angst. »Ich neige zumindest dazu, mir eine weniger aufregende Arbeit zu wünschen.«

»Das kann ich verstehen.«

»Und du?« Jü wandte sich Ranjel zu.

»Gute Frage. Ich springe seit zwanzig Jahren durch die Galaxie und helfe, die Shaterra in Schach zu halten oder aussterbende Spezies zu retten. Ich bin nicht sicher, ob ich mir etwas anderes vorstellen kann.«

Das entlockte Jü ein Lächeln. »Zum Glück müssen wir das jetzt noch nicht entscheiden. Wenn wir die Schutz-Einheit aktivieren können, wird sich ohnehin vieles verändern.«

Jemand räusperte sich neben ihr.

Erschrocken fuhr Jü herum und entdeckte Blekk.

Während seine Augenbrauen Bekanntschaft mit dem Haaransatz machen wollten, konnten seine Mundwinkel sich ein Grinsen nur gerade so verkneifen. »Ich störe euch nur ungern ...« Seine Nasenflügel flatterten in dem offensichtlichen Versuch, das Grinsen zu minimieren. »... aber wir springen schon morgen Vormittag. Übertreibt es also nicht.« Er führte zwei Finger zum Gruß an die Stirn und verschwand wieder in der Menge.

Jü blickte ihm einen Moment nach. »Was war denn das?«

»Ich schätze, mein Partner hat Schwierigkeiten mit dem Gedanken, dass ich seine Schwester verführe.«

»Tust du das?« Jü schenkte ihm ein Lächeln.

»Oh ja. Und offensichtlich bleibt mir viel weniger Zeit, als ich gehofft hatte.«

»Dann lass uns das bisschen, das wir haben, ausgiebig nutzen.« Mit einem Zwinkern beugte sich Jü zu ihm. Sie vergrub ihre Hände in seinen Haaren und genoss jeden Atemstoß, der sich warm auf ihr Gesicht legte, während im Hintergrund die Sonnenstrahlen in einem tiefroten Finale von Turvas Rotation verschluckt wurden.

Datentransfer QL58SA

Die Kommando-Einheit analysierte die eingehenden Daten im planetaren Stundentakt. Befehle schossen in regelmäßigen Abständen durch den Datenring, an dessen Begrenzung nach wie vor die Massen protestierten. Eine Schar Drohnen war im Dauereinsatz, um den Ring und seine Funktionsfähigkeit zu schützen.

--- Priorisierung der Spezies Mensch auf der Erde wird weiter reduziert. Restmasse auf Minta und den anderen Minenplaneten nach Umsiedlung ausreichend für zwei weitere Abbaujahre. Reduktion der Atmosphärenschirme aller Metropolen auf 30 % der ursprünglichen Größe. ---

Davon benötigten die Metropolzentren je 25 %. Die Erdlinge außerhalb der Zentralringe mussten mit den verbliebenen 5 % auskommen. Wenn sie überlebten, hatten sie ihre Robustheit bewiesen und wären als Arbeitskräfte weiterhin nutzbar.

--- Nahrungsmittelproduktion wird vorübergehend eingestellt. Reserven ausreichend für zwei Wochen. ---

Der Avain würde davon erfahren. Die Wahrscheinlichkeit für seine Rückkehr innerhalb der nächsten drei Tage lag bei über 90 %. Er durfte damit keinen Erfolg haben. Alles stand auf Kampf. Wenn sich der Erd-Schirm aktivierte, würde die Spezies Mensch zu einer

Gefahr. Sie waren nicht so schwach wie die Alkupæ. Sie verteidigten sich nicht nur, sie schossen zurück. Die führende Einheit prüfte ihre Notreserve. 5 %, die einen Rückzug ermöglichten. Selbstverständlich nicht für alle Einheiten, aber die Integrierung dieser Galaxie konnte noch nicht gänzlich aufgegeben werden.

Kapitel 12

Jü ignorierte Blekks anzügliches Grinsen am nächsten Morgen. Ranjels Arm lag um sie geschlungen, während ihr Bruder sich von seiner Matratze schälte. Blekk sagte kein Wort, aber der Anblick von ihr und Ranjel schien ihn in außerordentlich gute Laune zu versetzen.

Am liebsten hätte Jü ein Kissen nach ihm geworfen, aber sie war über das Jugendalter weit hinaus. Auch wenn das Kribbeln in ihrem Bauch etwas anderes erzählen wollte. Sie kuschelte sich an Ranjel und genoss seine Körperwärme, bis Blekk nach ihnen rief.

»Aufstehen, ihr Schlafmützen. Der Sprung ist in zwei Stunden.«

Verdammt. Jü wäre am liebsten einfach liegen geblieben. An den Ausflug ins turvanische Restaurant hatte sich ein Abend voll Intimität angeschlossen. Erst als Blekk und Cæm von einer späten Besprechung zurückgekehrt waren, mussten sie und Ranjel sich voneinander lösen. Anschließend hatten sie die halbe Nacht damit verbracht, Alkupæ-Anweisungen auswendig zu lernen. Nur für den Notfall. Zum Dank steckte bleierne Müdigkeit in jeder Faser ihres Körpers.

Ranjel regte sich. Mit einem Finger strich sie ihm über das Gesicht, bis er die Augen aufschlug.

»Guten Morgen«, hauchte er.

»Gut geschlafen?«

Er nickte und beugte sich zu ihr. Die Wärme und Zartheit seiner Küsse war ungebrochen. Weich lagen ihre Lippen aufeinander.

Ein Kribbeln zog sich durch Jüs Bauch und sie genoss es in vollen Zügen. »Uns wird später für so etwas keine Zeit mehr bleiben«, wisperte sie, als sie sich trennten.

»Ich weiß.« Auch Ranjels Stimme war nur ein Flüstern. Sie küssten sich ein letztes Mal.

Bevor sie wieder in seinen Armen versinken wollte, rappelte Jü sich auf, schnappte ihre Einsatzkleidung und verschwand damit in der Duschkabine. Sie hätte noch ewig liegen bleiben können, doch die Realität verlangte etwas anderes von ihr. Der Schein auf Turva trog wie früher schon. In Wahrheit hatte eine gemeinsame Zukunft mit Ranjel nur dann eine Chance, wenn sie die Shaterra vertreiben konnten.

Wenig später kam sie umgezogen zurück in den Wohnraum. Der graue Lyocell-Anzug war ihr mittlerweile so vertraut wie ihr liebstes Shirt und die Geschäftigkeit der anderen nahm sie schließlich gefangen.

Cæm saß neben Blekk am Wohnzimmertisch und reichte ihm gerade diverse Einsatzgeräte. Auf dem Tisch reihten sich dampfende Kaffeetassen aneinander, von denen Jü sich eine schnappte. Neugierig betrachtete sie die Schatulle mit CLPs, aus denen Cæm auch ein Paar für sie herausholte.

Während der Kaffee ihren Bauch wärmte, setzte Jü ihre Neuro-Kontakt-Linsen ein.

»Soll ich meine Brille holen?«, fragte Ranjel, der eben aus dem Bad kam und neben Jü Platz nahm.

»Nein«, entgegnete Cæm. »Diese Dinger sind noch besser als die vorherigen Modelle. Die Sehschärfe wird automatisch justiert. Läuft alles auf neuronaler Basis.«

»Wie sieht es mit dem Suoja aus?«, fragte Jü.

Cæm nickte. Sie wirkte völlig übermüdet, aber zufrieden. »Wir haben eine Möglichkeit gefunden, einen Verstärker mit der Suoja-Technik zu kombinieren. Ich werde es Ihnen auf dem Weg zum Shuttle erklären.«

»Sie kommen nicht mit zur Erde?«

»Nein. General Mox war der Meinung, dass ich hier eine größere Hilfe bin, obgleich ich ihn gebeten habe, mich gehen zu lassen.«

»Ich hätte auch so entschieden«, sagte Blekk. »Außerdem brauchen Sie dringend eine Portion Schlaf.«

»Die kann ich mir holen, wenn Sie zur Erde gesprungen sind.«

Blekk musterte sie aus schmalen Augen. »Als ob Sie schlafen gehen, wenn wir im Gefahrenbereich sind. So wie ich Sie kenne, werden Sie an einem der Radarschirme an vorderster Front sitzen und die Sache verfolgen.«

»Ich wünschte, ich könnte«, seufzte Cæm. »Aber die Signale laufen über so eine Entfernung einfach zu langsam.«

»Zwangspause«, nuschelte Blekk und nahm einen Bissen von seinem Würfel. »Wie lange würde es eigentlich dauern, wenn ich Sie über diese Entfernung nach einem Date frage?«

Jü verschluckte sich beinahe. Sie würgte den Klumpen in ihrem Hals hinunter und verfolgte, wie Cæms Gesichtszüge flatterten. Dann breitete sich ein hinreißendes Lächeln darauf aus. »Fragen Sie mich lieber persönlich, wenn Sie es heil zurück geschafft haben.« Sie wandte das Gesicht wieder dem Bildschirm zu. »Wir werden Sie durch ein galaktisches Wurmloch zu einer Zelle auf der Erde schicken. Es handelt sich um einen verborgenen Notfallbunker des *EFM*. Sie haben dort höchstens ein paar Minuten, bis die Shaterra eintreffen. Sobald Sie durch sind, wählen Sie den planetaren Ring in Sammallahdenmaki an. Sie werden in Finnland auf Widerstand stoßen, seien Sie also vorbereitet. Sie müssen durchhalten, bis die Rückendeckung eintrifft.«

»Können wir von hier nicht direkt nach Finnland springen?«, fragte Blekk.

»Nein. Die Energiestrukturen von galaktischen und planetaren Wurmlöchern ...«

»Stopp!« Blekk wedelte mit der Hand. »Vergessen Sie einfach, dass ich gefragt habe.«

Jü zwinkerte Cæm zu, die mit einem Lachen nach ihrem Kaffee griff. Es machte den Eindruck, als genoss sie diese kleinen Zwists, die Blekk so gern anbot, ebenfalls. Die beiden würden ein schönes Paar abgeben. Nur ob Blekk sich nach Kyras Tod ernsthaft wieder auf jemanden einlassen konnte, blieb abzuwarten. Jü wünschte es ihm von Herzen.

Das restliche Frühstück verlief in einer nahezu unbeschwerten Atmosphäre. Es war wie die Ruhe vor dem Sturm. Sie alle wussten, dass es auch das Letzte sein könnte, und offenbar wollte jeder es genießen. Jü dankte ihrem Bruder für seine flachsige Art. Es war genau das, was sie brauchten, um die anstehende Mission wenigstens für ein paar Minuten noch einmal zu vergessen.

Die Zeit verging wie im Flug und ehe Jü sich versah, stand sie mit Blekk und Ranjel im Sprungraum auf Turva flankiert von einer zehnköpfigen Wachmannschaft, die sie begleiten würde. Ranjels Berührung an ihrem Unterarm elektrisierte sie förmlich. Der Suoja auf ihrer Handfläche begann zu vibrieren, als sie den Schutzschild hochfuhr und auf Brusthöhe führte.

»Sind Sie bereit?«, erklang eine Stimme durch den Lautsprecher.

Blekk signalisierte mit erhobener Hand, dass es losgehen konnte. Er schloss das Visier.

»Sie müssen starten, sobald der Durchgang offen ist. Die Verbindung ist instabil, wir können sie höchstens ein bis zwei Minuten halten.«

Das Wurmloch baute sich auf. Sobald die Oberfläche sich beruhigt hatte, rannte Blekk voraus. Jü und Ranjel eilten ihm hinterher. Die Reise war unsanft und Jü wurde schwindelig.

Am anderen Ende verteilte sich die Wachmannschaft in den Gängen vor dem Sprungraum, während einer der Soldaten eine Wahlvorrichtung an den Ring anschloss. Ob dieser Bunker zuvor innerhalb der Atmosphärenschirme gelegen hatte? Wo waren sie überhaupt?

Schon baute sich das Wurmloch erneut auf, während ein Warnsignal zeitgleich Shaterra ankündigte.

Scheiße!

Schon fielen die ersten Schüsse. Die waren verdammt schnell hier.

»Mit aller Macht dagegen halten!«, brüllte es unweit von Jü. Schützenfeuer tönte aus den Gängen und eine Detonation rollte wie eine Welle die Wand entlang.

»Wurmloch aufgebaut in drei …«

Weitere Schüsse fielen, die Erschütterungen von Granatenexplosionen hallten durch den Bunker.

Die Shaterra kamen näher. Jü wusste, dass diese Soldaten sich für die Mission opferten.

Der Bunker war dem Untergang geweiht, trotz aller Gegenwehr.

»… zwei …«

Hinter ihnen sprengte etwas die Tür aus den Angeln. Das Surren von Shaterra-Drohnen, die den Raum stürmten, erklang. *Keine Zeit! Nicht denken!* Jü verstärkte die Energie des Suoja auf den Raum hinter sich.

»… eins …«

Schreie, Metall, das zu Boden fiel. Ein paar Shaterra weniger.

» … jetzt!«

»Los!«, brüllte Blekk aus voller Kehle und riss sie mit sich.

Sie rannten auf den Ring zu, den Suoja hielt Jü erhoben vor der Brust. Ihr Handgelenk war wie elektrisiert und die Anspannung saß in jeder Faser ihres Körpers.

Schon wurde sie von der Oberfläche des Transportrings verschluckt. Am anderen Ende angekommen, prasselte Laserfeuer auf ihren Schild. Das CLP zählte sechs orange-farbene Drohnen.

»Ausschalten!«, schrie Blekk.

Jü konzentrierte sich auf die Einstellung des Suoja, der die Shaterra in die Knie zwang. Das schützende Energiefeld weitete sich um den Transportring. Die

Luft knisterte, während Plasma auf den kugelförmigen Schild schlug. Ein Shaterra nach dem anderen polterte zu Boden. Als sich der Ring hinter ihnen deaktivierte, lagen die Gegner bereits regungslos im Dreck.

Schwer atmend hielt Jü inne. Sie stützte die Hände auf die Oberschenkel und sah sich um. Es war der erste Moment seit ihrem Abmarsch, in dem sie sich sammeln konnte, und doch blieb keine Zeit, das Geschehen wirklich zu verdauen.

»Sind sie tot?«, fragte Blekk und trat mit dem Fuß gegen eine der Drohnen.

»Keine Ahnung. Ich glaube, die Alkupæ neigen nicht zum Töten. Allerdings bin ich mir nicht sicher, ab wann so ein Schaltkreis unwiderruflich funktionsunfähig ist.«

»Können sie uns noch gefährlich werden?«

Jü verdrehte die Augen, während sie ihr Visier öffnete. »Kannst du mir Fragen stellen, die ich beantworten kann?«

Noch einmal stupste Blekk einen der Shaterra mit dem Fuß an. »Hoffen wir mal, dass dieser Zustand eine Weile hält. Ranjel, du weißt, wohin wir müssen.«

»Ja.« Sein Gesicht war die Anspannung selbst. Mit einem altmodischen Kompass bestückt wandte er sich nach Osten. »Ein knapper Kilometer in diese Richtung.«

»Dann sollten wir uns beeilen.« Blekk scannte den Himmel. »Die Shaterra werden uns jeden Moment auf den Fersen sein. Wir können hier zwar atmen, sollten die Visiere aber dennoch bereithalten!«

Jü folgte Ranjel und Blekk über einen Schotterweg zu einem Areal, das früher einmal ein Wald gewesen sein musste. In den Archivakten hatte Sammallahdenmaki völlig anders ausgesehen. Es war nicht wiederzuerkennen. Wo früher Bäume auf dem Granitboden ihre Wurzeln streuten, tauchte nun der Mond blanken Fels in einen silbernen Schimmer. Krater reihte sich an Krater, teils etliche Meter tief. Hundert Meter entfernt erhoben sich ein paar einfache Wohnblöcke – Unterkünfte für Menschen, die bei den Sprengungen halfen, weil den Shaterra die Ressourcen fehlten, alles selbst zu machen.

Ihre Schuhe knirschten über den Kies, während sie dorthin eilten, wo während der Bronzezeit einmal der Übergang vom Land zum Meer gelegen hatte. Dort erstreckten sich nur mehr die schlammigen Überreste eines Sees.

Je näher sie kamen, desto heftiger schlug Jüs Herz. Nicht nur von dem Lauftempo, das sie hinlegten. *Sie* war sich sicher. Jeder Schritt, den sie machte, verstärkte ihr Bauchgefühl. Nur noch wenige Meter bis zum äußeren Rand der atmosphärischen Schutzhülle.

Ihre Hand griff fester nach dem Suoja. Energie schoss durch ihre Adern und legte sich wie ein Film auf ihre Haut, drang bis in ihre Lungen.

»Stopp!«, schrie Blekk.

Noch ein Schritt und sie hatten die Atmosphärenhülle durchtreten. Sofort fegte ihr der Wind in die Seite und sie musste einige Kraft aufbringen, sich dagegen aufzulehnen. Vorsichtig prüfte sie ihre Atmung. Es ging. Völlig ohne Probleme.

»Bist du verrückt?«, brüllte Blekk über den Wind hinweg. Er riss sie am Oberarm zu sich herum. »Was machst du da?«

»Ich suche den Weg«, entgegnete Jü und blickte durch sein Visier in wütende Augen.

»Willst du dich umbringen? Spar dir die Alleingänge!«

»Tut mir leid. Es hat mich regelrecht hierhergezogen.«

»Setz das Visier auf!«

Die Glasfront fuhr vor ihr Gesicht und kurz darauf vermeldete die Digitalanzeige, dass sich der Sauerstoffgehalt reguliert hatte.

»Mach das nie wieder!«, brüllte Blekks Stimme in ihr Ohr.

Sie zuckte zusammen. Über Funk verstand sie ihn deutlich besser.

»Alles in Ordnung?« Ranjel hatte zu ihnen aufgeschlossen. »Ihr seid plötzlich ohne erkennbaren Grund losgerannt.«

Jü spürte noch immer Blekks bohrenden Blick auf sich.

»Leute«, meldete sich Ranjel. »Wir bekommen Besuch.«

»Scheiße!« Blekks Fluch donnerte in Jüs Ohren, während die Digitalanzeige des Visiers in rotes Blinken überging. »Lauft!«

Am Horizont tauchten Shaterra-Drohnen auf. Wie ein Megaschwarm verdunkelten sie den Himmel.

»Jü!«

»Ich bin bereit!«, schrie sie und aktivierte den Suoja an ihrer Hand. Auch das Modul der Voolaner erwachte mit einem Knopfdruck erneut zum Leben. Die Energie prickelte auf und unter ihrer Haut, zog sich unangenehm bis in den Unterarm und erinnerte sie kurzzeitig an die Flucht vor den Shaterra. Doch es ließ sich aushalten. Während sie weitersprinteten, hielt Jü den Suoja auf Kopfhöhe neben sich.

Der Drohnenschwarm kam näher, Geschosse senkten sich nieder, wurden jedoch vom Schild des Suoja verschluckt. Links und rechts von ihnen bohrten sich die Laserstrahlen in den Felsboden. Splitter spritzten ab und schlugen ihnen um die Ohren.

Jü riss die Arme vor ihr Gesicht, während sie ungebremst weiterrannte. Das Ziel näherte sich. Sie spürte es, als würde sie davon angezogen. Die eigentliche Ausgrabungsstätte befand sich weit hinter ihnen und sie liefen bereits auf Boden, der in der Bronzezeit unter Wasser gelegen hatte.

»Halt!«, rief Ranjel. »Hier müsste es sein.«

Damit hatte er ziemlich sicher recht. Jü spürte es deutlich. Irgendwo unter ihnen lag der Zugang.

Das Drohnenfeuer über ihren Köpfen lief ungebremst weiter. Jü breitete den Schutzschirm aus, soweit es ging. Einige der Flugobjekte verfielen in wildes Blinken und stürzten zu Boden. Der Rest brachte sich auf sichere Entfernung und setzte das Feuer fort. Weitere Objekte näherten sich, deutlich wuchtiger und anders bewaffnet. Sie erinnerten an überdimensionierte Regentropfen, waren aber deutlich tödlicher.

»Mach den verdammten Eingang auf!«, brüllte Blekk. Sein Blick hing auf den Kampfmaschinen. »Das schwere Geschütz überleben wir nicht!«

Jü senkte ihre Hände in den Dreck. Wie besessen kratzte sie mit Ranjel Lehm zur Seite, der sich am einstigen Seeboden abgesetzt hatte. Doch das brachte nicht viel.

»Wir haben vielleicht noch zwanzig Sekunden!«
Blekks Stimme setzte Jü unter Adrenalin und das
Brummen der feindlichen Geschütze dröhnte in ihren
Ohren. Das war unmöglich zu schaffen. Panisch grub
sie weiter.

»Zehn Sekunden!« Blekks Warnrufe glichen einer ti-
ckenden Bombe. »Fünf!«»Bleibt nah bei mir«, schrie sie
Ranjel und Blekk an und presste ihre Hände in den
Schlamm. Sie leitete einen Teil der Energie des Suoja in
den Boden hinein, bis sie auf Widerstand traf. Wäh-
rend sie mit dem Schloss in mehreren Hundert Metern
Tiefe kämpfte, eröffnete das schwere Geschütz das
Feuer. Sie konnte sich unmöglich um beides kümmern.

Da ging eines der tropfenförmigen Shaterra-Objekte
über ihren Köpfen in Flammen auf. Die Explosion war
ohrenbetäubend. Trümmerteile fielen wie ein Feuer-
werk zu Boden, während eine Fliegerstaffel durch die
feindlichen Reihen fegte.

»Oberst van Oak«, meldete sich jemand über Funk,
»wir halten Ihnen den Rücken frei.«

»Danke«, antwortete Blekk, während die Fliegerstaffel wendete und einen weiteren Angriff flog.

»Woher ...?«, setzte Jü an.

Doch Blekk unterbrach sie. »Mach weiter und vertrau
darauf, dass das EFM noch ein paar Asse im Ärmel hat.«

Jü nickte und konzentrierte sich wieder auf den Boden vor sich. Angesichts der krachenden Luftschlacht
war das gar nicht so einfach. Hoffentlich hielt der Suoja
das Schlimmste für sie ab.

Ein Trümmerteil schlug ganz in ihrer Nähe in den Boden ein und mahnte Jü zur Eile. Erneut leitete sie Ener-

gie in den Boden hinein. Als sie glaubte, den Mechanismus erkannt zu haben, ließ sie in einem waghalsigen Manöver den Schutzschirm fallen. Ihr Zeitempfinden verlangsamte sich. Wie in Zeitlupe jagte sie die komplette Energie des Suoja in das Schloss, während eine der Drohnen auf sie zugerast kam. Kurz bevor der Todbringer sie erreichte, erstrahlte die Umgebung in einem gleißend weißen Licht, das sie mit sich zog.

***

Unsanft prallte Jü auf Stein. Dort, wo ihre Hand den Boden berührte, entstand eine schwache Lichtquelle, die sich selbstständig ausbreitete und den Weg vor ihr erleuchtete.

Sie hatten es hinein geschafft!

Blekks Stöhnen dämpfte ihre Freude. Ihr Kopf schoss herum, und erschrocken schlug sie die Hände vor den Mund.

Ranjel hockte schon neben ihm und presste ein Tuch auf die offene Fleischwunde am Oberschenkel.

»Verdammt!«, fauchte Blekk.

Jü würgte beim Anblick des Blutes. »Du schaffst das, Soldat.« Ihr war klar, dass sie mit diesen Worten eher sich selbst überzeugen wollte.

Blekks Wangen waren aschfahl, das Gesicht schmerzverzerrt. »Im nächsten Leben bestimmt.«

»Erzähl nicht so einen Scheiß!« Ohne einen weiteren Kommentar half sie Ranjel bei einem notdürftigen Druckverband.

Eine Erschütterung über ihnen brachte den Boden zum Vibrieren. »Die werden sich in diesen Gang hineinsprengen«, knurrte Blekk. »Geht und bringt das zu Ende. Das ist ein Befehl!«

»Vergiss es! Den heldenhaften Tod gönne ich dir nicht.« Mit Wut im Bauch griff Jü unter Blekks Schulter. Ranjel stützte auf der anderen Seite und ignorierte Blekks Protest ebenso verbissen wie sie. Mühsam schleppten sie sich vorwärts. Ihr Bruder schien zu merken, dass sie ihn keinesfalls zurücklassen würden, also humpelte er mit, so gut er konnte.

Wieder traf eine Erschütterung die Erde und brachte den Gang zum Erzittern. Die Wände hielten sich hartnäckig. Noch.

»Wie weit müssen wir?« Blekks schwache Stimme war klarer Ausdruck für seinen Zustand. Mit jedem Schritt wog er schwerer.

»Es muss hier irgendwo sein«, entgegnete Ranjel. In seinem Gesicht stand die gleiche Verzweiflung, die auch Jü empfand.

Sie scannte laufend die Wände nach den Piktogrammen, die die Alkupæ in ihren Aufzeichnungen erwähnt hatten. Schweiß rann ihre Stirn hinab, den der Visieraklimator so schnell nicht mehr beseitigen konnte. Sie blinzelte, damit er nicht in ihre Augen lief.

Der Gang war mit Zeichnungen übersät. Fast alle beschrieben Szenen aus einer anderen Zeit. Hier und da zog sich ein Schriftzug dazwischen, mal länger, mal kürzer, die Szenen waren umrahmt von Ornamenten. Einige eckig, andere aus schwungvollen Linien bestehend.

»Hier!« Vor einer Wand, an der auffällig viele Buchstabensymbole in einem türähnlichen Quadrat angeordnet waren, sank Jü auf die Knie.

Auch Blekk brach zusammen. Sein Atem ging flach, das Gesicht hatte alle Farbe verloren.

»Halte durch«, flüsterte Ranjel und flößte ihm etwas zu trinken ein, während im Hintergrund der Lärm zunahm.

Jü gab sich Mühe, alle Geräusche auszuschalten, und folgte den Schriftzeichen auf der Wand in vorgegebener Reihenfolge. Ein winziger Fehler nur wäre ihr Tod, aber die Kombination saß fest in ihrem Hirn. Eine leuchtende Linie zog sich von Symbol zu Symbol, das sie berührte, bis es zu einem komplexen Muster verschmolz. Darum herum zog sich eine Kontur, folgte dem quadratischen Umriss gleißend hell und breitete sich über die Fläche aus.

Vorsichtig schob Jü ihre Fingerspitzen in den Schein hinein. Die Öffnung war verhältnismäßig klein für sie und ihre Begleiter, aber recht passend zur Körpergröße der Alkupæ. Ein Portal – wohin auch immer es führte.

Ranjel half Blekk wieder auf die Füße. Jü legte sich den anderen Arm um ihre Schulter und griff Ranjels Hand hinter dem Rücken ihres Bruders.

Am fernen Ende des Ganges zersplitterte Stein. Eine Explosionswelle raste auf sie zu und schob eine Druckwelle voll Schutt und Staub mit sich.

»Rein da!«, schrie Ranjel.

Sie schob sich durch die Öffnung und zog Blekk hinter sich her. Ranjel folgte ihr. Auf der anderen Seite landete er mit seinem vollen Gewicht auf ihr. Eine Fuhre Schmutz stob durch den Zugang über sie hinweg, bevor das Licht erlosch und sie in völliger Dunkelheit auf kaltem Stein zurückblieben.

»Scheiße, war das knapp.« Jü keuchte vor Anstrengung. Ranjels Gewicht auf ihrer Brust machte ihr das Atmen nicht leichter. Erst als er von ihr herunterrollte, konnte sie tief Luft holen.

»Ist alles in Ordnung?« Seine Finger suchten ihr Gesicht, sein Daumen strich über ihre Wange, ihren Mund.

»Ja«, flüsterte sie und drückte seine Hand.

»Blekk?«

»Lebe noch.«

Jü rappelte sich auf. Sie stellte ihr Visier auf Nachtsicht und begab sich zurück zu der Wand mit dem Durchgang.

»Was machst du?«, fragte Ranjel

»Den Lichtschalter suchen«, entgegnete sie. »Meist ist der in Türnähe.«

»Vorhin hast du doch auch nur auf den Boden gegriffen.«

»Nicht wirklich. Der Gang hat automatisch auf die Anwesenheit des Suoja reagiert. Hier müssen wir wohl wieder selbst raten.«

»Wartet!« Blekks schwacher Ruf ließ sie innehalten. »Nur eine hypothetische Frage.« Er hob den Kopf. Seinem Gesichtsausdruck nach zu urteilen war jede Bewegung mühsam und schmerzvoll. »Machen wir die Shaterra auf uns aufmerksam, wenn wir das Licht anschalten?«

Jü musterte abwechselnd Ranjel und Blekk. »Möglich. Cæm könnte das sicher besser sagen.«

»Dann bleiben wir vorerst im Nachtsichtmodus.«

Aus dem Tonfall schloss Jü, dass sie nicht diskutieren musste. Ihr Bruder ächzte und hob seinen Oberkörper noch ein Stück höher. »Wir müssen die Steuereinheit finden.«

»Wir?« Ranjel ging zu Blekk, um den Sitz des Druckverbandes zu prüfen.

»Na gut – ihr. Ihr müsst sie finden. Ich liege so lange dekorativ hier rum. Ruft mich, wenn ihr Hilfe braucht.« Stöhnend sank Blekks Kopf zu Boden, während Ranjel ihm auf die Schulter klopfte, als wollte er ihn aufmuntern.

Jü schüttelte den Kopf. Zeit für Galgenhumor blieb offenbar in jeder Situation. Aber es ging Blekk schlecht. Der Verband war keine Dauerlösung, er brauchte dringend medizinische Hilfe. Nur war diese Lichtjahre entfernt. Sie versuchte, sich auf die Mission zu konzentrieren.

Um sie erstreckte sich eine Tempelhalle, getragen von Säulen voller Ornamente. Dieselben Schriftzeichen und Piktogramme wie bei den Alkupæ zierten Wände und Boden. Laut den Aufzeichnungen musste es hier irgendwo eine versteckte Nische geben.

»Hier ist es!«, rief Ranjel. Seine Aufregung übertrug sich sofort auf Jü.

Gemeinsam schleiften sie Blekk zu besagter Stelle und lehnten ihn gegen einen Sockel.

Jü betrachtete die Darstellung der Alkupæ auf den steinernen Fliesen vor sich. »Dann reiche ich meinen Vorfahren doch mal die Hände.« Bei diesen Worten legte sie ihre Finger auf die des Piktogramms am Boden. Der Suoja reagierte sofort darauf. Sie spürte ein

Prickeln, das sich über ihren Handrücken bis in die Fingerspitzen zog und den Boden an jener Stelle, wo sie ihn berührte, zum Vibrieren brachte.

Die Oberseite eines Sockels fuhr auf und gewährte den Blick auf ein komplexes Kontrollpult. Etliche Linien zogen sich darüber, die über ovale Schaltknöpfe miteinander verbunden waren.

Jü rief die Zeichnungen in ihrem Visier auf, die Ranjel und sie am Vortag aus den Alkupæ-Dokumenten gezogen hatten. Konzentriert befolgte sie die Anweisung Schritt für Schritt. Bei jeder ihrer Berührungen vibrierten die Schaltknöpfe. Es klang beinahe wie das Schnurren einer Katze, die sehnsüchtig um mehr Aufmerksamkeit bat.

Als auch das letzte Element an den richtigen Platz geschoben war, erwachte die Maschine zum Leben. Der Boden vibrierte und eine unbekannte Kraft drückte Jü in Richtung Boden, ganz so, als stünde sie in einem Lift ohne G-Force-Puffer.

»Passiert gerade das, was ich denke?« Ranjels Blick glitt durch den Raum.

»Es geht aufwärts«, entgegnete Blekk und bestätigte damit Jüs Empfinden.

»Dann müssen wir uns beeilen! Wenn der Tempel die Meeresoberfläche durchbricht, sind wir Shaterra-Futter.«

Jü atmete tief durch und zog die nächsten Anweisungen auf das Visier. So schnell es ihre Konzentration erlaubte, verschob sie die Regler erneut, bis eine Kuhle in der Oberfläche des Schaltpultes erschien. Sie legte ihre linke Hand hinein und spürte, wie die Technologie nach ihr griff. Wie eine Mutter, die ihr Kind lange nicht gesehen hatte und unbedingt wissen wollte, was in all den Jahren – oder besser Jahrtausenden – passiert war. Ein Kribbeln zog sich auf Jüs Handfläche und von dort weiter den Arm hinauf. Das könnte unangenehm werden, aber Loslassen war keine Option. Nicht, bis der Schirm vollständig aufgebaut war.

»Das wird ein spannendes Finale«, raunte Blekk, als plötzlich Explosionen die Tempelwände erschütterten und ein Loch in das Gemäuer schlugen. Licht flutete den Tempelraum, das sich mit Einfliegen der ersten Drohnen sofort wieder bedrohlich verdunkelte.

Jü hob die Hand mit dem Suoja in die Luft, während sie die andere tiefer in die Kuhle presste.

Ihr CLP warnte in blinkendem Rot vor Shaterra-Aktivität. Schon prallten erste Geschosse gegen den Schutzschild und ließen sie wanken.

Da fühlte sie einen Arm um ihren Bauch. Ranjel trat nah an sie heran und stützte auch ihre in die Höhe gereckte Hand. Damit nahm er ihr die Last aus den Muskeln. Seine Stimme war nah an ihrem Ohr. »Ich bin bei dir.«

»Danke.« Sie schloss die Augen, um sich besser konzentrieren zu können.

Der Schutzschild des Suoja war dank der Voolaner-Technologie äußerst wirkungsvoll. Sein Radius füllte die Mitte des Tempelraumes aus. Der einzige Haken: Sie musste ihn halten können. Jeder Laserschuss aus den schweren Shaterra-Drohnen fühlte sich an wie ein Faustschlag auf ihre Haut. Sie war nur ein Mensch und für diese enorme Masse an Energiefluss nicht gemacht. Ein Punkt, den sie in ihren Berechnungen offensichtlich missachtet hatten.

Ein weiteres Stück Tempelmauer in ihrem Rücken explodierte. Über die Schulter erkannte Jü eine Kriegsdrohne, die in den Saal flog. Das schwere Geschütz war eingetroffen und feuerte umgehend seine Plasmakanonen in die Umgebung.

Während Jü den Schild um sich weiter verstärkte, erhaschte sie für wenige Herzschläge einen Blick durch den Mauerdurchbruch. Beim Anblick der Außenwelt stockte ihr der Atem. Der Tempel schwebte nun gut fünf Meter oberhalb des Meeresspiegels. Ein Bataillon an Shaterra-Streitkräften hielt in der Luft die Stellung und kam ihnen auf Gedeih und Verderb entgegen. Die Staffel der Erd-Flieger hingegen war sichtlich geschmälert, doch ungebremst stellten sie sich den Shaterra entgegen.

Bevor die Verzweiflung sie übermannen konnte, verstärkte Jü den Radius des Suoja impulsartig. Während die Alkupæ-Maschine weiter surrte, stürzten die Shaterra an vorderster Front zu Boden. Das Scheppern von Metall auf Stein übertönte sogar das Meeresrauschen. Während die feindlichen Gegner wie Schneeflocken vom Himmel fielen, nahm die Alkupæ-Schutzeinheit ihre Arbeit nur quälend langsam auf. Für Jü unbekannte Zeichen erschienen auf der Sockeloberseite und flitzten darauf umher, als wäre es ein antiker PC im Boot-Modus.

Mach verdammt noch mal schneller!, schrie sie das Ding in Gedanken an. Ihre Kraft ging langsam zur Neige, genau wie die Feuerkraft des *EFM*.

Im Gegensatz zu den Shaterra-Angriffen. Es wurden immer mehr Streitkräfte und sie stiegen auf Fernfeuer um. Erneut wurde Jüs Schild von Geschützen malträtiert.

Sie schrie auf vor Schmerzen. Ihre Hand begann zu brennen. Funken schlugen. Sie tanzten Ranjels Arm hinauf und fegten ihn auf den Boden.

Nein! Die Verzweiflung bohrte sich in Jüs Herz. Tränen brannten in ihren Augen und nahmen ihr die Sicht. Einzig das Adrenalin in ihrem Blut hielt sie noch auf den Beinen. Das hier war die entscheidende Schlacht der Spezies Mensch. Sie musste durchhalten, um jeden Preis, genau wie all die Soldaten da draußen, die sich für die Zukunft opferten, und bereits geopfert hatten.

Endlich gingen die Schaltknöpfe auf dem Sockel in ein Blinken über. Jü spürte, wie die Maschine zum finalen Schritt überging. Sie riss ihre linke Hand aus der Kuhle heraus. Im selben Moment öffnete sich eine Luke im Tempeldach und ein Strahl fuhr aus dem Sockel in den Himmel hinauf. Dort verteilte er sich in der Atmosphäre und strömte nach allen Seiten auseinander. Wie ein Schirm, der sich aufspannte und die Erde unter seinen Schutz nahm.

Augenblicklich brachen die Shaterra-Einheiten in sich zusammen. Wie leblose Stücke Metall klirrten sie zu Boden. Die Zellverbände lösten sich auf. Zurück blieb lediglich eine Masse metallischen Staubes.

Erschöpft brach Jü zusammen. Ihr Gesicht wandte sich dem Stück Himmel zu, das sie durch das Tempeldach erkennen konnte. Er färbte sich in Neongrün und Violett. Polarlichter am helllichten Tag. So weit im Süden. Es war ein atemberaubender Anblick. Doch ihre körperlichen Ressourcen waren verbraucht. Ihr Handgelenk strafte sie mit pochenden Schmerzen, selbst dann noch, als sie den Suoja gelöst hatte. Rot geschwollen schob es ihr die Schmerzen schubweise ins Bewusstsein. Sie spürte, wie ihr Körper aufgab.

Es war in Ordnung. Sie hatte es geschafft, ihre Aufgabe war erfüllt. Erleichtert und zufrieden ließ sie sich von der Schwärze davonziehen.

***

Als Jü die Augen aufschlug, schien der Himmel direkt über ihr. Wolken zogen darüber hinweg, strahlendes Blau empfing sie durch das weit geöffnete Kuppeldach des Tempels. Ihr Kopf dröhnte und sofort schoss der Schmerz aus ihrem Arm in ihr Bewusstsein. Offenbar lebte sie noch.

»Hey.« Eine vertraute Stimme näherte sich. Kurz darauf schob sich Ranjel in ihr Sichtfeld. Er hatte das Visier abgenommen. Seine Stirn zog sich in sorgenvolle Falten, als er seine Hand nach ihr ausstreckte.

Das Grauen ergriff sie. Es war doch alles aus!

Wenn Ranjel das Visier abgenommen hatte, bestand keinerlei Hoffnung mehr auf Rettung. Eine letzte Berührung? Ein letzter Kuss? Dann erst trat in ihr Bewusstsein, dass auch ihr Visier grün blinkte.

›Sauerstoffversorgung abgestellt. Umgebungswerte sicher‹, stand unten im Display.

Jü löste die Glasfront und atmete erleichtert die freie Luft. Tränen traten in ihre Augen, als Ranjel sie an sich zog.

»Wir haben es geschafft«, flüsterte er und küsste ihre Wange.

»Aber, wie ist das möglich?« Jüs Kopf fiel gegen seine Schulter, ihr Körper kämpfte mit der Schwerkraft. Sie hatte jeden Funken ihrer Energie im Kampf gegen die Shaterra aufgebraucht.

»Keine Ahnung«, murmelte Ranjel mit ebenso erschöpfter Stimme.

»Blekk?«

»Lebt noch, aber es geht ihm schlecht.«

Suchend wandte Jü den Kopf, bis sie seine Silhouette am Boden sah. »Blekk!« Alles in ihr verkrampfte sich, als sie mit letzter Kraft zu ihm krabbelte.

»Jü.« Seine Stimme war kaum noch zu hören.

»Halte durch!« Ihre Stimme zitterte, als sie ihm über die Wange strich. »Halte durch!«

»Ist schon ok«, hauchte Blekk.

»Nein, ist es nicht!« Ihre Wangen wurden feucht von den Tränen, die hinabliefen. »Hört mich jemand? Wir brauchen Hilfe! Hört ihr? Hilfe!« Ihre Verzweiflungsschreie hallten von den Wänden wider. Sie klangen hohl und verloren. So wie sie sich fühlte. Wo waren die Soldaten des EFM? Bestimmt konnte irgendjemand helfen! Doch die Geräusche waren verstummt.

Ranjel kam zu ihr und sie vergrub den Kopf an seiner Brust.

»Jü von der Erde.«

Die Stimme ließ Jü herumfahren.

Neben dem Sockel stand das Abbild eines Alkupæ.

»Jona?« Jü glaubte ihren Augen kaum.

Der Alkupæ nickte. »Ihr habt es tatsächlich geschafft.«

335

Blekks gequälte Stimme erklang im Hintergrund. »Das hättet ihr wohl nicht gedacht, was?«

Jona blickte an Jüs Schulter vorbei. Seine Augen wirkten neugierig. »Es geht ihm nicht gut.«

»Nein«, antwortete Jü. »Kannst du ihm helfen?«

»Ich denke schon.« Er verschwand, kehrte aber nach wenigen Sekunden zurück. »Jü von den Menschen: Leg den Suoja in die Mulde auf dem Sockel. Das wird ein Wurmloch aktivieren, mit dem ihr zu dem Schutz-Planeten, den ihr Turva nennt, zurückkehren könnt.«

»Danke.« Jü rappelte sich mühsam auf und folgte den Anweisungen. Selten war es ihr so schwergefallen, einen Fuß vor den anderen zu setzen. Doch Blekks Stöhnen aktivierte ihren Kampfgeist.

Sie hörte, wie Ranjel mit Jona sprach. » Das mit der Wiederherstellung der Erdatmosphäre war nicht wirklich Teil des Schutzmechanismus, oder?«

Jonas Stimme nahm einen weichen Ton an. »Seht es als Geschenk der Alkupæ an die Spezies Mensch und als Wiedergutmachung für die Verluste, die ihr erlitten habt. Wir haben uns in euch getäuscht. Ihr mögt primitiv wirken, doch ihr habt Potenzial.«

Jü warf einen Blick auf ihren Bruder. Unter anderen Umständen hätte er auf Jonas letzten Satz mit seinem üblichen Zynismus reagiert. Doch er lag stöhnend am Boden, das Gesicht weiß wie eine Betonwand.

Rasch drückte sie den Suoja in die Mulde. Das Sprungtor erwachte zum Leben. Kreisrund prangte es auf einer Wand zwischen Piktogrammen von Menschen, die mit erhobenen Armen eine nunmehr gleißend helle Sonne anbeteten.

Jü ging vor Jona auf die Knie, um mit ihm auf Augenhöhe zu sprechen. »Ich danke dir von ganzem Herzen.«

Jona senkte den Kopf. »Es ist mir eine Ehre, Jü von der Erde.«

»Werden wir uns wiedersehen?«

»Ganz bestimmt. Die Zeit wird kommen. Wir werden euch beobachten und wenn das Gefüge günstig steht, werden wir einander wiedersehen.« Mit diesen Worten löste sich Jonas Abbild auf.

Jü wandte sich Ranjel zu. Die Lider zu einer schmalen Linie verzogen, wirkte er ebenso ernst wie sie. Die Zeit drängte. Gemeinsam wuchteten sie Blekk in die Höhe. Er hatte das Bewusstsein verloren und hing wie ein Sack Speisewürfel zwischen ihnen.

Mit einem letzten Aufgebot an Kraft schleppten sie sich auf den Ring aus Licht zu und ließen sich davon in den sicheren Hafen ziehen.

Datentransfer QM32YB

Die führende Einheit erreichte das Datennetz von XX339845 mit letzter Kraft. Das System war nachhaltig geschädigt. Eine Ergebnisübermittlung an die ranghöhere Einheit stand aus. Die Kommandostruktur des hiesigen Galaxien-Verbundes musste von der Aktivierung des Avain erfahren.

--- Erstatten Sie Bericht. ---

Der Befehl war unmissverständlich. Die führende Einheit übermittelte den Stand. Die Antwort ließ auf sich warten. Langstreckenkommunikation über Galaxien hinweg war stets ein ernst zu nehmender Zeitfaktor.

--- Welche Optionen bleiben? ---

Die führende Einheit analysierte die Möglichkeiten und übermittelte die Antwort.

--- Option 1: Galaxie aufgeben und damit 583 ressourcenreiche Minenplaneten. Option 2: Galaxie halten und Ausbreitung der Macht des Avain verhindern. ---

Dieses Mal kam die Antwort schneller. Das System hatte sich keiner Analyse hingegeben. Erwartungsgemäß.

--- Option 1 kommt nicht infrage. Verbleib in Galaxie bestätigt. Neue Zieljustierung: Avain und Spezies Mensch auslöschen. Alle Ressourcen dieser Galaxie werden darauf ausgerichtet. ---

Das konnte eine Weile dauern. Die Möglichkeit, komplette Sonnensysteme oder gar die Galaxie selbst auszulöschen, war fernab des Machbaren. Arbeiterschaft war nötig für diesen Kampf und Ressourcenschonung erneut das oberste Prinzip. So etwas konnte sich über Jahrhunderte ziehen.

Kapitel 13

Jü zog den Reißverschluss ihrer Jacke bis unter das Kinn. Die rauen Winterstürme waren unangenehm, Hagel peitschte ihr ins Gesicht. Alles klimaregulierende Gewebe half nichts gegen die Gewalten der Natur ohne Shaterra-Schutzatmosphäre.

Trotz allem ein passabler Tausch.

Lipz glich einer Trümmerstadt. Der zentrale Kern hatte die Unruhen und Aufstände überlebt, doch außerhalb des Cityrings lagen die Randbezirke wie verlassen. Leichen stapelten sich in Gräbern, und es würde noch ewig dauern, bis die letzten Gebäudetrümmer beseitigt waren.

Mit ausgekühlten Wangen und Fingerspitzen wie Eiszapfen betrat sie das gleich außerhalb des Rings gelegene Café *Nova Kændis* durch die Ladentür, über deren Glasfront sich ein breiter Riss zog. Ihre kleine Insel der Gemütlichkeit auf einem Planeten voller Aufgaben. Sie winkte Ranjel, der bereits mit einer dampfenden Tasse vor sich an ihrem Stammtisch saß. Es war der einzige Tisch, der bislang überhaupt errichtet war. Er stand inmitten eines von Dreck überzogenen Dielenbodens und war mit einem grauen Stofffetzen dekoriert.

»Na Lieblingskollegin?«, grüßte Zilli, der die Anstrengung der vergangenen Monate ins Gesicht geschrieben stand. »Wie immer?«

Jü nahm die Mütze vom Kopf und lächelte. »Wie immer.«

»Kommt sofort. Sag mal, kannst du mir morgen Nachmittag zur Hand gehen? Ich will die Fenster abdichten, den Boden reinigen und den Lagerraum für die erste Lebensmittellieferung aufbereiten.«

Jü musste nicht lange darüber nachdenken. »Klar. Ich bin am Vormittag in der City, aber danach habe ich Zeit.«

»Du bist zu nett für diese Welt, Kind.«

»Je mehr beim Wiederaufbau helfen, desto besser. Viele sind ja nicht übrig.« Sie rieb sich die schwieligen Finger, während Zilli eine Kaffeekapsel in kochendem Wasser aufbrühte. Es war nicht dasselbe, aber hatte mehr Flair, als die Kapsel nur zu schlucken.

»Geht es denn vorwärts?«, fragte Zilli.

»Ähnlich schleppend wie dein Gemüseacker. Aber nächstes Jahr um diese Zeit sieht die Stadt schon ganz anders aus.«

Zilli nickte. »Die Agrafer sind wahre Zauberer in der Rekultivierung von Pflanzen. Und sie lieben meine aufgebrühten Kaffeekapseln.« Sie schob Jü eine Tasse über den Tresen, in der trübbraunes Wasser dampfte. »Jetzt ist aber erst mal Pause. Ab zu deinem Lover.«

»Noch nicht. Ich habe nämlich noch etwas für dich.« Jü nahm ihren Rücksack vom Rücken und öffnete das Komprimierungsfach auf die volle Breite. Umständlich zog sie die turvanische Kaffeemaschine hervor und drapierte sie auf dem zerkratzten Tresen.

»Das ist …« Zilli blieben offenbar die Worte im Hals stecken. Zittrige Finger glitten zu dem dunklen Gehäuse und fuhren darüber.

»Fast wie neu. Jetzt musst du nur noch Kaffeebohnen anpflanzen.«

»Du bist ein Engel.« Zilli kam um den Tresen herum und schloss Jü fest in ihre Arme. Die Wärme schoss geradewegs bis in Jüs Herz.

Sie erwiderte die Umarmung und drückte Zilli fest an sich. »Ich dachte mir, hier hat sie mehr Nutzen. Ich will, dass dein Laden immer einen Kaffee für mich bereithält.«

»Das wird er. Immer.« Zillis Stimme war zittrig und ihre Augen leicht gerötet, als Jü sich von ihr löste.

Sie hauchte Zilli einen Kuss auf die Wange, griff nach dem Pseudokaffee und schob ihn kurz darauf neben Ranjels Tasse. Sie schlang die Hände auf seine Schultern und schmiegte sich an ihn.

»Hi«, grüßte er.

Eine dezente Note von männlich parfümiertem Duschwasser hing in seinen vom Sturm zerzausten Haaren. Jü sog sie ein und schmatzte ihm einen Kuss auf die Wange, bevor sie neben ihm auf dem Stuhl Platz nahm.

Ranjel beugte sich zu ihr. Seine Lippen schmeckten nach Kaffeewasser und Himbeermarmelade, was vermutlich von dem angebissenen Speisewürfel herrührte.

Sie gab sich dem Moment hin und versank in der innigen Berührung. Eine kleine Geste in einem neu entstehenden Café auf einem heilenden Erdball. Ihre Lippen lagen aufeinander, und doch war es für Jü so viel mehr, so viel tiefer, so bedeutungsvoll. Lange hatte sie sich nicht vorstellen können, überhaupt einen Mann länger als eine Nacht an ihre Seite zu lassen. Ihr Durchschnittstyp der letzten Jahre glich auch eher Leuten wie Croger oder Blekk. Doch Ranjel war anders, viel einfühlsamer.

Nachdem sie sich gelöst hatten, lag Ranjels Blick auf ihr. Er strahlte eine Ruhe aus, die ihre Seele wärmte. »Was wollte Mox denn?«

Jü seufzte, während sie mit dem Löffel in der braunen Brühe herumrührte. »Mir ein Angebot unterbreiten.«

»Verstehe. Die gesammelte Familie van Oak in seinen Reihen.«

»Reicht es nicht, wenn er meinen Bruder schwer beschäftigt?«

Ranjel lächelte. »Offenbar nicht. Wie geht es Blekk?«

»Gute Frage.« Jü zuckte mit den Schultern und nahm einen Schluck des bitteren Pseudokaffees. »Ich habe ihn nur kurz gesehen. Da hat er gerade einen Schwung Akten auf seinem Arm balanciert und irgendwelche schwerwiegenden Gespräche vorbereitet.«

»Der neue Herr Generalmajor ist also kräftig eingebunden.«

Jü kicherte. »Sieht so aus. Und er genießt die Aufmerksamkeit.« Sie war so unglaublich froh, dass Blekk noch lebte. Man hatte sein Bein retten können, der Shaterra-Innovationen sei Dank.

»Und du?« Ranjel nahm ihre Hand und holte sie aus ihren Gedanken zurück. »Welches Angebot hat Mox dir unterbreitet?«

Jü atmete hörbar aus. »Er will, dass ich dem EFM fest beitrete.«

»Dann würden wir am gleichen Ort arbeiten.« Ranjel schenkte ihr ein anzügliches Grinsen.

»Im Gegensatz zu dir hadere ich mit der Idee.«

»Immer noch? Das Kompendium mit Torkoordinaten, das uns die Alkupæ letzte Woche übermittelt haben, beschäftigt uns vermutlich die nächsten Jahrzehnte. Wenn das überhaupt reicht. Da draußen gibt es allein in unserer Galaxie etliche Planeten, die wir von den Shaterra befreien können – und müssen!«

Jü fuhr sich durch die Haare. »Ich bin Zivilistin, Ranjel. Und ich bin nicht sicher, ob ich aus dem richtigen Holz für diese Einsätze gemacht bin.«

»Den Letzten hast du ziemlich souverän absolviert.«

»Genau«, seufzte sie. »Je öfter ich daran denke, desto weniger glaube ich, dass meine Nerven dafür geschaffen sind.«

»Was genau hat er dir denn angeboten?«

Jü nahm ihre Tasse und löffelte den restlichen Kaffee heraus. »Ich bleibe zivil – wie du. Hauptaugenmerk liegt auf der Arbeit an der Alkupæ-Technologie. Wobei mein Part hier vielmehr ist, die Technologie zu aktivieren, damit andere an ihr rumprobieren können.«

»Die Voolaner sollen bereits erste Erfolge gemeldet haben im Nachbau einer Schutzeinheit. Noch nicht einsatzfähig, aber immerhin.«

Jüs Lippen formten sich zu einem verschmitzten Grinsen. »Ja, wenn ich Blekk glauben darf, haben sie außerdem einen Narren an Cæm gefressen, was ihr wiederum weniger Zeit für ihn lässt. Die arbeiten mit Hochtouren an der Entwicklung. Aber davon verstehe ich ja eh nichts. Perspektivisch möchte Mox mich für

Diplomatie- und Migrationsaufträge einsetzen. Ein bisschen wie damals auf Turva.«

Er nahm ihre Hände in seine. »Du bist ja auch die Beste in dem Job. Hast du *Ja* gesagt?«

Jü schüttelte den Kopf. »Ich habe mir Bedenkzeit erbeten.«

Ranjel verzog die Mundwinkel zu einem spöttischen Lächeln. »Wie lange hat er dir gegeben? Zwanzig Minuten?«

Sie konnte ein Lachen nicht unterdrücken und gab ihm einen Kuss auf die Wange. »Drei Tage.«

»Reicht das?«

»Ich denke schon. In drei Tagen soll ich in die neue Basis kommen. Da liegen noch ein paar meiner Sachen rum.«

»Ich kann sie dir auch mitbringen, wenn du willst.«

Jü schüttelte den Kopf. »Nein, lass mal. Da kann ich Blekk gleich noch einen Besuch abstatten.«

Ranjels Mundwinkel zogen sich auseinander, doch kurz darauf kehrte der Ernst zurück. Seine Augen schienen sie durchbohren zu wollen. »Es ist und bleibt deine Entscheidung. Ich werde dich nicht beeinflussen.« Schon war der Moment vorbei und seine Haltung entspannte sich wieder. Er versenkte den Löffel in seiner leeren Tasse und lehnte sich zurück. »Wollen wir los?«

Jü brachte die leere Tasse zum Tresen zurück und warf sich die Jacke über. »Ja. Auch wenn ich immer noch unsicher bin, ob ich in einer dieser EFM-Unterkünfte wirklich wohnen möchte. Wir könnten auch in

Lipz etwas suchen. Helfende Hände werden hier dringend gebraucht, und auch das Wiederaufbau-Komitee der Vereinten Föderation vergibt Stellen.«

»Es ist deine Wahl.« Er kam zu ihr, nahm sie in den Arm und gab ihr einen Kuss auf die Stirn. »Ich gehe überall mit dir hin, also entscheide frei.«

***

Behutsam verstaute Jü den altmodischen Bilderrahmen mit dem Foto von ihr, Blekk, Kyra und Lænn in ihrem Rucksack. Es war ein Relikt schlechthin und machte dem Titel *Schatz* dadurch zusätzlich Ehre. Außerdem schob sie den Stick voller Tagebucheinträge, mit denen sie nach der Mission in Sammallahdenmaki begonnen hatte, in die Hosentasche. Ihr Blick glitt durch den leeren Raum. Nach dem Einsatz in Sammallahdenmaki war sie regelmäßig hier gewesen. Eine sporadische Basis im Zentrum von Lipz, die sich zum neuen militärischen Zentrum der Erde aufschwang. Eine Transportstation für planetare Wurmlöcher ermöglichte es den klügsten Köpfen des Planeten hier einen Beraterstab einzurichten und die Vereinten Föderationen zu neuem Glanz zu führen, wenngleich doch eher von einem kläglichen Rest zu sprechen war. Knapp fünf Millionen Menschen. Mehr hatten das Schrumpfen der Atmosphärenschirme und die finalen Aufständen nicht überlebt.

Aber diejenigen, die verblieben waren, würden die Erde wieder aufbauen – und die Galaxie Schritt für Schritt zurückerobern. Die Voolaner und ein paar Überlebende anderer Spezies hatten sie bereits an ihrer

Seite und weitere Verbündete sollten sich in den Weiten der Milchstraße finden lassen. Die Shaterra trieben da draußen weiterhin ihr Unheil, aber nun hatten sie mehr als nur einen ernst zu nehmenden Gegner.

Ein Foto von Ranjel und ihr wanderte ebenfalls in den Rucksack. Sie wollte ihn eben schultern, da klopfte es an ihren Türrahmen.

»Blekk!«, rief sie freudig aus, bevor sie sein zerknirschtes Gesicht bemerkte. »Was ...?«

»Du packst?«

»Ja.«

»Ist das dein Ernst?« Er trat einen Schritt auf sie zu. »Du kannst nicht einfach gehen.«

»Blekk ...«

»Nein. Sag nichts und hör mir einfach zu. Ich habe dich da draußen gesehen. Gegen die Shaterra, auf der Suche nach Lösungen. Mit dem Wunsch, das Fortbestehen der Menschheit zu verteidigen. Du hattest dabei so viel Energie.«

»Blekk ...«, versuchte Jü es noch einmal.

»Sag es nicht! General Mox meinte, deine Entscheidung sei gefallen, aber das werde ich so nicht hinnehmen. Jü, du musst hierbleiben! Wir brauchen Leute wie di...«

»Blekk van Oak!«, grätschte sie ihm ins Wort.

»Was?«

»Ich habe unterschrieben. Ich bleibe.«

»Aber ...« Mehr schien er nicht herauszubringen. Sein Blick war durchdringend, lag auf ihr. Er versuchte offenbar zu verstehen, was sie da sagte.

Liebevoll lächelte sie ihn an und knuffte ihn in die Schulter. »Ich ziehe nur in ein neues Büro. Offenbar hat

Mox dir zwar gesagt, dass ich mich entschieden habe, aber nicht *wie*.«

»Na ja.« Blekk fuhr sich mit der Hand über den Nacken und musterte für einen Moment seine Schuhe. »Vielleicht habe ich ihm auch keine Zeit gegeben, sich zu erklären.«

Jü lachte herzhaft auf und fiel ihm um den Hals. »Du bist der verrückteste und liebenswerteste Bruder, den man sich nur vorstellen kann.«

Während er ihre Umarmung erwiderte, flüsterte er: »Das war ganz schön peinlich, was?«

»Ein wenig.« Jü löste sich von ihm und drückte ihm mit einem breiten Grinsen im Gesicht den Rucksack in die Hand. »Hilfst du mir beim Tragen?« Sie selbst löste zwei weitere Datenträger aus dem PC und schnappte sich das E-Papier, auf dem sie an den Übersetzungen arbeitete. Während sie das alte Büro verließen, fühlte sich Jü zu einer Erklärung genötigt. »Ich glaube, dass ich, wäre ich nur hier in Lipz im Einsatz, ständig Angst hätte, etwas zu verpassen. Ich will da raus. Außerdem gibt mir der Nervenkitzel aufreibender Verhandlungen mit anderen Spezies das Gefühl, etwas Sinnvolles beizutragen. Jetzt, wo ich weiß, wie es da draußen aussieht und ich mir sicher sein kann, dass wir eine Chance haben – zusammen.«

Blekks Augen begannen zu strahlen. »Das ist die Jü, die ich kenne.«

Sie lächelte ihren Bruder an. »Wenn wir fertig mit Umräumen sind, darfst du mich gern zum Abendessen einladen, Herr Generalmajor van Oak.«

»Und Ranjel?«

»Hängt schon über den Tempel-Inschriften in Sammallahdenmaki. Ich habe Zeit. Zumindest heute Abend.«

»Du liebst ihn tatsächlich, oder?«, fragte Blekk und zeigte auf das E-Papier in ihren Händen. Oben in der Ecke klemmte ein weiteres Bild von ihr und ihm. Sie hatten es erst vor ein paar Tagen aufgenommen.

»Ich bin sicher, das beruht auf Gegenseitigkeit.«

Das Foto lugte ihr entgegen. Sie wollte die Zeit, die ihnen gemeinsam vergönnt war, nutzen. Sie wollte jede Sekunde davon genießen, solange es eben möglich war.

Nachwort

Dieses Nachwort gebührt Leena K. aus Finnland und ihrem freiwilligen Engagement sowie dem dazugehörigen herzlichen Mailaustausch. Ohne ihre Hilfe hätte ich diesem Roman nicht das passende archäologische Gerüst verpassen können.

Während ich über der Handlung für den Roman brütete, wurde mir schnell klar, dass ich eine archäologische Stätte benötige, die bis in die Bronzezeit zurückreicht und über die nicht viel bekannt ist. Eine Stätte, die kulturelle Historie hat, aber wenig Überlieferungen und damit viel Spielraum für Spekulationen. Meine Onlinerecherche führte mich nach Finnland zur Ausgrabungsstätte Sammallahdenmaki.

Nun war es mir wichtig, die Recherche nicht rein auf die online auffindbaren Informationen zu stützen. Daher schrieb ich Mails nach Finnland in der Hoffnung auf Unterstützung. Ich brauchte jemanden, den ich mit Fragen löchern konnte. Ein erster kleiner Erfolg stellte sich ein, als mir Katja V. von der Finnish Heritage Agency anwortete und mir einen Kontakt vermittelte. So gelangte ich zu einem wunderbaren Mailwechsel mit der Archäologin Leena K. aus dem finnischen Satakunta Museum in der Stadt Pori. Sie war schon oft im von dort nur vierzig Kilometer südlich gelegenen Sammallahdenmaki. In einer ihrer Mails schrieb sie:

»Imaginaton is such a powerful tool [...]. When I'm vis-iting these prehistorical sites in our area [...], I try to stop for a moment and think about all the women, men and children that have walked there before me with their own problems and thoughts. This makes me feel so small and my problems are less important.«

(»Imagination ist so mächtig. Wenn ich diese frühzeit-lichen Stätten in unserem Zuständigkeitsbereich besu-che, versuche ich einen Moment innezuhalten und über all die Frauen, Männer und Kinder nachzuden-ken, die hier vor mir entlanggegangen sind, mit ihren eigenen Problemen und Gedanken. Ich fühle mich dann so klein und meine Probleme scheinen weniger bedeutsam.«)

Wie muss es für die Menschen damals gewesen sein? Fakt ist: Bislang ist wenig über die finnische Bronzezeit bekannt. Es ist nicht einmal wirklich klar, welche Spra-che damals gesprochen wurde. Die aktuelle Theorie be-sagt, dass fast jeder Stamm eine eigene Sprache hatte, die sich über die Zeit einander annäherte und sich spä-ter zu den finnisch-ugrischen Sprachen entwickelte. Während anderswo auf der Welt Hochkulturen auf-blühten, gab es in Sammallahdenmaki jedoch keinerlei verschriftliche Sprache. Bis heute gibt es keine Funde oder Überlieferungen, die etwas Gegenteiliges feststel-len. Und dass, obwohl es in anderen skandinavischen Gegenden in dieser Zeit sehr wohl »stone carvings and stone paintings«, also in Stein gemeißelte bzw. gezeich-nete Sprache gab. In nördlichen Regionen Finnlands finden sich zumindest »stone paintings«, aber in Sammallahdenmaki bzw. im Südwesten Finnlands gibt es tatsächlich bis heute keinerlei solche Funde.

Aber es gab Kultur in Sammmallahdenmaki, insbesondere Totenriten. Bekannt ist Sammallahdenmaki für seine Steingräber. Da der Untergrund aus solidem Felsen besteht, waren Erdbestattungen nach unseren Vorstellungen nicht möglich. Also überdeckte man Steinkammern und Holzsärge mit lose aufeinandergestapelten Steinen. Dadurch entstanden riesige Grabhügel, die noch heute vor Ort zu sehen sind.

Aus religiöser Sicht war die Sonne sehr bedeutsam in der Bronzezeit, aber auch die Anbetung diverser Götter. Das Symbol der Sonne habe ich aufgegriffen. Es versinnbildlicht nämlich die Transportringe in ihrer leuchtend runden Form sehr treffend und floss darüber in die schriftstellerischen Spekulationen ein.

Welchem kulturellen Kreis kann man die Menschen aus der finnischen Bronzezeit zuordnen? Diese Frage sei schwer zu beantworten, schrieb Leena. Es wird vermutet, dass die ersten Siedler nach Rückgang der Eiszeit die Samen gewesen seien. Besonders im Bereich der Ostseeküste habe es aber auch Einflüsse aus dem Westen Skandinaviens gegeben durch Siedlerzuwachs. Leena beschreibt die Bevölkerung als »Finns but with certain Scandinavian touch«.

Mithilfe dieses Grundgerüsts begab ich mich in den Schreibprozess. Die Informationen waren sehr detailliert und halfen mir, den Plot auszugestalten. Am Ende übersetzte ich alle archäologisch relevanten Szenen ins Englische, ergänzte die zwischenzeitlich vonstattengehende Geschichte als Zusammenfassung und bat Leena darum, diese gegenzulesen. Sie war so freundlich, und ich bin ihr unendlich dankbar, wenngleich ich wirklich Angst hatte, was sie dazu sagt. Nicht, weil ich unsauber gearbeitet haben könnte, sondern weil ich eine heiß geliebte archäologische Stätte, die zum UNESCO-Weltkulturerbe zählt, in meinem Roman in einen Krater verwandelt hatte.

Wieder überraschte Leena mich. Sie schrieb mir, dass sie die Geschichte sehr mag und merkte als wichtige Verbesserung an: »You can't dig or excavate around the cairns with any kind of shovel. To go through you need to quarry with stronger tools, drills and dynamite. [...] So when describing how the scenery has changed you could also mention big quarries that Shaterra has maybe exploded.«

Kurz zusammengefasst: »Umgraben oder in der Erde buddeln hilft nicht. Der Untergrund ist aus solidem Fels. Lass die Shaterra lieber Dynamit nehmen und den Boden wegsprengen.«

Dazu fand ich eine detaillierte Landkarte aus dem Museumsarchiv im Anhang, die die Bodengegebenheiten in Sammallahdenmaki und Umkreis darstellt, sowie eine ausführliche Erklärung, wie ich diese zu lesen hatte. Damit konnte ich dann auch die letzten Ungenauigkeiten ausgleichen. Dazu übersandte sie mir ein paar aktuelle Fotos. Es ist wirklich beeindruckend, in welch widrigen Umständen eine umfangreiche Vegetation entstehen kann. Aber davon darf sich jeder online selbst ein Bild machen.

Es war eine wirklich bereichernde Recherche, die dazu unheimlich viel Spaß gemacht hat. Was zurück bleibt, ist große Dankbarkeit und ein Ziel für die Zukunft: Ich möchte sehr gern einmal persönlich nach Sammallahdenmaki reisen und die Stätte nicht nur über Bilder, Google Earth View und Archivdokumente besichtigen, sondern im reellen Leben. Auch dem Satakunta Museum würde ich in diesem Zusammenhang einen Besuch abstatten. Es ist mit seiner Gründung 1888 eines der ältesten Museen Finnlands und Leenas aktuelle Wirkstätte.

Wer weiß? Vielleicht erhalte ich die Chance eines Tages.

Danksagung

Bis ein Buch tatsächlich veröffentlicht wird, geht es meist einen langen Weg. Zahlreiche Begleiter halten das unfertige Projekt in Händen und helfen, es besser zu machen.

Ich danke Claudia H., Testleserin Nummer Eins, die meine Rohversionen stets mit höchster Präzision zerreißt und mich immer wieder animiert, es noch besser zu machen.

Ich danke Katja V. aus Finnland, die mir den Kontakt zu Leena K. vermittelte, und Leena K., die so geduldig über Mail alle meine Fragen zu Sammallahdenmaki beantwortet und sogar einige Teile des Manuskripts gegengelesen hat, damit der historische Hintergrund konsistent ist. (Many thanks to Katja V. from Finland, who told me to contact Leena K. for further information. The best hint ever! And many more thanks to Leena K from Finland, whom I talked to via mail about Sammallahdenmaki and who patiently answered so many of my questions and even proof read parts of it, so the historical background stands on solid ground.)

Ich danke meinen Beta-Testlesern für ihre zahlreichen kritischen Anmerkungen: Symone H., Martina A. und Michael G. Sp.!

Ich danke der Serie ›Stargate – SG1‹, die mich als totaler Fan in Teilen dieser Story immer wieder inspiriert hat.

Die Fans dürfen jetzt gern das Buch zerschlachten und Parallelen suchen. Ich bin gespannt, was sich so auftut. Das beste aber: Ich konnte mir während des Schreibprozesses bei jeder Serie, die ich zum wiederholten Mal geschaut habe, einreden, dass ich gar nicht prokrastiniere, sondern besonders wichtige Recherche betreibe. Ich danke auch dem unglücklichen Umstand einer längeren Phase der Arbeitssuche im Hauptjob und des parallel stattfindenden Homeschoolings sowie meinem sonst so verschlafenen Hinterteil, das es fast jeden Morgen 5.30 Uhr vor den PC geschafft hat, um zwei Stunden zu arbeiten, bevor der übliche Alltagsstress losbrach.

Ich danke dem dp Verlag – insbesondere Verena K. – für das Vertrauen in mein Manuskript und die tolle Kommunikation, sowie Manuela T., die meinem Roman im Lektorat die letzten Schliffe verpasst hat.